邂逅大美乐

正夏 著

作家出版社

序 言
与春天同行

  当室外残存的积雪渐渐消融，又一个初春悄然来临，也预示着又一次新的启程。就像小草在泥土里萌动而生那样，没有人邀约，也没有人催促，但《邂逅大美梨》（玉露香梨发展纪实）的创作就这样毫无征兆地开始了。这一次，没有了跃跃欲试，也没有了惶惑不安，却愿意把步子放得慢些再慢些。对于大多数人来说，玉露香这三个字可能还不太熟悉，然而这种在梨品更新换代的过程中脱颖而出的新优品种早已跻身于现代农业体系国家梨产业技术体系的推广当中。就事件本身来看，任何一种好的品种发展起来最少得用三四十年的时间，可现在距玉露香育种已近半个世纪，这样的梨是如何孕育而生，又怎样一步步地成为了梨中佳品呢？

  实际上，这些都是我们接下来所需要面对和探讨的诸多问题之一。生活往往像一个谜团那样正等着我们慢慢揭开，但无论怎样，这样的尝试肯定是值得的。玉露香育种成功的那年，恰好是我落地而长的那一年。从某种意义上说，它的诞生与我同步，也与我一起成长。如今，当我已过不惑之年，而它也历经磨难在神州大地上奇崛而起，并且焕发出了应有的生机。这样的成功，显然并非易事，必定有着不平凡的历程；这样的成功，也绝非侥幸而为，必定充满了艰辛和苦涩；这样的成功，当然不只是一个项目或是课题的预期实现那么简单，而是彰显了我们人类在征服自然、战胜自然的过程中所具有的勇气、胆识、智慧和力量。

  也是在数年前，笔者曾受邀参加编辑过有关于梨的书籍，之后又接了电话连夜赶写过一篇题为《漫说玉露香》的文章，这一来便多多少少与梨有了些联系。那时候，国家农业部和财政部在原有10个的基础上新增40个农产品，其中代号为28的梨纳入了现代农业产业技术体系当中，意味着被誉为"百果之宗"的梨进入了全新的发展阶段。在山东青岛举办的国家梨产业体系年度总结大会上，山东农业大学教授、博士生导师、中国工程院院士束怀瑞曾说："这（玉露香）是目前梨品种里最好的，是中国第一梨。"会上专家们还说，玉露香梨至少30年不落后。在北京大兴举办的第十一届中华名梨·全国"梨王"擂台赛上，来自北京、辽宁、河北、新疆、河南等全国11个省、市、区选送的310个样品，争夺"中国梨王""风味皇后"等奖项，由宁志红选送的参赛样品梨"玉露香"，以单个1.655公斤的重量斩获全国"梨王"称号；同年9月，美国加州大学教授、果树病虫害专家毕建龙在品尝玉露香梨后肯定地说："在美国，没有这么好吃的梨！"

话至此处，就连现代农业（梨）产业体系首席科学家、南京农业大学梨工程技术研究中心主任、国家梨改良中心南京分中心主任、全国梨产业协作组组长张绍铃老师在梨种质资源圃中也引种了玉露香，仅此一点就值得我们为之凝视。鉴于此，便有了为玉露香梨著书的想法，甚至还一度申请了省作协的重点作品扶持。只是，在获知未被通过搁浅后，又一度投入其他题材的创作整整耗费了两年时间。书稿完成后，是稍作休息还是重新来过，这样的疑问甚至没来得及好好思虑，为玉露香写作的念头就再次冲进了脑海。可能有的人会有疑问，时间从何而来？是啊，时间就像海绵里的水，只要愿意挤，总是能挤得出来的。

对于一个外行来说，从一无所知到略有了解再到娴熟精通，尚且需要一个漫长的过程。那么，要想如实地反映玉露香梨的起始原委以及来龙去脉，就有必要对我国梨的前世今生和如期现状进行相关的了解。当然，除了依靠一些典籍书本资料来完成外，还得融入到火热的生活中去。另外，还需以国际的视角和更准确的定位来进行诠释，毕竟能够书写我们这个伟大的时代，既是一种使命，又是一种责任，更是一种荣耀。在它背后，有着国力雄厚的强大背景、科研人员的无私付出以及置绝地而后生的坎坷历程等等。

　　几乎就在决定开始的同时，窃以为有着太多的庆幸。这庆幸中，有赴京途中见到已在弥留之际的育种人邹乐敏老师，有年过八旬在家养病的郭绍仙老师，有退休赋闲照顾亲人的张志德老师，还有常年奔波在外的现任课题负责人郭黄萍老师以及海外镀金归来的山西水果体系专家牛自勉老师等等，甚至包括了一大批为老百姓脱贫致富敢于担当的领路人。正是有了他们前仆后继的不懈努力和迎难而上的无私付出，我们才看到了希望，更有了沉甸甸的收获。

　　相信每一个品尝过梨子味道的人，都对大自然的这一馈赠有着迥然不同的感受，然而无论是久居南北的亲朋好友，还是旅居海外的华人侨胞，抑或是来自异域的他乡游客，都会对玉露香梨发出由衷的赞叹。这样的邂逅，是世上冥冥之中的漫长等待，是上天情有独钟的罕见赐予，更是古今一脉相承的难得相遇。只是，从生活的现实出发零距离地融入，实实在在地去感受我们所处的伟大时代并化身为其中的一员和他们同呼吸共命运，又远在千里之外看待这样在世界经济发展领域里无以数计不可或缺的具有中国精神和中国力量的各方人士。或者，他们就像一颗颗闪闪发光的珍珠，而自己所能做的仅是将这些珍珠串起来，将它们封存在属于我们二十一世纪特有的时光印记里！

　　好了，既然选择了远方，便只顾风雨兼程；既然目标是地平线，留给世界的只能是背影。谨此与春天同行，是以为记。

戊戌初春

目 录

第一部分　生命之初

从梨开始说起

一颗梨通常有七八颗种子，多的会有十来颗，足矣。若是将这内核中状如月牙的梨籽置于脚下的大地，不消说，便会是另一番春和景明的境地。此刻，不说这落地的梨籽如何在泥土里休养生息，也不说它如何冲破层层阻隔就地而长，让人先陷入了无边的沉思当中。像那个古老的命题那样，人们总会不由自主地加入先有鸡还是先有蛋的无边讨论中，而先有树还是先有梨的质疑同样令人困惑。无论是上古时代开天地的神话故事，还是西方上帝的创世记说，都充满了无限的诗情画意。尽管这些古老的记忆很美，却终归不能代替大自然的现实。那么，是不是梨的出现与此一起共生共荣恐怕一时无人敢做定论，但在漫长的岁月里，这极不起眼的小小种子在地球上不同的国度有土壤的地方自会落地生根，不能不说是世上罕见的奇迹。

大自然创造了神奇，也决定了优胜劣汰的自然规律，对于人类来说不可逆转，动物和植物亦是如此。早在 18 世纪时，达尔文就在《物种起源》中指出，中国人在古代已经发现了人工选择的原理，印度、埃及、巴比伦等文明古国也都有关于人工选择的历史记载。达尔文对于中国人在长期生产实践中培育的许多动植物品种和变种都给予了高度的评价，他先后引证或提到中国的材料有一百多处，涉及猪羊马狗以及桃杏香蕉雪松等动植物。他记载了中国上海的绵羊一胎多羔的变异。他对于中国金鱼婀娜多姿的变异尤其感到惊奇，他提到牡丹在中国的栽培已有 1400 多年，并且育成了 200—300 个变种。正是从中国和世界各国的劳动人民培育动植物品种的历史中，他看到了人工选择在生物进化中的重要作用。那么，追寻梨的源头和发展历程，还得慢慢来说……

就像人类的历史源于人类的出现那样，人类如何起源的传说历来纷争很多，而梨的起源，至今人们仍在进行着不尽的探索和研究。根据古代文献记载，梨在我国至少有2500—3000年的栽培历史。《诗经·秦风·晨风》中有"山有苞棣，隰有树檖"。《庄子》中也有"故譬三皇五帝之礼义法度，其犹柤梨橘柚邪！其味相反，而皆可于口"的记载。《韩非子·外储说左下》中有"树柤梨橘柚者，食之则甘，嗅之则香；树枳棘者，成而刺人。故君子慎所树"。意思是山楂、梨和橘子，树上的果实吃起来甜闻起来香；枳树和酸枣，树长大以后采摘时会刺到人，所以人们须谨慎选择所种的植物。《吕氏春秋·本味篇》中有"果之美者，沙棠之实。常山之北，投渊之上，有百果焉"。大意是说，果实味道中美味的，有沙梨棠梨的果实。在浙江常山的北面，进入江河（多为钱塘江或衢江）的地方，有很多这样的果实。以后《尔雅》等书均有关于梨的记载。不难看出，早在周朝时期我国就已经种植有梨树了。那么，我们现在所看到的"梨"字，是周是秦是东汉才出现，抑或根本就是仓颉造字时所为呢？叙曰："古者庖牺氏之王天下也，仰则观象于天，俯则观法于地，视鸟兽之文，与地之宜，近取诸身，远取诸物，于是始作《易》八卦，以垂宪象。及神农氏结绳为治而统其事，庶业其繁，饰伪萌生。黄帝之史仓颉，见鸟兽蹄迒之迹，知分理之可相别异也。初造书契，百工以乂，万品以察，盖取诸夬。夬，扬于王庭。言文者，宣教明化于王者朝廷，君子所以施禄及下，居德则忌也。"这是记录在我国字典的先河《说文解字》中的一段话，其中指出了黄帝的记事官仓颉看到鸟兽的足迹，懂得其纹理可以相互区别开来，于是开始创造文字。

我们知道：仓颉开始创造文字时，大抵按照物类描画其形状，所以叫作文；后来形旁声旁互相组合增益，就叫作字。到了五帝三王的时代，文字出现了很多不同的字体，在泰山封禅的七十二代帝王，留下的文字没有相同的。周朝的制度，八岁进入小学，保氏教育贵族子弟，先用六书。到了周宣王时，太史令籀写了大篆十五篇，与古文略有不同。秦始皇刚统一天下，丞相李斯就奏请统一文字，废除那些与秦国文字不吻合的字体。李斯作《仓颉篇》，中车府令赵高作《爰历篇》，太史令胡毋敬作《博学篇》，都取自史官籀的大篆，有些稍作简化和改动，就形成了所谓的小篆。这时，秦朝焚烧经书，扫除旧时典籍，征发隶卒，大兴戍边和徭役，官府、牢狱事务繁杂，于是开始产生了隶书，以适应简约便捷的要求，而在当时古文就不再使用了。

诚然，我们不可能在历史的长河中将每一个汉字都悉心了解，然而"桃李杏柰"在书中均有出现，是不是可以理解为梨也有迹可循呢？当时的果木名并不算多，加上盛产于江南的橘柚以及梅柰等十来种而已。《尚书·禹贡》曰："厥篚织贝，厥包橘柚，锡贡。"意思是说，淮河与黄河之间的扬州，把筐装的贝锦，包裹着的橘柚作为贡品。这里既然提到贡品，恐怕得多费些口舌才是。也就是说，从夏朝的开国君主禹的儿子启建立夏朝并分定土地的疆界，以高山大河奠定界域开始，各州均远道而来进贡，陆续有水果作为贡品呈于庭堂之上，梨的渊源发展应该更早才符合一些实际情况。

橘柚在此出现沿用至今，那么梨的踪迹呢？《礼记·内则》中有："枣曰新之，栗曰撰之，桃曰胆之，柤梨曰攒之。"意思是枣要新洁，挑拭的桃要使它青滑如胆，并挑选无虫的栗和梨，可知当时对水果的要求很高，也说明梨是珍贵水果。从这样的描述中，我们可以感受到自远古的三皇五帝起，关于梨的记载从来就没有消失过。只是，在那个文字尚初为人用的时代，注定不会有大量的记录。另外，前面公认的解释略有不当体现在栗子为（栗包内）不扎可以拿在手里，山楂和梨聚集成堆而不是有虫无虫的概念。

最早记载梨品种的为郭义恭所撰《广志》。书上说：河南洛阳北邙山有张公夏梨，味甚甜，"海内唯有一株"；又说："常山真定、山阳钜野、齐国临淄、梁国睢阳、钜鹿，并出梨。上党，梨小而甘。广都梨（又云'钜鹿豪梨'）重六斤，数人分食之。新丰箭谷梨，弘农、京兆、右扶风郡界诸谷中梨，多供御。阳城秋梨、夏梨。"所指真定、钜鹿都在今河北省，前者即今河北正定，钜野、临淄在山东，当时均以产梨著名。上党、阳城指山西长治、晋城等周边地区。《三秦记》中有："汉武帝园，一名御宿，有大梨如五升，落地即破……取者以布囊盛之，名曰含消梨。"《西京杂记》记载有梨10种："紫梨、芳梨（实小）、青梨（实大）、大谷梨、细叶梨、缥叶梨、金叶梨（出琅琊）、瀚海梨（出瀚海地——可能在今宁夏一带，耐寒不枯）、东王梨（出海中）、紫条梨"。

"种者，梨熟时全埋之。经年至春，地释，分栽之。多著熟粪及水，至冬叶落，附地刈杀之，以炭火烧头，二年即结子。若稙生，及种而不栽者，著子迟。每梨有十许子，惟二子生梨，余皆生杜。"这是贾思勰在《齐民要术》中关于种梨的一段文字描述，是讲当我们以种子繁殖时，等梨熟时采收后就应埋在土内。越冬至次年春解冻后幼苗出土，以后进行分栽，并多施腐熟的厩肥，大量灌水。到了冬天落叶后，就地将上部剪去，以炭火烧头，这样二年就可以开花结果。若苗为自然实生苗或种而不分栽的，则结果迟。每个梨果中约有种子10粒，其中繁殖后能结出品质优良的梨者，只有一二株，其余则趋向野生，如同杜梨。这种实生播种的方法是世界各国古代人民繁殖果树的方法，在现今果树育种工作中，仍是培育各种果树新品种的基本方法之一。当然，扦插和嫁接同样是梨树苗木繁殖的重要方法，前者"春分前十日，取旺梨笋如拐样，截其两头，火烧铁器，烙定津脉，卧栽于地即活"；后者古称接梨（插梨），并且在果树嫁接方面有着丰富的经验。此外，还有远地采取接穗也时有记录。至于棠梨、杜梨用作砧木，几乎一直沿用至今。

对于梨树的栽培管理技术，《种树书》中的"论果""论木"两章中最为详细。书中说："种树木用谷调泥浆水于根上，曰沃之，则无有不活者。"又说："凡移树不要伤须根，须阔埞不可去土，恐伤根。谚云移树无时，莫叫树知"；"种一切树大枝向南，栽亦向南"，"凡果木未全熟时摘，若熟了即抽过筋脉，来岁必不茂盛。"据此可见，我国在7世纪时，果树的栽培管理技术即已经相当完善。此处所记载的方法与目前我们所采用的栽植法并无本质的区别，与苏联所广泛采用的栽前浸蘸泥浆法原则上是一样的。

此外，果实采收不可晚，过晚将影响来年树的发育。在病虫害防治方面，罗愿的《尔雅翼》中说："盖梨喜为蜂螫，螫处辄不可食，故钻去之。今人皆就木上大作油囊裹之，梨滋长其中，故益大而无伤。"《种树书》也说："果树有蠹虫者，以莞花纳花中即死，或纳百部叶。果木有虫蠹处以杉木削小丁塞之，其虫立死。"另外，有关梨的栽培管理技术，在《齐民要术》《群芳谱》《广群芳谱》《授时通考》《农学合编》等书中，均有记载和补充发展。

对于一颗梨来说，时间往往是最好的参照物。从发芽到生长，再到开花结果，甚至是采摘贮存，然后化为一颗梨籽重新来过，这样的轮回说来简单，却也往往蕴含着深刻的哲理。诚如生物进化学说所论证的那样：物种是可变的，生物是进化的；自然选择是生物进化的动力。基于这样的前提，才有了层出不穷的各种可能。例如：在我国福建省建宁县，曾发现过一种三花两熟梨。每年3月下旬第一次开花，7月上旬第二次开花，10月下旬至11月上旬第三次开花，第一次果9月份成熟，第二次果11月上旬成熟，11下旬开始落叶。再如：二十四盘蜂蜜梨听上去似乎让人有些不解，实际上二十四盘是四川大金曾达的一个地名，所产的蜂蜜梨属高山地区较优良的一个品种。

也许人们从不在意，就是这么一颗普通的梨可以和我们中华民族的悠久历史和灿烂文化紧密地联结在一起，并且在现代文明的进程中迸发出强大的力量，继而缔造着华夏民族经久不衰的不朽神话。那么，就让我们从梨开始说起，一起进入梨的世界吧！

无法抹去的记忆

  若想看清叶片的脉络，得将它置于显微镜下；若想鸟瞰山川的模样，从空中俯视才行。那于群山之中巍然屹立、绵延起伏的万里长城、像一颗璀璨的明珠闪耀在宝岛台湾中部的日月潭，还有以奇松、怪石、云海、温泉著称于世的黄山等等，顷刻间就可跃入人们的视线。这些绝无仅有的自然景观，无不显露出大自然的博大神奇。在与大自然和谐相生的过程中，人类创造了前所未有的文明。从最初的农耕时代到工业文明、数据大融合再到"互联网+"时代，没有什么比人类更能创造和接受大自然的种种馈赠。这里，我们所要讲述的中国大美梨，也就是玉露香梨的发展历程便是如此，得从上个世纪的某一天开始讲起。在那些悄然远去的日子里，有哪些最美的记忆曾令人感动不已，又有哪些错位的遗憾让人怅然若失，唯有经历过的人才能获得足够的了解，更多在当时看来无法忘却的过往，终将被湮没在岁月的风尘中。就好比一朵花或是一棵树那样，每一个叶片花瓣看上去都充满无限生机，却在默默地远离着绚烂；你以为每一个生命都会回归于淡然，往往又在四季的轮回和洗礼中重现精彩。

  自二十世纪中国农业科学院果树研究所建立以来，全国各地的果树研究机构均得到了相应的发展。地处太谷县西南，距县城 12 公里，占地 606.14 公顷的山西省农业科学院果树研究所，便是以北方落叶果树为主要研究对象，全国规模最大的省级果树科研权威单位，也是山西省唯一的公益型果树科研机构。能在这样一所科研机构就职，对于从事果树研究的人员来说，不能不说是一件幸事。在这样的机缘下，一位年轻的山东姑娘毕业后分配来到了这里，她就是被人们誉为

"果树育种专家"的邹乐敏教授。邹乐敏（1939—2013），祖籍江苏，山东青岛人。自幼看着父亲一生致力于鱼分类研究的她，便无可救药地着迷了。不同的是，多年后的她并非沿袭了父亲在青岛海洋学院的学术方向，而是毅然选择以果树分类作为专业，并且在日后的工作中始终保持了实事求是的工作作风和认真细致的工作习惯。翻阅当年的笔记，誊写在红色方格稿纸上清秀整洁的字迹时刻提醒着我们，就是这样一位平凡而伟大的女性曾投身于梨育种工作的前列，为大美梨玉露香的诞生以及我国的梨科研事业做出了杰出的贡献。

在她家二楼宽敞的房间里，除了放置在房屋中央的绿色植物外，触目之处皆是大小不一、薄厚不同的各种书籍。无论是倚墙而立的橱柜里，还是简洁大方的书桌上，就连上下贯通的楼梯过道两侧都堆放着几大摞高低错落的书本。有人看了后称之为书海，可在邹乐敏老师看来这样的譬喻有些夸大，而自己充其量也只是遨游在书海中的一叶小舟罢了。当提及玉露香梨被大多数人所认可时，已是在家、留着烫发的她点了点头，然后客观地讲到玉露香梨是目前东方梨白梨系中的一个优品单系，并且指出一个好的品种发展起来最起码得三四十年的时间。事实上，这样简短的话语不仅做出了恰如其分的直观陈述，更表达了准确无误的精确判断。

熟识的人都知道，邹尔敏的爱人既是她上学时的校友，也是生活中的佳侣。他们从校园走向社会，一起缔结了美好的姻缘。共同的爱好，再加上共同的志向，使得二人在日后果树事业甚至是农业科学发展的道路上携手相伴，并且铸就了各自的荣耀和辉煌。漫长的岁月里，他们共育有三个子女，即：长子李凡、次子二宝和女儿李群。这三个子女中，长子李凡和女儿李群均在不同的领域就业，唯有次子最终继承了母亲的衣钵，留在果树所内从事相关的工作，就算难以超越母亲当年的辉煌，却也在一直努力地向前迈进着。

诚如之前所言，玉露香梨在经历了四十多年的坎坷历程后，犹如一匹横空杀出的黑马不仅惊艳了人们的视线，更以其卓越的品质得到了国内外专家的一致认可，特别是在我国大部分地区得到了广泛种植，甚至出口到美国、加拿大以及东南亚，让世界都见证了中国制造和中国创造的力量。只是，当我们为这样的喜悦回眸四望时，邹乐敏教授却永远地离我们远去了，就像西祠胡同社区平台上的一副挽联写的那样，"碧血丹心，繁花笑靥；丰梨嘉树，硕果忠魂。"成为了她一生最美的写照。

那是很多年前的事了，人们却不会轻易忘记。尽管早已物是人非时过境迁，但生活总在令人意想不到的地方开启。就好比坐落在山东的青岛海洋学院（即中国海洋大学），如今成为了无以数计有志于海洋资源学习、开发和利用的有志青年的向往之处。殊不知，命运常常是以磨难的形式无情地出现的。此刻，当人们回想卢沟桥事变战火的时候，日本全面侵华战争的一幕幕往事仍然会浮上心头。那些过往的硝烟和惨痛的代价，如弥漫在四野内的尘埃久久不愿离去。生活在今天的人们不会明白，不管你接不接受你都必须接受与面对时代的变迁。诚如当年抗日战争爆发后，学校由私立青岛大学更改为国立山东大学又改为山东大学后奉命迁往安徽安庆，不久又迁往四川万县，在青岛只留下校产保管委员会。为了安全起见，图书、仪器、案卷分三次运出。第一批257箱运至西安，旋又转运万县；第二批837箱运至浦口，因南京失陷全部丢失；第三批16箱运至汉口，转运万县。在迁徙途中，随身携着行装的人们脚上磨出了多少血茧，又经历了多少艰难，外人根本无从知晓，而未能运出的财产和校舍转瞬间就出现了被占领和焚毁的局面。在那些变幻无常的日子里，饥饿灾荒随时都会发生，流离失所病难横生是整个时代都无法承受也是任何一个家庭都要面对的举步维艰。这个时候，什么理想志向仿佛完全被现实碾成了碎片，好好活着对大多数人都成了天方夜谭。蓬头垢面、胡子拉碴的情景一不小心就会出现在面前。好在，这一切都已经成了难以磨灭的记忆。

过去的已经翻篇不再提起，但今天的我们还需要接纳和正视。毕竟，接下来所有的一切都是因为邂逅了一颗梨，然后沿着它和它的育种人从出生到落幕甚至更多思考所展开的。这样的追寻是否有着一定的积极意义于人们来说起不了一丝涟漪，但在漫长的岁月里能够为时代留下一道闪亮的光，这样的人应该受到众人的敬仰，这样的人值得人们的怀念。或许，如同那宇宙中看不见的一丁点存在，然而当他（她）们告别一烛独照融进满天星斗时，他们的业绩和贡献会永久地镌刻在时间记忆的长河里，并终将化成无边浩瀚的星空照耀着人类踽踽前行。

没想到在电脑中输入了四川万县，弹出的却是万州区。原来，这个曾经隶属于四川，有着清秀风光的小县城，因三峡工程建设已划入了中国四个直辖市之一的重庆。由于位于长江上游地区，这个昔日有着"川东门户"之称，以"万川毕汇""万商毕集"而得名的地方，为渝东北、川东、鄂西、陕南、黔东、湘西的物资集散地，是成渝城市群沿江城市带区域中心城市。但凡来过这一带的人，都会被这里的美食美景所深深折服，也可以借机吟诵"两岸猿声啼不住，轻舟已过万重山"的千古绝唱。只是，当年的远走他乡并非人们心中所愿，情急一时的避难往往携带着无奈和惆怅。

没有人愿意东奔西走，也没有人愿意背井离乡。这，是亿万华夏儿女的无力呐喊，也是整个民族在面对生死存亡时的窘困状况。仿佛还在昨天，一阵阵炮火轰鸣此起彼伏，一声声血泪记忆模糊视线。家，不像是家；国，不像是国。落后就会挨打，发展才能强大。是啊，那悠然的长江水能洞悉旧中国的凄凉和沧桑，那挺立的万州桥能感受离家者的苦楚和悲伤。他们不是没有热血，蛮干不能解决任何问题；他们不是没有力量，只能暂时隐忍地保存一切，然后彼此呼应广大民众团结起来，一起捍卫祖国的尊严。

当太阳出来喜洋洋的景象映照在山岗上，有人挑起了扁担上山，有人来到了江边拉纤，还有人悄悄离开去投奔延安。这一刻不能说什么对与错，都在为生死存亡和民族大义的信念奋不顾身地投入到革命的洪流当中。前方是战场，后方是支援；前方是家园，后方是沦陷。数不尽的悲欢离乱，数不清的于事无补，而解决这所有问题和苦难的根源，就只有联合起来，才能抵御外来的强权，真正实现人民当家做主的意愿。都说没有战争就不会流血，没有战争就不会恐慌，历史的经验告诉我们躲避从来不是最好的办法。与其逆来顺受不如揭竿而起；与其饱受欺凌不如勇敢面对，用我们中华民族的勤劳和智慧迎头战胜前所未有的磨难才会拥有美好的明天。于是，千千万万的热血青年在五星红旗的指引下抛头颅洒热血无怨无悔，千千万万的劳苦大众在中国共产党的领导下万众一心冲锋陷阵，开启了人民当家做主的全新序章。

想来，像邹乐敏老师一样的幸存者不止一个，看到过他乡的山高水长，还能回到自己的美丽家乡青岛。这样的童年里，有打量世界的好奇，有父母给予的温暖，还有操着异乡口音的玩伴。只是，才与动荡不安、流离失所、饥不果腹擦肩而过的她，又有什么未知和意外会在下一个路口悄然等候呢？父亲供职的学校，在抗战结束后的一个春日里复校，并创立海洋研究所、水产系和水产研究所，开启了中国培养高等水产人才之先河。这一时期，学校学科的设置得到不断拓展，到建国前后由于青岛医学院并入实现了"五院十四系"，即文学院（中国文学系、外国文学系），理学院（数学系、物理系、化学系、动物学系、植物学系、地质矿物学系），工学院（土木工程学系、机械工程学系、机电工程学系），农学院（园艺学系、农艺学系、水产系），医学院（不分系），从而获得了新生。

对于一个垂髫之年的生命来说，不必再东奔西走担心厄运从天而降，而是有了相对稳定的居所该是多么幸福的事情！尽管，重建后的校园尚需一段时间恢复元气，也存在着需要正视的无序凌乱等等。尚在求学之年的她，不会在意刚刚获得抗战胜利时文盲遍地的状况，可纪录片《教育强国》恰恰阐释了天安门城楼上宣告中国人民站起来之后，相当长一段时间内我国存在着经济文化科技教育等百业待兴的状况。可以说，全国百分之七八十的人口和地区需要教育来实现脱离落后生产力的根本目的。换言之，通过教育使全民素质整体提高受到了前所未有的上下一致的重视。

年少的她既可以目睹眼前这种失而复得的变化，又可以紧紧跟从

邂逅大美梨

崭新的气象与时俱进。都说孩子是最快乐的，这对于任何一个人来说都应该是幸福的回忆。语文、算术还有劳动等科目一下子成了学习的主题，在课堂上跟着老师大声朗读，回到家里掰着指头数数做题。没有哪个孩子是大家眼里的天才，都是边学边会；也没有哪个孩子一无是处，只要给予足够的信心都是快乐的精灵。从小学到初中完成基础教育，再到高中大学或是有了职业的发展趋向，理想的大门已经朝着未来全面开启。当预设的职业规划和理想现实出现了高度吻合，意味着命运的选择，也昭示了我们学有所成的主人公即将走向一生的使命和荣光。

一次难得的对话

　　仿佛还在昨天，从这里离开后踏上了去北京的旅途当中。随行的孩子刚上学只有六七岁，对一切充满了好奇和未知。他新奇地打量周围的与众不同，也用脑海里不多的词汇一个劲地夸奖沿途的风景。我们甚至完全不知道，后来不止一次地来这里除了是对一位女性的敬畏之外，更多的是对无数科学家身上所具有的创新执着和坚守等不尽力量深深地感动。多年以后，当人们走过这里的农科院家属区时，总是陷入各自生活的忙碌当中。也许有一天，不经意提起这位优秀女性的我们终将会忘了这一切，这又有什么不可以呢？抑或是你我，真实记录了这轻易不为人所知的中国故事那就足够了。

　　这里既然提到了农科院和果树所的过往人事，必然少不了介绍农科院的概况。山西省农业科学院是省政府直属的综合性公益类科研事业单位。多年来，在山西省人民政府和山西省委的直接领导下，科学研究和各项事业都取得了飞速发展。山西省农事试验场是山西省农科院的前身，当时规模甚微，仅有10余名员工和10亩土地，隶属于阎锡山国民党省政府的建设厅管理，场长栗树之。建国后，在中国共产党的领导下顺利完成了土地改革，改变了几十年的生产关系，农业生产力得到了极大的解放，农业科学也得到了恢复和快速的发展。县市建立于充实试验农场的时期，然后科研机构逐步进行扩建。

　　如今，隶属阎氏政府管理10亩土地的历史已经一去不复返，而作为太原市最早问世的通衢大道，五一路在许多人心中的分量举足轻重。五一路南华门一带，明代是晋王府邸的南门，近代民国时期是太原富贾大户、社会名流、军阀权贵的宅院，太原解放后则是山西省文

　　　　　　　　　　　　　　　　　　邂逅大美梨

学艺术界联合会的所在地。之后，随着"西李马胡孙"文坛"五战友"入驻杏花岭区所属的南华门，这里成为了山西省作家协会曾经的办公地点。事实上，这两个不同的行业放在一起并没有多大联系，只是一种巧合而已。然而，因为关注梨的开始，无数次地出入省农科院所在的太原坞城南路龙城大街及其所属分管地盘和隐于南华门附近巷井之中别致的小院。

从小院的入口处可以看见里面是一个二层楼的建筑物，上面密密麻麻地覆盖着一层绿色的植物。如果没有记错的话，应该是喜温暖且耐寒冷的爬山虎。爬山虎别称地锦、红丝草等，特别适合栽植在宅院墙壁围墙等处，既可以美化环境，又可以降温调节空气减少噪声。旁边的各式门上，是精心编撰又经书法大师题写刊刻在木板上的楹联，或张弛有度，或行云流水。每次走进小院内心总觉得特别踏实，也会偶尔忍不住拿出手机拍上几张留着闲来翻看。从某种意义上来讲，这个大的集体就像我们的家。很多散居在全省各市县的作家朋友，经常趁着出差或是别的由头来这里转转。一来，和熟识的同行沟通交流，二来感受一下家的氛围。而我将上一本书交给出版社后的某一天开始，也是有点犹豫彷徨又得到了强大的支撑才无畏而上。

这样的支撑，不只是资金那么简单，有时候甚至就是一个鼓励和一句话而已，却让人在无助时往往有了重新出发的勇气和力量。当然，不是所有的人都理解你的行为，也不是所有的人都认可你的做法，毕竟地球大了似乎离了谁都可以。于我们每个人来说，做自己认为正确的事足矣！

好了，接下来继续回到农科院的地盘，和原课题组育种团队成员、从人事处退休的张志德老师去拜访一位年长的女性。于是，我们一起在省农科院家属区七拐八绕走了好一会儿，才找到绿树掩映着的11号住宅楼，上前轻轻按动门铃，便听到了开锁的回应声。进了门后，一看到八十多岁的郭绍仙老师从厨房里拿出一个发旧的红暖壶，找了一次性纸杯倒水，便赶紧下意识地站了起来。之前就听说她患有胆结石，现在又新增了腰疼，便寻思着要早点找个机会来拜访。这样的话实际上刚说出口不久，便得以实现了。此时，郭绍仙老师一手拄着拐棍一手撑着略为有些弯曲的腰在客厅里的木椅子慢慢坐了下来说：

"你要问什么，就开始吧！"

"好，那咱就随便聊聊邹老师和玉露香。"

"算起来，我比邹老师还要大些，她属兔，应该是1939年出生的。邹老师身体一直挺好，后来可能工作出现了调整，环境发生了变化，再加上个人一些因素，检查出患有口癌，后来又转移成乳腺癌。大概五六年的时间，和癌症顽强地做斗争，之后于2013年春告别了人世，在太原殡仪馆火化。"

"我们在太谷果树所就是多年的老邻居了，邹老师刚到所里，和所长王大桢一起进行育种，都是得了癌症，可以说为了果树事业都付出了毕生的心血和生命。王大桢从上任到离世，只申报了一个课题，晋酥梨。"郭绍仙的爱人张志善是个性格直爽开朗的老人，也主动加入到了谈话的行列。

"无关的话就不要说了，"见老伴似乎有点跑题，郭绍仙老师扭过头看了看又继续说道，"我们那时候课题经费特别少，一年只有2000块钱。不像现在对农业特别重视，下拨的资金非常充足。"

"郭老师那时候背着六十斤的药壶挨个打药，可能现在的背疼多少是当时劳累造成的。"原课题组成员张志德听到这里，及时地插了一句。说起来，当年工农兵保送上大学的他老家是榆社的，后来经过深造进入了农业领域。

"还有就是邹老师家庭特别好，父亲是个教授，从事鱼分类研究。可她说干就干，完全没有一点儿娇贵样。"

"我们那代人都非常敬业，现在人根本吃不了这个苦。"

"确实，现在微信段子都说六〇七〇后，都是有国家集体归属感的，再往后就说不好了。"

"玉露香当时表现并没有特别突出，可能和地理、环境等因素都有关系。后来，邹乐敏老师的晋蜜梨申报了'七五'课题，获得省科技进步一等奖。当时运城有个泓芝驿，个人率先投资种梨致富后修建了欧洲别墅。"

"那个地方去过，别墅也见过，现在供游人参观，没想到是这么回事！"

"小＊，你要牢牢记住一句话，三三得九不如一五一十。"操着一口清徐方言的张志善老人把手拿到胸前，兴致勃勃地说，"不管干多干少，都得和经济挂钩。你说说你们那里玉露香的种植面积是多少？"

"嗯，让我想想，现在超过了 10 万亩，到 2020 年预计至少要立争达到 30 万亩！"

"对，是 18 万亩。"

"我这天天看书看报，你们那里的数字很清楚。要想知道能种植多少亩，得看有多少亩耕地面积？"

"这个就不知道了，总面积还行。"见对面坐着的都是行家，自然不敢班门弄斧的我只好如实回答便是最好的选择。

"不过，现在核桃面积过大，几乎饱和了，价格会回落一些。"

"哦，怎么讲？"

"这个核桃种植面积，包括以前种植的和新栽植的，原来没了又补上的也在统计之列，因此目前的数字比实际上的要略高一些。"

"话说回来了，还是那句'三三得九不如一五十'。无论种植面积再大，还是管理水平再高，到了老百姓手里换不成票票，全是空谈。这是一位老领导曾经说过的，非常有道理！"

"邹老师的爱人李振吾，是我们农科院的院长，现在退了，是湖南人。"

"这个知道，在他家里见过。当时刚好是个国庆，去北京路过时去的，家里刚好洗了很多葡萄放着让吃，可能是儿媳，还有个孩子也在。"

"她的大儿子叫李凡，二儿子大名想不起叫啥，大家都叫二宝，也是在果树所上班。一共有 3 个孩子。生大儿子的时候，正赶上搞'四清运动'（1965 年），当时邹老师手续还没办过来本来打算回山东，从太谷县城用平车拉回所里还没来得及走就把孩子生在了办公室；到了老二的时候，也是不过十来平方米的家，中间隔着一块帘子，医学条件也不太好，就在我们所里生的。"

"这个老二就是二宝？"

"对！"

"二宝，还有我的儿子，上五年级的时候就一起去了运城，当时果树所没有初中，所以转到了临猗，毕竟那边条件比较好，都到了同一所学校。"

"就是张西民爱人那个学校？他家里还有个96岁的老人，身体挺好的，还能和人打招呼呢！"

"是，我们去年去看望老人时还问二宝呢。"

"非常不容易，能有这么大的福分也是子女孝敬。这一点西民老师和他爱人做得特别好。"

"嗯，平时不能多跑。"

"是。邹老师还有一个女儿吧？"

"小名丽丽，大了才从湖南接回来的。"

"好像一直就没有正式的工作？"

"对。邹老师就坐在这个沙发上讲过，孩子说不要因为自个儿的事让父亲为难，那时（1986年）她的父亲已经是农科院的副院长，后来当了书记都没有解决孩子的工作。我是副书记。"

"一直认为，咱们搞果树的在山西是件非常幸运的事。"

"对，咱们省农科院果树所面积，土地面积一直都是全国最大。就现在来说，早黑宝、玉露香梨、矮化中间砧在全国都非常有名。"

"当时玉露香我们布了三个点，包括运城的泓芝驿、怀仁果树所和晋中太谷果树所，结果都不见好！全部都是失败。"郭绍仙老师继续回忆道。

"不管怎么，现在恒温库修起来了，贮存等问题得到有效解决。可以说玉露香是成功了，但还得注意三点：1. 定量生产。2. 无公害。3. 有机肥。"张志善老人接了话茬就说，真可谓是三句话不离本行！

"到了1985年的时候，农科院考虑到我的身体情况不好，在省城太原治疗会方便一些，所以就在张志德之后调了回来，又过了一年邹乐敏老师也调回来了。手续都是他给我们办的。"郭绍仙老师用手指了指讲当时的情况，而大家都静静地听着。就算没有用笔记录，也牢牢地记住了张志德老师的话："说实在的，虽然早已离开了但一直还想做一次育种，就是把玉露香再和……"

就这样，差不多整整三个小时，我们四个人围着茶几你一句我一句，说得热火朝天，甚至忘了喝水，忘了吃饭。提起当年的工作，这些老一辈仿佛重新回到了那些激情燃烧的岁月，又置身到了火热的生活当中。他们的热情，甚至是激情，可以说无声地感染着我们这些年轻人。是啊，能够为祖国付出青春和热血，难道不是一件非常值得骄傲和自豪的事情？

诚然，家国情怀是每一个自然人都有的情感，也是每一个生命个体报效祖国的一种方式。只是，社会的发展从来就不是孤立地存在着，而是伴随人类文明的发展不断进化。试看那些被列为古文明的国家古巴比伦、古埃及、古印度和古中国，哪一个不是有着肥沃的土壤和宽广的河流又孕育了历史上最伟大的文明，哪个国家的人们不是同样为了祖国付出了无限赤忱和生命？然而，在对这些国家所进行的资料查询中，除了埃及法老的手杖有梨形记载外，再有印度是从中国引种过去的，有关梨的记载就极为罕见了。

▍难忘的寻访之旅

　　在以后的日子里，少不了将目光停留在更多的地方，也希望能够借此挖掘更多梨的相关内容，显然有些是必然有些却得靠运气。说起运气，刚好午饭后和身处外地的朋友聊到命运的议题。当初考上了省城一所金融院校的她，因家里出了一点意外没有去上成了一生的遗憾。而从事教育工作的我，上班后进修学习经济管理是因为刚好有时间，但实际上继续深造的事情也跟她一样成了笑谈。世上的事有时说不清，我们一起与经济相关的事情擦肩而过，偏偏还能遇到连字都抄写不了的人开公司做企业，实在是造物弄人。现在的她特别现实，除了居家过日子外有空还练练瑜伽等等。而我，有时候在太原中转时会稍作停留，和她聊聊工作和业余时间的事情。不过，还是暂且转到正题上。毕竟，把关注梨当作事情后经太原离开直接去了省农科院果树所所在的太谷所进行了实地采访。

　　"看，就在那儿！"

　　"就在那棵高大的树附近？"

　　"对！那就是当年的玉露香梨，也就是 74-7-8 的诞生之处。"此刻，一起同行的张西民老师用右手指向远方，兴致勃勃地回忆起当年投身于果树研究的过往。作为当年玉露香梨课题组的成员之一，张西民老师内心有着太多的感慨，也道出了一些轻易不为人知的往事："大约在 1962 年后，也就是'文革'前邹老师在中国农大读分类学研究生，师承俞德浚。俞德浚是我国二十世纪著名的园艺学家、植物分类学家、植物园专家。他长期从事植物科学考察、采集和分类研究并出版专著。他创建了北京植物园，参加了国内 10 多个植物园的建园

　　　　　　　　　　　　　　　　　　　　邂逅大美梨

规划设计，为我国植物园事业做出了重大贡献。"

"我们办梨花节还计划邀请邹老师的，后来得知她去世了。"早已获知信息的我，想了想说了出来。

"是在太原火化的，我们都去了。"西民老师坦言道，"邹老师是一个极其勤奋的人，干什么干得都非常好。那时候虽然有着不同的分工，但基本上都是和果树有关。当时的育种工作，实际上每天都在试验进行着，然后就有很多单系和复系的优品被筛选出来，经过反复比较后再做论证。"

"有一次，在讲到花的结构时，只见邹乐敏老师停下来随手摘下路边的一朵花开始讲起。一般人都知道花是种子植物的繁殖器官，由花梗、花冠、花托、花萼、花蕊组成，而她一边讲一边细分开来，花蕊包括雄蕊和雌蕊，雄蕊中含有花药、花柱、花丝等，雌蕊中含有胚珠和柱头，大多数的花卉同时具有雌蕊和雄蕊，也有少部分花只含有雄蕊或者雌蕊。同时具有雌蕊和雄蕊的，这种植物被称为两性花，或者雌雄同化，也有少数的花卉只含有雄蕊或者雌蕊，这种花卉植物被称作单性花。花卉种类极多，从生长周期可以分为三类，分别是一年生花卉、二年生花卉、多年生花卉，直听得旁边的人个个目瞪口呆。

"还有一次，有人拿着几颗圆圆的小果种子来所里请教。要说植物的种子形状可是千奇百怪，大小不等。仅从这样看上去是圆形、卵形、椭圆形、圆锥形、多角形的种子，形状、色泽、表面纹理中又能透露多少信息，该如何做出准确的判断呢？可邹乐敏老师压根不用思索，当即就指出该种子皮厚，根本不是货真价实的蔷薇科种子。如此看来，任何学问都不是一朝一夕就能练就，也不是凭着侥幸就可以成为行家里手的。"

此时，漫长的林荫道上投射出了一男一女结伴而行的身影。时而窃窃私语，时而滔滔不绝。也就是在这样的清晨里，西民老师如数家珍般边走边说："玉露香梨杂交成功之后，由于优缺点比较明显，并不被外界所十分看好。主要是玉露香的落果储藏变色等问题，日本来的专家带了六七种药，大概住了一年都没解决，还有就是土壤有机质的问题。差不多又过了十年，在一次清库时发现味道不错，甜。"就这一个"甜"字，没几个人知道还是个烂梨，也就是说不知是被蜜蜂蜇了一下还是放坏了一小块，反正记不清了。但是，能记得清的是西民老师找了小刀将坏了的部分削掉一尝，马上就被折服了。于是，大家就知道了玉露香梨的美味，却完全不知光是梨也吃坏了西民老师的胃。因为，品梨也是工作的一部分，根本无人可以代替。

多亏了爱人的悉心照顾和护理调节，到退休前他的肠胃基本上没有了这样极度困扰的问题。然后，我们一起在饭桌上看着他和家人开心举杯，交流着一个个随心而起的话题。其实，所里30亩苹果、30亩梨的实验用地面积杂交授粉的品种挺多的，差不多有8000来个，但最终被认可的却屈指可数。要说申报课题，晋蜜梨即72-9-33也是邹老师做的育种人，获山西省科技进步一等奖。后来再报时，又在硕丰梨和玉露香梨之间取舍，但最终报了硕丰梨，再获二等奖。

再后来，随着课题组的成员先后调离，相关的工作移交到了西民老师的手里。有人曾认为，西民老师是个卖农药的，这是贬是褒权且不做评论，看来在职期间经营过一段农资用品是不可回避的过往。说起来，这也是大多数农业领域从业人员的涉猎范围。你想啊，无论是科研工作人员还是获利终端一方，总是要通过一些行为实现产品的最大价值化。于是，间或在工作之余从事商业活动是完全可以理解的。毕竟，先生存再发展是每个人生活最基础的问题。坦率地说，他是个爽直的人。从接了电话一直在公交站牌下等候，一起就近到了他的住处喝了一口热茶之后就开始了彼此的访谈。那一刻，没有距离，没有客套。有的是坦诚，和坦诚面对梨的相关。

在他家的客厅里，他的爱人适时地拿出自制美味的黄桃罐头邀请品尝，可惜我只把注意力留在谈梨上，浅尝了一小口便轻轻地嚼在嘴里。说话间，邻居李晓梅从隔壁来串门小坐了会儿。看上去，这个年龄稍长的姐姐性格干脆利落，据说之前和张建功也是在梨项目组待过一段时间，大概1993年才转到了葡萄上。经西民老师的介绍自然而然地问了问，也就顺便了解她尚在《山西果树》杂志社的爱人和国外求学的女儿。当然，都只是泛泛而谈略知。之后，没等到打算离开就被西民老师的爱人安排了住宿和床被。次日临行前，又搭上他女儿回程的顺风车这才离开了。

回来后，日子陷入了一如既往的忙碌当中。像大多数上班族那样，既要入得厨房又要出得厅堂，还要在完成手头应有的工作和一日三餐之余挤出一些时间来梳理头绪。可能，每个人的童年都是不尽相同的，有时候恍惚觉得自己就像那颗用了四十多年才被认可的玉露香梨一样，该降生的时候降生，该成长的时候成长。这么一想，思绪就跑到了遥远的过去。"在那遥远的小山村，小呀小山村，我那亲爱的妈妈已白发鬓鬓，过去的时光难忘怀难忘怀，妈妈曾给我多少吻多少吻……"这一首上世纪八十年代的流行歌曲，唱出多少人对家乡和母亲的眷恋之情，也道出了儿女对母亲的情意。不可否认，每一位父亲都要成为家里的顶梁柱，而每一位母亲都要担当起繁衍子女的责任，也要撑起家里的半边天管理好老人孩子等要务。这既是一个农家的基本生活方式，也是大半个中国农人家庭的基本构成。

在这样的前提下，无以数计由姓氏构成为单位的家庭团体日复一日地重复着面朝黄土背朝天的劳作生涯，也拥有着属于一代又一代人的独有记忆。缺吃少穿的困顿和弃儿离乡的无助不仅仅提醒着人们需要正视冷酷无情的现实，而且仿佛成为看不见的魔咒令人无语。没有人愿意袒露自己的暗疾伤疤，可伤疤又像是甩不开的隐痛在每一个家族如同复制般可怕至极。没有经历过的，永远无从理解那个时期捉襟见肘的尴尬，也无法感受到要改变这一切苦难所要付出的勇气。很难说，我们的父辈或是前人闯关东、走西口和下南洋等都是明智之举，毕竟他们用中国人特有的敢于开拓的精神和坚忍不拔的毅力造就了属于中华民族的传奇，然而就靠山吃山靠水吃水的老话来说，这老祖宗留下来好出门不如歹在家的俗语也不是没有道理。于是，固守一方土地的人们用各自的方式建造着家园，而梨种植和生产也就成了一路沿袭发展中的部分。

每一座山，都有一份独有的记忆；每一条河，都流淌着岁月里的欢歌。山前的空地上，有母亲晃动的身影进出忙碌着家务，有孩子跑跳露出开心的笑容，背景是一孔连着又一孔的窑洞。窑洞是不是固定的尺寸不知，但门和窗必定是安上去的。最初人们几乎根本不会顾虑别的，只知道下意识地打了糨糊在木窗上糊些麻纸就可遮寒挡风，连两扇门都可以随时取下来。只是，这又有什么不可以呢？家家户户，就在这样的环境中生活着。世间太平，也不尽是太平。就好比有个坐在木墩上的孩子快活地摇来摇去，却不曾料到木墩和人一起甩了出去朝着沟底滚去。等到木墩落到沟底停下来的时候，沿路而过的坡上尘土飞扬，人却没了踪影。

很多意外来临时，都是猝不及防的，以至于人们往往失去了才懂得珍惜，更多的却是平添几分感叹而已。其实，不管幸运还是不幸，生活总在以意想不到的方式继续。不变的，是太阳一直从东方升起，也到了夕暮晚归的时候落下。在孩子眼里，生活是丰富多彩的。他们不会随意写下令世人瞠目结舌无比惊叹的经典妙语，也不会轻易吟诵春观云海夏看落日秋望红叶冬赏雪景的千古佳句，但他们是每个家庭悄然降临的天使。不敢说，世上的父母拥有了家庭就拥有了全世界；也不能说，世上的父母全都为了孩子的前途奔命，然而一代又一代的祖先将未竟的事业薪火相传，一辈又一辈的子孙在面对新的挑战时前仆后继迎难而上。这是人类繁衍子孙的本质，也是我们从前人手里接过圣火和使命超越极限最好的存在证明。

白天，人们扛起农具在希望的田野上播种，将制陶制茶桑织的记忆定格在岁月里；晚上，煤油灯前弯曲的身影无声地诉说着普天下劳苦大众无力改变的呐喊。倘若是山前的某处有一所简陋的学校是再好不过了，那意味着茹毛饮血的时代只是蒙昧的过去，用知识点亮未来的思想依旧荣光。于是，背着自家碎布头缝制的书包的孩童在每一个清晨来临的日子里可以和众多的伙伴坐在破旧的教室听老师讲课，也可以掰着指头从一笔一画开始数起。没有人会在乎自己的父母斗字不识，也没有人会计较他们偶尔也会像愚公一样做出有些离奇或是无可理喻的事情。只是所有的一切成为往事后，都终将会被理解也全都如云烟随风而逝。

　　时至今日，当我们回望愚公的时候依然把他当作不畏艰难和坚持不懈的典范，事实上搬山甚至是更多的难题都被逐一攻破，这样的对比恰恰让我们看到了人类永无止境的积极探索和创造能力。这样的中国制造或是中国创造体现在农业方面也尤为突出，就梨产业方面来说也取得了突出的成绩和卓越的进步。按旧版《中国果树志·梨卷》的记载，截至1949年前全国各地的梨品种超过了1000种，并且还在以我们看不见的速度不断增长着。没有为之奋斗的科学家，我们永远品尝不到与时代同步发展的最好的梨；没有科学家的创新，就不可能在有了最好的梨后还能摸索着继续前进。这里所提到的梨，我们为之邂逅的中国大美梨并不在这样的统计当中，若它在某一天又彻底退出历史，那也一定是因为科技的创新，就像当初它的出现一样悄然无声。

梨的远古今昔

从字的释义来讲,梨的意思基本上有三个方面。即:1. 落叶乔木或灌木,叶子卵形,花一般白色,果实是常见水果;2. 这种植物的果实。3. (lí)姓。这样的网络搜索适用于学前启蒙的孩童,要想获得更多的知识恐怕得依赖于进一步的深度学习和研究相关的典籍。一直以来,人们认为梨属蔷薇科(Rosaceae),梨亚科(Pomaceae),梨属(Pyrus)植物,是落叶乔木或灌木。其实,现代科学将蔷薇科的亚科分为蔷薇亚科、桃亚科和仙女木亚科,梨属被归于桃亚科下苹果族的苹果亚族。梨的果实营养丰富而全面,果肉脆嫩多汁,酸甜适口,风味极佳,又被称为宗果、快果、玉乳、蜜父等等。鲜梨果实中富含蛋白质、脂肪、碳水化合物、钙、磷、铁、胡萝卜素、维生素等多种营养物质,因此素有"百果之宗"的美誉。只是,梨是最难栽培的果树之一,也是欧亚大陆驯化的最后一批大宗果树之一。

距今约1万年前,狩猎采集的人类追逐动物扩散到地球几乎所有能生存的地方。人口增长、领地空间、实物获取等压力倒逼人类开始进入农业时代。与狩猎采集相比,农业可以养活更多的人口。小麦大麦和豌豆等草本植物首先在新月沃地被驯化,与这些草本植物相比,人类对栽培木本或藤本植物较晚,而果树要晚4000年以上。最早驯化的果树都是枝条容易生根或可以分株繁殖的果树,如油橄榄、无花果、葡萄、石榴和椰果等。枝条不容易生根的如苹果、梨及核果类果树的驯化要到人类掌握了嫁接技术,有了嫁接工具以后才有了可能。也就是说,我们得用近乎于遥想的方式去接近一切可能和本原。这样的本原本质,有一天也许会被完全推翻,但就像有人在地球究竟是圆

邂逅大美梨

的还是椭圆的问题上用科学的方法求证那样，所付出的努力和心血都值得尊重。通过这样的追问和探寻，才有可能获知事物的表象真知。尽管，科学研究的准确概率仅有 0.01 或是 0.1 的误差。只是，有的领域甚至连这一丁点儿错误都不允许。源头错了，一旦水流成河不好更改；出发点错了，一经发现也得马上修正调整。

科学研究需要教育的力量来帮助实现，教育的实施也让科学研究有了无限可能。这，是当年从一处史称尧都的地方毕业后从业多年的感悟，也是以临汾为称的古老地域与别处不尽相同的风采。这方土地曾与我血脉相融肌肤相亲，也是人类文明的起始，更有文人墨客留下了千古传唱的作品，如同我们身体里奔流着的血液像黄河一样跌宕起伏经久不息。这样的赤诚，相信每一位中华儿女都有，会用自己的勤劳智慧建造属于我们自己的家园和时代无法更替的辉煌。是啊！华夏之根、中央之国，对于异域的人士怎么看待陶瓷不去猜测，可若干年后的一天，一位南征北战的商界精英用旗下企业制作的陶瓷盛了排骨汤端到跟前时，我觉得接下的是中华儿女对祖国母亲沉甸甸的热忱和心意。

因晋水得名之域一直都处于东方文明的源头，这里充满了一切我们对过去未知的传说和故事，也在一定意义上满足还原了我们对远古历史文化的痴迷和向往。这些故事有的被记录在最初的文字篇章里成为了始于文明的渊源，有的口口相传早已面目全非不再是原有的模样，不管哪一种毁灭或重生，都成就了我们今天的所见所闻。无数次，侥幸希望有考古的专家意外驻足能够做出旁证；无数次，默默等待期望新的发现能够为梨的发展注入新的力量，却也有数不清的失望化作了无奈。几乎没有人，会在乎一颗小小的梨、叶片、种子或者是果实的遗存，而是通常将目标对准了更具价值的青铜、玉器、甲骨、竹简等诸多方面。当然，这也没什么不正常的。考古的本原无非是为了还原和发现，把历史理得更清更细，也顺便获知一些掩埋的真相。

有一次从尧庙走过时，意外地发现了一处名为临汾自然博物馆的地方。博物馆前红色电子屏显示，该自然博物馆是世界上最大的一座科普地宫。主要由古生物化石长廊、矿物晶体奇石区、动物标本展示区和科普互动区组成。该博物馆建成时共投资二亿五千万元，收纳有藏品 3000 余件，其中 80 枚河源恐龙蛋窝化石，46 枚椭圆形南雄恐龙蛋窝化石，1 吨云南肉石黄龙玉，5 厘米长的龙鱼化石堪称世界之最。其中 11 条鹦鹉嘴龙窝和兽化石等均为国家级藏品。

经过一番简单的浏览之后，顺着指引一路拾阶而下，便进入到了博物馆的展区。展区的左侧是实生物，右侧是一些琳琅满目的展品。正看得眼花缭乱时，一位年轻的母亲带着孩子从入口处出现了，还有一位戴着眼镜的年轻小伙也紧跟其后。不用说，自然是这里的工作人员。考虑到关注梨后产生的诸多疑问，便趁这来之不易的机会把梨的遗存状况作为问题提了出来。也恰恰就在这时，博物馆裴馆长仿佛约定般地如期而至。面对这样的疑问，他略加思索道："你问的是 2.5 亿年前的事儿，梨树和梨都没有化石。"

简短的一句话，透出了满满自信。当然，这只是裴馆长的一家之言，可能完全正确也可能略有不当。虽然不是权威发布，但也能够从侧面影射出演变考证之难。一般认为梨的原种（stock species）起源于第三纪（或者更早的时期）的中国西部或西南部的山区（rubtsov, 1944）。因为在这些地区集中分布着非常丰富的苹果亚科及李亚科的属和种。迄今为止，在奥地利、格鲁吉亚的高加索地区和日本鸟取（ozak, 1980）的第三纪地层中都发现了梨叶片化石；在瑞士和意大利发现了梨果实的后冰期遗物；而在美洲大陆、澳大利亚、新西兰和非洲则没有发现梨的化石遗物。这与梨的原生分布只限于欧亚大陆及北非的一些区域是吻合的。

即便这样，可以说上帝还是把钟情的目光停留在了人们所居住的地球上。这样的凝视，恰恰就落在欧亚大陆所在的中国。在演变的过程中，又逐渐形成了中国中心、中亚中心和近东中心三个次生中心。也就是这三个次生中心，几乎囊括了全世界百分之七十以上的梨收获面积和产量。就现状来看，栽培梨的起源中心大致有 3 个，即中国中心，栽培砂梨、秋子梨的各个类型；中亚中心，包括印度西北部、阿富汗、塔吉克斯坦、乌兹别克斯坦以及中国天山西部地区，有欧洲梨的栽培；近东中心，包括高加索山脉和小亚细亚，也有欧洲梨的栽培。然而，梨属植物分化为东方梨（Oriental pear）和西洋梨（Occidental pear）两大类，它们之间的亲缘关系及系统分化关系还不是很清晰。若想将梨的演变之谜看得更加分明，就得付诸更多的坚持和努力。这，既是身为自然科学家的荣耀，也是他们日后需要面对艰辛的起始。

　　一代代的科学家在各自的领域里铸就了不朽的神奇，一代代的科学家在前人的基础上前仆后继，这才有了如今蓬勃发展的梨业气象。这里，特别想写下一些二十世纪前后为中国园艺事业做出贡献的农业专家或果树育种专家的名字，如：曾勉、章文才、孙云蔚、沈隽、曲泽洲、崔致学、顾模、陆秋农、蒲富慎、汪祖华、沈德绪、王逢寿、王宇霖、董玉琛、贺普超、景士西、付润民、庄恩及、束怀瑞、贾敬贤、宗学普、刘旭等等。可以说，他们都是果树界德高望重的前辈，也是果树界敬业奉献的榜样。没有他们的领航和付出，我们不可能看到太多的优品在天南地北的轮番崛起；没有他们的坚持和执着，我们不可能听到太多的成就在世界各国的享誉四方。他们中有的人已驾鹤西去成为了永久的过往，有的人仍然以自己的方式贡献不尽的力量。就像我们所看过的书和走过的路，都一并成了最美的行程。

产业漫谈

人类自有文明以来，就与农业发生着密切的关系。人们的衣食住行，哪一样都离不开农业。农业生产的历史相当久远。但是，农业和农业科学的迅速发展，却不过是最近两三个世纪的事情。十七世纪中期，瑞典植物分类学家卡尔·林奈（Linnaeus），给成千上万的动植物分类和命名，使杂乱无章、纷繁迷离的生物界第一次有了秩序，使众多的飞禽走兽、昆虫游鱼、树木花草都找到了自己在自然界中的位置。

打开任何一本植物学或农学书籍，都会看到有各种各样的植物或作物名称，在这些名称后面，经常还要附上它们的学名或拉丁文名字，例如：水稻（Oryza sativa L.）、玉米（Zea mays L.）、大豆（Glycine max L.）、葡萄（Vitis vinifera L.）、香蕉（Musa nana L.）、梨（Pyrus L.）。这些植物名称后面的大写字母"L"，就是拉丁文林奈的缩写。林奈早就认为，植物的生殖器官在植物生活中具有重要作用，在植物的所有器官中，生殖器官是相对稳定的，营养器官是相对不稳定的。因此，他决定主要根据雄蕊的数目和排列方式来建立它们的分类体系。他自己规定：以雄蕊的数目决定这种植物应属哪一"纲"，以雌蕊的数目决定它属于哪个"目"，以花果的特征决定它属于哪个"属"，以叶片的特征决定它属于哪个"种"。这是一个十分简单明了的系统，在这个系统里，没有"科"这个阶梯。林奈根据他自己规定的这个系统，把所有已知植物进行归类，结果一共分为24个纲。

林奈提出的这个分类系统，不仅仅在植物分类上应用，也应用

邂逅大美梨

在动物和矿物的分类上。他认为：同一"种"的动植物可以互相交配繁殖后代，不同种的动植物则不行。"种"是动、植物最基本的单位，但他也认为在一个种内还有更简单的组合形式。应当说，林奈的分类系统只不过是一个人为的分类系统，并不是自然本身的系统。这一点林奈本人也曾坦率地承认过，他说："在这个系统中，纲和目是自撰的，而属和种是自然的。这个人为系统的主要目的是鉴别，但是对于自然的植物分类我无能为力，我无法区分自然的系统。"虽然这个系统是不完善的，但在当时仍被科学家们视为这一学科的顶点，因为它的确给了人们一种非常简便而适用的工具，使成千上万种植物一下子找到了归宿。一种新植物被发现，立刻就可以根据它的性器官把它归入某一纲、某一目。甚至有些科学家认为，以后采集标本，描述新植物，只要简单地数数雄蕊和雌蕊，就可以轻而易举地排到林奈系统里面去，除此而外，就没有什么事可做了。不过林奈本人并不这样看，他不认为已经到达了顶点，在后半生中他一直继续研究，还一直希望能够找出一个真实反映植物亲缘关系的自然系统来。

与植物分类紧密相关的是，林奈首先创立了植物的"双名命名法"，他把过去描述性的命名法完全取消，这在生物学史上是一项了不起的贡献。他认为，对每种植物只要表明它的属名和种名就行了。属名在前，种名在后；属名用名词，种名用形容词或名词所有格书写；属名相当于一个家庭的姓，种名相当于各个家庭成员的名字。林奈就是用这样的方法，给近6000种植物和4000多种动物命了名。更重要的是，这的确是一项了不起的成就，这一成就纠正了过去在动植物分类中的很多错误和混乱，避免了一物多名或多物一名的现象。例如，马铃薯，在我国就有洋芋、土豆、山药蛋等名字；又如，有一种植物叫益母草，在我国东北叫坤草，在江苏叫田芝麻，在浙江叫三角胡麻，在四川叫青蒿，在福建叫野草，在广东叫红花艾，在广西叫益母菜，在青海叫千层塔，在云南叫透骨草……林奈为生物学界制定的分类系统和双命名法为整个世界所公认。直到今天，各国的科学家都沿用他的方法，而且国际上科学家们共同规定：所有植物和动物名称都必须遵循和符合林奈所创立的系统命名法。

都说兴趣是最好的老师，林奈为人类所做出的卓越贡献从侧面反映出了干一行、爱一行的重要性。其实，他原本有机会选择做神父或者别的行业，但后来还是听从内心立志奉献农业领域。前面已经说过，中国是世界上最大的梨起源中心，起源于我国的梨属植物品种最多。全世界的梨起源种大概有30—50种，原产于我国的就有13—14种。例如，秋子梨、白梨、新疆梨、砂梨、杜梨、褐梨、麻梨、河北梨、木梨、杏叶梨、豆梨、川梨、滇梨……这，也恰恰说明了我们脚下的土地一直是个历史悠久文化灿烂的国家。因此，梨的栽培史和梨文化的发展史基本上反映了比较系统全面的概况，只是恕我仅从文字的角度来简单争鸣几句。

我们知道，古人最初是将梨写作"棃"的，甲骨文、金文都没有"棃"字。至于《汉书·艺文志》又有释义：樆，在野为樆，栽培为梨。这也是相对迟一些的事情，因此，无论是"棃"还是"樆"都是东汉之后的写法，那么演变为"棃"前会不会还有其他的原种或野生种可能有记录有名字也可能和我们造字方式一样，就是个暂时无法破译的符号了。其实，哪个民族的文字符号又不是这样呢？那些一经出土的甲骨文、金文、大篆和小篆等，像苏美尔的楔形文字、圣书字和玛雅文字等一样充满了古老神秘的气息。通常只有很少的人在研究，却恰恰能够反映出今人百思不得其解的难题和无法破译的密码。

如果有个孩子恰巧提出了这样的问题，梨的原种会不会还有一些特殊的记录方式存在？不可否认，这是一个大胆又聪慧儿童的想象力。这样的想象力，透着儿童特有的狡黠；这样的想象力，可以支撑木棍撬动地球。要回答这样的问题，没有足够的本领和实力显然是不行的，敷衍和搪塞是大人们通常使用的伎俩。生活中很多回答不了的问题，他们都可以运用一些小手段解决得近乎完美，实际上只有权威的专家才能做到从容应对。若是我们下一代的科学教育从娃娃做起该有多好，那样的话他们长大后就会少一些盲从，少犯些逻辑上的错误。

从事梨相关行业的人有一个共识，梨在全世界近一百个国家和

　　　　　　　　　　　　　　　　　　　邂逅大美梨

地区的种植中，亚洲是拥有最大的种植面积和产量的地方。鼎立南极的南极洲内，天寒地冻若有梨显然是杜撰的。假如按照图表来说明问题，每年有70%左右的梨产于亚洲，只是亚洲除了中国、日本和韩国以外，其他国家几乎不产梨。然而，这并不影响这个极其普通的水果成为了全世界范围内最受消费者喜爱的水果之一。

据联合国粮农组织统计（FAO, 2013），2011年全世界梨收获面积和产量分别达到161万和2390万，比2001年分别增长了3.73%和45.29%。其中中国一直是世界上最大的梨生产国，而其他主产国中，除了比利时收获面积有所增加外，其他国家都有不同程度的下降。因此，世界梨总收获面积的增长主要是依赖于中国梨收获面积的增长。瞧瞧，在梨的方面，别人还是跟不上我们行进的步伐有些落伍了呢！这里，说说除我国之外西方其他一些国家的状况。

大约在公元前4世纪，古希腊哲学家席欧夫拉司土斯（Theophrastus）在其所著《植物问考》一书中载有：梨可用种子、根或插条进行繁殖，在种子繁殖的情况下容易失去其原有特性而产生退化现象。公元前2世纪，罗马人对梨的认识已达到相当高的水平了，农业哲学家伽图（M. P. Cato）在其所著的有关农业、果树的园艺论文中，对于梨的繁殖、嫁接、管理和贮藏均有详细论述，并且记载了6个梨品种。其所记载的栽培方法，与今天的栽培方法已经很相似了。公元1世纪，罗马的作家和自然科学家普林尼（Pliny）在其所著的《自然史》一书中又描述了35个梨品种，被记载的果实特性范围，与今天生产上栽培品种的果实特性范围也很相似，这说明了当时梨树栽培不仅盛行，而且人们已注意了品种的培育和选择。

9世纪的法兰克王国时代，由于查理曼君主的重视，梨树栽培得到了很大的发展。到查里曼帝国（Charlemagne）时期，法国的梨已具有规模。到16、17世纪，法国已发展成为欧洲的主要产梨国家。1628年，一个业余果树收集家，洛·洛克提（Le lectier）就收集有254个以上的梨树品种，种在自己的园子里。到了1800年，法国栽培的梨品种多达900个，但是绝大多数是脆果型品种。18世纪，著名的梨育种家尼古拉斯·登旁特（Nicola ls Hdenpoat）和万孟斯（J. B. Van Mops）分别培育出了许多有价值的品种。万孟斯播种了 8 万株自然授粉实生苗，选育出了 400 个品种。其中 40 个品种至今仍在生产上发挥作用。如西洋梨有名的品种宝斯克（Beurre Bosc）、日面红等，就是万孟斯所育成的。

英国的梨生产栽培大约是从 1200 年开始的，到 19 世纪梨的栽培种类已相当丰富了。根据胡克（Hooker）的记载，巴梨（Bartlett）是 1796 年左右从一株实生苗选出来的。1816 年在英国得到了广泛的传播，现在已成为全世界的重要栽培品种。在 1826 年英国皇家协会的目录中，就登记有 622 个栽培品种。德国梨栽培也有所起步，科达斯（Cordus）所记载的德国梨品种，除优良质地以外，基本上具有现代栽培品种的全部果实性状。

欧洲梨树栽培改良历史上的一件重要事情，是 1800 年引进中国砂梨，此后从西洋梨与砂梨的杂交种中培育出了许多优良品种，如 1846 年培育的新品种被命名为康德（Le conte）。后来又陆续培育出一系列新品种，如 1873 年推广的贵妃（Keiffer）品种，1880 年推广的嘉宝（Garber）品种，都是欧洲梨与东方梨杂交育出的第一批新品种，果实较现有的西洋梨的栽培种品质稍差，但对梨火疫病具有较强的抗性。总体而言，在中欧、东欧等地也有梨的栽培和育种，但几乎没有培育出什么品种能够赶得上法国和比利时的品种水平。

亚洲梨的栽培起步也非常早。美洲梨的栽培起步相对较晚。此外，近代澳大利亚和新西兰梨的栽培也有发展。一个叫盘克汉姆的品种是澳大利亚育成的，1900 年推广，在澳大利亚，它的重要性仅次于巴梨，在新西兰新栽培的梨树中居第二位。

以上是梨在世界各国的栽植情况，也是我们进行梨科研和梨育种工作需要了解的基本情况。接下来，让我们顺便获知认识贝利（Bailey）和雷德尔（Rehder）这两个西方人。前者根据梨属植物的地理分布，将其分为西方梨和东方梨两大类群。所列出的西方梨有 8 种，全部为绿色的宿萼果，叶缘为钝锯齿或全缘。10 个东方梨按照其果实萼片的有无分为宿萼果和脱萼果；后者根据果实成熟的萼片的有无作为重要特征，将梨属植物分为两大类，并且结合其他性状，描述了 15 个主要种和几个变种。也就是说，这样的分类使产量仅次于苹果和柑橘的水果——梨在梨属植物的研究上具有了划时代的意义。

育种那些事儿

　　有了优良品种，即使不增加劳动力和肥料，也可获得较多的收成。这是民间人尽皆知的道理，也是农业领域不断追求的至上的目标。因此，育种素来是行业内有序发展的大事要事。从无意识选择到育种技术萌芽再到理论奠定与技术的发展革新时期，梨育种经历了漫长的发展变迁，取得了突飞猛进的进步。这些育种所带来的变化，直接决定了我们一代代人的基本需求和生活品质满意度。

　　一个多世纪以来，我国先后从意大利、英国、美国、德国、新西兰、日本、韩国引进了大量的种质资源。巴梨是经美国传教士 J. L. Nevius 最早引入山东烟台的西洋梨品种之一，之后德国人又引进一些西洋梨品种至青岛。到了上个世纪三十年代，长十郎、二十世纪、八云等陆续从日本引进到浙江杭州，用作育种亲本或研究材料。这些大量引入的种质资源经过栽培后，已经广泛用于生产，并且取得了较大的经济效益。

　　在选种的过程中，芽变选种和实生选种能够筛选出符合人们需要的优良品种。前者是由于多种原因的诱导，使梨树芽的分生组织细胞发生突变，当芽萌发成枝条，在性状上表现出与原类型不同，即为芽变。芽变选出的优良品系主要有鸭梨、大果芽变鸭梨、魏县大鸭梨、晋县大鸭梨、巨鹿大鸭梨；鸭梨自交亲和性芽变金坠梨及阎庄鸭梨，还有砀山酥梨芽变 6901 和大果白酥梨等。后者是人们有目的地播种自然授粉的种子，从而在后代中选择出优良单株。如：浙江大学从茌梨的实生后代中选育出的杭青、中国农业科学院果树研究所从车头梨的实生后代中选育出的矮香梨等。

杂交育种、诱变育种和砧木育种是较为常用的育种方法。通过这些方法，不同的早熟品种、中熟品种和晚熟品种在不同的生态条件下均得到了一些探索，在抗黑星病、腐烂病、轮纹病及黑斑病毒上有了一定的改善，并且注重培养抗低温和抗晚霜或可避开晚霜危害的品种。在矮化栽培方面，主要是利用矮化砧木的选育和矮生品种。当然，目前可利用的矮生型品种尚且不多，加强梨矮化砧木的选育也是今后发展的方向和趋势。

　　据不完全统计，杂交育种所选育出的新品种已超过 100 种，占到我国梨产业的 40%。主要有八月红、冬蜜、鄂梨 1 号、寒红、红香酥、华酥、锦香、金香水、龙园洋红、苹果梨、五九香、七月酥、新梨 7号、黄冠、早酥、玉露香、中梨 1 号、蔗梨等。这些优良的品种，可以说在全国各地均得到了大范围的发展。然而，杂交育种得从亲本的选择选配讲起。通常来说，选择亲本时要选优点最多、缺点最少的品种（系）或类型作为亲本。具体选择时，还应考虑到重要经济性状、多基因控制的综合主要经济性状、育种值较大的性状，优先考虑亲本基因型，优先考虑一些少见的有利性状和可贵的类型。这些筛选出的适于作亲本的品种类型，并不是随意地把它们搭配或交配，就能得到符合育种目标的杂种类型。还应尽可能使亲本间优缺点互补，选配种类不同或在生态地理起源上相距远的双亲，考虑母本和父母在性状遗传上的差异等等。

　　这里，仅以玉露香梨为例试以阐述。为了使杂交工作顺利进行，课题组得先制订一个科学的育种计划，这样的计划当时用钢笔整齐地誊写在将近十页的红格稿纸上。然后，在确立了母本为库尔勒香梨和父本为雪花梨后，还得对二者的开花习性和构造进行进一步的了解。梨开花类型属于向心开型，即边花先开，逐渐向心开，故一般来说梨边花坐果率高。至于准备干燥器、杂交背袋、去雄用的镊子；贮花粉瓶、授粉器、塑料牌；记载板或笔记本、铅笔、隔离袋、杂交纸袋、缚扎材料是必不可少的。接下来，在雪花梨花大蕾期采集发育好的花蕾运用一定的方法进行相关的采集，将干燥花粉收集于小瓶中贴上标签置于盛有氯化钙的干燥器内贮藏。待到母本树库尔勒香梨到了大蕾期，尽量选择向阳面、结果枝粗壮、花芽充实饱满的边花去雄，并在条件成熟的前提下立即授粉。授粉后，再套上羊皮袋或硫酸纸袋隔离并作出标记。雌蕊枯萎时，应将杂交时套上作为隔离的羊皮袋或硫酸纸袋及时解掉，以使幼果生长发育良好，坐果的花序继续保留杂交时拴上的布条，无果的花序解掉布条，并调查花序坐果率；生理落果后进行二次调查，即有效花序坐果率和花朵坐果率调查。为了使种子能充分成熟，所杂交的果实应充分成熟适当迟采，或在采收后延长果实贮藏期，这样有利于种子的充实和后熟。也就是说，从杂交种子开始，一直到杂种幼苗、杂种实生苗、杂种幼树、杂种实生树结果期、初选优株高接扩繁后的鉴定与选择，再经权威部门审定，杂交育种的过程才算是最终大功告成。

人为地利用物理和化学因素，诱发植物体产生遗传物质的变异，从变异体及其后代中经选择鉴定，培育出新品种的诱变育种，是创造新种质培育新品种的一种重要途径。经过多年的发展，果树诱变的方法、诱变剂的选择、变异体的分离筛选和鉴定技术得到了不断的发展和完善。除了常规的电离辐射和化学诱变外，激光诱变、低能离子诱变和太空诱变以及复合诱变也成为诱变育种研究的热点，甚至取得了重大的进展。据FAO/IAEA官方网站统计，利用诱变的方法全世界共育成新品种2543个，含果树新品种62个，其中苹果最多为11个，欧洲甜樱桃9个、梨8个、甜橘5个。因此，诱变育种与其他的现代育种方法相结合，还将继续对梨育种起到更大的作用。

相形之下，采用砧木和接穗嫁接形成的复合体，是目前生产上栽培梨树极为常见的共性，可见作为根系的砧木是非常重要的。唐朝时，诗人白居易"在天愿作比翼鸟，在地愿为连理枝"中的连理，其实就是植物体枝的自然嫁接愈合，而最早的嫁接似乎还可以更早，比西方足足提前了约七百年之久。虽然不同国家所采用的梨砧木有所不同，但是多数为实生砧木，少量为无性系砧木。由于地理和气候条件的不同，各地在砧木选择上差异较大。东北和华北寒冷地区梨的栽培

　　　　　　　　　　　　　邂逅大美梨

品种多属于秋子梨或白梨，常选用野生的秋子梨，抗寒力强，寿命长，较抗病虫害。华北、西北及华东的部分地区，梨的栽培品种多属于白梨；少数为秋子梨和砂梨，砧木多采用杜梨，其特点为砧木根系分布深，生长健壮，有较强的抗旱耐涝能力。在新疆地区，栽培品种多为白梨或新疆梨，常用砧木为木梨，部分地区为杏叶梨、新疆梨或杜梨。西南地区梨的栽培品种多属于砂梨或白梨，常用砧木为川梨或滇梨，能适应暖冬气候，耐酸性土能力强，不耐寒和盐碱。华东和华南地区，栽培品种多属于砂梨或西洋梨，常用的砧木多为豆梨，适应暖冬气候，对潮湿、沙土、黏土、酸性土壤和干旱耐力较强。另有少数用麻梨作砧木。杜梨和豆梨因其接穗良好的亲和性、较强的生长势、耐病性等，逐渐被世界各国所关注和开发利用。另外，尽管我们从国外引进了一批矮化砧木资源，如榅桲、OHF系，但因亚洲梨品种亲和性差，根系越冬性、固地性和生长势等方面不够理想等原因，尚未能在生产上利用，有些还在试验中。

此外，以植物组织培养、植物细胞工程、植物基因工程和分子标记辅助育种技术为主体的现代植物生物技术在梨上的应用，极大地推动了梨的新种质创新与新品种选育进程，加大了相关科学理论研究的深度。

生物技术方面，梨茎尖组织培养也就是生长点分生组织培养和带1个或几个叶原基的培养，David已于1979年首次报道获得完整植株，分别在西洋梨、白梨、砂梨、秋子梨以及梨的野生梨资源培养上取得成功。其次，以叶片为外植体进行离体培养获得再生植株的梨叶片组织培养起步较晚，始于1988年Laimeier等利用西洋梨康佛伦斯试管苗叶片培养获得初步成功，随后相继在很多品种、砧木上有了叶片诱导不定芽成功的报道。再次，花粉花药培养，对小孢子启动和进一步发育的机理和条件了解不多，花粉培养难度较大，更多地采用花药培养。Kadota等曾报道由砂梨的花药培养获得花粉胚状体再生的不定梢，但未见到进一步的生长。在其后的研究中获得了三倍体植株而不是单倍体。最后，原生质体培养，Ochatt和Caso首先在野生梨获得原生质体再生植株，之后由西洋梨品种康佛伦斯胚性愈伤分离得到大量原生质体，进一步培养形成愈伤组织并生根，由威廉姆斯无菌苗获得植株。

分子标记辅助育种方面，在众多的分子标记中梨上应用较多的主要是 RAPD、SSR、EST-SSR、AFLP、SRAP 等，随着梨基因组测序工作的完成、测序技术的快速发展和成本降低，基于测序技术的 SNP 标记开发和应用将是未来的一个重要发展方向。包括遗传连锁图谱的构建、重要农艺性状分子标记筛选与图谱定位、比较图谱研究和分子标记育种的广泛应用，将成为梨育种史上崭新的里程碑。相信在不久的将来，梨育种中基于基因克隆、载体构建和遗传转化的基因工程技术，都会是育种那些事儿中精彩的存在。

于山水之间 |

十一届三中全会的春风，吹绿了大江两岸，也吹到了人们的心里。这期间，一曲《春天的故事》旋律响彻大江南北，将深圳沿海特区的面貌带进了气象万千的春天。人们把生活的重心逐渐从柴米油盐酱醋茶脱离出来，争先恐后地投入到经济建设中去。在这样的背景和相关政策鼓励下，"十亿人民九亿商"不只是一种类比而是有了大量的试飞者和跟从者。没有经历过的人根本不会体验那种不亚于身陷囹圄又被突然解救释放的坦然轻松和无所适从。就农业来说，却是另一种状况。

如果没人提起，相信那些已经尘封的往事谁也不愿意轻易地想起；如果没人提起，也相信那些已治愈的伤痛已经成为一生永久的遗忘。相对于芸芸众生而言，并不是每个人都拥有这样的机会，也并不是每一个人都无法重新坦然面对过往，去迎接更加美好的未来。时值1982年1月，刚上班7天的牛自勉老师随山西省农科院果树所所长邵开基下乡进行调研。当时，作为国家恢复高考制度后的第一批幸运儿，牛自勉老师从山西农业大学果树专业毕业后直接分配到了位于太谷的省农科院果树研究所，一起同去的还有不同科系的同学，两届共计十多名，分别安排在了一个有着三间约六十平米的大办公室里。由于专业不同，有的从事果树，有的从事植保，办公桌也就自然而然地拼成了三块，平时大抵互不干涉，又能彼此相互照应。

也许，对于一个初出茅庐的年轻小伙子来说，这样的机缘本身就是难得的，也值得倍加珍惜。于是，便有了从省城到山区的非凡经历，也有了一段刻骨铭心的记忆。这记忆里，除了美好之外，还有不可预知的种种可能。去吕梁南麓的路可真长，得从早到晚走上整整一天不说，还有很多随时需要应对的急弯，偏偏路还又窄坡又陡，冷不丁会被狠狠地颠上几下子。也不敢开窗，两旁满是一人高的蒿草，中间是厚厚的浮土，人一过，车一走，扬起全是漫无天际的黄尘，但为了工作，谁又在乎这个呢？

得知果树所一行人前来指导，从浙江省立台州农技校毕业分配到山西工作，又响应支援山区建设的号召从太原来到隰县的果树场场长韩仲芳自是一番欣喜。韩场长在任期间，先是开始了果树矮化密植早果的研究，后因"山西旱塬地区苹果乔砧密植栽培"项目获得成功，于是积极推广矮密早产果园 10 万亩，累计经济效益达 1300 万元。这次调研，一方面能及时了解省级相关部门的动态，另一方面还可以将目前情况好好汇报一下。当下，韩场长带领大家一起去了果园就冬季修剪、清洁果园等问题一一做出介绍，并就来年工作适时进行汇报商榷。之后，果树场备上较为丰盛的宴席，七碟子八碗的不在话下。席间自然少不了酒的，但见众人频频举杯，却也有人滴酒不沾，只是顺便吃了些。一问，方知是县里派来接人回城的，也就不加以勉强。

回城的路都是山路，便有人提出天已黑开车得慢点，这才在无限的不舍中启了程。可不知怎么回事，刚坐上吉普车就觉得有些飘移感，于是三问两问的，知道派来的这个同志中午喝了不少，也只好嘱咐多加小心就是了。快进城了，车上的人不禁暗暗松了口气，只等着马上就到了回去好好歇息，然而这样的念头还没来得及实现，就见车辆行至古城桥旁时猛地一加速朝一旁的护栏用力撞了上去，"嘭"的一声后就完全没了踪影。不用说，肯定是掉下去了。事实上，吉普车确实是一头砸在了桥下已经结冰的河面上，当即被摔了个四分五裂，所幸的是吉普车掉下后四轮着地人都没有生命危险，但车上的人均不同程度地受了伤。有的肩锁骨骨折，有的头部血流成河，还有的因轻微脑震荡晕了过去。此时正值隆冬季节，又赶上是能冻破石头的三九四九天，白天气温非常低，到了半夜更是冷得直打牙，可车上的人全然顾不上这个，只能一边听冰下刺骨的河水哗哗地流着，一边强

邂逅大美梨

忍着疼痛把摔坏的车体碎片捡起来一直铺到岸边，这才相互搀扶着深一脚浅一脚狼狈不堪地朝尚在南部的县医院走去。

人生有的时候其实就像爬山，有的人步步稳妥，只能一直徘徊在山谷当中；有的人看似虽然久经磨难，却可以最终站在巅峰上领略风光无限。不敢说那场车祸对个人会造成多大的伤害，但在之后相当长的一段时间内心有余悸是肯定的。一直到开春，在医院住了十来天后的牛自勉老师才回到了家里，又休息了很长一段时间才重新走上工作岗位。当然，这样的事件原本纯属意外，好在往事已随风而去又将迎来新的一天，在这里，只能诚恳地说上一声：抱愧，牛老师，牛教授！

牛教授是临猗人。临猗，西濒黄河与陕西省合阳县相望，北拱孤峰与运城市万荣县相连，东南与盐湖区接壤，西南与运城盆地三角地带北沿，分为坡上坡下两大地貌单元，坡上是峨嵋岭台地，坡下为涑水河平原，坡上坡下地势均舒缓平坦，是山西省唯一无山的平川县。古称郇瑕，由临晋县和猗氏县合并而成，其名分别取两县之名首字。据史书记载，猗顿是春秋末期鲁国一介耕读传家的寒士，饥寒交迫，生计艰难。他听说越王勾践的谋臣范蠡在助越灭吴辅成霸业后功成身退，便往而问术。后遵其指点迁徙在此定居下来。猗顿不但勤劳致富，还带领当地百姓垦荒，开辟了杏桃桑园等，仅靠"畜五牸种三园"已驰名天下。如今，这里虽然没有了两千多年前绮丽的草原风光，但这片肥沃的土地却发展起了苹果、枣、石榴、酥梨等万亩果林。今天的临猗人，因猗顿而自豪的同时，往往以猗氏人自居当是闲话。

果林事业的发展造就了一大批以此为生的农民队伍，也产生了一大批有志于科研发展的技术人员。他们一经走出校门分配到各地走上岗位后不久，立刻显现出了科班毕业的身手和不同，所到之处往往先后被委以重任挑起大梁。农业不同于别的行业需要一定的平台，而是几乎在全省各个地方都可以就地发展。同样曾就读于山西农业大学的猗氏人樊应堂，也是无以数计中的一个。从24岁毕业自愿支援山区建设来到隰县后，一干就是很多年。从黄土镇调回县农业局蚕桑站时，他已是3个孩子的父亲。他的爱人高林英也随之调到县里的一所小学，继续从事小学数学教育工作。

在负责全县果业生产总体规划和栽植工作时，当时的梨果产业正处在起步阶段，樊应堂从引进好的品种入手，与卜玉林、王进等从山东率先引进红富士接穗2800条，开创了隰县引进红富士栽培的先河。同年，又从山西省果树所引进晋蜜梨4根接条，进行了大面积的推广。不仅如此，他还兼任水果基地建设第一技术指导人，先后引进梨果品种43种接穗15万条，建起7个苗木培育基地，育苗木600万株。先后建成唐户塬、后堰塬、定国塬、去延塬等塬面水果基地，使隰县成为了临汾地区第一个实现户均百株果树的山区县，受到了地委、行署的表彰。

此外，他还先后在阳头升张雨生梨园进行了老梨园更新复壮技术，西坡底刘强果园推广旱塬苹果密植丰产技术，全县范围内应用推广了果树埋土防干栽植新技术、土窑洞贮藏苹果保鲜技术等。并先后在国家、省级专业杂志上发表论文十多篇。多次被国家农业部、省品种委员会、临汾地区表彰为先进工作者。可以说，他先后组织老梨园复壮、新品种的引进、苗木的自繁自育、基地建设、模式化栽植等技术推广工作，为当地的果树发展做出了一定的贡献。

打过交道的人都知道，樊应堂长着圆圆的脸膛，一看就是个稳重踏实的人。樊应堂到了隰县，说的干的都是隰县梨果的事。运城于他来说，就成了遥远的怀想之地。尽管临猗的苹果在全省有着一定的规模面积，面积有多少，口感好不好很多时候就成了一句挂在嘴边的关心语。他的爱人高林英在县城第二小学上班，二女儿樊慧萍刚好和我同在一个班级。只是，从学校毕业后我的这位小学同学从视线中消失得一干二净，令我绞尽脑汁了好些天才想起了她的名字。这以后在不同的场合里，虽然也见到过樊应堂老人却来不及过问当初扎着一只马尾辫的小学同学，但她的模样有一天突然一下子清晰地出现在了往日的记忆里。

《隰县林业志》有一段记载：段树林，生于1933年12月，卒于2001年4月，隰县城南乡留城村人。他与树结缘，还源于父母起的树林这个名字。他家上溯祖父、曾祖父，就有植树传统。树林就是要儿子继承段家传统，栽树造林。他真如父母所愿，一心栽树，痴心造林。二十世纪六十年代，他就担负本村林业队长的重任，组织群众绿化荒山。1978 年党的十一届三中全会以后，更增添了他造林的信心和决心。从 1980 年开始，他到临汾、太原、孝义、汾阳等地引进新品种，学习技术；蹲守苗床、观察苗情，探索掌握育苗操作规程和技术管理方法。1983 年，是他实现树林育苗的第一年，这年全村 60 户，有 50 户育苗，面积达 114 亩，收入 55000 元，全村人均纯收入仅苗木就超过百元，人们的喜悦之情溢于言表。打这以后留城村就成了全县的育苗基地，源源不断的用材林和经济林苗木，涌向各造林工程，使昔日的荒山秃岭，变成了满山满坡的绿色树林。

这一段简短的文字，是父亲在世时一些生活状态的记录。他，是一个个地地道道的农民，也是上世纪八十年代初被山西省政府授予"先进育苗专业户"称号为数不多的农民。父亲赴省城领奖的时候，我还在县里唯一的初中上学。那时候，农业社吃大锅饭的状况刚刚得到改变，在家家户户捉襟见肘，都希望能快速走上致富道路的情况下，他率先把自己的地里全部育了树苗，又在山上栽了果树，从而引领了全村育苗空前绝后、蔚为壮观的场景。按说，从单一的粮食生产过渡到主动育苗，这需要一个漫长的过程，但他愣是凭着过人的胆略认准了这条道，在苗木的繁殖和培育上动起了脑筋、下起了功夫，并且摸索出了一定的技术和经验。从苗木的引种、整地、新育、松土、扦插、浇水、拔草再到嫁接、施肥、打药、留床等等，他始终做到一条龙管理，使苗木的产量、出圃量和出良种壮苗的数量逐年增长，呈现出从未有过的可喜局面。

记不清有多少个日子，他起早贪黑，走遍了孝义、石楼、灵石、交口和附近县城的沟沟坎坎，采集并寻找所需的树种，然后反复筛选、精心实验；也记不清又有多少个日子，他不辞劳苦，往返于苗圃、责任田和自留山之间，然后细心对比，勤于发现。在此基础上，他把以新疆杨、毛白杨为代表的林木种植和以梨、苹果为代表的果木种植区分开来进行管理，手把手地教社员进行采丁，给他们讲解嫁接和苗木栽植知识，使他们都能正确地掌握这一技术和方法。为了更好地保证苗木质量，起苗时他严把质量关，做到起苗时浇透水，起苗时不伤根，起苗后及时打泥浆假植等等。当苗木运输时，他还总是积极地帮助捆装好，并且嘱咐运苗人必要的注意事项，比如不要让苗木干根、脱水、受压。在他的带动下，全村大部分社员都能够训练有素地掌握育苗管苗嫁接等技术。由此，作为一位名副其实的"育苗专家"，出席了山西省1981年至1983年林业系统先进单位模范个人的表彰大会，被省政府授予了"育苗专业户"的光荣称号。只是，写下这些文字时他已经离开我们儿女二十年之久，很多事情早已模糊不清不再回想。

第二部分

虫蠕龟行

　　如果说育苗工作在临汾初显成效受到了认可，那么在山西除临汾之外的 10 个市县会是什么样的状况呢？显然，参差不齐在任何时段都是恰如其分的表述。查看旧的资料显示，位于雁门关外、大同盆地中部的怀仁，有着广阔的造林天地，也是发展林业的好地方。怀仁总面积一百八十三万亩，耕地仅占七十万亩。土地状况是三分山七分川，在土壤结构上有相当一部分属于盐碱下湿地。因此，这个后来隶属于忻州的育苗大县根据山多川少、土地平坦、沙多风大、水源充足的特点，曾提出大力发展速生丰产林和继续营造农田防护网主攻方向的全县造林决定，通过狠抓基础、育苗资助、培养典型、重视技术、加强管理等措施最终实现了造林苗木自给有余，农田林网面积大幅增长的目标。可惜，除了在邹乐敏老师的日常笔记和郭绍仙老师的谈话中能略见怀仁果树场僵芽记录的一点蛛丝马迹外，玉露香梨像是个私自离家出走的孩子没了任何影踪。

　　玉露香（梨）并不是个私自离家出走的孩子，却一定是个孩子。这个孩子，对育种团队来说是成果也是结晶。于邹乐敏老师来说是，于郭绍仙张志德老师等也一定是。虽然从来没有开口叫上一句"爸妈"，但它知道自己不是无根之木，而是通过技术革新所产生的结合体。这种结合体形态下的孩子，有很多很多。除了玉露香梨、晋蜜梨、硕丰、龙宝、早酥梨之外，黄冠、翠玉、翠冠等又何尝不是呢？可惜，有的孩子只有小名就是个代号，有的孩子有了更好的称谓走向了更加广阔的天地，还有的尚未成功命名就因不能适应自然条件早殇或者化为了乌有。

就父母来讲，自己的孩子或是后代兴旺是件非常好的事情。因此，即便有一天弄不清楚这些子孙究竟有多少也会有成就感的。好似我们的育种人进行过数以万计次的探索后，一种名为宁陵酥梨、阳信鸭梨或者莱阳茌梨的新品面世成为了果中精品畅销几百年几千年甚至更久。这样的思考，让人联想起了名为《呼兰河传》的故事。一条河可以有诉说，一颗梨自然也可以有不少话语。然而，梨宝宝的心事注定不会有人知。也就是说，74-7-8杂交成功后不会和它的"爸爸妈妈"（指育种团队）去分享他们对亲生骨肉的疼爱，也不会要求"爸爸妈妈"给予更多的关心，能做的却是任岁月荏苒，时光飞逝。

　　在时光的穿梭中，慢慢地粗壮，慢慢地长高，慢慢地开花，慢慢地结果。这也是从诞生到壮大需要独自成长的一段悠长的时光。有风有雨有丽日阳光，有霜有雪有暗夜无边，都无所畏惧敢于向上，直到他们的父母欣喜地发现孩子意想不到的诸多良好的表现。孩子的情况父母当然知道，但育种的目的是为了甄选，而不是具有不良表现的抛弃不管。否则的话，世界上有很多的孩子差不多都会无人看管了！所以，玉露香这个孩子表现好不好只是外人的一种印象，而无论面对什么样的情况都会奇崛向上的。也就是说，育种团队的杂交育种仅仅是个良好的开始，被记录为74-7-8后将以它特有的存在方式向世界证明一种创新的力量。

　　此刻，那棵被称为74-7-8的幼树正沐浴着阳光雨露的滋润慢慢成长。在过去的日子里，它们和众多杂交实验的梨苗静静地挤在一起，被标上了类似的标记，每5棵是同一个品种。这样的作用显而易见，可以进行更准确的综合评估。在外行看来，每一个品种相对的是一组或几组枯燥的数字，但恰恰就是这些记录在案汇总起来的数据，如实地反映着众口一词的优品一定来之不易。后来，它们又有了各自成长的领地空间。没有人告诉我，幼树成活长大后到次年或者第三年就可以定植了。事实上，任何人都明白只有长大的树木才会结出丰硕的果实。也不否认，桃三杏四梨五是挂果需要的基本时间，也是众皆认同的基本规律。

每一棵梨树都会度过或长或短的童期，玉露香梨也不例外。当然，这些因梨杂交育种而生的单品及优品在接下来的日子还需要在梨科研工作者的精心呵护下才会开花结果。锄草、施肥、打药、浇水等都是必不可少的过程，甚至是经历了无数暴风雨的洗礼和无情考验，才能露出最美的面容。在外人看来，这样的工作也许会有些辛苦，但就科研工作者来说早已是屡见不鲜，习以为常了。每天除了要进行相关的实验工作外，还得投入到基本的生产劳动当中。不同的是，农民只会在适宜的时节开始下种，而果树所的科研人员往往得先将去年所有杂交过的上千粒种子在年前进行层积处理，除了少量种子在二月份延长低温处理外，其余皆在开春后露地播种。

为了便于管理，科研人员往往各自为营，各司其职。客观地讲，梨农下种后，要在出苗后才统计数目，但试验基地里的每一棵树苗一出来就会编号，然后再进行跟踪管理并记录在案，例如72-9-33、74-5-31、74-7-8等等，前面的数字代表年份，中间的数字代表在第几排，后面的数代表第几棵树苗。这在当时来说，是不足为奇的。事实上，我国从建国后开始重视梨育种工作，太多的梨品种受到了全国各地人民的认可，这些梨品种的诞生及发展在今天来说有的尚在，有的已经无据可查。这可能说明在历史的长河中，人们根本无视这样的客观存在，以致遗失了一部分最重要的原始资料。即便这样，被世界誉为东方文明的我们仍然能够在不断搜寻中得到一些沧海遗珠，以此来证明关于梨的发展从来就没有停止过。

在玉露香梨度过漫漫童期的过程中，另一个由邹乐敏老师负责的省科委重点项目，卷号C·1·2·2·2·1，案卷标题《梨品种历年计划、总结及72-9-33的田间调查、室内分析、历年鉴评结果等材料》，课题主要参加人：邹乐敏、王大桢、郭绍仙、张西民、张志德、宋保邦，项目名称为《梨优良品系72-9-33的培育》，摆在了他们的面前。课题研究基本情况及文件材料如下：

梨优系"72-9-33"母本酥梨，父本猪嘴梨，1972年杂交，1973年定植，1979年开始结果，并初选的优良单系，1980年在我省南北进行布点区试。至 1985 年母树已 7 年连续结果，杜梨嫁接连续 3 年结果，高接树连续 3—4 年结果，经逐年鉴评及多点观察，其优良性状稳定。

从 1982 年开始育苗繁殖，现已繁殖两万余株。本文件有"72-9-33"的培育试验报告、主要性状（植物学性状、生物学特性、果实主要经济性状）适应范围以及栽培要点等方面的文字材料。有历年果实品质、耐藏性、糖酸分析表、历次会议鉴评结果、丰产性、抗逆性，在我国南北各地的表现等方面的观察记载资料。有果实外观、结实情况、生长结果习性等方面的实物标本及图片资料。

……

也就是这份填表日期为 10 月 13 日的课题申报后的第二年，原 74-7-8（玉露香梨）课题早期的参与人员均离开太谷，先后调回了农科院。与此同时，邹乐敏教授的爱人提升为山西省农科院副院长。都说人走茶凉，但已经申报的重点项目还得继续。于是，留在太谷的宋保邦、张西民等将 72-9-33 晋蜜梨的布控视为重点，继续一往无前。

之后，时任山西省果树所梨育种课题所主任雷培森于立秋之际专程来到了隰县，告诉时任桑蚕站站长的樊应堂 72-9-33 新品种梨已列入农业部"七五"计划，全国梨晚熟耐运新品种选育项目。1990 年秋农业部要组织全国专家鉴定，要隰县协作完成两项工作：一是秋季鉴定会 72-9-33 果品 500 斤；二是搞好 72-9-33 的繁育推广栽植。接到这个任务，樊应堂感到有点欢喜有点忧。喜的是，苗木繁育连续几年已经不少；忧的是，果品任务难以完成，因为树龄小到时不能结果，靠高接换优的树，数量太少。经过大家研究，决定以建立梨乔砧密植丰产园的办法来实现早结果，具体事项由张天生承办。

在合同执行的 3 年时间里，隰县蚕果站根据"主攻肥水、植保保障、修建调节"十二字技术思路认真落实每项措施。10 名技术人员按照分工坚守岗位，风雨无阻不分节假日，观察虫态，组织打药，有条不紊。功夫不负有心人，1985 年秋第一年采梨 10000 斤，实现了指标，1986 年产量上升到 33560 斤，平均每株 726 斤；1987 年产量上升到 40517 斤，株均 862 斤，最高 980 斤。此外，1986 年帮刘补生建立了一个果窖，果品全部储藏，实现了再增值。这样一来，刘补生共产梨 84077 斤，超产 54077 斤，三年收入 19284 元，按合同蚕果站获得奖励 540 元。

1990 年 9 月，全国梨育种鉴定会在山西召开，隰县选送的 72-9-33 果品 500 斤按时送达。樊应堂和张天生作为特约代表参加鉴定会。72-9-33 梨以晚熟、耐藏、优质新品种通过鉴定决定，决定全国推广。从会议公布材料中可知，隰县已推广 10 万株以上，占全国 90%，居全国领先地位。在晋蜜梨发展的同时，玉露香梨并没有完全停滞不前，而是在东北（内蒙古）、西北（新疆、甘肃、陕西）、西南（云南）、华东（安徽）等地均得到了广泛的引种。

不设限的人生

《论语》里有这么一句话，"冉求曰：'非不说子之道，力不足也。'子曰：'力不足者，中道而废，今女画。'"什么意思呢？冉求对老师说："我并非不喜欢您的学说，而是我的力量不够。"孔子回答说："如果真的力量不够是走到一半就再也走不动了，现在你却是为自己划定了停止的界限。"作为一个社会人，我们完全没有必要急于承认别人就好，自己再怎么努力都不行，这样的话就能够非常平静地为人处世了。对于一个二十出头的小伙子来说，脚下的路当然还很长。那么，如何一步一个脚印地往前走呢？

—

出了太原往南走，到了隰县最北面的地界没多远可以路过一个叫牛家沟的村子。这个村子隶属七里街村委管辖，连大人带小孩算起来也没有多少人。连接村子与外面的，是一条不太宽敞的路。不走出去，世世代代就是沟里的人；走出去了，才能融入车来人往的大千世界。要说，年少的时候几乎大多数人都有着闯荡天下的想法，能不能跨得出去那可不是每个人轻易就能做到的。别看就是在这么个小村子里长大的张天生，还真就有了这样的机会。有道是：机会面前人人平等，可同样是机会有的人一伸手就可以够得着，有的人却比划来比划去怎么都抓不住。这是怎么回事呢？

村里的人都知道，因为家底差不多都穷根本就没有人能走出山窝窝。孩子出生了，没吃的没穿的糊不了口，出去转一圈光景都一样，不怕谁笑话谁。唯一的念想，就是家里的孩子长大了送到学校，能有出息固然好，念不下也不至于是睁眼瞎。倘若家里的是个丫头片子，先自觉矮了三分，早晚是人家的人念下念不下无关紧要，换了毛头小子的话还可以供上几年。这样，外人问起来一边否认，说差得很，却暗地里琢磨自家的孩子比人家的强，心里头始终透着些不一样的神气。

神气当不了饭吃，可神气是因为有了底气。底气来自哪里？那是一点点出门能找见地方买东西能算得了账的微薄知识。至于什么跳出龙门的理想，压根是不切实际的幻想如白日梦一场，做一做回到现实中就可以了。不承想，梦想还是要有的，万一实现了呢？此刻，走向社会的他恰巧就想试一试，闯一闯，即便成功不了还有失败在，不试就永远不会有翻身的机会和日子。

民办转正，对于一些人来说是耳边响过的一句流行语，可那个时代过来的人知道那是佼佼者跻身于社会的门槛。意味着一半还扎在农村，一半吃上了公家的粮。村里来了民办，既要付一部分工资，还会分一块田地给些口粮。除此之外，为了孩子能多学点知识有点学问，免不了这家叫了吃饭那家供为上宾，所以也是不错的职业。于是，上学时念上几年书再考个民办转正是改变命运的首选。

考，难的不会会的不难。在规定的时间内把所考的科目全都认真做个遍，至于拿不准的也不能空着，连猜带蒙，绝不能落下一片空白平添遗憾。也怪了，参加考试的不少，成绩超过的不多。不谦虚地炫耀一下，第一名。这一来，去朱家峪任教成了板上钉钉的事，没有半点含糊。朱家峪在县城西边，离蓬门、路家峪都不算远，学校也在向阳的一面，这就天天和学生打交道搅在了一起。

民办考试之前，他就在隰县中学搞后勤工作。整整干了五年，才下定决心碰碰运气。不碰的话，恐怕一辈子钻在厨房里烧水做饭永无出头之日，不想一碰竟然运气加实力来了个人生逆袭的华丽转身。更没有想到的是，还有更多的意外和意想不到的惊喜会接连不断地出现。

那一天，有人敲开了他的门，带来了个令人振奋的好消息。要说，他是万万没有想到的。心里一惊，不由得问："啊？蒙校长你怎么找到这里的，快坐下我给你倒点水。"

"不用。明人不说暗话，还真是有事想问一下你看是啥想法。"

"你说。"

"县里要成立职业高中，现在才进入了筹措阶段。我是觉得你懂果树技术，看你愿不愿意去当个副校长，其他的咱再说再协调。"

"蒙校长能想到我，心里非常高兴。我的情况实际上你也是了解的。刚开始就是个烧火做饭的，后来招聘农村教师就试了一下，结果考上了成绩还不错。在朱家峪教书，也是尽心尽力。虽然家里有拖累婆姨有病，但始终没有耽误过工作。"

"也是认为能行才考虑你的。"

"怎么敢不行，就这光景也紧够过。"

"对的哩！县上调拨了一块基地在上友村，你要是能经营好收入考虑先归你，现在还是荒地；你要是不想干，那就再另找他人。"

"上友村倒是不远，从村里进城要路过。没有什么麻烦吧？"

"能有什么麻烦，这是县里局里开会定的又不是咱个人的事。为了办学需要，让念书的学生能学点实用的果树知识，离了不行。"

"这么一说，还真有点心思。不过，地里操上心学校副校长恐怕就顾不上了。"

"你好好想想。不着急，完了给我个话。"

"行，也是这几年累了，这儿得操心，那儿也离不了，一天不得安生。"

"人都是这样，忙这忙那不到天黑谁也闲不下。你要接下的话相对没那么忙，但管好也不容易。"

"是。"

"好了老张，想好了尽快告诉我，还有事就先走一步告辞啦！"

"好。"

送访客出了门，他暗自琢磨这送上门的好事该不该接手下来。听上去，不用再没白没黑地干。自从接了食堂的活儿就没有安生过，一睁开眼就起来劈柴生火，还得烧水蒸馍该置办的置办。大到蔬菜瓜果，小到调味花椒面，哪一个不经手都不行。想偷个懒，完全没有门儿。水才开了，拿着饭盆的人已经来了；饭都凉了，还有人叫唤没吃。冬天提前准备煤炭，夏天树枝常不离手，总之脑筋闲了手不闲，手闲了脑筋又不停点。没提前想到的，就有人提出不满；提前想到了的，赶紧办了总算没有忘。不管怎么说，其他人看上去顿顿能吃饱，真干起来也不是那么回事。不过，话又说回来了。自从考上了民办，就算是熬出来了。不过，凡事都有利弊。人家让去哪里就得赶紧去哪里，吃了人家的饭得由上人家安排。至于去不去当果树教师，还真有点心思。要是不行，别人也不会找上门的。可当不当副校长说不好，就冲着有 300 亩基地能归咱摆弄，时间长了肯定行。上课是有数的时间，离家不远也能兼顾，这么想来基地发展应该能行，早一点走晚一点到不用再那么紧张。

就这样，抱着能贴补家用的想法，经过上级批准老张告别工作了好几年的学校，又彻头彻尾地和土地打上了交道。种地栽果树，听上去是个人就会干。不外乎一点，人家干什么咱跟着干什么。现在一接手才知道，完全不是这样得心里有主意。换个说法，栽啥种啥心里要明白，毕竟规划到学校的 300 亩基地不是个小数字，得有个比较系统的方案。这样的话，人家学生来了基地学习，春天得有适合本地生长的树木长在地里，秋天树上最起码有果树的样子得挂着果实。

说干就干，心思也全部放到了基地上。种什么可不能胡来，得多和领导沟通多找县里有经验的人支招，万一有个七七八八的事也好担待。苹果的话红星、富士、香蕉、迎秋、国光都知道，梨的话金梨、酥梨、香水、木瓜、铁梨都吃过，但真要从经济上出发多收入，就得要有所取舍，也顺便了解什么才是最好的品种。

这以后，爬坡上岭一个人扛着工具经常出没在基地上就成了常态。说是基地，得一点一点地平整，一点一点地刨坑，一点一点地栽树，一点一点地垫根。以前嫌人多休息不下，现在想说个话对面见不了人。这天壤之别一下子让他有点受不了，但转念一想又只好继续埋头苦干。遇到外地来了果树专家传经送宝，他想尽一切办法也要把他们请到基地上。别看他们东瞅西望地想起啥说啥，可都是一句顶十句讲的全是硬道理。不听要碰壁，听了才受益。

凭着自己的摸索和苦干，基地看上去总算有了个样子。当然，他没有忘记蒙校长的嘱托是首先得当好一名果树教师。于是，将所掌握的知识无私地教给了学生，带着他们在果园里讲有关果树的故事。这不，阳光下的他站在苗木前自然从容地比划着、分析着、讲解着……

二

刚退伍不久，从部队回乡的李元生就遇到了类似的难题。说起来是个好事儿，乡里的一位领导找到了他告诉了一个消息。说要在隰县西上庄成立林场，看他去还是不去。林场？西上庄？什么情况？原来，解放后附近的天然森林归吕梁森林管理局管理，大的仅有羊头神公社花果山和黄土公社两个社办林场。由于地处山区，筹建林场的工作免不了还要进行，就又先后有了德虎塬林场、庞家圪塔林场、寺坡林场等等。现在西上庄林场正在筹建，浓眉大眼的他一下子便被人相中了。

去吧？林场才开始筹建从零开始，等于是摸着石头过河哩。不去吧？还不是待在家里的一亩三分地当农民，天天和土地打交道。思来想去，当过几年铁道兵的他有了主意卷上铺盖卷走了。不就是从车家坡往竹干再往罗真堡方向的马家圪垛，离家再远也还在一个县嘛。实际上，到哪里本质上都一样；什么知青插过队的地方，穷得甚也没有跟咱有啥关系干好该干的就行了。一听，就是个靠谱的实在人。

到了跟前一看，还真是五里不同景十里不同天。不愧是晋陕交界的地方，偏僻落后充满了荒凉。人们住的房子全是低矮的泥坯房，屋顶上是发青的瓦片还长着草。不管那么多了，有个落脚的地方能吃能住有口饭就成。接下来，一个猛子扎进去他开始正儿八经地摸索起其中的门道。

这世上的事，就怕认真二字。林场只有自然林和经济林两种，而他被分配到了果树场负责栽植和管理果树。管理果树，说起来容易干起来难。大到什么品种能发展什么品种没有市场，小到什么树嫁接什么果什么药治什么病，得悉心钻研才行。幸好，有位叫李登峰的前辈是引路人。但凡有了疑问，基本上没有不能解决的。有了指导再加上实践，有了操作再加上研究，一来二去也懂得了些基本常识。

在外人看来，这是一份有稳定的经济收入、生活有保障的工作。不想年及弱冠的他，也已到了立业成家的年龄。论外表，浓浓的眉毛、明亮的眼睛、适中的个头、宽大的脸庞，不用开口就让人有了美男子的联想；论人品，不夸夸其谈干得多说得少，做不到的不吹牛做到的尽力做好；善良勤劳、任劳任怨，还有什么不可以托付的呢？

离家不远有个村子叫下司徒，人不多才俊不少。有人介绍说，有个年龄相仿的姑娘闺中待嫁要不要瞅上两眼，还真没见上几面就各自对上了眼。说媒、下聘、定亲、迎娶，一连串的繁琐之后，好日子就算是真正开了头。

有了光景就有了想法，有了想法就有了干劲。这不，整整干了八年的他有了要走的心思。不是一句话，而是真动了念头。这念头一经露头，便如同喝了人头马般膨胀起来越想越想干，越想干越觉得该干。林场的亲身经历，活生生地证明了种果树比种庄稼可行。也就是说，能换来更多实实在在的钱票票。

去哪里，回村。干什么，当主任。怎么干，种果树带领大家一起致富。事实上，根本没有什么事情是可以一厢情愿的，有着冲天大志的他不用说受到了村里人的质疑。这有什么，别人凭啥无端相信你，要用事实说话才最可信。想到这里，他把村里抱着半信半疑的男男女女组织起来带到林场参观，又用反复对比的方法算了一笔账。这一来，刚开始说风凉话的人越来越少了，主动要求跟着干的人队伍拉起来了。

都说人心齐泰山移，可迎面而来的难题就应接不暇。先是建基地，再是引良种，然后手把手地教，无塑料薄膜、无抽水设备等都得一一克服。看上去千头万绪一团麻，但他始终坚信凭着一股毅力是可以把事情办成的。在他的带动下，东川坪城有了第一个苗木基地，基地中有了密密麻麻的果树苗。

光这还不行，还得根据情况分别嫁接成苹果或者梨。还有，嫁接到树的什么位置也不是胡来的，都有着一定的科学道理。嫁接也是一门技术，既得懂还得会，手脚麻利绑上的成活得也好。到了起苗的时候，各家各户都是全家出动。刨出来的苗子摆在地上排着队，齐刷刷的。苗木也不用发愁，快出手时早有人就联系上了。看着苗走钱到手，人们一个个喜得合不拢嘴，跟着干的心劲更大了。

瞧瞧，人生就这么简单！倘若一开始就给自己设限，当不了兵种不了树娶不了媳妇过不上好日子，也不会想到有朝一日能走出山沟沟顺利转正，那漫长的岁月还有什么念想和奔头。给人生设限，不能释放自身潜能；给人生设限，只能留下无限遗憾。其实，无论是天才伟人，还是平凡普通之人都是一样的。他们都是设身处地一步步地超越自我，超越他人，敢于追求，才能取得一定的成功。相反，还没有动手之前先被困难吓倒一半，自然偃旗息鼓不战自败，那就不仅仅是一声叹息啦。

没想到，在太原课间的闲暇时分添加了子顺老师的微信；没想到，子顺老师会说认不清看不懂的维吾尔语；没想到，在他微信头像上会出现相似的孪生兄弟；更没想到的是，一起随意而坐的餐桌旁有他单位的女同事。于是，便随意地开始了一些话题。在这之前，知道他一直从事梨的研究并辗转于山东、新疆、海南、湖北等地，有时候请教一下却从未真正见过。玉露香梨在新疆库尔勒的表现，包括引种时间、生长情况、品质情况和综合情况，也通过文档获知一些。这，源于何老师的古道热肠，也或是通过新闻、报纸、杂志和书籍等综合信息。当然，可能还有一些细节和情况需要核对。尽管如此，还是非常感谢的。

这么一说，便赶紧下意识地先拨了手机中的电话告知具体情况，又让他们彼此对话。然而，由于餐厅人多听不太清，只能草草说明顺手挂断。据小罗讲，何老师在业务方面还可以，只是当初邀请他去湖北工作的领导退休了。这恐怕对任何一个人来说好像都有点不适应，不过老河口市还有他劳作的身影。也难怪，有时候可以看到一些郁郁不得志的哀怨之词。大概四月份的时候，听到他提起过头疼伴有胃不舒服的状况。但是，完全不知道他所在单位的人事调整和工作安排会发生如此大的变化。只身一人前往湖北的他，肯定不能够干得顺心遂意是必然的。然而，自发现名为桃梨汉水的公众号上线后，大约不到一年的时间里就上传了 200 多篇为农业生产者提供的篇幅短小、一看就懂、一学就会、一用就灵的技术或措施的微信链接。也就是说，除了日常工作几乎不到两天就会有一篇讨论桃梨生产技术管理的文章上线，而且不能出现一定的差错。这从实讲来非常不易，也难怪他的同事赞不绝口了。

可赞归赞，干归干。一不小心，还被推进了重症监护室的病房。穷其原因，是血小板减少性紫癜。不用说，都是平日里在饮食上不够重视，营养不良造成的。即便如此，也不会过于将吃喝太放在心上，但身体免疫力低下却是需要克服的首要问题。这些七零八碎的事情，同行的杨总还有别人是不会细说的，而远在千里之外的妻子还有前来照料的女儿也是不忍面对的。本来，还想告诉他之前的文档和自己收集的资料有所冲突，然而痊愈后的他不知是为了冬剪还是讲座在前往孝昌的路上，想了想就没说。说了的，却是关于植物生长调节剂的话题。当然，落实在产品上可能还需要一定的过程，因了别的原因不能继续展开讨论，脑海里却闪现出了"行者无疆"四个大字。

那么，接下来就说说来自库尔勒试验站于强提供的名为《玉露香在库尔勒的表现》的资料。文中介绍原新疆巴州农校教师张义弟最早将山西果树所选育的梨优良品种 74-7-8 引入库尔勒种植，同时也在别处看到过一篇由王杰君、张宜弟、任旭琴共同完成的《库尔勒香梨新品种（系）简介》的资料。

经过对比，引种时间、引种人存在着一定的争议。一是，时间有1992 年和 1998 年之说。一是，引种人分别是张义弟和张宜弟。既然如此，有没有必要对这两个分歧探个究竟？实际上，也没有太大的困难就可以得出结论。之前刚开始关注时，就了解到玉露香梨被新疆、云南、陕西、安徽、甘肃、内蒙古等地先后竞相交换引种的事实。然而，育种成功后的监管由于育种人邹乐敏老师的调离再加上落果现象及储藏技术不成熟等一些在当时看来无法解决的难题，使得玉露香梨的认可和推广难上加难。然而，就第一个问题，新疆引种相对较早的时间 1992 年比较可信。主要体现在：育种人在 2000 年前后已经有了新疆和陕西等种植表现的一手资料。就第二个问题来说，引种人名字同音不同字，由此推断是同一个人的名字出现两种不同写法的可能性极大。

　　　　　　　　　　　　　　　　　邂逅大美梨

引种时间、引种人弄清楚了，那么引种后的表现呢？只能看留存的一段文字说明来还原当时的情况。如下：香妃梨（代号74-7-8）山西果树研究所用香梨作母本，雪花梨作父本杂交育成。1992年从山西果树所引入巴州，现已结果。该梨的果实特点为：色泽、风味、品质与香梨接近，但比香梨果大，果心小，单果重平均200克，果面光滑、细腻，向阳面有红晕，肉质细，汁多，甜，果肉有香味，可溶性固形物14%，该品种无碰伤的果实可贮至次年5月。初命名香妃梨，已连续两年出口，颇受外商欢迎。瞧瞧，代号为74-7-8的玉露香被称为香妃梨，几乎是在二十世纪末的事，出口东南亚且颇受外商欢迎也是意料中的事情。这里提到了东南亚，不妨沿着出口的思路往下继续。从表面上来看，玉露香在新疆的表现还是颇受认可的，而且它的适应性非常强，在香梨原有的风味上既有传承，又在汁多皮薄品质优良上得到了发展。可是，如此优质的果品为什么不能够得到全面深入发展呢？

审视从来不是一个轻松的话题，可能关乎这样那样的原因。有时，会涉及隐私不便细说；有时，会涉及人性无言以对。只是，假想即便是个人经历了一场从天而降的阴谋与爱情，也不应该造成政府扶持的尴尬与无力。但这样的认可，实在需要一个冗长的过程。况且，阿克苏的苹果和库尔勒的香梨本就享誉中外啊！还有，上了年纪的维吾尔族老人可能会告诉你一些轻易不为人所知的秘密，香梨要连核一起吃的。否则，会拉肚子。这样，一传十十传百生活在那里的人们不知是认同还是默许，往往一颗透着馥郁芬芳的梨子下肚后，眨眼就变成了一小截光秃秃的梨把和几颗黑黑的梨籽。

在这里生活了二十多年的辛尼自豪地说，历史上的龟兹国就是阿克苏的库车县，还有奎屯市的先学称赞博斯腾湖的鱼、大米、枣，甚至宣讲重酱色的熏马肉、琥珀钯的马鬃肉，配上纳仁、洋葱，再倒上一碗伊犁老窖是冬日里的最爱。此时，若是年轻的古丽献上一曲劲歌必是：我们新疆是个好地方，天山南北好牧场，戈壁沙滩变良田，积雪融化灌农庄；麦穗金黄稻花香，风吹草地现牛羊，葡萄瓜果甜又甜，煤铁金银遍地藏……的确，新疆是个好地方！就连中央电视台《新闻联播》后的《天气预报》上也打着这样的广告宣传语，使得有人尽早做出计划决定组团一起去塔城、去阿勒泰、去巴音郭楞蒙古自治州等实地旅游，正在看此处的你是不是也可以这样呢？

去不去远在大西北的新疆旅游，取决于有没有时间、资金和精力，可吃不吃新疆的库尔勒香梨，那得看家里的菜篮子里有没有？若是在上世纪七八十年代，无异于是天上摘星星的事情，可也曾收到过一位库尔勒姓张的农民寄来的3箱梨。这梨，便是被当地人称为"奶西姆提"的库尔勒香梨。有人说，不懂行的人是分不清库尔勒香酥梨和库尔勒香梨的，但我们就说这唐僧取经路上猪八戒偷吃过的"人参果"，据说就是库尔勒香梨的梨。梨子的个头看上去有点小，形状不像我们小时候书本里描摹的形状一样而是上下都缩回去了一块儿，果柄短果点也小，果面光滑或有纵沟，颜色略带红晕，皮薄。其实，就像世上没有两片完全的叶子一样，新疆梨、白梨、砂梨和秋子梨都有着自己独特的地域特征。也正是这样风格迥异的地域特征，才造就了各种不同风味的梨。

邂逅大美梨

草原之上

看到巴彦淖尔市冯老师发出收获梨的情景链接时，心中甚是痛快。本来，因为关注的玉露香梨被内蒙古交换后没发展起来一直不开心，也没有线索查访久久不能释怀。可居于内蒙古的他听到实情表示有机会来内蒙古联系一下，好吗？当即告知可能性很小，但若有机会还是谢谢您的盛情。要不，就从当地的地形、气候和土壤试着了解看看，即便最后得出结论无法适地适栽也是一种获得吧？

先说位置，内蒙古地处欧亚大陆结构内部，大部分地区处在东亚季风的影响之下，属于温带大陆性季风气候区，四季分明。

再说地形，内蒙古呈狭长形，横跨东北、华北、西北三大区。土地面积为118.3万平方公里，相当不小，占全国总面积的12.3%，在全国各省市自治区中名列第3名。

再说气候，内蒙古属典型的温带大陆性气候，大部在非季风区。具有降水量少而不均匀、寒暑变化剧烈的显著特点。冬季长而寒冷，多数地区冷季长达5个月或半年之久。夏季温热而短暂，部分地区无夏季。降水量受地形和海洋远近的影响，自东向西由500毫米递减为50毫米左右。蒸发量则相反，自西向东由3000毫米递减到1000毫米左右。与之相应的气候带呈带状分布，从东向西由湿润、半湿润区逐步过渡到半干旱和干旱区。晴天多、阴天少，日照时数普遍都在2700小时以上，长时达3400小时。冬春季多风，年平均风速3米／秒，蕴藏着丰富的光能和风能资源。

再说土壤。该处的土壤由东北向西南排列，依次为黑土地带、暗棕壤地带、黑钙土地带、栗钙土地带、棕壤地带、黑垆土地带、灰钙土地带、风沙土地带和灰棕漠土地带 9 个土纲 22 个土类。这么看来，确实是够复杂的。

再说水文。内蒙古境内共有大小河流千余条，境内共有千余个湖泊。尽管如此，水资源在地区、时程的分布上很不均匀，且与人口和耕地分布不相适应。我国第二大河黄河由宁夏石嘴山进入后由南向北，围绕鄂尔多斯草原形成一个马蹄形。除黄河沿岸可利用部分过境水外，中西部大部分地区水资源紧缺。

如上所述，风多雨少土杂似乎根本不适合种梨。可是，明明知道内蒙古赤峰、喀喇沁旗一带有少量秋子梨，河套地区的丑梨也是飞机上吹军号——名声在外的，这究竟是真还是假呢？

不是内蒙古人不敢瞎说，没去过草原自然也没有发言权。刚好，走南闯北的小璐师傅坐在对面讲起了在内蒙古的经历。他说，内蒙古再熟悉不过了。前些年几乎把内蒙古走遍了没见过一棵梨树，但内蒙古是有梨的，那里离河北近一些有一些河北梨。他还说那些蒙古族汉子穿着宽大的袍子，袍子里一边塞的是酒，一边塞的是肉。说话间，还模仿着从这边掏出肉吃上一些，又换到那边掏出酒喝上几口。这倒是可信的，打了十多年交道的他没必要说谎，随口道出来的资讯肯定是货真价实的。

可是，没见过梨树并不意味一定就没有啊？作为当地人的冯老师，不就随手发出了梨的图片和文字也是手到擒来的嘛。这和海南还不一样，去过海南的人都说有梨但任何人见不到生长的梨树，见到的只能是阳光海滩和连成一片的椰子树。看来，人的精力毕竟是有限的。即使是读过万卷书行过万里路，也不可能走遍世上所有的路，更不能编造出一些未知的事情。

还记得多年前，有个亲戚去内蒙古出差带回来一些奶制品。于是，给大家分发奶饼、奶片、奶酪等等，可是那时候对奶制品极不感兴趣甚至还想着真要到了那里生活的话怎么办呢？这个吃不了，那个不爱吃是完全不行的。然而，草原的广袤和星空是令人神往的。在大家的眼里，草原就像一幅美丽的风景画。画面上，有蓝天、白云、河

邂逅大美梨

流，还有宽广无垠的绿色草地。当成群结队地的牛羊相伴在放牧人的看护下悠闲自在地走走停停时，扎着漂亮丝带的姑娘站在若隐若现的蒙古包前憧憬着美好的未来。到了晚上，躺在草地上对着浩瀚无边的星空，会让你忘了世上所有的烦恼，只一心沉浸在那曼妙当中。你可能会扪心自问：我是谁，在哪里，要去哪儿？是的，你大可不必不好意思，这当然也是全天下人面对自己内心的灵魂时最返璞归真的审视，只有想清楚弄明白了才不会对未来有所迷茫，从而稳健地向着光明朝前走去。

写下这段文字的时候，随意一搜竟然有同名的歌曲。顷刻间，在嘹亮的哼唱结束后马头琴声悠扬的旋律欢快地响了起来，夹杂着现代动感的节奏。不妨就此一同记下：

"草色青青多少眺望，

一路上飞翔是多少的渴望，

昨天已燃烧成过往，

梦想还在路上化作远处的苍茫。

白云飘荡多少徜徉，

我用流浪丈量梦想的宽广，

岁月已改变我从前的模样，

思念滚烫胸膛还是最美的想象。

生命一轮回等地久天长，

有你的路上黑夜不漫长，

琴声在悠扬风尘也炫亮，

我心爱的天堂在你的心上……"

彩云之南

　　记得一位新闻从业者拍了一组题为《云之南》的美图，看到后觉得想法不错很有新意。这里，所要讨论的云南引种可不能看有没有新意，而是玉露香梨在该处的适应性得用事实说话。故，在意外遇到被誉为"红梨妈妈"的舒群老师后彼此愉快地进行了对话。在这之前知道云南的梨品种很多，也委婉地拒绝过云南大理州林业科学研究所所长李仙兰老师实地考察的邀请，但云南注定是一个不可能绕过去的话题。

　　这，取决于对玉露香梨的育种人和团队均做过一些采访，也告诉舒站长听别人提起过地名但没记住。远在云南的她当即说到安宁，而且表示可能是低温的缘故不挂果。若是外行这么说的话，不挂果只要找懂技术的人进行指导即可解决，也知道以前有别的果商承包某果园经营果树时出现过大面积无果的尴尬状况。然而，红梨妈妈是云南农科院园艺所的研究员，多年来一直从事梨科研究和管理工作的产业带头人，不挂果经她一讲便成了不好解决令人头疼的难题。

　　先不说难题，若不适应迟早无人想起，自生自灭会是最好的途径。那么，不是说梨是适应能力极强的一种水果，难道别的梨就能适应这片红壤黑土以及所匹配的温度吗？还别说，据舒群研究员和泸西果树站站长李富贵介绍，"早白蜜""满天红"在云南当地果实甘甜，货架期长，肉质酥脆，受到消费者和生产者的喜爱。该品种区域性较强，目前只在云南省表现良好，在其他地区果肉硬度大。

　　看来，还真是一方水土养一方人，一方水土成就一方风物。说到这里，想到了当地一种类似于泡菜的食物——泡梨。泡梨，有过制作经验的人，大约会在每年 9 月取一些稍有酸涩的野生麻梨洗净后放入陶坛内，添加适量白酒、盐、生姜、蒜、花椒、甘草等进行密封。等到一段时间入味后，就可以开食了。说起来这还是泸沽湖畔摩梭人的独特做法，后来在个旧一带风靡一时，远销至海内外。

其实，巍山红雪梨、呈贡宝珠梨、安宁红梨、文山他披梨、泸西高原梨、会泽宝珠梨、麦地湾梨等西南地区极受欢迎的梨品种挺多的。这些梨子，尽管从颜色上隐红显绿，果形有扁有圆形状各异，但论口感的话还是比较倾向于呈贡宝珠梨，略带有酸比较可口。这可能和北方人的饮食习惯有关，也可能是不能融入仅是谐熟而已，更或者是萝卜白菜各有所爱。这里，请允许我继续写下前面提到的彩云之南盛产的梨的名字和状况，希望在不久的将来它们会因科技的力量能受到更多友朋独有的青睐。如下：

巍山红雪梨。该梨产于云南省大理白族自治州巍山彝族回族自治县内，全国农产品地理标志。种植区域涉及马鞍山乡、巍宝山乡、五印乡、紫金乡、南诏镇、庙街镇、大仓镇、永建镇、牛街乡、青华乡十个乡镇，东西宽 47 公里，南北长 65 公里。据巍山彝族回族自治县《林业》记载："巍山红雪梨是县内特有的晚熟耐储藏的优良品种，已有近百年的栽培历史。"因成熟于冬季，群众又称之为"冬雪梨"。因以鲜、美、香、甜等特点曾获云南晚熟梨第一名以及云南省农牧渔业厅优质水果产品证书、中国第二届农业博览会银质奖产品之美誉等。另据巍山彝族回族自治县科技局整理的资料《红雪梨王》中记载："在巍山县海拔 2400 米的鼠街新家村上生长有一株自然杂交而成的红雪梨，据有关专家认定该树至今已在这块土地上巍巍挺立了两百多年。"

呈贡宝珠梨。该梨产于昆明郊区呈贡区，栽培已有数百年历史。中国国家地理标志产品。相传为宋代高僧宝珠和尚到鄯阐（今昆明）讲经，带来了洱海一带的大理雪梨树苗，经过嫁接在呈贡特有的低纬高原"冬无严寒、夏无酷暑、干湿分明、四季如春"的自然气候和玄武岩红壤等特别适宜种植水果的环境滋润下成为了名梨。后人便以宝珠梨为名以示纪念。呈贡宝珠梨是云南众多梨果中的佼佼者，果圆形，一般重200—300克，大者500克，皮薄，淡黄绿色，果肉雪白，脆嫩，汁多，味浓甜，微香，食后无渣。

安宁红梨。国家地理标志证明商标。该梨属外来杂交品种，是以云南原产的火把梨为父本和日本幸水梨为母本，通过在新西兰杂交后选育出的梨果新品。具有果大形正、酸甜适口、汁多味浓、皮薄肉厚等特点，无论色泽、外观还是品质均受到广大消费者的喜爱。作为云南省最大的红梨种植基地，安宁市还被中国果品流通协会授予了"中国红梨之乡"的称号。

文山他披梨。该梨是云南省文山壮族苗族自治州文山市特产，全国农产品地理标志。属砂梨的一种，因生长在文山市坝心乡他披村而得名。文山他披梨产区生态环境优越，环绕国家级自然保护区老君山东部，森林覆盖率达全县的45%，水资源丰富，宜牧草场广阔，是文山盘龙河的主要源头之一。文山他披梨的栽培历史悠久，经过人们长期种植的改良和文山独特的生态环境滋养，逐渐演变为文山特有的一种优质梨，其个大匀称，果形正，果皮碧绿，肉厚核小，肉色玉润，肉质脆嫩多汁，风味清香，酸甜可口。

泸西高原梨。该梨产于云南省东南部红河哈尼族彝族自治州北部泸西县，全国农产品地理标志。泸西高原种植区属于山地高原地形，地势起伏较大，由东北向西南倾斜，东部为丘陵地貌，西部为坝子。泸西高原梨果肉均为白色，雪花、早白蜜味道蜜甜，早酥、美人酥味甜微酸。都具有皮薄肉质脆、细嫩、多汁无渣，果心小、营养丰富等特点。

会泽宝珠梨。该梨是云南省曲靖市会泽县特产，全国农产品地理标志。原产于大理宝珠寺，也称大理雪梨，系大理雪梨的后代。另据清光绪年间编纂的《云南地志》记载："东川（会泽县原属东川府所在地）之石榴、宝珠梨及蔗糖、橘柚，其味兼江南西蜀之美，皆特产也。"说明会泽宝珠梨在百年之前就已名冠全省。

麦地湾梨。该梨是云南大理白族自治州云龙县特产，全国农产品地理标志。属于特有的特晚熟耐储藏地方优良品种，果实扁圆形，大小整齐，表皮底色为黄色，三分之二以上果面鲜红色，似胭脂红，色泽鲜艳美观，果肉白色，肉质细嫩，汁多，不褐变，果心小。云龙麦地湾梨，又名麦庄梨、雪梨，系云南农家品种。因来源于四川，故群众又称"四川梨"，系多年前游洪顺由四川迁居云南省云龙县旧州乡麦庄村时带来的接穗，接在屋角的一株川梨树上，成为繁殖传播的母树。母树的原树冠已死，现存树冠系从距地面高约1米的空心主干上长出的徒长枝重新形成的。当时，下乡知青多集中在云龙县旧州乡的澜沧江河谷地带，由于当时生产储藏技术水平有限，到每年2—3月份已无梨果供应，这时有人将梨带到知青点给知青们分享，以后每当知青想吃这种梨的时候就会问："有没有麦地湾梨？"久而久之，就形成了以地名和梨结合的品种称为"麦地湾梨"。

列举了这么多，也不知您更中意哪一个？什么，竟然一个也没尝过，这可不行，有机会得亲自去实地体验一下。到那时，不仅有昆明石林、玉龙雪山、大理洱海、丽江古城令你目不暇接，还会有众多少数民族的风情让你经久难忘、永生回味。

人生若如

给安徽一位赵姓文友发出留意当地信息后，看到了这样一段广告语。如下："若武大郎当初吃上砀山梨黄桃罐头，再把果园场的几十亩果园种着，天天干活，累了就喝点梨汁吃点罐头，悠闲自在地过日子。他就不会去卖烧饼，他不去就可以多陪陪潘金莲，金莲在家里就不会感到孤单，就不用一个人开窗看风景，也就不会遇到西门庆，也就不会与西门庆有关系，也就不会有武大郎被害，武松也不会被逼上梁山，武松不上梁山，方腊就不会被擒，那就可取得大宋江山，就不会有靖康之耻，也没有金兵入关，更不会有大清朝，不会引发鸦片战争导致八国联军，也不会有军阀割据，也就没了日本侵华……这么看来，砀山梨和油桃还有最好吃的黄桃罐头是有多么重要啊！砀山优质农产品大量供应中，欢迎联系！"

不能不说，如此营销之词确实有吸引眼球之功效，可以起到一些他山之石可以攻玉的作用。但人生若如可以重来，谁又敢保证事情可以按照人们预设的去发展呢？《砀山县志》告诉我们，今天我们看到的砀山县城只有200多年的历史，建在当年黄河故道上拥有两千多年荣耀的古城随着历史都被埋在了地下，这是因为砀山的北面是黄河，在孕育华夏文明的同时，也给人们带来了一次又一次的灾难。据记载，历史上因黄河泛滥而改道共26次，大的改道就有六七次。由于隋唐大运河贯穿黄河，黄河的改道和历年的决口，一次次的黄河泛滥造成了淤积。大运河开始渐渐萎缩，最后它也遭到了和砀山县城同样的命运。可即便这样，并不影响宿州市砀山县的酥梨一直有口皆碑，甚至被吉尼斯纪录认定为世界上最大的连片果园产区。

邂逅大美梨

毕竟，不是每个所在地球村的县市都有这样的荣耀。砀山做到了，是砀山恰好有这样方方面面的条件所成就。今天的人们，只要有人提到砀山就会自然而然地想到砀山酥梨。然而，有关砀山的历史典籍一毁于战火，二沉于水底，流传下来的极少。直到明朝万历年间，有《徐州府志》上记载："梨，兔头燕顶者尤甘脆，今出砀山者佳。"从中可以读出，当时的人们以鲜食梨果为主，尤喜甘甜酥脆。可是，徐州不是属于江苏为何划归安徽呢？原来，历史上安徽宿州曾为北徐州，南宿州。从经济角度讲，这个概念是没有任何问题的，但从地理角度上讲，徐州其实并不与河南省接壤，而真正与苏鲁豫皖四省交界的是安徽砀山。砀山在行政区划上隶属于安徽省宿州市，但与邻省徐州市的交往甚至多于宿州市，原因大致有两点：一是砀山距离徐州更近，中间只隔着一个萧县，而萧县距离徐州市郊只有十几公里。砀山要去宿州市区，经过萧县后距离宿州还有80多公里；二是砀山以及萧县原本隶属于徐州，上世纪五十年代之后才由江苏徐州市划归到安徽省宿州市。也难怪，砀山酥梨的历史以这样的方式呈现出来了。

与砀山不远的寿县，便是开头提到那位文友的故乡。之所以留言，是因为知道那是较早引种玉露香梨的地方，还特别嘱咐要找上了年纪的人了解，当然也不排斥有机会可以亲自去看看，看看"梨花满砀山，文脉两千年"的砀山文化会不会有人甩袖捎簪来一曲旷古幽今的梨花曲，也是不是可以"深挖细掘道尽千年梨都流风遗韵，浅唱低吟诉说今日砀山熔古铸今"？

中国有句古话是"真金不怕红炉火，酒香不怕巷子深"。砀山梨在国人心中，应该有这样的分量和位置。由于长时间上游大量的泥沙不断冲击，形成了深厚的沙质土壤。这种细腻疏松的土壤非常有利于植物根系的发育生长，见光升温快降温也快，再加上昼夜温差大等因素，各种营养含量优于其他地区，这才使得数不胜数的人们品尝过这种果中佳品，并且连年名声在外。

世上的事，有时候认真不对，不认真也不对。文友一直没有主动回复，我却能获知他的一些生活状况。先是出现在媒体宣传的各个阵地，再有不时地参加进修培训，后来便遭遇了雨季的无情。不等他将详细的状况发送过来，已是半城山水绕故园。他所在的整个城池处在了令人紧张的氛围当中，素来果敢的他卷起裤腿加入到抗洪救灾的队伍当中。眼看着洪水就要漫上来了，人们纷纷找了沙袋不分昼夜地堵住城门，直到大半个月过去后洪水这才彻底消退了。

当把这一切说给一位住在离家不远的安徽老乡时，对方表示经常这样的情况没有什么大惊小怪的。说起来，这位老乡早先还是和父母一起逃难离开老家的。现在，在靠着山的一隅挖了几个鱼塘依靠养殖为生。每天起来，看看青山碧水白云蓝天，日子过得悠闲自在。也是，本来就知道南方一些地区历来雨季泛滥穷于应付，但雨季过后就是收获的季节。这一来，人且安康就好，又怎敢奢望果树分毫未损呢？

话到这里，可以试想回到最初的文案那段颇具新意的广告语当中。若是事情可以按照人们预设的方向发展，谁又敢说武大哥没吃过砀山梨呢？或者，他用家传的手艺卖烧饼，又在回家的路上顺便用卖烧饼的钱给家里买了两颗梨，只是我们不知道罢了。给一起过日子的媳妇买梨是贴心之举，吃了清心润肺不上火，媳妇一高兴没准儿夸梨是砀山的好，人也是砀山的佳呢！至于是不是玉露香梨，结果肯定是不可能的。因为，那时候还没有这样的大美梨，用多少银子也不会达成心意，而在媒体有着出色表现的文友始终未见发出梨的一丁点蛛丝马迹，想来没有发展起来只能是一种必然的遗憾。

大概是在晚上八点的时候，看到了一张果实内部变坏的早酥梨图片。图片发出以后，还附上了一句简短的话语。

"请教一下什么原因引起的？"

"低温原因？"

"二氧化碳中毒了？"这一来，自然有人跟帖给出了不同的答案，可哪个既正确又令人满意呢？

"光凭这张图还看不出是否生理病害或侵染病害，果实外观是否正常？是否有侵染点？果实存放条件（包括温度和气体成分）如何？或者闻一下果实有无霉味，如果没有，也可排除真菌侵染造成的。生理病害中低温冻害和二氧化碳伤害都可能出现类似症状，所以需要了解环境条件进行判断。"

"我也不是很清楚，有人问的，连续三个都这样，外观好的。"

"那生理病害可能性比较大。"

"早酥梨这种现象比较多，金玉其外败絮其中。"

"从果肉边缘透明和褐变部位的透明状基本可以判断是遭受过低温之后造成的褐变。在圆黄梨和红早酥梨还有寒富苹果上有过类似的症状。"一番话语结束后，还用红线做出了标注。

"谢谢！"

"不客气，太晚了，打扰大家了。"

"看照片应该是储藏温度太低造成的，查查储藏温度记录是否有低于 -1℃的情况。"

"李红旭老师——甘肃省农业科学院，谢谢！"

"不客气。"别看这么一个普通的问题，却是在第二天早上才看到了完整的对话内容。这主要是平时休息得早，也真心感叹没有比别人更尽心用力。若都在东拉西扯瞎聊会觉得扰民，可几位业内人士探讨交流似乎是为了解开真相得到正确的答案。因此，发现话语结束的时间停在了快十二点时便特意记了一下。参与对话的，显然是几位多年从事果树种植管理方面的专家。从职业和待遇上来说，他们几乎都是大家仰慕的业内精英，然而没有一个人处在百般推脱的状态当中，都在以认真负责的态度围绕所提出的问题展开了细致的讨论。尽管各自的理解存在一定争议，但在彼此的交流中真相似乎离我们越来越近了。可能，生活中的我们太多的人还停留在一种得过且过的状态当中，对未来的生存发展也没有合理的规划，那么看到这样的对白是不是会引发一些感想呢？

好比前面提到的李红旭老师便是甘肃省农科院林果花卉所非常年轻的一员，也是一位果树界地地道道的七〇后。参加工作之初，年仅28岁的他于1998年育成"甘梨早6"（81-14-59）并荣获甘肃省科技进步二等奖。那么，当时落户到甘肃天水的晋蜜梨和玉露香梨的表现究竟如何？这个问题对于同是玉露香同龄人的他来说，追根究底也不一定完全能还原真实的情况，主要是当时还没参加工作，也就无从知晓腐烂病、干旱裂果、花期冻害、果形不正等一系列制约发展不好破解的难题。裂果有很多种，有的从果实侧面纵裂，有的从梗洼裂口向果实侧面延伸，还有的从萼部裂口向侧面延伸，裂纹不规则，深浅不一。究其原因是钙素吸收出现了问题还是水分不足或者天气干湿变化太大，总之不是一句话能说清楚的。

能说得清楚的是《兰州晚报》记者魏著新讲述的一次多年前的意外寻访。一大早，什川林业站站长魏建胜就来到乡政府等候。身为站长的他，是接了乡里通知的，让他务必放下手头的事一定准时到达。看来，是有什么事情需要经办一下。于是，约摸着时间差不多了赶紧就往乡里赶。才到了没一会儿，就见从外面来了一辆车缓缓地停了下来，陆续下来几位不常见的面孔。是谁呢？好像有省果树研究所的李

邂逅大美梨

潋生所长，还有两三个操着听不懂日语的日本人。

日本人来这里干啥，谁让他们来的，来干什么？没等反应过来，这才意识到有人叫他。原来，这些人有中日友好协会的人员，有日本的专家教授，还有甘肃本地的林果专家。他们之所以来，是听说这里有古梨树，想亲自来寻访一下。去看古梨树，还不是手到胳膊头的事儿。自己就是干这个的，对黄河畔上的古梨园古梨树是最了解不过了，可日本人怎么也感兴趣，不是说日本的农业很先进，难道有些方面比他们做得更好？不容多想，有个高高大大的年轻人率先走了过来朝他伸出了手。

"魏站长你好，我就是咱们甘肃人，目前在日本深造攻读博士学位，这是我们两位导师鸟取县的田边贤二先生和高冢浩树先生。他们要建梨博物馆，想亲自找一些素材。"年轻人说完又扭过头用日语翻译了一遍，对面的两个日本人朝他恭敬地点着头。也正是这个原因，自己出门的时候几位客人已经在路上从兰州特意开车赶过来。短暂的交接完毕，去哪里呢？乡里交代过了，一切由他负责。

上车街、楼子街、校场街一带都是比较集中的古梨园。哪一个不是上了年头的园子，哪一个不是几代人的心血成就？只是什川位于兰州东北部的皋兰县城南，黄河穿镇而过，并在这里掉头北上，南北青山为屏，东西盆地有之，这才孕育出了蔚为大观的古梨园。那么，此次出行调研会不会有新的发现呢？从实来说，中国古梨树实际上是非常多的，仅兰州市区内雁滩及安宁一带的大梨树就非常多，不过后来建设砍掉不少。

到了，终于到了！当车再次停在梨园的时候，人们纷纷先后下车走了进去。仿佛久别的亲人一样，那两个日本专家情不自禁地一会儿摸摸树干悄悄把耳朵贴了上去；一会儿看看果实分明在辨别是什么品种，眼里每每充满了惊讶之色。其中有个人一边赞叹一边说道："梨的故乡在中国，梨的祖先也在中国。这次，总算是让我们见到了。"其实，整个梨属植物的起源和发祥地在哪里呢？第三纪的中国西南或是西部山区，这是一般学者的言论，那么势必会有一些证据包括古老的树恰好能够支撑这样的立论。

尽管还处在兴奋当中，但几个园子看过去后就到了吃饭的点。吃点什么，征求意见后魏站长决定把他们带到自己家里。没别的，拉条子面炒西红柿管够；院子里有菜，随便一拼就是几个。日本人吃饭以素菜为主，主张一定要把菜吃完不能剩。这一点让他觉得很节俭，也很细致。席间，他们好像还言不由衷地感叹真是太震惊了，完全没有想到还有这样的古梨树，要是能买这么一棵做标本陈列到博物馆就好了。

买树？可真敢想！不过，一棵三四百年的古梨树光是树干就有几百甚至上千斤，即便是买也得政府同意，再有，怎么往回运呀？用火车，还是飞机，反正都不太好弄。才刚想着日本人够大胆的，就听他们还聊到了最好是园子里有枯死的老梨树，实在不行就买一棵活的回去做研究。言外之意，是想通过中日友好协会进一步协商，他们还会来的。日本人要建的梨博物馆是二十世纪梨博物馆，是当地的一个主栽品种。建设这么一个梨博物馆，就是为了让下一代了解梨的过去、现在和未来。

过了些时日，这些日本人果然没有食言又来了。和上次不同的是，他们已经和相关部门沟通好了，不仅要出资购买而且还要及时把古梨园的景象和当地果农劳作的场景拍下来。为此，他们租用了一台可以升起 50 米的升降机站在高空往下拍摄。在楼子街拍完又来到校场街，连他们本人也参加了梨园劳动情景的拍摄呢！对了，再说一说那棵被卖掉的树吧。是从什川乡南庄村校场街东侧中庄队以 1 万元的价格买走的，大概有 300 多年的树龄。买的时候，又是量又是锯，费了好大劲才把这个活化石给弄走了。

也就在那个时期前后，已经通过审定的绿梨优品甘梨早 6 经过李灜生所长安排寄到了隰县冯宝元的手里，后来发展成为了当地玉露香梨的授粉树。还有，裂果在甘肃存在于其他省市绝不是没有。远的不说，单就说和甘肃靖远、宁夏海原、陕西延安、河北邯郸、山东济南差不多同在一个纬度的山西隰县。一场大雨过后，山西隰县阳头升李克贤的园子里无数正在长大的晋蜜梨整果崩裂像蒸笼里的花卷一样惨不忍睹，这样的情景时刻提醒着人们弄不好又是一次史无前例毁灭性的大灾。考虑到之前签了种植晋蜜梨参加省里举办的全国梨育种鉴定会议，大家纷纷如热锅上的蚂蚁不知所措。涉及人员到县里开会，你说是这个原因，他说是那个原因，最终谁也说不下个所以然。无奈之下，经请示上报后专程派人从太原邀请邹乐敏教授前来一看究竟。

事实上，邹教授在这之前已经来过一次。也是在快要采收之际，一个阳头升的果园发生了大面积梨屁股（底）烂的严重灾害。仅以产梨4万公斤为例，就烂掉3万多公斤，更有相当多的梨园绝收，是隰县历史上梨果受灾最严重的一次。当时果树技术人员面对烂果找原因，有的说缺钙，有的说雨水大所致，可要说怎么解决谁也不清楚，最终邹乐敏教授实地查看认定是黄粉蚜虫危害所致，提出了防治办法。当年冬季，中央电视台七套播出的梨树管理专集讲到了黄粉蚜虫危害的严重性。于是，职能部门和梨农都重视了黄粉蚜虫的防治。

再说邹乐敏教授接到邀请自然不负使命，不仅从根本上找到原因提出应对措施，而且提醒人们梨果业的发展没有科学的管理是不行的。继而，县里研究确定入秋后立即召开梨果战略研讨会，请邹乐敏教授一定拨冗参加。秋季学校开学不久后，邹乐敏老师携玉露香梨育种团队的张志德老师一起再次光临，为广大老百姓扎扎实实地上了生动翔实的管理课。这些原本都与我无关，可后来在临汾日报社给的黑色采访本上看到两位老师的名字，还是有所诧异惊奇的。

一封远方的来信

张老师：

您好！

上次去贵所，受到热情接待，特致谢！

1. 3-29，由于原苗误发，无法讲。

2. 74-7-8，在陕西富平王宁结果两年，去年表现好，漂亮，特香甜，但在9月20日左右三天时间，百余个果完全落到地上，考虑可能由于黑星病大流行，侵犯了果把而致。

3. 今年一直到今天（9月29日）无落果现象，原材料说有采前落果看来是不确切的。我打算把果在树上留到10月10日，看它到底落不落。

1998年8月下旬，陕西果树所桑育种专家冯月秀老师在我园里拿梨正式测定，74-7-8比红香酥含糖量高0.5%，我已在报上公布了，今年园里工人多次口头品评，还是74-7-8比红香酥甜。

总之，经过一年两年观察，我认为：74-7-8和红香酥相比：（1）果形要好；（2）糖度较高；（3）果心小；（4）果品好，而且74-7-8肉特别细嫩。74-7-8是一个最优良的库尔勒香梨系列的红色良种，其发展前景万万不可轻视。

请老师综合在各栽培点的表现，正式为74-7-8命名，并在全国推广。74-7-8在富平的表现代表了在陕西关中梨区的表现，我可以负完全责任。

其实，我今年已正式推广了，反响很好。你们山西所是育种单位，是老师，我们只等你们命名。不然，几年后74-7-8就大量装箱上市，算什么梨？叫什么名字？

我冒昧地建议老师：

1. 应尽快地，最迟不能迟于明年第一季度末正式命名推广；

2. 应为74-7-8起一个能打入国际市场的漂亮名字；

3. 请写大块头的长文章，隆重推广；

4. 文章务必发表在全国性期刊的第一篇文章，以十分醒目的位置。

另外的几个品种的表现：

B-13短枝少，成活不易，丰产性差；

9-16、9-1抗性差，压不住砀山酥，综合性状差；

晋蜜果形不整；果品差。而且这几个品种的抗病性也稍差。

此致

敬礼

仵六九

这是陕西果业从业者仵六九写给山西农科院果树所的一封信件，被原封不动完整地保留了下来。从内容上来看，大致可以分为两个部分。先是对从山西果树所引种过的品种3-29、74-7-8、B-13等表现做出汇报，然后通过果实表现对比表达了对74-7-8的认可和肯定。并且建议，尽快将果树所的这一良好品种命名。无须多言，该处应该是上世纪九十年代初期引种后慢慢发展的，故在新千年尚未到来之际就认识到一定是这个品种适宜的栽培区域。然而，又因为大量发展势必是以市场赢利为根本目的，也必然离不开育种单位的先行和支持，这才抽时间写下上面信里的具体内容，然后贴上邮票寄到了山西农科院果树所所在的地方。

那么，这样的一封信会引起轩然大波，还是根本无人知晓不予理眯呢？可能都早已无法考证，但重要的是育种单位山西果树研究所收到了这样的反馈。通过这样的反馈，大家有机会进一步获知这绝对是一个好的品种。好的品种，不仅仅是被研发者或者团队的认可，而是被广泛引种后得到了百姓的认可。换言之，政府认可和市场认可都是有必要的。从侧面来讲，适应性肯定是一个大的问题，也是接下来各地进一步发展必须面对的问题。于全国来说，每一个新品种的出现命名都会引起此起彼伏的争鸣，每一个新品种的适应都得经受颇为严厉的检验。毕竟，我们不能回到那个遥远的过去洞悉每一幕往事，我们也不能把所有的事情都弄明白，却可以在回望的时候若有所思所得。

说起来，大多数人对富平所在的地区并不陌生，那里属于世界闻名的柿子优生区。除了主栽品种升底尖柿外，还有辣椒尖柿、鸡心黄柿、山疙瘩柿子等十多个品种也是颇受好评的。你看啊，到了秋天的时候，那一个个柿子像灯笼一样悬挂在枝头点亮了人们心头的希望。人们携带着丰收的喜悦和兴奋，把它们从树上轻轻地取下来，再经过挂柿、晾晒等一系列的环节，就连加工后的柿饼软糯香甜也是大家心头的最爱。

可是，被写信人仵六九看好的74-7-8会不会在这里得到大规模发展，完成个人认可到政府认可再到社会认可的顺利过渡呢？恐怕，仅从时间来看的话完完全全就是个笑话。信中所提到的由于黑星病毒流行导致果把侵害，以至于三天左右的时间百余个果子完全落到了地上。不错，落果现象一度确实存在不假，可查看时间的话竟然有了新的理解。按照遗传的规律，成熟期同母本相似的概率很大。或许，根本就不是黑星病及别的原因，而是当时没有人能够准确地掌握梨的成熟时间。也就是说，属于中熟品种74-7-8的成熟时间都是估摸着来进行判断，没有人能够切实掌握。

如果用陕西富平和山西隰县比对的话，前者梨花花期要比后者早半个来月，成熟的话也应该早半个月的。按照近二三十年内中秋节的规律以阳历9月中下旬居多，一般此时的隰县玉露香在中秋节前半个月已基本陆续入库，富平的玉露香梨说起来也还应该更早的。这，从一定程度上来说，和母本库尔勒香梨的成熟时间是相近吻合的。故，该封信中提到 9 月 29 日无落果现象，应该算是综合了各方面因素的侥幸所致，而计划把梨果留到 10 月 10 日存在的可能性实在是微乎其微的。

歪打正着的是，当时留在树上的果子肯定特别美味，也就有了值得大写特写的意义和记录下来的必要，至于缺少政府的支持难免会形成孤掌难鸣的状况似乎变得也不那么重要了。毕竟，这样据实相告的一封信已将所需要昭示的内容全都列举了出来，直到很久以后也不能轻易地忽略不计。

如歌的岁月

"不是地里不长粮，
而是心里撂了荒。
不是手里没有钱，
而是眼里看不见。
不是不想娶媳妇，
而是院里草没除。
不是愿意朝外跑，
而是穷得心里闹。
……"

这几句听来漫不经心通俗易懂的信天游唱词，在习礼村传来传去传遍了半个山头。唱歌的不是别人，是全村人都熟悉不过的大忙人闫云海。说起来人家是村主任，也是个群众离不了的热心人。热心人，就是看到别人有事不会袖手旁观，而是尽自己的能力出手相帮的好心人。

在农村，吃吃喝喝不是个事。不管穷的富的，只要有一双勤劳的手就没有饿得住的。住也不是问题，没办法的打土窑，有办法的用砖瓦，就是家家讨媳妇最难。怎么回事？你想啊，谁家不得准备丰厚的彩礼，谁家不是起早贪黑到头来收入微薄，人都奔着好的地方发展，没有人愿意自找苦吃。论干的都是农民，人家平川坐的是轿车咱骑自行车的都不多，人家一招手临汾太原随便逛咱下得了山过不了河怎么跑都赶不上。可话又说回来了，人比人气死人，真不如吃自己的饭流自己的汗自己的事情自己干。靠天靠地靠祖宗，不算是好汉。好汉谁不想当谁不想干，问题是一人一个情况，有的轻松办事有的比登天难。算了，咱还有事，就不东拉西扯啦。

其实，村里人都爱听他唱歌和拉家常。主要是，电视上的学不会，现编现唱有情趣蛮精彩；有闲了说上几句，不想听的听了还想继续听。不信，请看：

> "你这人不像话，
> 不干活光拉呱。
> 赶紧回去吃饭吧，
> 地里的活多着哪。"

一般来说，见了懒汉谁也不想搭理。可他根本看不上这种懒惰的思想行为，于是憋不住边说边唱讲起了大道理。还别说，一曲下来那些好吃懒做的早就躲得没了身影。时间长了，也学着别人该出工出工，该干活干活。这样一来，村里的风气正了，过日子也慢慢地顺了。

再有，谁家有个红白事大都得请他参谋一下，一来二去妥妥地就把事情给办了。也怪，什么事到他手里进退自如保准能成，也就成了村里红极一时的大媒人，据说经他介绍当了中间人撮合成了的，足足掰着指头数超过一百个人。

> "那哈窑里的。
> 嗯。
> 干啥哩？
> 做花鞋。
> 做得花鞋干啥哩？
> 改汝哩（出嫁的意思）。
> 往哪里？

上西塬。"

　　说起来该嫁的嫁了，该娶的要娶。男大当婚，女大当嫁，到哪里都是搭伙过日子。然而，经常外出办事的他总觉得心里不美气。说到底，还不是因为坎坷的路和挡住行走的河。于是，闫云海悄悄地开始琢磨上了。铺路修桥不是小事，有钱得考虑，没钱也得谋划。这一来，张口就来的歌儿从村里唱到了城里，唱到了市里，唱到了省里。

　　要想富，先修路。这道理都懂，可修路架桥不是小事，没钱没资金完全是南柯一梦。不过，不修的话祖祖辈辈连村都走不出去还有什么盼头。想了想，他让妻子备了几天的干粮决定出门走上一趟。干啥？找人！找谁，原来的老书记。碰不见不说了，碰见就一件事就是帮帮村里的乡亲们。一次，两次，三次都没见上，但他不灰心不甘心，愣是以锲而不舍的精神坚持下去，最终通过多方协商把事情办成了。

　　路通了，人笑了；桥好了，人乐了。后来，村里还搭上台子唱了场戏。站在舞台上的他，也亮起嗓子高声唱了起来：

　　　　"别说老闫本事大，
　　　　政策带来大变化。
　　　　别说咱的运气好，
　　　　正好赶上改革潮。"

　　再后来，县里传来了筹建百种精品果示范园的消息。也就是说，由政府出面在习礼承包土地 30 亩，栽入从全国各地引进的新优品种，从中选出适合本县发展的新优品种。那么，是不是种树就注定会有好的出路，又该种什么树呢？他一边看着示范园的发展，一边把自己家里的十来亩地全栽上了梨树。品种的话，自然晋蜜梨或者酥梨就是好的选择。可惜，在他号召老百姓的时候，有的村民们心存疑虑怕树种不好又把庄稼耽误了不太积极，只有少数跟从的人才初见效益。

　　通过比较，人们这才得出种梨果比种庄稼钱来得快，梨果的收入比庄稼高。于是，他们纷纷把地里也栽上了树苗。然而，光有树苗还是不行的，得有一整套管理的技术才行。于是，请技术人员进行培训、手把手地教，直到每个人都成了大把式。看着他们一个个干得满是心劲，嗓子有点痒痒的他又不由得唱上了：

> "坡上唱歌坡下听，
> 栽梨就是一本经。
> 念得好了发大财，
> 念得不好瞎胡来。
> 科学管理最重要，
> 剪枝治病要趁早，
> 谁家烟囱先冒烟，
> 谁家收入先顶尖。"

无心插柳柳成荫

助　力

"嘎吱"一声，门开了。从大门外走进来个中年男子，手里拿着长短不一的剪刀和锯子。不等人吩咐，径直就走到中间的树前上下左右地忙活开了。院子不大，三间平房的那种却也够住了。前面还有一片地，能种点菜供不时之用，也能种点果树解口舌之馋。只是，樱桃好吃树难栽，论修剪还不是随便来个人就能干了的。

见院里来了人，主人文全赶紧出来打起了招呼："冯师起来了，不再睡一会儿啦？"

"不了，天一明就醒，再睡也睡不着，一想你说有空把树拾掇一下，干脆过来了。"早起的冯宝元说完，手里捏着一根树枝熟练地剪了下去。

"看把你麻烦的，一会儿在这里吃饭吧。"虽是隔空喊话，但也听得分明。

"不用，做得哩！邻里邻居的不用客气，就能帮得上这么个小忙还用吃饭，昨天回来得早不早？"

"不早，干医生的就早不了。甚会儿叫，甚会儿到。"

"可不是，咱们这片小区大都是搞医的，工作特别辛苦，一般没迟早。"

"对。"

"没迟早也得把劲使到刀刃子上，该种的时候种，该收的时候收，乱干哪一行也不行。"

"冯师，你好像是太原毕业的？"

"是，省林业学校，胜利桥东那儿，建国以后创办的老学校了。"

"那现在单位在哪里，还是林业局？"

"调了，到了试验站。原来是朱家峪公社片，包括路家峪、蓬门，尽忙了半辈子，种了半辈子果树。现在还是老本行，就是离城近了。"

"离城近了，方便。"

"你不要说，这棵樱桃还跟其他的不太一样。个头还小，人家都是朝上长它朝下。"

"该怎么弄就怎么弄，反正都不懂，就是你一个人会。怎么，你肚子难受哩？"

"哎哟，哎哟……"刚才还是龙马精神，一转眼人便疼得蹲在了地上。

"要不，先歇一下吧！"

偶　遇

省图书馆内，行人有序地进出着。这个时候，通常是别的行业休息这里却门庭若市。视线所及之处，男的、女的、老的、少的，人头攒动，但有一点是别处没有的，那就是良好的秩序感。趁着周末，很多人都会踩着自己的节奏来看看。或者查查资料，或者借阅书刊。没有人随意打闹，更没有人闲得无聊打发时间。反正，除了工作人员都是在排列整齐的书架前随意翻翻，然后再找了位置坐下来细致浏览。

"哎，这不是……？"

"我是冯宝元，记不起来了吧。"

"怎么记不起，咱们不是在你们那里见过好多次么。你怎么会在这儿，专门上来的？"

"也不是，我肠胃一直不好。上来看看，在等结果。"

"等结果就等到省图书馆了，不简单。已经看了，是吧？"

"是，有人介绍白光朴大夫，说是山西唯一从国外学习回来做胃镜的，初步诊断为萎缩性胃炎病变，还得进一步等化验报告出来。"

"多听医生的，得养。"

"嗯，医生也这么说。邹老师你还在农科院？"

"对，从太谷调回来一直就是，不过原来搞育种，现在干的不同了。档案、干花……你有时间可以去单位看看。"

"邹老师，你这么一说我想起来了。我也遇到一些情况还留了标本，有变紫红色黄蔷薇、大叶丁香、长枝龙爪槐、黄叶梨等，说不好有什么价值就先保存起来了。"

"那回头方便的话带过来，一起研究。"

外　拍

八月的一天，北街一家影楼的楼梯上响起了一阵纷至沓来的脚步声。好半天，才能看得见人影。其实，这样的脚步声每天都有好多次，都是冲着主家在这一领域过硬的本领和技术来的。来人中，有拍证件的，有拍婚纱的，还有要求上门服务的。但凡能满足的，都会彼此协商把事情办妥。这不，有人问：

"你好，干甚哩？"

"想拍几张照片。"

"什么照片？"

"梨树的。能不能去一趟。"

"能，在哪里？"

"不远，路家峪。"

"路家峪在哪里？"

"古楼往南，车家坡往北，骑摩托坐车得半个多小时。"

"好。"话刚落地不久，就上路了。到了地里，正值上午时分。阳光照到挂满果实的枝头上，连叶子看上去都是发亮的。于是，摄影师拿出了相机开始找最佳位置，就有拍照发出的声音不时响起来。

"这是什么梨？

"本来是酥梨，属于白梨系列，现在出现芽变，不知道能发展到什么情况。所以请您拍下来。"

"这个梨非常少见，一道黄一道绿怪好看的。"

"确实是，从落花以后就呈现出这样的纵向条纹，十分美观。就是还不熟，过一段看品质要行就更好了。今天是公历8月15号，完了就用95-8-15先做代号，再进一步观察它的情况，好的话进行申报。"

"那这个梨什么时候成熟？"

"还得一个月，9月中旬左右。对了，洗照片的时候你多洗点，一式3份。"

"没问题。"

拜 访

中科院某研究所的一间办公室内，将所拍的照片和手里的材料递了上去后在对面的凳子上坐了下来。说不清楚这是第几次来了，冯宝元觉得自己应该来，也就咬着牙坚持下来了。他大胆地介绍着："发现不一样，我从这一小段樱桃枝上取了接穗重新嫁接到自家院里的寿星桃上，没过多长时间就长出了细细的小芽。"

"接着说，不要停。"办公桌前的人发了话。

"芽变成叶子，我又继续观察。结果不管是以前的那棵还是嫁接过的，枝条都比较有特点。像人一样始终低着个头。于是转念一想，把它写下来然后趁出差带了过来。"

"这个《毛樱桃——新变种》很有前瞻性，可以初步肯定是一种新种质资源，在国内，甚至国际上也是首次发现，可以说填补了毛樱桃种内垂枝型树种的空白。你再细致汇总一下，能以'山西发现稀有树种，被引入国家植物园'为题报道一下，还可以寄到《植物分类学报》。你等一下，我打个电话。"

"喂，我这里有一位山西的同志冯宝元。他带了垂枝毛樱桃的材料和照片，看咱们标本馆能不能收藏……噢，是这样，资料图片的话交中科院植物标本馆，种质资源交中科院植物园保存，行，那回头过去联系。"

"材料图片带了，种质资源的话没有准备。"

"不着急，回头弄好了再慢慢联系。"

寻　常

一条尚未铺就柏油的黄土路上，远远地骑过来一辆黑色的自行车。走到近处时，从车上跳下来个年轻人。兴奋地说道：

"你们在这儿？老远就看到了。"

"我们在这里说会儿话，顺便讨论学习点管理技术。"

"那我也学。"

"梨，主要是酥梨管理技术，多也不多，就是上次总结的那84字口诀。"

"二年生树多短截，促进生长强壮枝；三年生挖竞争枝，树壮下部成花芽；四年生树轻短截，下部结果上部花；五年生树结果后，拉斜枝条再利用；六七年生多回缩，上疏下密内膛果；结果大树大复壮，树壮丰产品质好。"

"这套口诀简单易记，但能不能从操作的层面编一段逐月管理要点。"

"有，冯师早就整理出来了，能把口诀记牢差不多就成了半个专家。我说，你记。"

> 一月隆冬天气寒，
> 学习技术莫怠慢；
> 刻苦学习一个月，
> 等于请个技术员。

二月新春天变暖，
整形修剪是重点；
刮皮扫叶清病源，
积肥送肥捎带干。

三月惊蛰又春分，
阳气上升地解冻；
追肥保墒刨树盘，
防虫防病紧跟上。

四月清明雨纷纷，
树体管理要抓紧；
开花展叶病虫多，
疏花喷药莫错过。

五月立夏加小满，
保护新梢和幼果；
适时喷药防病虫，
疏花套袋要跟上。

六月夏至炎炎夏，
树叶繁茂果满园；
夏剪疏枝保透光，
果大质优树势壮。

七月阴雨暑相连，
雨多虫多病也多；
掌握时机早防治，
杀虫灭菌保叶果。

八月立秋处暑到，
观察喷药很重要；
压青施肥促成花，
来年丰收可确保。

九月秋天风转凉，
梨果采收到时间；
轻摘轻放莫损伤，
分级贮藏卖好钱。

十月寒露和霜降，
检查梨窖是关键；
翻梨卖梨相续忙，
丰产丰收是丰年。

十一月来天变暖，
秋施基肥抓紧干；
树叶秸秆场院土，
皆是施梨好肥源。

十二月里雪花飘，
回首全年做总结；
经验教训是宝典，
描绘来年丰收图。

　　"不愧是扎扎实实干出来的专家，管理上有条有理，这么一听心里就有谱了。冯师，听说路家峪发现了一种什么特殊的梨是不是真的？"

　　　　　　　　　　　　　　　　　　　　　邂逅大美梨

"是，初步命名中华花瓣梨。这个还没有认定。变紫红色黄蔷薇定了，还有毛樱桃也有进展了。没想到，还遇到这么个珍稀变种。"

　　"冯师，说不定参加什么昆明国际园艺博览会的话还能得个大奖，到时候可得请客。"

　　"但愿吧。"

第三部分

随风潜入

不期而遇启新程 |

一

　　十月的一天，山西省果品展销会在太原如期举行。住在儿子家的王登华老人吃过饭就要出门，见他要走儿子赶紧开车去送。怎么能不送啊？省会可比不得山区，人多车多地方大，赶上方向感不好的人连东南西北也分不清，分不清也没关系，只要能认清公交车就行，随便问一问对号坐车倒也通行无阻，不过自己有车终归是方便一些的。出门是自己家，到了一停就是办事的地点，可以减少很多不必要的麻烦。

　　刚进展厅的大门，就看到琳琅满目的展位上摆了不少梨，果树中心主任张计贵、兰秀等人高兴地迎上来问："王县长，您也来了？"

　　"嗯，没事过来看一下。"老人边点头边环顾四周问，"咱们的人来了几个，还有谁，都带了些什么品种？"

　　"还是咱这几个。主要是金梨、酥梨，还有少量的晋蜜梨。"

　　"在哪里住着，条件怎么样？"

　　"能凑合就行了，不远，挺方便的。"

　　说话间，有两个精神不错的老人朝着展台走了过来。看样子，似乎在会场转了好几圈才过来的。见到这种情形，他们赶紧上前打招呼问：

　　"二位好，怎么样？我们的梨确实好吧！看你们也是转悠半天了，总算是来对了地方。我们是中国林业部命名的'中国金梨之乡'，还有证书哩！"

　　"证书？"两个老人操着不知哪里口音的方言，扭过头来你看看我，我看看你似乎有些不解。

"你们看，就是这个证书。去年 6 月份，有个叫巩文明的记者来我们隰县了解梨果情况，之后又带了 8 名专家进行实地勘察上报参加'中国特产之乡'的评选，我们果树中心亲自到北京才把奖领了回来。这不是，上面清清楚楚地写着：山西省隰县——中国金梨之乡。"

"嗯，不错。"

"这个叫什么梨？"

"金梨。"

"熟了放一段时间，跟金子一样金灿灿的。气候适宜、温度适宜、地理位置适宜，才能产这么好的梨。还有，这种看上去稍微小一点的是新品种晋蜜梨，吃一口保准甜到心里。来，先一起尝尝，人人有份……"

与此同时，来这里参加展会的山西省农科院专家郭黄萍老师也走到了展台前问道："你们那里有没有 74-7-8？"

"有，我们示范园里就有。您是……"王登华老人自信地回答。这是因为，退休后的他不再担任具体的工作反而有了更多的时间用另一种角度去看梨务梨了。

"我是省农科院果树所的，现在负责梨课题。74-7-8 表现如何？"

"不知道。"

"那可是一个很有发展前途的好品种呀！"

"噢，那我们回去后好好了解一下，也欢迎您有机会亲自来指导。"

"好的。"就是这一句邀约，一句应允，还真就促成了不久之后的一次晋西之行。为什么呢？接手梨课题时，郭黄萍老师起先是有着顾虑的，本身学的是植物保护，可果树所学果树的人多了为什么偏偏轮到自己来接手，应该说是领导的信任既给了她勇敢的力量，又给了她强大的压力。信任是什么？信任是在战场上把后背交给对方，在和平年代上下级一场推心置腹的谈话，人与人相互之间的理解和体谅。

那时候她的孩子还在县里上初中，为了方便照顾租了个房子得依靠生炉子取暖。每天早上孩子出门后，她也得赶紧往所里跑。省内的

　　　　　　　　　　　　　　邂逅大美梨

区试情况是了解的，省外的情况也是略知的。可 74-7-8 能不能真正发展起来说什么都太早，甚至于像个落地的娃娃还没有上户口没有个拿得出手的名字。然而，毕竟是果树所的成果，不遗余力地保护、支持和推广不正是科技工作者应该做的事情吗？

去邹老师那里时，她心里说不清是什么感受，但君子一言，驷马难追。不放手搏一搏，谁又能知道是块废铜烂铁还是金刚钻呢？显然，对果树从业者来说她这样的半路出家是不被看好的，可即便自己不上也终归有人要去做这个工作的。为此，只有舍下身子一心扑在工作上，把以前不懂的都尽量通过后期的学习补回来。这样才能做到更好不断地去胜任这份工作。有时候，人不逼一下就不知道自己有多优秀。是的，每个人都有着一些别人无法获知在当时看来无法逾越的困境。那个时候，谁也帮不上你，你只能自己战胜心中的恐惧，只能独自咬着牙勇敢地去面对，而当走过山重水复迎来柳暗花明时，才会发现原来并没有什么是不可以克服的。

过了一段时间，郭黄萍老师果真来了。不过，赶上了严寒季节还真是特别不容易。天已经很晚了，外面到处黑乎乎的，几乎没有人和车辆走动。于是，赶紧找了宾馆入住。第二天，果业中心主任张计贵接上王登华老人，同郭黄萍老师一起先后去了民政局李元生管理的桑梓梨园和张天生牛家沟所在的梨园。奇怪的是，他们一起在果园里从地头找到地尾，又从地尾看到地头，来回找了个遍却丝毫没有看到玉露香梨树的一点影子。怎么可能，在大家的印象里明明有的呀？可明知道有为什么偏偏找不到，这恐怕只有前面提到省农科院隰县试验站的冯宝元老师知根知底，然而由于身体原因他已经好久没有露面了。那时候，还没有普及手机电话，也没有办法及时联系询问，大家只好在寒风中悻悻地离开了。

几天后，王登华老人在街上碰到了冯宝元，当即叫住他问了出来："果树所郭黄萍老师来了，怎么都找不到 74-7-8？"

"怎么没，城里村里都有，我们试验站果园就有三四棵，离试验站不远拐个弯车家坡赵德喜的院里也有六七棵，要说多还是阳头升高成贵的园子里，差不多十三四棵就算多的了。"

"你看，人家问我说有，来了把全县都看遍了，却弄不清究竟哪里有。有空了咱一起看看具体位置，这些树情况怎么样？"

"结果了，都不多。"

"好，那回头多去看几回。开花结果都去，看它的品质究竟行不行。行，接芽发展；不行，就不多说了。"

"嗯。"

"据说原来的负责人邹老师还在，得抽机会拜见一下。"

"邹乐敏教授来过咱这里很多次，就是个懂行的果树专家。"

"这我知道，现在的情况是老百姓比较认可黄金梨和晋蜜梨，就这两个品种也搞不清哪个更好？那这个 74-7-8 和这两种梨相比，又是个什么情况？"

"这可是问到地方上了，咱们这几年把这么多梨品种都集中到习礼建精品示范园，不就是挨个看挨个尝挨个选，一对比哪个好不就出来了。"

"你的思路很好，全国的梨大部分都引到咱示范园了，那咱亲自试试看究竟是什么品种在咱们这里发展最好。我有这么个想法，既然人家都说晋蜜梨好，这个 74-7-8 一定也差不到哪里去，得特别注意一下。对了，把咱示范园的一百多个品种图片保存好，机会成熟了过几年出点东西。"

"没问题。专门引了一回，是得留点有价值的资料。"

二

正月刚过，地里已经开始逐渐消冻了。差不多是在春分里，王登华老人专门去邹乐敏老师家上门求教，不想一见面竟然引出了一些往事。原来，74-7-8 早年在隰县确实是有所种植的。因为这个种植，邹老师去牛家沟的现场看过。当时，从隰县到太原还没有通柏油路，得先坐车到临汾再转到隰县，跑上一圈费了不少的周折。最奇怪的是，他们竟然一起去过牛家沟张天生的园子。园子里确实有叫74-7-8的果树，邹老师见了果树像见了自家的孩子一样很亲切，自然对着现场的人讲了一番。可惜，分管了多年农业工作的他说不定正好上了个厕所，或者点了一支烟跟人胡拉了几句，偏偏就错过了那一段。否则的话，没准儿玉露香梨大面积种植会提早十年也不是没有可能，只是这样解释的话听上去除了用遗憾来表达怕是没有更合适的词了。说话间，邹乐敏老师还拿出了代县、运城的情况以及陕西和新疆的材料，种种迹象表明该品种绝对不容忽视。

于是，王登华老人试着提出可不可以拿出去复印一下，征得同意后满意地离开了。其中，新疆方面提供的种植情况如下：

库尔勒香梨新品种（系）简介

王杰君　张宜弟　任旭琴

库尔勒香梨以其汁多皮薄品质优良而享誉中外，但也存在以下几点不足：1. 果个偏小。2. 果形不整齐，特别是一些较大的果实为突顶果，外观不好看。3. 成熟期不适应市场早期需求。香梨成熟期一般为9月初，大量采收一般为9月中下旬，而市场上梨收购于8月中旬便开始了。同时由于库尔勒每年8月底或9月初易出现7—8级大风，使香梨损失惨重，可达总产量的30%。4. 坐果率低，丰产性差。针对上述特点，育种工作者经过30年艰苦的香梨新品系（种）育种（指以香梨为亲本之一进行的一系列杂交育种）研究，目前已选育出了几个优良的品系（种），本文作以简要介绍及评价。

1. 香梨新品系（种）简要

1.1 新梨1号（代号75-1-14）新疆生产建设兵团农二师农科所以香梨为母本，砀山梨为父本，杂交育成。1993年定名。该梨果实为椭圆形或倒卵形，平均单果重200克。底色绿色，阳面覆红晕。果肉白色，质细，酥脆，汁液多，石细胞少，口感特甜，可溶性固形物含量14.4%，总酸0.075%，品质上乘。比香梨早熟10—15天，耐贮藏，抗寒力强。该品种近年来栽培较少，可作为保留品种。

1.2 红香酥（代号80-4-6）郑州果树研究所用香梨做母本，鹅梨做父本，杂交育成。1991—1992年连续两年经该所专家品评，认为该单系品质优良，是难得的红皮梨优系。该梨果实中大，平均单果重160克，最大可达240克，长卵圆形或纺锤形，个别果实萼端突起，果面1/3鲜红色。果肉白色，肉质较细，酥脆，石细胞少，汁液多，香甜味浓，可溶性固形物含量13%～14%，果实耐贮，品质极上。该品种1991年引种至巴州地区，经多年试验认为：该果实肉质及风味方面稍逊于库尔勒香梨，但在丰富库尔勒梨品种及授粉品种更新方面，有一定前途。

1.3 新香梨（暂定名）母本为香梨，父本不详。该品种的平均单果重为262克，最大单果重520克。果形端庄，整齐一致，底色黄绿，成熟后呈黄白色，有红彩着色，有蜡质，光亮美观，有香味。果肉白色，肉细，汁液多，果肉中可溶性固形物含量12%～13.2%，心室小，品质极上。栽培试验发现其有突出的优良特性：（1）该品种与香梨相比个大外形美，不像香梨那样果形多样，大小不均。（2）该品种有早熟、早食的特点，果实7月底即未熟前就可食用，且味甜无青草味（香梨果实有青草味），果实8月15日—20日成熟，9月初便会因过熟而出现落果现象。（3）该果耐贮藏，在普通室内可贮藏到来年4—5月。该品种缺点是采果时，果梗处如有摇动，因果皮极薄易伤，在贮藏中果梗与果肉连接处易发生霉烂。如细心采收，结合防病措施，可以良好贮运。该品种在管理不善、结果太多、营养不良的情况下，果实品质会出现下降趋势。目前该品种连续两年出口试销并深受欢迎，已经成为国际市场上的赠品。

1.4 香妃梨（代号 74-7-8）山西果树研究所用香梨做母本，雪花梨做父本杂交育成。1992 年从山西果树所引入巴州，现已结果。该梨的果实特点为：色泽、风味、品质与香梨接近，但比香梨果大，果心小，单果重平均 200 克。果皮光滑、细腻，向阳面有红晕，肉质细，汁多、甜，果肉有香味，可溶性固形物 14%。该品种无碰伤的果实可贮至次年 5 月。初命名香妃梨，已连续两年出口，颇受外商欢迎。

1.5 香葫芦梨（169 号）由巴州农校张宜弟用香梨×砀山梨的 F1 代种子实生播种选出。该梨暂定名香葫芦梨，其一个显著特点是外形比较整齐一致，呈葫芦形，果皮黄绿色，果肉白色，味甜，略有酸味，果肉有香味，肉细，汁多，果心小。测得该梨的平均单果重为 322 克，可溶性固形物为 15.8%～16.5%。该品系适应性强，生长旺盛，坐果率高，丰产。耐贮，宜鲜食及榨汁。

1.6 金佛梨由巴州农校张宜弟 1995 年从香梨×砀山梨的杂种一代的芽变中选育而出。该梨果实为扁圆形，果皮绿色，肉质细，汁液多，果心小。果个大，单果大，单果重平均 445 克，可溶性固形物 13.1%。该品系枝粗叶厚，叶脉粗，花器大，果实大，初步认为是四倍体芽变，因为含有香梨、砀山梨遗传基因，因此是难得的多倍体研究材料与育种材料，同时也有一定的生产栽培价值。

1.7 酥香梨（代号 85-8-15）由塔里木农业大学园艺系用早酥梨做母本，香梨做父本杂交育成。经 1997 年 7 月 21 日测定，平均单果重 136.84 克，最大果重 196.4 克。果横径 6.33 厘米，纵径 7 厘米，可溶性固形物含量 12.1%，硬度 7.65 千克／厘米^2。该梨的显著特点：早熟，7 月中旬成熟，比"早酥"梨提早上市半月至一月，果形与库尔勒香梨极相似，而且果实较大，品质优良，风味好，落果较少，对提早梨果上市，调节梨果市场供应有重要的作用。

1.8 81-11-69 由甘肃果树所用砀山梨做母本，香梨做父本杂交育成。该品种生长势强，果实长圆形，稍有棱沟，果皮细薄，蜡黄色，阳面有彩红色，果点中小、较密，果面富蜡质，果形似库尔勒香梨，外观美丽。平均单果重 207 克。果实肉质松脆，汁液多，味甜，有清香味，可溶性固形物含量为 16.5%。果实耐贮藏，可作为库尔勒香梨的组合品种及授粉品种。

2. 综合评价

2.1 从外观及市场角度看，香梨芽变（初步掌握已有 27 个）及酥香梨、81-11-69 等与香梨果实相似，而且比香梨上市早，已受到香港市场欢迎，可弥补香梨上市前的梨市场空缺。

2.2 香梨品种的更新换代是一个逐步的过程，也必然是新品种组合的发展趋势，每个品种各有特色，这样不仅使香梨品系有一个新的发展，也给香梨市场带来了新的繁荣。

2.3 香梨生产规模日益增大，作为授粉品种的砀山梨和鸭梨的产量也逐年上升，但其商品价值并不高，销售价格低，经济效益差，那么选择香梨新产品代替生产用授粉品种是必然的，如红香酥、香葫芦梨等。不过，这还需进一步做授粉比较试验。

2.4 从综合品质看，香梨新品系中香妃梨、新香梨是比较好的，可进一步扩大试验研究，以便作为香梨的组合品种。

2.5 香梨及香梨新品系有的存在绿头问题，这个问题的解决，宜从四个方面去施行：（1）栽培方面，宜采取开冠见光等一系列管理技术；（2）选拔育种，宜选脱萼一类的新品系；（3）选用脱萼剂及其他激素类药物；（4）选择适宜的授粉品种。

说白了，就是拿上了这些复印好的文件，王登华老人心里感到挺踏实的。他觉得，这个品种好不好不是没有来由，最重要的是接下来的观察认定不能中断。只要把它当成个事儿，那这个品种是个什么样子就不会只是未知。想到这里，他果断地找人采了接穗，嫁接在果园里。他要亲自看着这些果园里的果树开花结果，所有的果园都盛开最好看的花结出最好吃的果。

三

谁也没有想到，会有一场突如其来的疫情引起了全国范围内的恐慌；谁也没有想到，会有一次关门防护的封闭中断了与外界的联系。于是，大多数人循规蹈矩的生活被悄然打破，交通要道也加以关卡严防闲人进入。这个时候，是没有几个人愿意无端外出的，也没有几个人愿意贸然前往，即便是有了不得已而为之的理由。因为，不会有人愿意拿自己的生命不当回事，去和一场犹如从天而降的重大疫情有所粘连。没错，就是非典SARS的出现让大家有了前所未有的紧张。从住在广东河源的厨师高烧不退开始，到山西作为第一个被列入疫区的内地省份，在物资、设施等毫无准备的情况下率先陷入了重灾区境地。一时间，公共场所闭门谢客，商场学校有序关张，无论平时多繁华热闹的地段都呈现出了一派荒凉之状。

说起来，当时新闻信息还只是行业内人士的专利，通信工具也没有发展到全民普及，但战争、疫情、地震、火山等自然界的危害从来都是对人类最严峻的考验；那个时候，和同事一起利用周末办兴趣班教孩子们跳舞弹琴不得以中断，生活步入正轨后再也没有捡起成为了永久的记忆，甚至也没有想过若是没有了疫情，一同上课的我们是不是还会一直坚持下去，只是中断就中断了。学琴的孩子，几乎都没有背过乐谱。他们的入门和游戏一样简单，是把乐理、视唱、练耳、节奏等综合起来一边听一边尝试，然后自己跟着约翰·汤普森的教材就可以每天往前一点点，一本教材就轻而易举地拿下来了。

这些学生里面有一个特别有天赋，这也是后来觉得没有一直办下去唯一感到遗憾的地方。很多人对音高的辨识是建立在边学边听后逐步达到了一定的水平，而其中有个名字是两个字的女生但凡一给出音高，就能准确说出音符所对应的唱名。这种情况，只能说明她本身的潜质非常好，若将来有机会从事作曲的话应该是有着非常出色的作为。也就是说，本身的天赋极好，再加上后天的努力不成功也难。这种状况当时也跟学生的父母私下讲过，主要是真心希望每个学生都能得到既不违背初心、又能适应社会的发展。当然，也有人客观地询问过这个学生的情况，由衷表示关心或者想给予帮助的，只是梦想终归是要靠自己才能实现的。

记得疫情前是去过一次市里的，去拿教材还是有什么别的原因已经记不太清了，是平阳广场还是西山地区的发车点也不知道了。反正，上学时那里虽然还没有整修过但也算得上繁华，也是客运中转的地方。这个点，是连通山区和市里的必经之处。当年报考师范时赶上提前招生，只找了声乐器乐舞蹈专业的老师略加指导就匆匆上阵了，然后甚至来不及进一步地选择，就成了同龄人中的幸运儿。也因此，不止一次地从这里出发和回家，都是逝去的一段时光。

同龄人中大多是往届生，应届生特别少。即便是这样，也有了别人不曾有的外出学习就业机会。入学后，又在外找专门从事声乐的老师教授民族唱法，也是和学校没有关联的事儿。当时，是把家里给的生活费挤出来在完成学业的同时顺便的一个举动，不是因为挚爱而是觉得比吃穿更有意义，哪有技多压身的？毕业时，有两位老师分别介绍去当地的一所小学和幼儿园上班。其中一位是教琴法的卢老师，介绍说市委家属幼儿园需要专业人手；另一位是班主任赵老师，她推荐一位兼任市政协委员的特级教师要在名为贾得乡的乡镇培养后进。稍作考虑后，便选择了前面的那一个。之后，在毕业后的第二天便阶段性地开始一直维持了差不多两三个月，直到同年走出校园的同龄人都陆续走上了工作岗位，略有些着急担心的父亲特地来临汾看望，可刚坐上车就又被别人抬了下去。当时，患有冠心病的他情况时好时

　　　　　　　　　　　　　　　　　邂逅大美梨

坏，也正是那样的一场虚惊，让我主动找到学校负责人将派遣证发回了原地。

很多年后，这样的决定是否对已经不太重要了。毕竟我们每个人都不是圣人，无论怎样都不可能让所有的人满意。我的同学，那跟在客车后面奔跑的同学全然不顾潸然泪下；我的朋友，也一度暗自静静地躲在旁边的角落里悄然无语，都早已随着时光绝尘远去。这以后，一度陷入生活中忙碌的我们看花开花落，都是另一种流动的时光。毕竟这个世上，父母能为我们所做的太多太多，而我们所能回报的总是太少太少。如果不是这样，生活还会有另一种可能吗？如果不是这样，人生还会有另一种活法吗？显然，这样的假设是单纯天真的，没有一点实质的意义。

很多时候，父母的想法和做法会深刻地影响到每一个孩子。也因此，虽然在临汾师范期间，在外兼修了声乐课程学习了吉他，但从来没有将它视为毕生的事业要去终身矢志不渝。这些可拿可放的爱好或是技能，如同若即若离的伙伴有时挨得很近，有时又离得很远。带声乐的是一位姓师的老师，也是被共和国授予勋章的郭兰英老师的弟子。不知道什么原因，她的声带受到过一些损伤。上课时，她会随着音阶的变化纠正旋律的音准、发音的吐字、气息的变化等等，但完整的范唱几乎是没有的。尽管这样，我们还是从她那里学到了不少课本上没有的领悟，甚至在网易博客上同西安音乐学院的一位教授聊天时对方准确地提到了她的名字。想来这位老师是非常好的，把方法和知识全部传授待我们理解后主动告知课程结束，然后坦言可以走向社会去试试身手了。

从实来讲，教师和职业演员是不同的。职业演员，会因一技之长作为谋生的手段；而老师，把所有的技能都无私地传递给一个又一个的学生。这些想法都是因疫情居家才有空梳理的，而被乡亲们称为"率先育苗引出乡里致富路，含笑九泉留得丹心照汗青"的父亲早已无法倾听，甚至在玉露香梨课题重新启动时就离开了人世。父亲没有听过自己的歌，也没有见过谱写的词曲，甚至对这个行业有着执拗的偏见，而我能做的是在有生之年教给学生的不只是歌唱，一定还有更多可以随时做到的。为此，路漫漫其修远兮，吾将上下而求索……

这样的话题，平时不想也几乎没时间想的。这里还得澄清一下，并不是父亲去阻挠或者反对我从事这样的工作，而本质上是早已有了理想并且一直从未改变过。就兴趣、职业、事业这三者来说，能有机地结合在一起固然再好不过，然而各为补充也不是不可以。毕竟，不是世上所有的人都能过上想要的生活，也不是所有的人都得违心地生活。因为希望一直还在，我们都可以爱出者爱返，福往者福来。写下这一切时刚好远处响起了不常听到的鞭炮声，在夜幕中清晰明亮，那就让往事随着这绚烂一同远去将未来重新开启，而微笑着面对生活则是我们每个人都能够做到的馈赠。

邂逅大美梨

跟着时代往前走

一

俗话说：好酒不怕巷子深，人正何惧身影斜。名为 74-7-8 的梨，也是如此。尽管在山西代县、运城等地并没有达到预期的效果，但远在新疆巴州和陕西富平的表现着实令人振奋。在没有命名的情况下，富平王宁的仵六九和巴州库尔勒的张宜弟都对这种新品着实称赞。一个写信建议育种单位尽快命名，一个道出以香妃梨之称连续两年出口东南亚备受好评。可惜，前者写信人再无音讯，而后者似乎确实是经历了一场突如其来的巨变。这场巨变，最初是以一桩罕见的离奇婚姻官司呈现在央视时政新闻网络上的，后多方媒体网络等均作出相应的转载。孰真孰假孰对孰错一时间难以说得清楚，但尘埃落定后人们不仅可以了解到事情的原貌，而且也不禁感叹这桩离奇婚姻的背后甚至还牵出了一宗伪造法院判决书及卷宗的案件……

据原告张艺龙称，父母生前均系巴州农校的教职工。那时候，父亲在姐姐的资助下承包了一块地培育梨树新品，日子过得平平稳稳。只是，当母亲被诊断为右侧听神经瘤，手术后大小便失禁病卧在床，一切都变得不再处于掌控当中。先是一位廖某经职业介绍所推荐来到家里照顾病中的母亲，母亲逝世后廖某仍继续留在家里当保姆。这期间，张艺龙的哥哥在外地工作，而他本人也被学校派到了若羌支教。直到有一天，刺耳的电话铃声响起时，远在法国的姐姐说接到了父亲病危的通知。当时的他深感意外，因为自己的电话号码就放在父亲的床头，怎么绕了一大圈才得知消息。不过，来不及细想便赶紧往回赶，然而车还没开就又接到电话得知父亲已经去世了。

按说这也没什么，可张艺龙直奔医院太平间去看父亲却被人拦住了。尽管他一再说明死者是自己的父亲，可对方还是不让进。这一来，愣是把个一心奔丧处理后事的他搞得云里雾里的，弄不清究竟是哪里出了问题？甚至更离谱的是，在场的他还被告知父亲留有遗嘱，不允许自己的子女办葬礼。你说说，这叫什么事啊？操办老人后事的，是随着学校改革划到巴州二中主管老干工作的负责人。从这里，张艺龙得知一直担任保姆的廖某持有与父亲张宜弟的结婚证，还被告知遗嘱中提及房子的继承权和承包地的事。也就是说，在子女完全不知情的情况下，作为保姆的廖某已经升格成为了继母。进一步地说，继母廖某出具了遗嘱称父亲所在单位的福利房系廖某出资购买，由养女继承。另外，张宜弟毕生研究的香梨品种，承包地的经营权以及效益、债务、纠纷等均由廖某承担。遗嘱还称，儿女们没有尽到赡养父母的义务以及精神上的安慰，无权继承财产，身后事由廖某及养女处理。仿佛当头一棒，作为儿子的张艺龙一时间完全蒙了无法承受。随后，与在外赶回来的姐姐都表明要送父亲的骨灰回乡。当时单位领导主持开了两次会都没有把具体的事情协调成，后来表示不再过问时廖某同意把骨灰盒交出来，这才顺利地召开了追悼会。更没有想到的是，葬礼一结束就有陌生的男子敲开了张艺龙的家，说父亲承包的果园已经转售出去。

想到母亲死后，父亲耗费了一辈子心血的几十万字的果树种植资料笔记都被付之一炬，张艺龙越想越觉得不对劲。然而，他亲自到库尔勒民政局调查了解到父亲和廖某的婚姻是合法的。或许是自己错了，不甘心的他又仔细地看了看父亲的婚姻登记审查表。在那张表上，父亲填写的是"丧偶"，而廖某写的是"未婚"。对此，廖某并不否认，说平时领着的孩子是她的私生女。张艺龙的调查一时间陷入了僵局。就在这时，有位知情人给他写了一封信。信中说，他家的保姆廖某并未与前夫离婚，她前夫也在库尔勒。鉴于此，张艺龙决定为父亲讨个说法，他将廖某以重婚罪告到了库尔勒市人民法院。法院接到起诉，当即派出有关人员前往廖某的老家河南原阳县师寨镇安庄村进行调查取证。没想到，真如知情人所言廖某和师某确系真实夫妻，生有一儿一女。打工前都在村里居住，后来一起来到了库尔勒市。也就是说，原来在承包果园里干活的廖某一家四口人，早就悄悄地隐藏在了张艺龙的家里干了很多他们不知道的事情。

经了解，最早张宜弟的遗嘱是没有签名、私章、指纹的，也正是基于这点，后来经张宜弟单位领导的同意后有人出庭质疑了遗嘱的真实性。然而，廖某又向法院呈上了一份完整的卷宗，声称库尔勒法院调查得不彻底。这听上去有些乱，到底是怎么回事呢？于是，库尔勒市人民法院向原阳县人民法院再次发出了调查函。最终，原阳县人民法院经过调查回复，由廖某提供的库尔勒法院转发的民事判决书复印件系伪造。之后，库尔勒市法院一审开庭审理廖某涉嫌伪造国家公文一案。一周后，廖某涉嫌伪造公文一案在库尔勒市法院公开宣判。判处廖某有期徒刑 5 年。

事情到此，总算是告一段落了。然而在两位老人先后遭遇巨变之下所引发的故事，却令人久久叹息无语。无语过后，更多的是欲语还休、欲罢不能。最初看到时，是无法接受真相的，也不愿意把这样的真相呈现出来甚至有着强烈的排斥。古人曰：非礼勿视。对于真善美的人事，要跟从效仿；对于假丑恶的东西，直接抛弃好了。可是，这件事似乎和玉露香梨有着丝丝缕缕的联系，不想说是情非得已和出于无奈，其实这又何尝不是真实生活的一种影射呢？或许，社会本来就是个万花筒，生旦净末丑轮番演绎写就传奇，人生不外乎就是一场你遇见我和我遇见你又各自前行的旅行。或者，你吹过我吹的风，我路过你路过的风景就算是难得的缘分了，至于刚好看到半路杀出了程咬金出现措手不及的状况，最好迎头痛击别乱了前行的节奏。

二

就像听到的乐曲那样，有的欢快有的悠扬，都有着不同的节奏。

人的一生，虽然各有迥异，但出生求学就业生子均会在不同的阶段发生。能幸免的，少之又少；不能幸免的，在幸福的路上历久弥新地幸福着各自的幸福。或者，我们大多数人认为人这一辈子总该去做些事，或大或小，不然活着没有意义。殊不知，人们很多时候只知道做事，却忽略了去关注内心的感受。其实，做既有意义又能快乐的事情，才能获得长久的幸福。一直以来，很多人都会按部就班地去学习、工作和生活，这都是极为正常的。包括，也都会有情绪上的起伏波动，但快乐应该是常态，而痛苦则是小插曲。毕竟，追求有意义又快乐的目标时，我们的时间才会闪闪发光。

有人说，看着孩童安睡的母亲是最具幸福感的。是的，大凡世上的母亲，都对孩子有着无私的爱。可能正是这样的无私，让她们暂时忘了外界烦恼能够更加专注地享受着独有的幸福。当然，自己的生活也一直是这样。意想不到的是，有一天从婴儿车上站起来能走会跑的孩子竟然从嘴里哼出了一曲熟悉的旋律。"彻夜难眠是听到你的惨，焦虑万千是看到你的伤，愁眉不展是听到你的艰，泪花忽闪是感受你的难。你莫心伤，真情就在身边。你莫泪涟，温暖流淌心田。你要坚强，是为了众心的期盼。你要勇敢，是为了那些站起来的力量。一方有难，八方支援，才会拥有灿烂的明天。万众一心，携手相帮，世界才会变得和谐永远。"

要说，这还是一首当年汶川地震之后写下来的小诗，确切的时间应该是第二天上午。为什么是第二天，因为听到消息后的那天晚上虽然闭上了眼休息，但几乎一整夜都是清醒的。打开电视收看《新闻联播》时，官方发言人那双欲语还休、欲罢不能的眼睛不停地闪现在面前，无数房屋倒塌的瞬间和人压在瓦砾当中的场景令人不忍面对。诗写完后，后来又谱了曲拿到比赛当中传唱得了个小奖。视频是参加演出的学生家长录制的，由于像素以及别的一些原因效果并不是特别清晰但总体上也非常棒。

同样就在那一年，一篇以反映中国科学院原子能研究所的一位女同志自愿加入新农村建设并为之献身为创作原型的小说《圆梦》新鲜出炉面世。应该说，小说写得并不是非常到位，也不是久于思考的那种，仅仅是一种尝试而已。然而也许就是这样的一篇小说，让县里作协的负责人专门找到家里填表申报成了一名市作协会员。这样的加入，是无言的认可和信任。携带着这份沉甸甸的信任，所有的话语都显得多余，唯一能做的就是做更好的自己。

更早的时候，和那些热爱文学事业的有志青年一起加入了学校的小草文学社，用不太成熟的手笔试图写下世间的一切美好。年轻的我们还来不及阅读更多古今中外的经典作品，却用稚嫩的目光打量着一切并痴迷着。这种痴迷，有时候会像个患病的人儿一样无可救药，也让置之度外的人根本无从理解。可在他们痴迷之余留下的文字，一定温暖了不断跟从的后来者，平添几丝慰藉。

与此同时，我国的基础教育从根本上实现了幼小分离。距自己参加工作之初，已经差不多超过十个年头了。不敢说，这是曾经有过的思考和期盼；不敢说，就这样的问题和状况向上反馈过，甚至还收到了远方的来信给予应有的赞许和鼓励。只是，这利国利民的好事意味着教育管理的不断规范，也使得往日的工作得到了一定范围的调整。尽管如此，在闲暇之余读书和写字始终是向往之事。不过，并不是所有的理想和愿望都会实现，也不是所有的行为和做法都会得到支持。然而，无论是远大的理想还是实际的目标，都是我们应该为之奋斗不止的方向。一旦上路了，便要踏平坎坷方成大道。

三

清明过后没几天，空气中似乎还携裹着几丝微寒，偶尔还会隐隐约约地下上那么一点雨，甚至夹杂着零星小雪。不经意间，淡粉色的杏花在微风中悄然飘落，妖艳的桃花也日渐黯淡了。又过了几天，天渐渐地暖和了，堤岸上的柳树仿佛疆外来的姑娘留着长长的绿辫子静静地伫立着，整潭池水静得如那画儿一般，不时荡漾着波纹，更有那么几只黑白相间的雀儿在地上欢快地蹦着，跳着，冷不丁蹿出视线，一溜烟又飞到远处去了。

这个时节，整个冬天傲然挺立的梨树枝干上慢慢变得鲜活了，原先看上去鼓着小苞的枝条上顶出一个个小芽，就像襁褓里初生的婴儿，让人忍不住要走过去伸手触碰、抚摸那么几下。也不知道是黎明吹响了冲锋的号角，还是别的什么原因，那昨天还仅是泛绿的树木仿佛经过洗礼脱胎换骨了一样，弥漫着淡淡的香气，犹如沉睡中的仙子向人们款款走来，让人不禁遐想万千……

早在人类的远古时期，我们的祖先就在脚下的这块土地上劳作，用勤劳和汗水创造了最初的文明。那时候，人们就已经懂得将所食用的野果种子在来年春天时放入泥土任其生根发芽，然而通过插干、芽接等漫长的摸索后掌握了使果品变得更加优质的办法，最终使梨这种适应能力较强的果品在全国范围内得到了大幅度推广，并且流传到了韩国、印度、马来西亚等地。

在漫长的历史中，虽然"物竞天择，适者生存"这一法则淘汰了太多的生物，然而在中华民族广袤的大地上，依然到处盛开着皎洁的梨花，一簇簇，一团团，覆盖着塬，装点着山，那铺天盖地的恢宏气势，那沁人心脾的花香，令人久久难忘，令人无限沉醉。说到这里，让人一时想起了发生在中国山西隰县第一届梨花节上张教明背着母亲赏梨花的情景。张教明今年六十开外，家住在号称为"中国金梨之乡"的隰县午城镇阳德村。当得知梨花节将在村里举办后，他及时把这个好消息告诉了久居家中的老母，可没想到刚把腿脚不便的老人扶出家门，却又被告知交警封路，不得通车。想想平日里忙于劳作并无闲暇多陪陪老母亲，好不容易决定趁着这样的盛事让母亲开开眼，可偏偏又碰上了这种情况，该如何是好呢？情急之下，一向孝顺的他躬下身子，把老母亲背了起来，一步一步地向村子中央走去。这段路不是很长，只有一二里开外，平日里很快就到了，现在赶上举办梨花节，到处都是熙熙攘攘的人群，张教明走得不快，甚至还有点吃力，但脸上始终流露出幸福的笑容。

这样的笑容，映在了丛丛梨花当中；这样的故事，也被太多的摄影人及时地记录了下来，一时间传为了佳话。当然，只有很少的人知道这张名为《背着妈妈赏梨花》的图片是一位叫樊丽勇的男士所拍。而我，刚好接待认识了前来参加梨花节的很多摄影高手，甚至知晓了更多一般不为人所知的事情。说起来已经是十年前的事了，很多都已遗忘，只有不太多的事情还留有一些印象。

梨花节的前一天，应邀而来的宾朋都已经驱车前来入住了，我们还在加班加点地为书画展进行最后的完善工作。因此，有人告知抵达的消息时根本无暇去见，却也挤时间把日程安排送到了相关负责人的手里。毕竟是第一次举办，很多事情都比较仓促。故需要不停地调整，才能力争做到最好。比如：刚开始订了时间计划对外公布时，有人记了30年梨花花期日记，提出拿酥梨、金梨、玉露香梨的枝条查看对比，最终才确定了准确开花的时间。可能有的人会说这有什么了不起的，其实压根不是了不起，而是得竖起大拇指点赞。没有几十年如一日的坚守和挚爱，是根本没有任何发言权的。这完全不是有失于形象的政府行为，而是干一行爱一行的有力见证。再比如：邀请虽然有名单，但随着日期的临近各方人士蜂拥而至，甚至有个中字开头的媒体记者到大半夜了还没有找到合适的住址，主要是大店小店一时爆满无法安排。

当然，大家也试着写下了对外界的邀约，借此抒发对梨乡的热爱之情。这些篇幅不长的小文章，会有一些平台刊发并被转载到了各个不知名的角落。

四

朋友，如果您想与春天有一个浪漫的约会，那就接受中国金梨之乡——山西隰县的邀请吧！当然，您可以选择在一个阳光明媚的日子里与三五好友结伴自驾游，也可以通过走航空路线、乘坐高铁在龙城太原进行中转，然后再换坐客车一路抵达，都是一种绝佳的选择。无论是大江南北的亲朋好友，还是旅居海外的华人侨胞，只要您备好行囊从现在开始出发，相信一定能够拥有这次与山水相伴、亲近自然的难忘之旅！

当您驱车看到"隰县"二字时，便意味着进入了隰县地界。早在宋代书法家米芾的《箧中帖》就有"隰县"二字，本是米芾因砚山借出未还征询时任知州刘景文意见的信笔涂鸦，不想这随意之作因心无旁骛，故笔锋运行潇洒、灵动，结体倾仰、敧侧不拘一格。如此洒脱豪放的用笔旷世少有，您是否从中感受到脚下这方土地所遗存下来的浓浓的厚重文化气息呢？

再往南是长寿，也就是当年汉光文帝刘渊建都之处，您可能会一时百感交集，想当初这位正值盛年的皇帝尚未来得及领略山川之秀美，便南下征战中原，不几年落了个一病不起。倘若人生可以重来的话，怕是肠子都悔青了吧！

经 209 国道，过均庄，向东延伸之处有一片茂密的原始森林，这便是石马沟自然风景保护区。景区内一年四季层林叠翠、苍劲挺拔、草木葱茏、生机盎然，好似一座浑然天成的休闲氧吧。伫立在寂静的山林间，时而有大小不一的鸟儿雀儿飞翔欢唱，时而有成群出行的野猪麇鹿悠然徜徉，时而有色彩鲜艳的金鳟鱼在溪水中嬉戏成群，时而有清澈见底的"马刨泉"声息回响，到处充满了美丽迷人的色彩。

快进城了，稍稍留意就可以看到坐落在城西凤凰山巅的小西天，庄严肃穆，气象森严，那可真是一个小中见大、绝妙无比的大千世界。不过，建议您还是先入住隰州宾馆或者直接去往那一排排高楼林立的凤凰苑稍作歇息，说不定您会写出"一朝入住凤凰苑，不羡朝廷不羡仙"的旷古佳句呢！

长驱东南，您可以不费吹灰之力就追寻到一段炎帝尝谷未粮的历史传说，也可以在一个几乎没有雾霾侵扰名叫黑桑的地方往来徘徊，亲自抚摸和见证砌谷台的千古过往；直通西南，阳德塬面铺天盖地的梨花宛如祥云缭绕，此起彼伏的阵阵馨香稍纵间自会沁人心田；绕道西北，路家峪梨博园内不仅汇集各种优质梨品，而且上百棵盘根错节的老梨树是全国绝无仅有的生态景观；进入东北，您还可以重温当年

　　　　　　　　　　　　　　　　　　　　邂逅大美梨

晋公子重耳辗转逃亡的传奇经历，去渐行渐远的古城尽兴一览。当然，您可以在经过时顺路观光红色胜地晋西革命纪念馆，了解一下为了民族大义克服艰难困苦不懈奋战，最终迎来前面曙光的那些彪炳千秋的不朽业绩，或者是去省非物质文化遗产午城白酒的酒窖里提上几壶上好的陈酿，然后赴龙泉镇枣林村坐拥半亩池塘，吟几支小曲，钓几尾鲜鱼，与棋友对酌，品几杯佳酿。

行进途中，您可能会聊起孟佩杰带着妈妈上大学、来虎平见义勇为的英雄事迹，但一辈子只结缘校长的教育功臣冯廷记、为施工现场免费送米汤的好人宿全保、把青春和热血奉献给青龙山的护林员武来贵等故事同样在神州大地上广为传扬。这些家喻户晓的好人，如雨后春笋般层出不穷，群星璀璨。短短数年间，涌现出了孟佩杰、来虎平、郭珍珍、解绍亮、冯莉清、刘帅君等等，从"孝老敬亲"到"见义勇为""教育功臣""暴走妈妈""爱心大使"；从一个人到一个村庄再到一座县城，壮举如歌，好人倾城，以至于成了当之无愧的"中国好人县"。

此刻，当天边的晚霞将半空渲染得如同七彩织锦，波澜壮阔且绮丽华美，广播里播放起了一首首悦耳动听的旋律，人们也不禁陷入了对美好明天的憧憬向往当中。"梨乡好风光，鸟鸣林荡漾。琼花遍野披银妆，金梨映艳阳。品一品，想一想，果甜浆醇几回尝？远方的客人请您来，一起来分享……"听到这里，您是不是为诸多好人感天动地的故事感叹不已，还是暗自沉浸在对梨乡无比的留恋当中呢？不管怎样，小城隰县永远是您不可错过的最好选择。如果您没来过，一定会抱有遗憾；如果您来过了，就一定还想再来。那就不妨等中国大美梨——玉露香隆重上市的时候，带着您的家人和朋友们再次来我们的梨乡隰县，继续聆听那百听不厌的好人故事，一起分享那满怀收获的喜悦吧！

轻描淡写绘梨乡

一

从小听老师讲，我们要怀有一颗挚爱的心，要爱国爱家，爱父母，爱大自然。爱国爱家，就要有敢于担当之责；爱父母，就要有感恩之心、反哺之情；那么热爱大自然呢，就得与它和谐相处，共生共荣。生在山里，长在乡间，近游远足，就觉得故乡的山水草木格外亲近，而最近一段时间接连不断地探访，让我深深地迷恋上了一个叫作"中国梨博园"的地方。

梨博园所在的隰县路家峪，上塬下墕，隐秀宜人。每年春天山刚泛青的时候，雪白的梨花开得满山满川都是，远远望去就像朵朵祥云围绕着整个村庄，连人都仿佛脱胎换骨般地成了画中的神仙，但村里人似乎没有赏花游乐的雅兴，也不会吟诵"忽如一夜春风来，千树万树梨花开"的佳句，只是年年岁岁早出晚归、周而复始地劳作着。

村里老者说，打记事起这里就是满沟的梨树。梨树的培育并不复杂，通常是选择茁壮的梨枝截取梨芽，嫁接在杜梨主干大约离地面半尺的地方。梨芽的再生能力强，往往没几天就成活了，并且生长得非常快，不过五年就可以开花结果。村头那些老金梨树都是这样嫁接过来的，尽管有的都已经过了三百岁，然而当初嫁接的痕迹依然清晰可见，并且春花满枝秋果肥，成了农民的"摇钱树"。

老人的一席话，让我想起了在历届梨花节期间，远道而来的客人询问老金梨树如何栽培的情景。那种热切，那种期盼，既是发自内心的，更是迫不及待的、心驰神往的，再后来他们撷取的一张张美妙绝

　　　　　　　　　　　　　　　　　邂逅大美梨

伦的摄影作品便留在了人们的记忆当中。也许这样的情景本就不该忘却，同时也由于保护自然景观的初衷，面积逾万亩的梨博园便成了迄今为止中国最大的梨博园。

行走在梨博园间，百年老金梨群、梨博馆、梨园九曲、精品梨示范园一一进入视线。登临观景台，鸳鸯湖、鸳鸯亭、珍禽馆、地热等生态景观竞相跃入眼帘。只要你肯放下手头的忙碌去四处看看，可真是：天天都有新变化，时时都有新感觉。

在家峪湖前，我听到了一群鸳鸯趁着夜色结伴而来安家落户的故事。它们或头顶羽冠，或羽色苍褐，成双成对地在碧波荡漾的水面上嬉戏、游玩，是那样地旁若无人，又是那样地相依相伴，这让人一时间感到有点恍惚，难道这就是传说中的"世外桃源"？因了这个缘故，也驱使着我一次又一次地不断前来探访。

在梨园九曲中，我了解了这个山西省非物质文化遗产的传统项目"转九曲"的迥异之处，也像个奔走的路人那样穿行在错综复杂的小道上，细细体会着人生际遇的山重水复和峰回路转，从而寻找一种强大的力量化解凭空而至的灾难和困境，撑起一片晴空。

在珍禽馆里，我感受到前笼后窑的饲养模式开辟了养殖史上的不凡创意，也对这样的探索和付出徒生几分敬佩。山下，梅花鹿、猕猴、鸵鸟、鸸鹋、豪猪、牧羊犬、贵妃鸡、珍珠鸡、乌鸡频频亮相；笼中，黑天鹅、蓝孔雀、长尾雉、赤麻鸭、蓑羽鹤、白枕鹤、疣鼻天鹅等国家珍稀保护动物踪迹流连。

在精品梨示范区内，我见到了曾经享誉大江南北的河北大鸭梨、山东莱阳茌梨、安徽砀山酥梨、河北黄冠梨；在隰县土生土长的木瓜梨、香水梨、金钟梨；还有在路家峪发现的世界珍稀观赏食用梨新品种——中华花瓣梨，这种梨整个梨身呈现出黄绿相间的纵向彩斑纹理，既是前所未有的奇迹，又是国际梨品种研究的不凡特例。看来，这的确是一块不可多得的宝地！

是啊，如果我要说路家峪是个小山沟绝无好景色，那是我错了；如是你要说梨博园只有漫山遍野的梨花，那是你错了。只要走近它，去见证那份青山绿水间超凡脱俗般的恬淡和幽静，去碰触它不断变化的气息和跳动的脉搏，你就一定会被那份别样的美丽所深深折服，继而如醉如痴地爱上它。

爱上梨博园，缘于这里有"中国金梨之乡"和"中国酥梨之乡"之美誉，有着一路荣光的历史。南北朝十六国时，身为匈奴人的皇帝刘渊为病中的老母亲亲自捧上了黄灿灿的金梨；明朝大迁徙期间，不得已背井离乡的人们把梨子悄悄装进了行囊；晋西事变中，一篮篮黄澄澄的金梨被蓬门、路家峪一带的老百姓自发地送到了战士手中。

爱上梨博园，缘于有着"百果之宗"之称的梨在经历了世纪冗长的变迁后，再次完成了"物竞天择，适者生存"的进化过程，从而使以新疆库尔勒香梨为母本、雪花梨为父本杂交成功的白梨系列珍品"玉露香梨"，在全国梨品更新换代的浪潮中脱颖而出，继而在隰县大面积栽种，成了名副其实的"中国玉露香梨第一县"。

爱上梨博园，缘于梨乡的经济建设和文化发展齐头并进，缔造出了崭新的神话；缘于在新的历史发展进程中旧貌换新颜，预示着辉煌的明天必将来到；缘于广大百姓将在"一县一业"发展战略的引领下直奔小康、实现富裕。

如今，当我们携带着清新的风一起走进春天，走进五月的路家峪时，展现在眼前的是一望无际的、绿色的海洋，绿的山，绿的水，还有绿绿的树儿连着天。踩在绿油油的草坪上，看着盛开的蔷薇花在不远的山脚下竞相绽放，让人不禁思绪联翩，再次想起了那个平安富裕、山川秀美、文明和谐的梦想。此时，我从没有像这样心潮起伏，感慨万千，并且义无反顾地爱上了这片土地，爱上了神奇美丽的梨博园。相信下次再来的时候，梨博园一定还会更好，更美……

二

继首次走出国门差不多快十年了，这一次和之前有着诸多的不同。不同的是，之前是从新疆库尔勒出口，而这次是从山西隰县发车。由于地域不同，梨的品质肯定会存在差异；由于品质不同，出口的范围也就呈现不同。然而，进口或者出口得具备什么样的条件呢？长期以来，我国梨果的标准可以分为：国家标准、行业标准和地方标准三个方面。首先，欧盟、美国、加拿大的梨标准均为法规。其次，我国梨生长栽培区域广泛，不同地区自然条件、立地条件、病虫害发生情况、栽培品种等不尽相同，很难在全国或全行业对生产技术进行统一和规范。再次，按我国标准化法规定，对没有国家标准而又需要在省、自治区、直辖市范围内统一的农产品的安全、卫生要求，可以制定地方标准，而已发布实施的多数有关梨的地方标准，如河北地方标准有《优质鲜果》（DB13/T445--2002）；山东地方标准有《梨》（DB37/T031--1995）等，均与我国标准化法规定的地方标准原则不吻合。也就是说，很难有一个可以统一参照的标准。另外，不是所有果品都可以成为商品，而是根据果品分级分类品质符合一定条件，达到一定标准的才可以走进市场进行相互之间的贸易。

促成这次双方贸易的，是央视的一位栏目策划总监陈秋生。陈秋生的晋西之行，主要为中央 7 台新版的《乡约》做前期策划，也就是一档在农业频道播出的由肖东坡主持颇为火爆的婚恋相亲节目。节目录制期间，在尝过玉露香梨之后他认为在美国市场销售的进口梨中，像日本的黄金梨、韩国的水晶梨以及我国新疆的库尔勒香梨，都不如玉露香梨。于是，在完成了手头工作之后便琢磨着给向美国经销水果的瑞克公司做了推荐。起初，瑞克公司对这种梨根本不了解，后来陈秋生就带着瑞克公司的老板实地到果园考察，这才确定了由隰州果业公司在注册的果园组织收购，为出口美国做好了相关的准备。

为这次贸易提供梨的，是城南乡上友村的村民。上友村在县城的北部 5 公里处，离明月泉、太和山、千家庄都不太远，这里的居民大多居住在 209 国道的西侧，主要以塬地栽种果树、川地植粮田为生，没有任何矿产资源。从县城出发，沿途一路平坦交通便利，只消十来分钟便可以抵达这物以稀为贵的物阜之地。据田月明和曹祯桂回忆，玉露香梨快成熟时瑞克公司派人对出口标准等进行了相关的指导，凡是符合条件的按1斤5元的价格一下就收购了12万斤，不足部分从其他果园进行补足。担任出口检疫任务的，是侯马出入境检验检疫局。一直以来，该局深入临汾积极调研，为农产品出口想办法，把支持隰县"玉露香梨"的出口列入了工作重点。随后，在隰县力推防疫卫生质量体系建设，引导果农强化农事活动日常管理。在病虫害上，不准使用违禁农药，大力推行生物防治手段，推广使用粘虫板、杀虫灯等环保器具。经过多点取样检测，15项药物、重金属残留均未检出，已达到出口美国的标准。可以肯定地说，隰县玉露香梨是国内外最安全最放心的水果之一。

之后，隰县玉露香梨的检验检疫结果通过国家质检总局的审定和验收，并获准准备出口美国市场。一个月后，由瑞克公司指定的深圳金丰利果品有限公司清徐公司加工厂完成了包装，由货柜车运往天津港，整整装了3柜起运美国洛杉矶。消息传回来，人们足足兴奋了好一阵子。大街小巷上，都在为走出国门的玉露香梨感到骄傲，这意味着我们的玉露香梨生产水平已经达到目前世界上最好的梨这个标准，也必将沿着这样的标准一直遵照执行下去。未来，一定会有这样更多更好的梨源于人类，馈于人类。

反过来说，美国又有什么梨可以吸引世界的目光呢？恐怕，得先建立一个清醒的认识。毕竟，美国不是以脆梨为主而是西洋梨的天下。所以，走遍美国也是吃软不吃硬的。不信，请看巴特利特梨、安琪梨、波士梨、福梨、圣诞梨等等，哪个可以像铁锤碰铁砧一样真正硬起来呢？去过美国的人不一定去过华盛顿、俄勒冈州或加利福尼亚州的梨园，但没有去过美国的人也可以尝过美国的梨。比如：有一种梨挺牛的，看上去通身红得发紫像小葫芦形状。有人称它是紫梨，有人称它是紫皮梨，还有人称它紫巴梨。总之这种长着西洋梨外表的梨被引种和销往世界各地，肯定是育种选育出来的品种而不是转基因。所以，有此担忧的朋友可以释怀了。

倒是紫梨是不是仅此美国一家的专利，就不一定那么绝对了。早在汉朝时，郭宪在《别国洞冥记》卷二中记载："涂山之背，梨大如升，或云斗，紫色，千年一花，亦曰紫轻梨。"大意是说，涂山的背面有一种紫色的梨，长得个还可以。后来，《尹喜内传》中又有："老子西游，省太真王母，共食碧桃紫梨。"大意是说，老子西游时拜望了太真王母，一起品尝了被誉为千年一熟的仙果紫梨。到了唐朝，曹唐的《小游仙诗》中有："风满涂山玉蕊稀，赤龙闲卧鹤东飞。紫梨烂尽无人吃，何事韩君去不归。"这首诗后两句说的是韩君也不知到哪里去了，紫梨熟了没及时收甚至烂了还不见人影。显然，紫梨不是到了科技相对发达的现在才孕育而生，而是远在两汉和较为鼎盛的唐朝就有，至于后来鲜有记载那也只是一种真实的存在罢了。

不说紫梨了，接下来说说别的区别于紫色的，无非是红是黄是绿是褐色的长着近似葫芦形的西洋梨。其实，我们能够见到和享用的与美国有关的梨还是有的，只是不能一一对号入座而已。要不，红色黄色青色褐色各选一种来认识一下吧！红色的，红安久（Red D'Anjou）是绝好的代表。这种安久梨的浓红形芽变新品种自在华盛顿发现后，经各地引种栽培试验表明综合性状较好，属于晚熟红色品种，具有极高的经济价值和广阔的推广前景；黄色的，黄巴特利特梨是最常见的梨品种之一。这种梨并不是一开始就是黄色，而是成熟后由绿色变成了黄色。然而，在美国和加拿大之外，巴特利特梨通常被称为威廉姆斯梨。另外，据说是一位名叫威廉姆斯的英国人获得这种品种的梨，但后来又有一位来自马萨诸塞州罗克斯伯里的园艺家不知道这种梨的名称，便选择了自己的名字巴特利特来命名这种梨。说实在的，这种树个头很小，是一个在自家花园有限的空间内就可以种植的梨。它既可以适应不同的土壤条件，又可以自花授粉，因此只要等到果实从绿色变成黄色就可以食用了。在美国，梨泥、梨汁、梨花蜜都是用这种梨做的，也可以用来给一些白兰地调味；青色的，绿安琪梨就像入口即化的棉花糖，碧绿如玉，形状如蛋；褐色的，圣诞梨外皮绿中带黄，有时果颊还带点嫣红。安琪、波士、圣诞梨都是晚熟的梨。

当然，别无二致的是这些青的红的黄的紫的西洋梨都有一个共性，采摘后都得放上些时间才会拥有好的口感。不过，有人说加州的啤梨特别甜，菠萝、葡萄都特别棒，至于芒果不好吃可以不理不睬的，装没看见啊！但有一点，既然美国的梨标准制定和执行堪称典范，今天的我们取其精华、去其糟粕还是有必要的。不过，整个链条的运作似乎效仿不易，但敢于超越才是人类向前发展的本质。

三

起初，只是想利用闲暇时间写一篇名为《品读隰州》的小散文，后来不知道思路怎么一下子就打开了。因此，脑海里便闪现出了一个个历史上有着重大影响的风景和人物。这些景物，应该是都有其不可替代的闪光点。从王公相侯的传奇经历到官吏将士的轶事传奇，从古色古香的建筑景观到随手掬起的一把黄土，再到烽火连天中的抗日英雄、才高八斗的诗人、料事如神的清官、功不可没的科学家，都有着跌宕起伏的人生故事，都会带给人以不尽的思考。因此，从题目设置到考证史实再到内容创作，可以说基本上除了工作外的时间都与酝酿考虑相关。

刚开始，并没有打算把隰州地域上但凡有点成就的都记录下来，只是以为把偏重于历史人物和与历史文化相关的史实进行提炼加工即可。事实上，这些资讯往往以极其匮乏的形式存在着，缺少了太多的佐证。但是，有了想象的空间任思维肆意翻飞，如同春天里发芽的心情不断膨胀直到冲出泥土一样，是树是草是苗便由着各自的造化了。有的题目一经认定多方借力，有的题目再三思考后无法碰触只能放弃，还有的直到回首才发现有所遗漏，都亦真亦幻地存在于那段飞速流走的时间里。

没错，去一个陌生的地方，人们总会下意识地了解它所处的地理位置、气候特征和风土人情等等，那么，没有人比我们更了解自己的家乡，了解它的草木葱茏和山水相连，了解它几千年来在时光隧道的穿梭中所经历的非凡过往和如期现状，以及那些历久弥新的美好传说和百听不厌的动人故事。这些故事，一定是中国故事中最令人心动的部分；这些故事，在前人的时代里必然是举足轻重；那么，继承和发展便是永恒的主题。然而，能接触的有时候就是触目可见的一首诗、一把土或是一座楼，围绕着这些媒介不断地丰实人或事也慢慢地清晰了起来。

写了差不多一半之后，刚好赶上了省第五届文学院签约作家和首届评论家的申报工作正在进行。那时候挺无心的，也想试试到底有几斤几两。于是，索性在征询别人的意见后还是有选择性地填了表。然而，曾有人告诫批评过不要干这样的事，而是要学着让作品长久地深入人心和大地。也有人劝说不要轻易去品评别人，听起来都是发自肺腑的忠告。因此，虽然进行了申报但更多的是避免了患得患失的心态，换成随时调整去观察所面对的一切问题，是非常适宜的。

这期间，又主动添加了弘扬正能量的好人系列篇章。也就是说，延续了自清朝之后到民国、建国前后甚至现代出现的一些动人心弦的力量。这些所想要收录的内容，均是记录了一方地域的历史文化巡礼，也是对深藏于人世之中真善美的发掘。也是这样情非本意的添加补充，才实现了对古人、前人和今人一种通关体验的集成，成为了带给大众人文精神审美的完整篇章。

快要结束的时候，接到了来自省城的一个电话。电话中，省女作家协会的一位编辑老师邀请加入丛书系列的出版。当时挺意外的，毕竟从动手开始创作到结束几乎跟任何人没有提起过，因为口号喊得再响不如踏踏实实地前行。别人可能不在乎你开的是奔驰还是坐的拖拉机，但一定对能不能达成目标很在意。于是，短短的三五天内通过电子邮件的方式同出版社签了合同，又提出书本的版本在传统的意义上是不是尺码可以再扩大一些较为妥当？没想到，竟然没有反对的意见被大家采纳认可了。

书籍出版之后，山西大学文学院的侯老师专门写了评论。她是山西省为数不多的女评论家，也是评论专业的作家。在刊发在《名作欣赏》的文中，她这样写道：对于人类来说，地理空间的重要性已越来越彰显出来。所谓一方水土养一方人，不同的族类生成于不同的地理空间，不同的地理空间又孕育出不同的文化。而就作家来说也一样，其生长环境和写作源泉都与所处地域文化相关，莫言的山东高密乡，贾平凹的陕西商州系列，都是文坛的佳话，因为他们从来到这个世界开始，就浸润在不同的天地之物中，在心理烙印与情感影像上受不同文化滋养。确实如此，任何一个有着家国情怀的人都会对故土有着浓郁的眷恋之情，终其一生都不会改变。

另外，还有一位远在南方坦言不认识"隰州"这个地名的职业作家也表达了不同的理解和认知。她认为汉字是中国故事的目录，有多少汉字就有多少个故事。不管是隰州还是隰县，这个方正圆润、厚重质朴的隰字，这些在隰县生活或在隰县留下深刻足迹的人物与事件，始终与我们同在、同行、同命运。在写作《品读隰州》浮光掠影的见闻和那井中窥天般感受的时候，如水隰州仿佛天际滚过的几声惊雷，一次又一次叩击着浮躁不安的灵魂。我仿佛感受到那澎湃的水声，正拍打着存在了亿万斯年的山岩，也柔情地拍打着我即将沉沦和将要崩塌的心堤。

一日，在手机里做了个图文相成的文件，文字部分为："人到何处不是品，笑看世事风雨中，行到山穷水尽处，所及无不皆可景。"也许，在遥远的未来我们仍然可以微笑着前行，而行到山穷水尽之处的景观也将期待着更多的发现。世上从来不缺美景，发现和欣赏需要契机，也需要我们用心去感知。当这些都成为了过去，而接下来的启程便是休整一段时间后开始了和梨相关的学习，乐此不疲的。

四

大约是 2 月份的一个傍晚，拨通山西省农科院果树所郭黄萍老师电话时意外地发现她正好就在不远的地方，便赶紧放下手头的事情往酒店赶。到了之后，因对方正在进餐只好在门口等了将近一个小时才得以见面。当时里面就餐的东道主等陪同人员几乎一并认识，甚至见到后还客气地认为应该进去，但还是觉得略加等待比擅自闯入来得更妥当些。短短的寒暄之后，得知中午尚且在家的她是在午饭后上了火车的，又在中途被专程前往等待的汽车接了直奔农发办的密植园基地就地指导，直至天完全黑了，这才从地里回来。

坦率地讲，对于玉露香来说，一般人可能并没有比她付出得更多，许是这样的话语虽然算得上实话实说，但也多少有了一些赞许的味道，坐在对面床上的她本能地把两只手放在腿上交叉起来，然后略微拘谨地笑着解释自己也不是做了很多，没有政府的支撑（这个梨果产业）是不会发展这么快的。本以为紧张也好，拘谨也罢，应该是小青年身上才有发生的事，却想不到已是知天命的她面对溢美之词竟然也会无所适从，这让人不由得将头偏了偏，想起了一件风马牛不相及的事情。前段时间，单位的厕所由于故障修理锁了十天左右，让人一时间很不适应，可之前闲聊时得知常年在外的她为了减少一个女人不应有的尴尬，常常尽量少吃不喝，想来短短的十天都不易克服，那么长年隐忍的她又该有多少委屈呢？

说来认识郭老师已经差不多五六个年头了，也是一个春天，随行的冯宝元老师和我一起在金利华见到了出席梨花盛会的她。当时正好有山东的一家果商拿了当地的苹果上前请教，之后便杳无音讯，一直再无联络。如果不是因为玉露香的缘故，可能我们此生不会相遇；如果不是因为玉露香的缘故，可能我们也永远不会再有所交集，但这样的机会还是姗姗来迟了。此刻，也许是酒店内灯光黯淡的缘故，刚刚用过晚餐的她穿着一件咖啡色的呢子上衣，看上去有些憔悴。头发虽然还是烫过的短发，却因从地里来时给风刮得蓬松起来，显得有些零乱。是啊，这个时候，人们大多还停留在朝九晚五的忙碌中，而眼前这位梨课题的负责人，却常常在寒冬腊月或是春寒料峭时南下北上进行梨树过冬前后的指导，比别人付出了更多的辛劳。这究竟是为什么，难道是她的丈夫没有责任感，不能行担当之责，需要她撑起半边天？难道她的家里有些贫困，常常是入不敷出，需要她加倍努力？然而，没等心中的猜想问了出来，思绪就将我带到了别的地方。

不可否认，在我们的生活当中总会有一些人，整天不去追求理想无所事事沉浸在纸醉金迷当中，也有另外一些人，只等在华灯初上后浓妆艳抹任性而为尽情挥霍青春。诚然，选择怎样的生活原本无可厚非，但相形之下，面对如拼命三郎般地将全部热忱奉献给所从事职业的这样一位女性时，仅仅是一句不容易就可以道尽心中所想，或者无法理解不屑一顾能够宣泄出所有的情感？不是的，肯定不是的。想到这里，我好想下次见到她时哪怕是送上一件衣服，一套化妆品。我知道她肯定是爱美的，但是对于为了玉露香的发展几十年来出没于田间地头默默付出的她来说，连漂亮衣服都不能穿，不敢穿，又何尝不是一种残忍？于是，我又特别想问一句：你冷吗？你累吗？你渴吗？你饿吗？但说实话我不敢张嘴，我怕这样的关心一旦出口会是一种惊扰或者亵渎，内心像被针或是什么扎了一下，隐隐浮现出一种说不出的痛；我甚至想在第二天就打个电话告诉她我的感受，想了想还是忍住了，我知道第二天一早吃过饭她就会上路，下午还要讲课呢！

这样的惊诧远远还没有结束，并且在之后前往太谷果树所时愈发强烈了起来。那一晚，出门在外的我就住在郭老师家里，等她一直到晚上十点多钟关了电脑后，随意找了个勺子往嘴里塞了点食物，这才聊了几句。第二天一早，也许是被黎明前的一阵咳嗽声所惊醒，往常还沉浸在梦乡之中的我下意识地睁开了双眼，看到四周黑暗客厅却亮着灯光，便赶紧从床上爬了起来。之所以不敢延误，是由于郭黄萍老师昨天去榆社出差天黑前才回家，今天一早又要去太原湖滨会堂参加玉露香品牌战略发布会，故本想细细采访的计划只能暂且搁置，改为和她一道出门了。待走进客厅一看，郭老师早已经歪着头靠在椅子上了，手里还拿着一本三十二开大小的书本。听到动静后的她从座位上随意挪了挪，顺便说了句时间还早，可以多休息会儿，就又自顾自地忙去了。虽然从闲聊中知道她每天有迟睡早起的习惯，但从插座上拔下手机一看只有四点多，还是稍感意外，毕竟一个正常人需要六个小时的睡眠时间嘛。这样一想，便上了个厕所又倒头睡下了。

再次睁开眼时，天似乎已经亮了，还淅淅沥沥地下着雨。郭老师的爱人李夏鸣已将早餐备好，并且热了自家的羊奶端上了饭桌。本

　　　　　　　　　　　　　邂逅大美梨

来之前对牛奶羊奶有所排斥，但不知什么缘故竟然趁热一口气全都喝下去了。到了湖滨会堂三楼六号大厅不久，发布会便如期举行了。自然，八方宾朋见证了那一刻的盛举。会后，主办方为嘉宾准备了丰富的午餐，然而不等开席，郭老师竟又因所里专家来访在细雨中踏上了征程，背影消失在了人群和视线中。

行色匆匆是常态

一

暮春时节，再次从太谷西站经芙蓉大酒店换乘公交到达太谷果树所时，已是中午将近十一点左右。这个时候，树叶还泛着青，韩国槐的花一串接连一串，紫红紫红的，艳艳地开着。柏油路两旁的树木郁郁葱葱，在阳光的照耀下投射出斑斑驳驳的影子。不过，可不敢留恋这美好的风景得赶快加紧脚下的步伐，要不到迟了人家下班了呢！偌大的办公楼前，一座圆形的花池瞬间就出现在了眼前。沿着花池冬青旁边的路，方可抵达此次要到达的目的地。看到有人正好进去，便顺势跟着上了楼。好在有朋友的介绍，园艺所副所长赵旗峰接了电话后很快就来到了办公室。一见面，他热情地告知刚才来的时候在楼下看到了我这不速之客。瞧瞧，世界就这么小，总是无法预知所有的一切！

没有过多的客套，很自然就梨的话题打开了话匣子。从当初在农大上学到从事园艺管理工作，从多年前初次下乡到屡次引领科技进行对接等等，看得出来，他是一个睿智而又健谈的人。当然，我们的话题始终离不开曾是农业部农业重点科研项目的梨以及梨品种选育等等。这些重要的资料，也被珍藏在四楼的办公室以备科研所用，没有分管领导的批示允许，任何人是不能接触翻阅的。谈话中，得知李夏鸣老师不久前骑车时不慎被撞，便婉拒了赵所长进餐的邀情买了些礼物专程前去探望，不想到了门口一看挂着锁子，又因早已订了去往临汾的车票不敢有所延误，只好把东西放在门口地下悻悻之余发了个简要的短信离开了。

　　　　　　　　　　　　邂逅大美梨

也就在那天，从太原动车站坐车等候出发时想起了去世多年的老父亲，竟然莫名其妙地哭得一塌糊涂。令人搞笑的是，拿上行李奔赴前方转眼间忘了个一干二净，甚至再提起时洪洞的几位作家也说丝毫没有看出来，却是发现没穿高跟鞋看上去变低了。不用说，这一句无心之谈多多少少的是碰触到了如同女士忌讳年龄般的隐晦之言。虽然从未觉得需要自卑，但就实来说听到这样的言说肯定是不太乐意的。不过，这样的事情完全没有必要放在心上，反倒是不知为何想到了差点远嫁他乡，毕竟好友的妈妈在林业部任职，不仅热心地介绍对象，而且告知把档案放在当地的林业局即可。

只是，林果本就是一家。以前，农林牧副渔是农业的统称，也即广义的农业。人们一直沿用五业的提法，因袭相传，习以为常。即便到了现在，梨果作为一种不算是特殊的行业存在，仍然有太多的人从事相关的工作。有的被林业系统分管，有的隶属特色农业范畴，还有的成立了果树中心等等。除了那首广为传唱的《请到天涯海角来》中提到的海南仅有梨无树外，大多数省份都有自己独立发展的拳头产品，也都有着过往精彩的组成部分。以《中国果树志·第三卷·梨》为例，我国的各种果树中，以梨的产量为最高。据 1958 年统计，占全国水果产量的 20% 左右。新中国成立后，又在全国各地果树研究单位纷纷开展资源调查的基础上完成了资源调查工作。

如果说这样的努力曾使梨果业从一个纷繁复杂的乱象中逐渐清晰开来，那么之后所做的种种努力也将会呈现出更加令人欣喜的局面。毋庸置疑，今天的中国已经拥有了全世界最广泛的梨种植面积和梨出口贸易两个世界第一，这不仅是一个建设中的国家国富民强才能拥有的自豪和实力，也是屹立于世界民族之林的大国无可比拟的气宇和风采。

二

从隰县县城出发，定位经桑梓村一路往北大约半小时，就可以到达阳头升乡高木腰村。临行前，尽管在地图上做了相关的查询，但实际上也找不准所在的确切位置，只好约了向导美丽一起驱车前往。刚出城，就像歌里唱的那样：一座座青山紧相连，一朵朵白云绕山间，一片片梯田一层层绿，一阵阵歌声随风扬……还别说，心情好了，再难再累的活儿都完全不是个事儿。在村口停下随便问了个人，恰好就在高成贵的家门口。只是，据在院里洗衣的老伴介绍，略有薄艺在身的他去了隔村二三里的一户人家做门窗，便又一路追了过去。

虽说近在咫尺，但真要走起来还得用上不少时间，好在油门一加，也就是个把分钟的工夫。听闻我们一行三人专程从县城赶来，手里正拿着锯子干活的他略微停顿了一下，又自顾自地拉了起来，直到锯子下面的小木块完全掉到地上这才挺身站了起来。经得主人的同意后，我们一起暂时离开，朝着他家的果园直奔而去。为什么要去？这样的念头实际上由来已久。早在多年前，在筹建百种精品梨园设想从中选出适应本地发展的新优品种时，通过大量的调查和走访梨农时就发现玉露香梨在此处已有栽植，于是从梨树开花至梨果成熟先后多次进行观察，并在秋季梨成熟后由专人予以购买，多次送给退休的老领导和省市相关部门进行品尝和研讨，最终赢得了掌声一片。有了这样的认识，寻访自然只在朝暮之间，充满了无限的可能和期待。

说话间，车子顺着脚下的柏油马路拐了个弯开始慢慢减速，从车窗口探出目光看到那一棵棵树整齐排列长得还真是不一般呢！不过，都说外行看热闹，内行看门道，得让他讲讲自家地里的管理经验才是。想到这里，便提出沿着地畔头随便走走，看看，聊聊。果然，不出几句话，个性爽直的他便主动介绍开了，说自家园里的这二百来棵梨树有晋蜜梨，还有一定数量的玉露香。玉露香下得早，晋蜜梨还要再迟上两个星期。至于树龄么，怎么也超过三十年了。你要问这树形，还确实不是老王卖瓜，就是专家来了也说不上个什么这样那样的问题，可这功劳么，也不能全算在自己头上，到了修剪的时候得在外面请人，人家剪得好，打药、套袋、采摘都方便，村里人乐意随时帮忙，自然有了好收成。

聊得正起劲时，又有当地的一位果商专程前来，小伙子看上去只有三十来岁，一问才知弟兄三人皆土生土长，也就先后从事了梨果的经营。见有人发问，也学着行家的派头讲起了玉露香的过人之处，还悠然地指着树上的梨然后缓缓道出公梨和母梨的区别不过就是脱萼果和不脱萼果之分，至于坐果，完全没有任何问题也非常好。也难怪，这园里相当一部分的梨，都是经他拉走后投放市场的。到了秋天上市，只要货没得说，价格自然是随行就市。

当问及为何敢于先行先试时，坐在自家地头屋里的高成贵老人坦言先是在文工团从事照明工作，后又调至县医院的他当时也没有那么多想法，只是儿女刚好落地种了些而已，每年中秋节的时候都是自家亲戚送上一些，后来儿子娶媳妇又往蒲县送些，一送就是好多年。对了，咱这地里从来不用化肥，用的是鸿腾大豆油。造价同化肥相比一点儿不算贵，就连浇到南瓜、芹菜地里也长得特别旺，这才整壶整壶地买。不过，油不是满地洒，得看滴水线，这可不是乱来的。当然，究竟这地里要不要用豆油，用了是不是合理，在专家看来并不是一个值得商榷的问题。

很显然，豆油是用来食用的。若不是老人这么讲，还真想不到会有这样的做法。只是，当我们听到又该用什么样的态度去面对呢？支持，有点风马牛不相及之感；反对，并不能保证老人不会继续。或者，在这件事上没有态度就是最好的态度。而我，选择倾听是唯一的可能。这当然不是敷衍了事，而是一种理性的回归。换言之，追溯并尊重事实真相本身比一切重要，至于专业的回答还是让擅长的人去争锋吧！

三

不用说，"关我什么事"这一句高高挂起的话语曾让人无从理解，也颇有些默然无语。然而接下来所要讲述的，是一位无论从学历职位和见识上都较常人高出一筹的政府官员，可见写下任何文字的思考都是需要胆识和气力的。此刻，坐在沙发上的笔者，边听新闻边敲着键盘开始回想与这位男士交往的每一个瞬间。就像每一个素昧平生的人初见时根本无法获知对方的背景概况，那时添加微信和手机号码的他也知道迟早会遇见。毕竟，一个从省里到县里挂职分管农业的副县长，又怎么可能和梨果无关，而一个生长在梨果之乡的子民又怎能不关心自己的家乡，何况这家乡有最具赞誉的玉露香梨？

如果没有记错的话，依然年轻的他是在一个夏日的傍晚进入了视线里的。因为，都去拜望德高望重的老县长。老县长的家离他的住所不远，当然和自己鼓楼附近的家也不是咫尺天涯。去老县长家之前给冯宝元老师打了个电话，这是后话。可刚进门还在院子里，就有一位彬彬有礼的帅哥打听着跟进了小院。不过，确定没走错的他先一步上了小二楼，留在院里的我们东拉西扯了一会儿这才一个人尾随而上。帅哥来之前预约了没不知道，但我们母子俩有一段时间逢周六下午会去，去时还拿了羽毛球拍却也是实情。这一来，便有了简单的对话，也留了电话算是彼此遇见。

这样的遇见，实际上在别人身上如出一辙地出现过多次，但希望大家见到文章都能原谅略存的无礼。可能有人获知自己说过听上去似乎更无礼的话，那就是不管这个人是什么名字，只看重在任期间做过的事。也就是说，换了任何人来当这个县长，都会一直关注玉露香梨实验站的事情。当然，可能会有相关的领导安排此事，也可能只是在更远的地方默默地关注。有时候，在下乡的过程中可以迎面遇见却无暇说话；有时候，明明知道已过饭点却为了几句话继续耽搁，好在彼此认识，还各自在干力所能及的事情。也就是说，持续关注已经成了一种常态，一种在外人看来有些无法理解，却又无法忽略的必然存在。

孩子听到手机在响递到了跟前，便在午休时接过来添加好友继续酣然入睡。从没有想过，对面的他可能刚刚结束应酬还无暇休息；也没有想过，几乎雷打不动的休息时间竟然经常改变。但总还是多了一些可自由支配的假日，就像现在在歇足了精神后爬起来泡上清茶一杯继续回想。再遇到时，有弥足珍贵的晨练时光，有夜色降临的华灯初上。每每少不了交流的，是梨的相关和指导梨生产和管理高屋建瓴的思想。只是，不知道是自己的基础理论太差，还是人家水平确实很高，因此，就会有一些观点不同甚至是相悖的。

记得和他谈起有位果农在树下注油时，当下就道出了一句"关我什么事"的评语。可能，不同的人听了这句话都有不同的理解，但若是每个人都管好自己的事，世上的任何事情就容易多了。虽然，嘴里这么说但内心感觉农民往地里上什么，作为专家型的领导不应该是这样的意见。当然，只是偷偷一想不敢轻易表达出来的。一方面，不敢左右任何人的意见；另一方面，是根本左右不了的。从运城看望母亲回来的他，自然还提到换了手机，就好比自己之前就是用旧的手机知晓了梨岗位体系的某个专家。只是，日子一直朝前过去的总会翻篇，直到有一天也在梨群里潇洒地说出了同样的话。并且，心甘情愿地认同不掺和也是生活中的哲学命题。

这样的跟从肯定不是讨好，但相信正在阅读的你一定能够尝试着理解。试想在玉露香梨擂台赛主席台上就坐的他，看到尚未开赛前场下的冲突马上抱着解决心理陷入其中，岂不是越帮越忙啊？或许，静待开场无关是非的态度才是最明智的态度。而这，也不是一开始就这么认为的，是从窃想好能沉得住气到深感不理解，再到拨开云雾方见其见识之高。事实上，如此认可也是难的。因此，一句本是与己无关的话，从侧面点明了在社会生活中为人做事的方法，各司其职是很重要的。唯如此，才能建立良好的秩序，从而健康有序发展。

刚来时，从慢慢了解再到熟悉当地的情况，可以说沉下心做事情是唯一的选择。因此，去田间地头察看相关，去和相关领域的人交流，去拜访已经退休的领导，都成了基本的工作方法，甚至于有一次夜里聚精会神地思考问题，差点就被绊倒在地上。也许，这可能是仅有的一次，但在茶余饭后坐在街头闲聊时的我远远地发现了这一幕并记了下来，也不敢轻易声张怕被告知删掉了呢！殊不知，正是这样的一个趔趄，才有机会了解到一名科技县长的不易。不是在省城开会，就是去临汾学习；不是陪上级调研，就是去参加活动，反正和大家一样每天只要睁开眼睛，就没有一刻是闲着的。

说到这里，可能还有人会表示异议，在常理看来翻翻报纸喝喝茶，才是上班人理所当然的生活，什么"五加二""白加黑"都是骗人的鬼话，岂不知但凡是个干部，都知道在这个全国脱贫攻坚非常时期工作的艰难不易，绝不是一句话两句话就能讲得完的。但对于一个农业大国来说，真正的精彩必定不会有农业缺席。那么，就让我们学会取舍懂得向前，然后一起越努力越幸运吧！

四

　　"为什么那么多人叫你姐姐？"这本是和孩子一起散步时的提问，却也是认真地想了想才敢回答。毕竟，作为家里老小没有资格受到这样的礼遇。然而，全天下的女士除了婴儿不会发声外，大都这样称呼和被这样称呼过。从某种意义上讲，这是时代进步和人民文化素质普遍提高的一种表现。只是，这样回答肯定不是孩子想要的答案，倒像是在校园里听政治老师上课。没有人想无时无刻地被说教，可立马就想到了比较合乎情理的说法。于是，是人家有素质不是你妈厉害，尊重别人的人值得别人尊重的话语顷刻间就冲出了口。实际上真是这么想的，也像孩子说的那样就有很多年轻人遇见后彬彬有礼地称呼了。刚开始，是被一位小师妹撒娇般地叫了一声，这一声甜了好几天。再后来，也就习惯了你一声我一声地哥长姐短。不过，称呼错了的记得格外清楚却不好言说也就翻篇，没叫错的就得以后注意有长者的风范。

　　这不，电话中的一句姐姐叫得就放下了手头的一切要务，继而冷静一想安排见面会晤。我们是二十年以上的交往，也算是老交情了。可叫一声姐姐，却是前所未有和不曾想到的事情。但是，生日不知大了几天却被一位异性主动称呼总是件开心的事情。然而，开心过后就有了新的问题出现需要帮助。能帮上什么呢？都说，百无一用是书生。书生只知道读死书和死读书。刚上班时，问过年长的老师自己是不是"书呆子"，因为上了一天班若是没看上几页书里的字就觉得啥也没干。这在读书的人来说司空见惯，可对于社会上别的行当根本没必要咬文嚼字，因此埋头读书的人就被冠之以"书呆子"的美称。年长的同事老师当时怎么回答的忘了，反正没被送上"书呆子"的雅号。然而，可能是冥冥之中的力量在推动着往前走，没事的时候总是喜欢沏了茶静心品读。

叫了姐姐的，大多会提到写写稿子或者看看稿子。每次，都是给不同的领域指点，天知道这有多难啊！然而，受了这份尊重就得有相应的付出。否则，又怎汗颜面对？可，也不是全都这样！手机中受到批评的就是大年初三请客吃饭的，白吃了两顿还没动手。不是架子大，提供了思路也是出手帮。一般来说，只要开口的就是认为掉不到地下的，可帮得了帮不了和能不能帮都得酌情处理。别说，有位远在安徽的朋友就在微信中请求帮忙写人大述职报告，只是后来意识到不太妥当压根就没了下文。可是，如果真的还有别人让看看，没准儿就得认真地看，末了认真地交流指出其中值得商榷的地方。也因此，每一份到手的稿件都得全力去面对，每一份或长或短的表达都要使尽浑身力气。

没有人知道，为他人做嫁衣也需要量体。就好比，为了一个勉强能够符合对方想法的篇章得从头开始学习，然后落笔写完细一看推翻再重新思考，定稿后面对新的意见还得继续直到双方满意。没有一定的实力、胆魄和时间，是绝对不敢轻易试水的。更重要的是劳而无功权且放在一边，弄不好还会被笑话才疏学浅，甚至招来不必要的杀身之祸。当然这只是说说，和这位与中央电视台宋英杰同名的董事长却不用考虑那么多的。忙时，就各自去忙；不忙，随遇可以打个招呼。只是，会在锻炼时迎头遇见就更好了。这样的话，就不用担心健康和别的问题出现。

不管您怎么想，董事长自有董事长的格局和气魄。这可不是一句假话，而是经过时间才能检验出来的。就好比，手机里河北的一位老总就参与了国家出口梨的贸易谈判，并且在新年即将来临的时候出差，在菲律宾时刻面临国民持枪的危险。只不过，每个董事长面对的问题都不一样。河北人惊喜地发现黄冠梨超越了雪花梨和鸭梨的市场，而山西也还不是玉露香梨能操控整个梨界独步天下。甚至，在某种程度上来说，连金梨酥梨的种植数量也还完全赶不上。然而，这是整个山西的官方比对数字，仅隰县玉露香梨的面积就达到 20 万亩以上，是山西玉露香梨种植面积的五分之一。

在他来说，就商言商是名正言顺的做法。也是从基地到公司到生产车间，实现一条龙的产业链无缝对接如期实现。从源头控制成本，从管理把控质量，从传统销售到网络订单微店营销等一系列营销走出了一条山区特色农产品加工的领航之路。同时，在公司发展壮大的过程中，"公司＋基地＋农户"的模式不断循环，更多的下岗工人走进了车间。另外，冠名赞助篮球赛、为贫困学子献爱心等等，以一个企业家的胸怀和实力向社会践行了为人民服务的诺言。或许会有人提出"沁州黄"作为政府主导的企业在全国得到了迅猛发展，但他就认准一点，那就是炎帝"尝谷耒耜"在古隰黑桑，也就默默地将这项产业有序发展。开发本地农产品和农特产品的加工，为百姓生产绿色食品对于已过不惑之年的他来说是公司的事，而善待父母让他们轻松颐养天年，照顾妻子，扶养孩童健康成长都是应尽的义务和责任。

一

在农发办小坐时，看到墙上赠送的一面锦旗上写着：为民办事，求真务实；发展产业，群众受益。便问此梁家河在黄土镇？对！黄土镇确实有个梁家村村，我们在那里搞了密植园，人家村里人送的。

密植园搞了好几年了吧？

是，从当年中国梨博园建设完工后，我们县农业综合开发办从2014年开始，率先在全县引进了玉露香密植园发展模式，与河北农业大学、省农科院果树研究所等部门建立合作关系，为技术支撑，选择不同海拔地区，栽植238株、200株、166株、110株不同密度的实验园，已形成初步挂果。实验园"大苗建园、圆柱树形、培肥地力"，机械化作业，省力化管理，实现了"当年栽植，两年有花，三年见效，四至五年丰产"的目标。

农发办属哪里分管？省、地还是……

一直就是县里分管的。

那这密植园的项目资金从何而来？

这你怎么不知道了？我们农发办历年一直积极争取上级资金，以高标准农田、生态治理、适度规模经营等项目支撑，在全县大面积推广。2016年，在刁家峪片和桑峨、义泉片新发展玉露香密植园3000亩，管理到位，长势喜人。2017年，实施了高标准农田创新试点项目，被临汾市确定为市级重点工程，建设玉露香密植园9600亩，带动新型经营主体17个，通过密植园建设、储藏保鲜和农产品加工，延伸了产业链条。项目充分发挥产业扶贫带动作用，带动贫困户914户，贫困人口2614人，发展玉露香密植园2886亩；贫困户有564人参与工程建设，投工2.55万个，实现季节性收入306万元，人均收入5426元。

密植园面积有多少？

这么说吧，目前全县密植园规模达1.5万亩以上，4年丰产期后，按保守计算，亩产5000斤，每斤2元，亩收入1万元，全县密植园总收入1.5亿元。这将在全县特色产业发展和扶贫攻坚上，起到示范引领及辐射推广作用。

看来，你们做了不少事儿确实不简单，功不可没？

嗯。

记得当初兴建梨博园时，马主任临年腊月回到住所时看到楼梯内全收拾过了铺着白床单脱了袜子一踩一个黑脚印，对这段儿印象特别深。

他平时吃住办公都在单位，除此之外基本上都是下乡。

刚才在楼梯上遇到了，正要去开会。

你要想具体了解，回头约个时间还可以再来。

好的，也是迎面碰上了，简单地问候了一下。这都打扰半天了，也有别的事情需要处理那就告辞了。

说不清又过了多长时间，反正没有惊动农发办的任何人却去了梁家河一趟。去之前，是不知道具体每一个观摩点的，但沿途能够看到由农发办发展起来的玉露香幼树，个子都不高，间距的话也很小。这些密植园和国外成熟的模式不太吻合，不是一大片平地连片而植，只有很少的人就可以利用无人机无障碍地进行打药、开着国内少有的车辆去采摘完成一系列诸多程序，而是有的地头高有的地头低，有的没多大面积坑坑洼洼的却分割隶属于好几家人，完全不利于综合管理。

倘若站在农民的角度上就更不好操作了，主要是器械的购买堪称大的开支。单独购买还是合伙都是外在的形式，但本质上无论脚下的平地还是使用先进的车辆似乎都存在着千难万难。这并不是说排斥国外优良的管理模式，而是觉得完全接轨尚需要走过很长的一段路。看上去好像很容易模仿，可因地制宜不是简单的事情。当然，我们完全不必全盘照搬，很显然要实现农业现代化得经历一场从上到下的改革，甚至是大刀阔斧的改变。

怎么改？那可不是一个人说了算的事情，应该是全天下有识之士的共同心声化作了实际行动，继而取得无与伦比的收效。那个时候，全天下的老百姓都能够把自己的家园当成乐园，都能过上幸福吉祥的小康生活。

二

"老师们，这是啥病？求告知。"这是龙泉镇刘小慧在微信群里和朋友们的对话。对话中，小慧对家里梨树上叶片背面突然出现的黑色丝状物有些不解，于是选择用最快捷的方式发出了疑问。

"梨木虱吧！"没用几秒，黄土镇果业站的曹年生便闪答了。

"之前没有，这两天才发现。"凭感觉来说，小慧觉得这肯定不是什么好事，但她实在拿不准，只好将问题拿了出来，希望有一个确切的答案。这不，心里有了底，就是向专家咨询也不用太尴尬啊！至于是不是需要打药，那还得听专家的意见。

与此同时，微信群展开的讨论仍在继续。阳头升的张志斌接了话题往下道："有些专家一直在讲有机栽培，但真正的有机果品几乎就没有，就梨树栽培中，如果是有机种植，梨木虱、黄粉蚜、黎蚜如何防治？"

"是梨蚜！"刚发出去，张志斌发现不小心打错了，又赶忙更正。

"自然法除虫，现在很难达到。"远在山东的买卖人李连平也参与了进来，说，"就连果树栽培技术国际先进的日本，梨树种植也要使用农药。"

看到这里，刘小慧觉得有了主意，这才拨通尧辰生物科技公司的联系电话，直至获得了满意的答复。

"谁知道明天有雨吗？"王平想打药，可又不知是否妥当，便在群里发出了一条微信。很快，热心的刘将把截图传了上来，图片上显示无雨，可王平与自己的手机一对照竟然有些差异，继而又问道："群里有气象局的吗？告诉一下。"

"不下雨。"

"能打，没雨。"

也说不清到底是不是气象局的，但贺红伟、史二明二人相继给出的答案，算是让人吃了一颗定心丸。不过，这边的尘埃才算落定，新的话题又轮番上了阵。

"谁家有绵梨了？"另一个名曰美丽的网友刚问出口，就有人答非所问抢了上风。

"这是济宁地区引的玉露香，今年第三年，刚挂果，8月5日采摘，糖度为12.8。"科技局局长吉小田刚说完，又发了两张图片补充说明。

"好像个头不大。"县电商午城村站长赵龙回应道。

"不知道口感咋样？应该没咱的好吧？"

"咱的还咬不动，着色还可以再好些呢！"

"各个地方都有了玉露香，以后咱们怎么办？"小名美丽的话里似乎有了淡淡的忧伤。

"@小名美丽，提升品质！"

"@吉小田，赞赞赞！"群主好不容易露个脸，翘个大拇指连着赞了三次！谈话间，正在直播的隰县电商客服专题班链接得以分享，龙泉镇"喜迎十九大，共筑小康梦"消夏文艺演出专场的邀请也悄然上传。

"成文星老师在吗？看到请回复！"

"方便的话，请告知电话号码，有果农求帮助。"

"在，有事。电话138××××0058。"

"群里谁有绵梨？"小名美丽再次锲而不舍地发问。

"我有，不知道能吃了不能？"

"自家果园，龙宝绿宝石（梨）夏苹果熟了，熟了，熟了，无公害，水分大，甜度高，欢迎吃货朋友们，联系电话139×××8623，好朋友们看到的帮忙转发，谢谢啦！"听到楼上的发问，名为荣荣的也机智地发了个广告。

"我有绵梨。"宏富果业不紧不慢地吱了个声。

"多少钱批发？"上善若水跟问道。

"绵梨有多少？"

"@卫家垣@史二明@宏富果业"

"怎么卖了？"好容易有人提供消息，小名美丽自然穷追不舍地问，说不定接下来加好友什么的，然后私聊成就个合作什么的完全不在话下呢！

就这样，微信群里同样或类似的问题，其实每天都在提出。无论是素不相识的，还是早已熟知的，只要在同一个时间里同一个圈子里刚好遇到，又正好不忙就可以说上几句，大多都能你来我往地聊个畅快。更重要的是，这样的微信群不仅可以提供一定的资讯，而且确实还能解决不少问题。看来，"朋友圈里朋友多"这话还真是一点不假呀！

三

作为隰县午城镇里唯一的参会者，老宋一进门喘了口气便开始聊上了。原本一大早就已出门，就连中午也计划在外的他是接了女儿的电话后专程赶回来的。此刻，他先嘱咐一同回家的老伴赶紧去泡茶，这才在自家的沙发上坐定，对着意外来访的不速之客打开了话匣子。提起了当年种玉露香梨的经历，已近花甲之年的他感慨地说，其实之前我也有过忧虑，当时县里免费给大家弄接穗、发树苗时，从内心来说多少有些不接受，老担心这个梨行不行，不好放，不好卖，要它干啥哩？但是，一尝味道确实挺好，一年后这才主动去习礼村买了接穗往上接。

不是吧？竟然有这么一段经历，不过比起当初把树苗堆到柴堆上的，怎么也还是早。

倒也是。

你们马镇长说过，电视台还要拍一集专题片，现在还没拍完是吧？

嗯！

那一条坡是怎么回事？

你说这个，前几天退休了的老县长王登华和卜瑞海两个人专程来了一趟，我把他们拉到山上看了一遍。

知道，也是早想着专程前来看看，听听你在这方面的见解。

老百姓能有什么见解？

可不敢这么讲！老县长说你是活愚公，要不是今天还有别的事，也想上去看一看呢。

想去还不容易，方便。

刚才来的时候，多坐了一段路。光知道过了桥就到了，一不留神走出去不少，然后刚站定你的同乡挺热情，说可以做个向导，将自家刚成熟的甜瓜送了一个，又聊了几句呢。对了，你说说这个二维码，也就是追溯体系的事儿。

这镇里差不多就数我最早了，所以去开会的只有我一个，其他乡镇有的多，多的有七八个。你看，这个体系实际上是对下面的情况进行一个摸底，主要还是大户，对形成规模的，也就是数量达到了，质量也相对稳定，能有一个基本的掌握。至于这个二维码，消费者一下子就可以知道这个梨是从哪里来的，另一方面，也督促老百姓把梨种好，梨不好你拿得出手吗？

闲聊中，他还拿出自己前几天参加玉露香梨质量溯源信息培训会时的笔记，上面密密麻麻地写了好几张。当问及培训时的感想时，老宋脸上露出了憨厚质朴的笑容。然后慢条斯理地讲道，我们培训是县上举办的，由果业局吴德平书记主持，史高川副县长讲了不少关于标准化建设方面的知识，还发了个本子。你看，就是这个白皮的大本。打开顺手翻了翻，还真是内容翔实。

临走前，老宋突然想起了什么似的说，我这院里不少领导都来过呢。你别不信，现在的，以前的，还真不少。以前王天郎书记在的时候，和乡长曹虎虎一行十来个人就坐在这张床上，讲了差不多一个小时。王书记可真是个好人！还有，就县里发展玉露香来说，能由政府出资买苗让老百姓免费换，这一点非常让人感动。

四

夏日的晚上，忙碌了一天的县文联主席郝微微坐在自家的沙发上拿出手机往外拨了个电话。电话中，他兴奋地告诉自己上传的图文故事《坚决不当贫困户》被人民网《图说中国》推荐为了首页大图，请对方一定及时察看。得知对方儿子快要娶媳妇时，他又嘱咐对方自己这个坚决不当贫困户的见证人一定亲自前往，这才挂断了电话侃侃而谈自己发在首页上的图文故事。

在山西隰县阳头升青宿村，王润亮算得上是个响当当的"名人"。原因很简单，乡亲们给他总结了两点：一是"够恓惶"。老王老两口都是残疾人，而且老伴常年浑身都是病，这就让一家的光景一直翻不了身，还拉了一身饥荒（外债），整天愁眉苦脸，所以，精准扶贫时老王毫无悬念地全票当选贫困户；二是"死脑筋"。人家政府号召村民种植玉露香，动员了老王好几次，他才磨磨蹭蹭把2亩老梨树嫁接了，可心里不服气，心里想玉露香就这么神？我可有一沟地哩，60多亩哩，再倒霉种玉米不比种2亩玉露香强？于是，老王就把园子交给兄弟，自己一天钻在沟里种玉米，谁知道，苦没少受，钱没多挣。老两口日子确实过得有点苦，不过，这都是"老皇历"了。这几年，老王看到乡亲们务梨树种苹果票子点得哗啦啦，心里松动了，自己也算了一笔账，就悄悄把2亩玉露香从兄弟手里收回来，还把撂荒多年的4亩苹果经营起来。

老王是典型的中国农民，思想一旦转过弯，浑身都是智慧和力量，抛洒汗水的结果是他把果园打理得齐齐整整，有模有样。这一来，老王一炮打响，2亩玉露香喜获丰收，还卖了好价钱，近6万块钱装进了腰包，再加上苹果和沟里的玉米谷子，总收入11万多。自此，老王旧貌换新颜，风光无限好，在十里八乡更"出名"了。今年，老王又栽了10亩玉露香，成天在园子里修剪、套袋、施肥、割草……忙得昏天黑地。他也不怕"露富"，不断给乡亲们透露他的"计划"，今年争取收入15万。就有人敢翻王润亮的"老账"："老王，这贫困户的味道美得多哩吧？"老王吼一声："美？出门抬不起脑，见人低三分，美？告诉你们，从今后，我老王坚决不当贫困户！"

可惜，等到抽出时间计划和主席一起去拜访却听到他家里有人住院的消息。赶上这种时候，都会手忙脚乱的。于是，只好放弃转移下一个目标了。

五

推开窗户，对面山峦处一股似烟似雾之气瞬间开始蔓延，再看看地面泛着湿，却还是没有干透，便坐着电梯下去晨练，而我刚站在楼下，雨就开始下了起来，在犹豫不决时思想开起了小差，跟天气没有一点联系，不敢说十万八千里但风马牛不相及是恰当准确的。三楼的邻居因出差问了一声，便奔波在路上，自己的思绪也上路了。

就在这几天，还为文章始终不能确定是这样从梨到玉露香再到隰县玉露香，还是玉露香四十年的历程的脉络进入畅快的抒写，这或许并不矛盾。从前者入手，一小心就会沿着专家的介绍进入被动的误区，而从后者开始对于背景却同样是那样地陌生，这让人感到了极大的困惑，索性先找了《中国果树志》《梨学》等进行阅读。慢慢地似乎有了思路，既然是梨，那就是农林牧副渔，得从我国的农业开始写，然而这听上去又有些大，不好掌控，该从哪里开始写起呢？以前在微信里说过的一句话，只要小步走，走小步，不停走，不停步就好。只是，当偶尔审视或者驻足停留时对当初的义无反顾感到羞于出手，毕竟四十多年来对于一个人来说已是不惑，然而在岁月的长河中也是很短暂的一部分。更让人困惑的是，尽管玉露香的诞生本是建立

邂逅大美梨

在我国最优质的名梨库尔勒香梨和河北赵县雪花梨的结合，本身遗传好，品质自然好，又在农业部国家梨体系的强力推荐下大力发展，然而这种新优品系的适应性究竟怎样，能否在全国范围内立地生存还很难说。

就像隰县当初建梨百个品种资源圃一样，本来只是想把全国的梨引过来作为资源圃，不想后来在和原有品种的对比中发现了更好的，继而达成"种上玉露香，八年达小康"的共识。今天的临汾隰县种植了二十多万亩，每户农家只要有二亩，在没有外力的因素下可以收入十万元，那么二十万亩能达到多少，到"十三五"结束时三十万亩又是多少，按保守的计算产值过亿，这样的数字现在听来似乎有点大，但实际上与我们国家现在的十大富豪村相比，还是差了一大截。

以浙江航民村为例，人均收入 54 万美元。而我们现在所知道的隰县这个山区小城，上半年预定完成到一定程度就停滞不前了。也就是脱贫不难，难的是差距仍然存在。但我们宁愿见证这样一个奇迹，看着它不断壮大甚至坦然地接受又被另一种新的力量所替代并且欣然接受。航民村是有了一个好的带头人朱重庆，而在玉露香乃至梨产业，更多的无名英雄在默默地付出着，无私地奉献着。

有了他们，我们才看到了进步；有了他们，我们才看到了发展；有了他们，我们才看到了希望；这也是本文的初衷，写大美梨，写邹乐敏教授，写他们一批科技工作者以及各个领域出类拔萃者的家国情怀，写他们为了祖国的强大不计得失地将激情、奉献投身到祖国的建设当中。是的，我邂逅了大美梨，也邂逅了这样一批时代精英。你呢？

敢立潮头唱大风

一

> 我有一壶酒，足以慰风尘。
> 朝辞北岭雪，暮会南江云。
> 问计近田陌，悟道远山林。
> 花甲尚有梦，电商助扶贫！

这是一则由网友新春发布微博求助续写，并承诺续得好就送拉菲的消息。结果没想到，诗的前两句和这条微博迅速火了起来，短短三天时间转发量已经接近 10 万，评论超过 2.3 万，阅读量更是超过 300 万，并且还在不断增长。最令人意想不到的是，一向做事认真的汪向东教授也加入了续写的行列当中，便有了以上恰如其分的诗句。

汪向东曾供职于中国社会科学院信息化研究中心，是国家"十三五"规划专家委员会委员、中国社会科学院信息化研究中心主任、研究生院教授、博士生导师。退休后，不再受指派课题定向的他经常南上北下，几乎走遍了大半个中国。以某年为例，算上台湾就到过 25 个省，也接触到了一些最基层最草根的乡亲们。这些人中，有的是年过花甲的老人，有的是目不识丁的妇女，还有一部分是依靠顽强的毅力自立自强的残疾人，他们都在努力用电子商务改变自己的命运，有的甚至还在改变别人的命运。前天是农民，昨天是打工仔，今天在自己的家里就成了老板，不光自己脱贫致富，而且还带动了一方百姓共同富裕。从他们身上，汪教授感受到了活力，也似乎觉得自己更年轻了。

刚开始时，他的家人并不理解，也奇怪他成天在外面跑什么？可在社科院做了一辈子研究的他，可以说把经验最丰富的时光全部放在了互联网和电子商务等相关领域，现在看到新的研究生态正在逐步形成，还真愿意和这些新农人的小伙伴们，跟着这些对于中国农村电子商务，对涉农电子商务有同好的朋友们再多跑一跑。不仅如此，身边越来越多的同行者，F4以及中国淘宝村的这批学者们都相继走出象牙塔，走进农村，也让他倍受鼓舞，更加充满了热情和力量。

在每次的应邀讲课中，汪教授都会尽量选择站在讲台上开讲，尽管这样会很累，体力也偶尔不济，但他一直习惯这样。短短的几个小时，台下的人听得如痴如醉，台上的他一如既往地站着，不是任何人都能坚持和做到的。当然，这既是一种认真负责的态度，也是一种爱岗敬业的风范，更是一种勤于奉献的精神。特别是在全国扶贫工作会议上，第一次把电商扶贫纳入扶贫领域的重点工程后，汪教授觉得自己的信心更足了，希望在我们宣布中国进入全面小康社会的路上再去助上一把力，在中国扶贫攻坚的主战场再干一把！

汪向东老师是这样想的，也是这样做的。因此，就有了南征北战奔赴各地的征程。很难想象，作为出入电商领域的一位长者来说如何克服自身的年龄局限，又如何尽快化解车马劳顿转瞬间进入了良好的工作状态。但是，几乎就在我们还没来得及缓过神的工夫，刚刚还在路上的他已经站在嘉宾席上神采奕奕地开讲了。也就是在全国电商会议在隰落幕的当天，特地去新华书店里找了库存的书籍转赠并趁着晚餐之前的空隙作了简单交谈。另外，一并告知因明日早上赴临参会便离开了。

说起来，汪老师和他爱人都是恢复高考后走进校园继而完成学业走上工作岗位的幸运儿。这在他的微信中有所提及，也就是说靠着知识成为主宰命运的成功者。这样的成功，在当时看来仅仅是有了更高更好的学习平台可以深造，但就千千万万个走进不同学校的人来说都是弥足珍贵的。这意味着，只有依靠文化的力量，才能改变落后无知的境地；只有依靠自身的努力，才能拥有美好富足的生活。不是吗？只要回望一下那些远远地被抛在了后面的路人，一切尽在不言之中。

没有人愿意被人抛弃，也没有人愿意被时代抛弃，向东老师所付出的一切都是为了台下的听众不被无情的历史淘汰，也是为了大家能扼住命运的喉咙，勇敢地挑战自我完成每一个似乎不可能超越的极限。为此，年迈的他一如既往地助力电商扶贫，也不辞劳苦地奔波在了讲学的路上。接下来所要介绍的，正是听课后无数学员中的一个。这个学员，便是《掷地有声》中提到的一位残疾人吕大伟。

一大早，来自山西隰州北纬36°电子商务有限公司的吕大伟刚停好三轮车找到自己的座位时，就看到台上的嘉宾已经开始讲话了。对于县里举办第四期电子商务大讲坛的消息，公司里早就上下传开了，作为职员的他也一直期盼着这一天早点到来。自从被朋友介绍入职后，这样的培训其实听了很多次，但每次都有不同的感受。这次培训，应邀而来的有中国社会科学院信息化研究中心主任、研究生院教授、博士生导师汪向东，陕西靖边涌泉居现代农业科技服务有限公司董事长、陕西新农人联合会会长、网络名人"土豆姐姐"冯小燕和丽水市农村电子商务服务中心主任、农村电商带头人王军龙三位网络大咖。用他自己的话来说，汪向东主任所讲《农村电商的趋势、进展及电商扶贫路径》里面的一些名词是第一次听，听起来很吃力，中间甚至有很多地方跟不上节奏，还好看到有电视台录制，回头可以拷贝了慢慢听。再有，浙江讯唯集团的王军龙先生对下一步建立电商产业园区的规划做了解读，让人感觉到实用性和操作性都很强；可要说起"土豆姐姐"，那就不是一句话两句话就能说得完了呢！

和她结缘，得从去陕西武功游学开始说起。那时，尚有些自卑的大伟怯怯地跟着大家一言不发，却意外见到了传经授道的土豆姐姐。当听到土豆姐姐把一颗小小的土豆装进礼品箱来卖，做成了全国的知名品牌经常在中央电视台播出时，台下的他几乎听傻了。也就是那个时候，土豆姐姐光彩照人的形象留在了大伟的记忆里。现在，土豆姐姐竟然受邀来隰出现在了自己面前，这让大伟一时间感到理想和现实竟然离得那么近，着实令人兴奋。在他看来，土豆姐姐的授课风趣幽默，听起来如沐春风。更意想不到的是，土豆姐姐会唱陕西秦腔，一嗓子亮起来让全场惊讶不已……

讲课结束后，大伟鼓起勇气发了一条信息邀请土豆姐姐到公司看看，没想到"土豆姐姐"没有任何推脱爽快地答应了，这让他一时间感到既激动又紧张。之后，土豆姐姐对公司的运营模式及发展状况给予了高度评价。当了解到公司将电商产业和扶贫攻坚紧密结合，成功策划"杏"福来敲门、"桃"你欢心等一系列扶贫举措后十分高兴，特别是得知公司正在做海棠果预售时，便主动表示要为扶贫事业出一份力，尽一份责，并当即拿起一颗海棠果进行代言。自然，这样的过程被应聘为文案的他写了下来，这样激动人心的时刻当然也被镜头一一记录了下来。

第二天，大伟刚醒来睁开眼睛就下意识去找手机，那是为了避免文章中可能出现的错误，他连夜把写好的文章发出去请他熟识的一位亲戚指正，见对方没回应，又忐忑不安地编了短信问道："姑，我写得行吗？哪些地方还需要修改？在此谢谢了。""继续改，包括题目……"不想，还没等到完全改好，就见土豆姐姐的一篇题为《山西临汾隰县20万亩玉露香梨是新疆库尔勒香梨的……》的文章发在了新浪微博上。土豆姐姐不仅如实讲述了之前第一次认识玉露香梨的经过，而且感觉玉露香梨个头大，核小，口感基本相同，是在库尔勒香梨基础上升级换代了，甚至连别人尝过后把家中剩余的全部拿走，这才完完全全地认识了这个太好吃的玉露香梨，继而拿上梨子说："咬一口就会爱上它。"看到这里，大伟再次打开了自己的文档进行修改直至满意为止。最终，一篇倾注满腔心血的文章《当土豆姐姐遇上了海棠果果》经审核后发了出去，在文中他这样写道："她还鼓励我作为残疾人一定要好好努力，不能自暴自弃，期待我成为像付凡平那样的有志青年。我要以土豆姐姐、付凡平大姐为榜样，争取成为新农人、新农商的带头人。"

说起自己在北纬36°写文案的经历，大伟打心眼儿里感到高兴。

那是因为自己不仅有了一份赖以生存的工作，更有了一份非常热爱的事业。每天，上班后的他总是一如既往地坐在电脑前敲打着，也因此有了一篇篇豆腐块般大小的作品不断问世。文章发出后，大伟经常看到有不同的读者给他加油点赞，这也让他下定决心更加努力做出应有的贡献。最令人激动的是，那篇《糁粉》一经上传，竟然被推荐发表在了《太原日报》上，让更多的人有机会进行了解。当然，大伟知道这一切都是电子商务的功劳，才使他有如乘着隐形的翅膀，在理想和梦想的天空中不断翱翔！

二

用中国农业品牌化战略智库——农本咨询创始人贾枭的话来说，自从被糊里糊涂拉进县域电商圈后，经常被淘宝大学县长班、京东农村电商生态中心等一些电商组织聘请去上课，主要是县域电商，尤其是农产品上行需要区域公用品牌的支持。因此，便有了与陕西绥德、山西左权、静乐以及隰县等地的合作。在他看来，这众多的合作者中，远在晋西的那些人，让他骨子里感到几分畅快和默契，之后便有了下面一篇发表在农本咨询微信公众平台上的文章，这里原文摘录如下：

　　山西隰县是农本咨询的客户，王晓斌是隰县县长。去年年初（2016），讯唯公司的王军龙介绍我和晓斌县长认识。我和晓斌县长做了大半年的微友，九月份在杭州见面合作后，又带着长沙红星农副产品大市场的周健以及武汉云采智农莫夫团队一行人，千里迢迢到隰县，推荐这两方和隰县合作。与此同时，知名电商专家魏延安也被我和军龙合伙着忽悠到隰县讲课。前阵子，军龙把天下星农的胡海卿也请去隰县。最近，我们又撺掇"电商大侠"莫问剑去隰县……

　　各路神仙去隰县，是为了隰县的玉露香梨。如果说合作项目，应该说我们这些人几乎都不缺乏项目，但把身边的一个个资源输送到隰县，的确是件难得的事。奇怪的是，聊起隰县时，除了赞美隰县玉露香梨的独特品质外，大都透露出同样的感受——"隰县领导不错，真是做事的人……"

近段时间，因为项目的缘故，我密集地接触了多个县域，县域领导的敬业让我感动。与此同时，我也下意识地将这些地方进行比较，试图找到这些地方的共同特质。就在前几天，微信朋友圈里隰县在线的一则新闻，以及王晓斌县长的讲话，一下子让我找到了答案。原来，在 2017 年 3 月 2 日举办的隰县电子商务讲坛上，隰县县长王晓斌以《希望无限，前程美好》畅谈 2017 电商发展思路，就隰县电商如何撸起袖子加油干，讲了"四点要求，五种感受，五个建设"。四点要求：一是优质产品，只有优质的产品才能卖到优质的价格；二是品牌营销，有好产品，还得采取品牌营销的手段；三是分工合作，种地是我们农民自己的事，种出好的产品如何销售交给电商品牌；四是与时俱进，我相信今天在座的有不少人不一定全能听懂胡海卿老师的话，如果你似懂非懂，说明你需要学习。五种感受：一是欣慰。（2016 年）隰县电商发展用了短短的一年，做出了不菲的成绩，让隰县农村电商脱颖而出，在全国范围内形成一定影响，这是我们全县干部群众和在座各位电商共同努力的结果。二是焦虑。隰县电商事业还有不少基础性的问题没有解决，这直接制约着我们的快速进步。三是生气。少数无良农户以次充好，扰乱市场，影响隰县梨果在消费者中的口碑。四是愤怒。我们的少数干部对梨果产业，对电商事业，麻木不仁，漠然处之。五是兴奋。展望隰县梨果和电商事业的前景，希望无限，前程美好，我们一定能走出贫困地区自我发展的独特路子！

五个建议：一是园区建设。过去我认为电商不需要园区，一台电脑一根网线就解决问题，现在看不是那么回事，我的认识有问题，没看清事物的本质。为了方便大家更好地做电商，我们需要园区建设，楼上办公，楼下就是快递，旁边就是冷库，建一座小而全的园区，推动玉露香为主打产品的电商产业快速壮大。二是网络建设。已经和中国移动、中国联通、中国电信市级公司老总分别沟通，取得三大电信运营商的支持，力争 2017 年隰县农村宽带网络实现全覆盖，没有这个电商就无从谈起。三是今年我们按农本咨询提供的品牌战略，从种植到销售，形成一整套规范的机制和办法，生产出更好的果子来，将会大大提升品质和影响。四是队伍建设，即要培养好两支队伍。电商队伍，目前为止，电商培训基地 1000 余人，这一轮对我们县里常识性的培训全覆盖之后，我们会紧接着第二轮培训，就好像大家上一年级之后要上二年级，靠阶梯式不断加深内容提高培训质量的办法，为我们隰县培育出 100 名示范户、示范园，评谁的果树有机化无公害绿色栽培种得好，谁的果子果形好，并形成带动和示范效应。五是金融建设。我们正在恢复县财政担保公司，专门面对电商和种植户提供小额贷款。通过五方面的工作、五个系统的建设，为隰县梨果产业、农村电商事业以及整个隰县脱贫攻坚打下坚实的基础。同时，希望大家团结一致，共同努力，为隰县梨果发展，为隰县脱贫攻坚尽一份力。我相信，隰县的明天将会更美好。

　　不难发现，以王晓斌为代表的县域领导，大都有四个特点：一、善用外援，但是清楚哪些是分内事。从晓斌县长的讲话我们看到，隰县知道哪些是自己该干的事：比如基地建设、产品品质管控、人才队伍建设等。相比之下，一些地方在合作中，往往看不清自己的分内事，或滋生惰性。我以为，战略规划作为行动纲领与指南，执行中需要职能部门依据各自分工，进行相应的项目分解和落地执行，切不可"两手叉腰"，自己不干，完全依赖合作方，哪怕明明是自己该做的事。二、尊重专业，对好建议"纳谏如流"。应该说，县域领导们中不乏有许多优秀者。以王晓斌县长为例，他是武汉大学中文系毕业的高材生，是我见到过的最有才华的县长之一。在与农本咨询合作中，对我们提出的一些好建议、好想法，他几乎全都采纳。他的谦逊待人，让我们愈发认真。当然，我也遇到过一些似乎对什么都很"专业"的领导，反倒让我们缩手缩脚。当然，这倒不是听从我们的建议，我们就觉得好。而是我以为，专业团队总有专业水准。再说，与专业机构合作的目的不就是借助专业力量干活吗？我建议，领导做判断时，如果自己也拿捏不准，还是多听听专业人士的想法。三、不讲套话，凡事"有议必决，而后见行动"。据我所知，上次魏延安去隰县讲课，晓斌县长请魏延安给隰县电商"药方"。事后，隰县针对魏延安的建议，列出条条，逐一推进落地。相反，有时候我见到一些领导，谈了半天不知其所云。或者口号喊得多，将其落实到行动的少。可以想象，再好的"规划"，若不落地执行，恐怕难以见效。四、对工作有激情，对产业有热情，对百姓有感情。我曾就地方领导之于农业品牌建设的重要性说过，"有知农、爱农的领导是产业的幸运。"我们知道，只有发自内心地热爱农业、并且懂农业的人，才能为产业付出，为百姓奉献。与隰县合作时，除了和晓斌县长接触外，我们接触的还有县委书记李亚丽、县委副书记赵松强、果业局段兰虎以及科技局局长吉小田等人。

从他们每一个人身上，我们都能感受到他们对隰县梨事业的激情、对隰县百姓的感情以及对我们这些外人的热情。记得有一次，我们提前一天去隰县，李亚丽书记在回隰县的路上听说我们在隰县，回来后第一时间就来会场，和我们交谈至深夜。应该说，隰县领导们身上散发的正能量，让我们这群"江湖人"不由得对隰县的事也格外上心。甚至一些时候，宁可自己"吃亏"，也要把隰县的事做好。

诚如文中所言，对于合作者来说每一次或大或小的合作都会最终走向终结，然而就是在这样的过程中，却隐含出一种无以为形的向心力和凝聚力，又何尝不是令人充满期冀和向往的呢？针对"隰"字不易识别的问题，农本项目组提炼出隰县玉露香梨价值核心词"稀"，将品牌核心价值表述为"隰县玉露香梨，稀有好梨"，设计了"隰县玉露香梨"品牌形象系统，将其广泛运用于产品包装、宣传活动及销售终端等场景中。在此基础上，又提出建立以"品牌为核，六位一体"的战略目标，即通过挖掘价值、落实标准、培育龙头、强化监督等在创塑价值符号、提升产品品质、拓展营销渠道、强化品牌管理、促进产业融合、实现系统传播六大板块上创新发展，从而实现"隰梨梦、梨农富、梨乡美"的美好愿景。此外,农本项目组还就依托品牌彰显隰县梨价值、嫁接符号擦亮隰县梨牌子等诸多方面进行深度挖掘和一一解读,全面实施隰县玉露香梨区域公用品牌战略,夯实产业体系,提升产品品质,壮大经营主体,实现提质增效,促进产业升级,打造果业品牌化的山西典范;助推电商发展,助力精准扶贫,成为扶贫中的标杆。

至此,这才有了丁酉之春在山西国际会议中心三层湖滨会堂 D 厅隰县玉露香梨品牌战略发布会上的精彩一幕,也及时将"稀有好梨"的理念传达出去,让更多的人见证了"隰梨"的不凡之处。当然,这样的合作就目前来说是圆满画上了句号,还是会重新掀开新的一页,现在看来下结论似乎还有些太早,就让一切随着花开花落来一起期待明天的到来吧!

三

才从丽水赶来听了一曲有滋有味的秦腔,就又在参加电子商务解读活动结束后赴永和乾坤湾附近的枣庄小憩,然后经太原踏上飞往新疆乌鲁木齐飞机的王军龙,这个被媒体誉为"电商教练"的八〇后小伙子经常都在南上北下的旅途中奔波忙碌着。怎么说呢?眼前这个小伙子既有年轻人身上特有的干练,又有同龄人少有的沉稳和魄力,那就还是从认识他的那一刻开始说起吧!

因之前已经做过联系,应邀前来的他趁着闲暇时分在三楼的办公室内发了条微信,也就有了短暂的会面和交流。据他介绍,是在 2016年初春开始接触山西隰县的,又在夏季同尚在初中的儿子一起旅游考察后,这才坚定了在隰县做电商培训的决心。说到这里,还想多说几句。那是因为前面提到的新疆之行,飞机晚点导致凌晨一点半才到达,紧接着没过两三天新疆博尔塔拉州精河县便遭遇了 6.6 级地震。本来还一直有所担忧,不知尚在新疆的他是否恰好经历过什么会不会被意外吓到啊?这样的担心并不是没有来由的,反正在此居住过的人士回忆以库尔勒市为圆心200公里内每周必有一次或以上的过三级的地震，每年也必有一到两次感到可怕的、屋内家具都晃来晃去发出声响的五级以上的状况。可是，他竟然轻描淡写地说忘了。没过十来天，就又在新疆朋友"来了，请你吃羊肉"的盛情邀请下再次踏上了去往新疆昆玉的旅途。

不常出差的人，若是听了这样的突发事件肯定有所忧虑，甚至放弃早已准备多时的出行计划，任赴西北观光的行程泡汤落空，这当然也是周围友人进退维谷的真实写照啊！然而，生活中总是有着各种各样的情形。有的人百无聊赖，有的人全力以赴，视不尽困难若等闲能有什么好质疑的呢？

与上次相比，虽然没有了地震的侵扰，但经常出门的人都知道夏秋之际的航班从来都不会按班按点。这不，夜里22：30分到达后一个多小时机场关闭，刚离开就又接到明天早上7：00起飞的通知。不想赶了个早4：30分到达遇上机场还没有开门，这个点被唤起出门坐在大巴车上的他当即感到如此反复的变化只能是出行的任务比想象的要复杂，可登机后眯了一眼刚醒来就被告知受到管制得下飞机休息，才下去约半个小时就又通知可以登机了。这种情况，搁谁身上不是叫苦不迭呢？于是，奔波的他一边感慨一边继续奔赴新的征程。也是，既然已经上路哪能轻易拒绝各地对互联网的需求与渴望，不给自己一个奋争向上的理由呢？这一来，啃硬骨头就成了他们这个讯唯团队的优良传统。

说起来，地处长江之南的讯唯集团是一家集大数据平台建设与运营、农村电子商务、"互联网＋商业"和新兴领域投资的国家高新技术企业，也是在我国特定的历史发展时期引领团队不断做出商贸探索以及应对的先行者。因此，势必会有很多未经开拓的领域需要开发，会有很多有待建立的制度逐步完善，会有很多从未涉及的难题亟待解决。只是，机遇与挑战从来都是并存的。一时退让本无可厚非，迎难而上却终将会看见美丽的风景线。

"你的精彩，是中国精彩的一部分！就像玉露香梨不仅仅代表山西省农科院一样，它是国家梨产业体系的杀手锏，也自然是中国农业不可估量的、能站在世界农业领先领域的中国力量……所以从某种意义上讲，我们都是借势发展的行路者。当然，您更辛苦的。致敬！"

"你在拼团往前，我却在画地突围。"

"现代农业国家梨产业体系首席科学家张绍铃老师前段时间在日本，岗位科学家王文辉老师去了土耳其，岗位科学家王国平老师好像在加拿大，换了个手机没记录了。他们均为梨的交流发展经常穿行于海内外，好在一条条短短的微信比飞机跑得快，这才实现了有问题即时对话和即刻办的便利。包括你也一样，年轻就是资历！别太辛苦是客套，注意安康才是真关心。稳准快固然好，一切都要自己吃得消！辛苦你了兄弟，别忘了来隰吃梨……"这是某天晚上发出去的一条信息，也是看到努力工作时下意识的由衷之言。

"你接触电商的，我认识梨体系的。都为一个字忙，梨。前几天，去见了鹏睿，实干。对了，你已成功转型，图片为证；但你还有记者应有的敏锐，很多从记者转型的人都特别成功，你也许会是那一个。看上去，首先强调看上去是有了商人或是企业家足够的胆略，也已经在商海搏击长空的同时具备了同龄人中大多数缺乏的可能是平台，也可能是父母遗传给予你让人信任的力量。而你，借时代的大潮东奔西走创造属于自己的辉煌。这是大话，本质上是先有饭吃然后带领着一群人一往无前。辛苦你了，致敬！其实，也特别希望你像个孩子一样，只有孩子才在生活中快乐得令人无比感染。"

"昨天、今天都去县政府了，王大县都不在！指王县长，反正就是喜欢随遇随见，没见到就等下一次好了。他之前，安排人给我打过一次电话说有事情需要帮忙请讲，可好像还没有什么事情搞不定啊。滕元文老师、张玉星老师和杜艳民老师去开国际园艺大会了。因为玉露香梨，把梨专家认了不少，还有电商教练您。以前，看一位市人大代表的讲话，修改定稿后有您对隰县电商的贡献。您，是隰县经济发展离不开的重量级人物！"这样的说法并不为过，应该说是讯唯集团的入驻和电商培训的带动将原本无法突破的桎梏顷刻间瓦解，又好似一股扑面而来的浪潮将无法通行的溪流携裹着向江河一起融进了更为广阔的天地。或许，这样言及心声的表述打扰了不知身在何处的他，竟然用国人特有的谦虚简短回复了一下。

"对了，前些天给霍总打过电话，想到你们。主要是在等全县脱贫攻坚的材料提到的电商之处，只是一般不惊动，看多少是多少。还有，梨花节前随政协调研过一次，明天或上午再去一下梨花街之后，就得去太原报到开会了，回来后活动还有一些，遇见或不见都在意料之中。"

这一次，隐身的他爽快地发了三个拜托的符号，也算是对继续关注电商的相互理解、尊重和信任吧！"你，还有老莫他们都已经成功转型但略懂经济，这一行不一样只能边玩边学习！然后，把一个梨字写成文学作品太难干了，和记者的报道是两回事。去年的梨首席，快变院士了！不学习，连对话都差得远。好了，吃好喝好休息好。就不打扰了，晚安……"

刚发出就听到手机在响，然后各自忙互不为扰。又过了些时候，收到了从远方寄过来的几个相架画框。有时候就是这样，本没有点名却有点小喜欢的，恰恰就在当中。当下，开心地告知想把国画洗成照片装进复古的框子是绝配，就是写意水墨加一点颜色正好、布纹效果又不反光的那种，总之很满意的，非常满意！

四

"……在我的青春年华里，有那么一两年，是行走在了这块大地的田间地头。对三农的社会化思考，或许就是从这里开始的。那个时候，我只是尽一个文字工人的责任，有使命，但远比今天的自己轻松……"当云飞鹤舞董事长莫问剑在飞行途中发出了几张唯美的图片，顺手敲下一些由衷而出的文字后，农本创始人贾枭不禁作出回应："'飞行模式'不关机就是好！这样不仅能分享老莫的空中思想，还能欣赏'航拍美景'。"是啊！不能不说这是时代科技进步的绝佳体现，仅以世纪之初国人还尚且不知手机为何物，而今到了几乎个个不离手的境地，就让我们感受到了科技的力量能够为人类带来不朽的文明和进步。与此同时，作为微友的我也主动加入回复的队伍当中，表示"我看玉露香也是这样，离了十万八千里，还得俯视"。

事实上，无论是老莫还是贾枭，二人均对隰县乃至玉露香有着特殊的情感。只不过，一个善于部署战略进行顶层设计，一个在外人看来是转型的知名电商专家。当然，不是每个人都会转型，而是选择了坚守；也不是每个人都应该坚守，而是还有机会选择转型。因此，惊异于莫老师把发黄的剪报和红色的荣誉证书在微信上晒了出来时，令人不免为之一震。原来，多年前做记者的他有着如此精彩的表现，可为什么就突然放弃了呢？是职业疲惫，还是年少轻狂，恐怕就连困惑的他一时间也说不清楚。若是选择了坚守，那就一辈子都是新闻人，但人生不能假设也没有任何意义，重要的是他已经转身了，一步步地朝前走去。想来放弃对于任何人来说都是一件不容易的事，然而选择本身往往更能听从自己内心的声音。没有一个人愿意违心地活着，从这个意义上来说，无论是坚守，还是另有选择都值得尊重。

在一般人看来，有《人民日报》的重磅头条，有新华社的《每日电讯》，还有《瞭望》总编室颁发的部级好稿证明，这足以证明一个媒体记者的实力，也可以成为亲友圈里为之喝彩的热闻。只是，当一切绚烂都归于平淡过后，生活该怎样继续？此时，离那些辉煌早已远去，也历经了无数磨难的他成功易身为县域电商大咖，便有了一段段上山下乡的故事和云飞鹤舞的传奇。在他的商业版图中，有什么样的规划有什么样的兑现都是有轨迹的。只要留心，还是可以发现一些浅显的痕迹。然而，莫老师不是干了什么见不得人的错事，也不是一直潜伏的双面间谍等等，能贴上标签的身份只能是民营企业家。在外人看来，是搏击商海的雄鹰，是伺机出手的猎豹，可成功逆袭的他经历了怎样的千疮百孔，又如何度过了无数的漫漫长夜，恐怕没人想听。即便想听，也是希望莫老师指点迷津，而非艰难的蜕变。

如凤凰般浴火重生的传奇人生不是每个人都会经历，但成功者都有自己的辛酸故事。这好比很多古今中外的政商名人和文化精英无不是久经磨难，方可缔造幸福人生。也好比，稍年长的姐姐接受了公司要务是在面对六重打击后的完美上线，成为了公司的领头人。没有人知道在这之前的她同样无处可逃，却是在退无退路的境况下坚守着才易身成功。姐姐如此，你我如此，想来莫老师也是。套用之前说过的话，就是三百六十行能从事的不过就那么几行，或许仅就是一行。这一行，有的人在拓展相关的领域是凝聚力的体现；这一行，有的人终身坚守是职业使然；这一行，有的人另辟佳境是别无选择的突围；这一行，有的人永远在远处计划出手四顾惦念。不管是哪一行，可能我们所能做的只能是在其位谋其职，尽心尽力恪守职责无私奉献。不这样的话，又能怎样呢？

毕竟，不是每个人都会转型，而是选择了坚守；也不是每个人都应该坚守，而是还有机会选择转型。莫老师选择了转型而非坚守，这是他生命中迎难而上的必然。既然无可改变，那就祝他在以后的征程中再创辉煌！只是，我们在从事自己所从事的领域既可以坚守，又可以转型的话该如何决定呢？这个问题似乎不用啰嗦，听从内心的声音或许是明智之举，或许可以咬着牙继续。无论怎样，相信您都会从容走过，回头看时那些远离已不再是前行路上的拦路石，一定是人生路上蜕变的完美见证。

一心为民显本色

一

说起来，与李所长的相遇有几分偶然，又有几分必然。为什么这样说呢？他存在于我的电脑图片中已太长时间，由于没有照过面所以不认识，但是一旦开口之后，才发现之前已经调离市委党校的王天郎书记旁边分明就是他啊，可惜来隰多次却宛如路人，不过最终在隰县梨花街电商大楼正式开业前，与县委常委马兰明部长、县委副书记王晓斌一起调研了解时在二楼相遇了，之后加了微信隔三差五地有一句没一句地聊上些，便慢慢熟识了。其实，说熟识有点言过其实，人家毕竟是领导，是省果树所的掌门人，也是果树界的权威人士，而对于我来说，却是永远也无法企及的。不过，这又有什么，我可以远远地欣赏他在自己事业的版图上纵横千里，鲲鹏展翅，也可以暗自一人找找他的瑕疵和不足，实际上这样说也是一种笑谈。就粗浅的印象来看，人都不是完人，但据实来讲李捷所长肯定是一个有趣的人。不信，有事为证：某年他曾发过一条微信朋友圈，美其名曰：太太路。原来，在他时常往返的太原到太谷之间，几乎就是隔着这么一条大道。单位有事，要去；太太一叫，回家；这不就成了太太路吗？如此有生活情趣的人，相信工作和事业上也不会乏味。看来，这样的相遇，这样的相识会是一种有意义的交往，你说呢？

不怕大家笑话，他们所里的一位同事跟我说过这样一句听来让人想入非非的话，那就是李所长对你有情意！看来，这有趣之人周围也都是有趣之事，只不过天真的我一句"胡说"马上反击，竟不想作为一个执掌帅印之人，势必是对大家都有着一些情意的。比如，对长者的抚恤之情，对下属的严厉之意，都成了他独有的工作方式，也铸就了他别样的领导风格。如此说来，尚有情意是一件好事儿呢！然而，为了不必要的麻烦，快人快语也让彼此从此错过了另一种相处的方式吧。人与人之间有各种各样的交往，有亲戚，有朋友，有同事等等，只不过不敢说与李所长的相识是非常庆幸的，事实上确实是庆幸的。有了欣赏也好，或者说是职责也罢，对于省果树所玉露香梨的了解最起码做到了及时和同步，而恰恰这也是我在最初计划开始着手写这本书时所需要解决的问题之一，毕竟现实题材的书写是有着一定难度的，它不仅要解决当下的问题，而且又要站在高屋建瓴的角度上看待问题，才能使得这样的书写不会短时间被淘汰。要处理好这几个关系，即便是获得很多奖项的著名作家也不敢轻易涉猎，这样的说法肯定不是凭空来的，不过也没有必要对号入座，可见谨小慎微是必要的。只是话题似乎绕得有些远了，还是重新言归正传来继续完成刚才客观的讲述吧。

一开始，李所长在微信中邀约果树所正在做科教电影和电视片，可以参与一下！不想颇有些淘气的我委婉地向他推荐介绍一个比我小了一些的八〇后韩翼，一位从实践到经验上更具实力的小伙子。他竟然很大气地回道谢谢，甚至还为签约仪式之后没能多交流作出解释——时间太紧，又说过段时间去了联系。这一来，还真就有了联系，不过好事总是多磨的。当正在房间学习的孩子把手机递到自己跟前时，一个陌生的号码，甚至是略有些陌生的声音响起来了，不过三言两语就明白另一个手机号在告知抵达隰县的消息。出于礼貌，刚刚洗湿头发的我知会了实情，然后决定第二天一早就拜访一下。当然，去单位先签到再签出是免不了的，只是到达时还为是否有些早了故意磨蹭时间，却不知前一天晚上约十点后李亚丽书记连夜安排人第二天召开紧急会议，一直守在会议室门外的我接到了尚在会议室中作为贵宾的他抽空打了电话后，继而返身而去，而快到会议结束，李所长把自己的行程发了过来，详细地告知会已经开完，之后按照安排还要去下面看基地，中午折回大酒店休息，然后下午去创客中心……

"是可去探班，还是坐等星星出来？"快下班时，在办公室就要离开的我发出了短信，不知正在开会的他是咋发现的，反正一句"随时可以过来，在四楼会议室！"让人一时间变得开心和勇敢，当即打了辆出租车马上就到了跟前。不想，会议室开着的门里露出了分管县长的面容，又让人不由得露怯，好在果业局段兰虎局长在前，我便跟在后面悄悄溜进去，直到老半天了，坐在对面讲得头头是道的他，我的李所长啊！才想起来访的人到了哪里？事实上，坐在他对面的我早已在会务组工作人员的帮助下坐定，还喝了几口清茶，甚至于和刚刚认识的人说一些别人听不懂的话和至今想起来都会令人哑然失笑的事情！得知到达后，李所长一再要求我坐在他们的中心座位，我笑着回答都行，却最终也没有服从。不是不敢，是心有敬畏。后来，又在段局长的客气婉约下一起吃晚饭，这才有了更多的交流！也就是那一次，席间史副县长被他叫到了跟前，提到"院县共建"持续关注的事情，使得之后省农科院果树所对于玉露香梨的科研推广及其他，才能够一直顺利地进行着。当然，一波三折的事情总是层出不穷，但有了彼此的信任，一切都在合理当中。

"那个群是布置科研推广任务的，没有外单位的人员，谁拉你进群里来的？"当有人在山西省农科院隰县实验站微信群中不解地发出疑问后，作为局外人的我尚且有几分顽皮地回答："不告诉！"

"你不会踢我吧？！"

"我改正，是支站长！我们谈到王晓斌县长退了不少群，然后他发现这个群，王县不见了……，以后会注意，手下留情！"不过，意识到稍有不慎便会引发不良下场的我还是开了句玩笑，便赶紧老老实实地从实招来：

"反正，李所去年跟史县交代过了，'院县共建'得让我持续关注，没办法啊！"

"支虎明站长，也是老朋友了！这个李所也知道，说清楚了吧！基本上……"

邂逅大美梨

"工作站实验室还有土壤分析室等等，大概都了解看了一下！"

"好了，电脑故障解除能用了，不聊了，晚安！"这一次，一向以温婉示人的我任性了任性，主动结束了彼此的对话。事实上，就像在认识李所长前拜访了玉露香梨的育种人邹乐敏老师、布控者郭绍仙老师、张志德老师还有太谷果树所的张西民老师等等，听上去似乎有些不按规则办事，可照实说来用第三只眼去审视和看待被国家梨产业体系认可的，甚至是大家一致看好的玉露香梨，不也正是一种符合客观规律的存在和写作吗？这一点，说起来不过三五十个字，但也是极其重要的一种因素。因为思想问题得不到解决，顶多或者最多只能达到批判现实的高度，而唯有站在更高更远的视角，才能够获知今天所做的一切，对于未来是否值得和经起得历史的检验？或许，无异于手执尚方宝剑的我在前行的路上还会面对数不清的艰难险阻，但始终都会披荆斩棘，就好比侠客每每遇到对手都会全力而战那样，不是因为传统意义上的无路可退，而是只有积极应战冲出血路才是唯一的出路。令人难以置信的是，和前面所说过的李所长仅有着一面之缘，便达成了这样的默契，也难怪别人会开玩笑呢？

二

怎么说呢？从见了第一面，就被他拉进了一个名为艺舟书画的微信群，然后还被告知不要发和书画无关的内容，用孩子的话来话真是有点抑郁了！你说，这新人进群总得有点存在感的，可这书画方面不是每个人都有发言权的，该怎样做才好呢？好在，这被人称之为马处长的，换言之分管玉露梨科研与推广的马宏斌先生，是位饱学之士！当然这博学，就让人觉得高高在上，更不好打交道了。论技术推广，该倾听才是；论书画艺术，该仰望才是；都说书到用时方恨少，为何这两难的事都让我碰上了，谁又来帮帮我呢？没人会告诉我，但也不是没人来帮我。因为我确信：最好的办法就是自救！天知道，我竟然以这样的方式来讲述，而在我内心来说，马处长更多像是我的一位兄长，一位值得信赖的兄长！虽然偶尔也开一些无伤大雅的玩笑，也有恨铁不成钢的言论，但在微信和微信群中，我很不忌讳什么的，大大方方地称他为马哥！尽管他从来没有实实在在地答应了一声，可我宁愿相信，他是把我当作一个不谙世事的小妹妹来对待的。要么，怎么会有一次次不讲情面的决断，有一次次苦口婆心的教导？

　　很长时间了，就像行健老师所说的那样，自认为一直在理性地面对生活，然而这个体裁的创作，让我在不知不觉中改变了很多，添加不少微信朋友，也主动和他（她）们去沟通交流，会碰触到他（她）们内心深处的辛酸和忧愁。每到夜晚，我会照例拿出电脑记录下当天的行程，或者找个和我主动搭讪的人絮絮叨叨，可得知会将正在进行的书稿整理上报重点作品扶持时，太长时间没有开口的他冷不丁一句"机会难得，报吧！"短短的一句话，瞬间就让我在寂静的夜里泪流满面，而直到好多天后写下这些文字时，一个人静静码字的我依然感动不已！也许没有了这样的支持，我会独自前行；也许没有了这样的支持，我会无力放弃，但此刻我相信，释放了太多的喜怒哀乐，唯一能做的就是心存感激，继而义无反顾地走下去。年前（2017 年），被告知县里下拨 70 多万元建了梨实验分析室，之后随着资金的不断汇入，土壤研究室也会随后落地。前者主要由隰县果业局分管，后者便成了隰县实验站的课题。这些话说来容易，但却是在往返多次后才慢慢得知的。一方面是他们在执行的过程中也是摸索着前进，根本快不了；另一方面则是资金得到位，才能保障实验室的正常运行。话至此处，倒让人想起了一些风马牛不相及的话题。

　　上世纪八十年纪，省农科院一位姓田或金的下乡干部就住在我的家里，也在搞土壤化验分析，连结果至今都记忆犹新。那时候，父母尚健在，也都到了知天命的年龄。为什么会让那些人住在我的家里，可能跟父亲受到省里表彰有关，也可能是和他广结宾朋、见人为友的秉性有关，反正好几个农科院的下乡干部都在我家留宿。我不知道当年是县里的安排，抑或者和就任省农科院隰县试验站站长的伯伯段全生有着沾染不清的联系，反正时过境迁去追究真相显然没有任何

　　　　　　　　　　　　　　　　　　　邂逅大美梨

必要，但由于科研推广的重要，仅从现在省农科院下来的干部被安排得妥妥帖帖，就可以认识到原先的工作方法已完全不适应。试想假如还是墨守成规的话，岂不是很多事情都无计可施，很多想法也不可理喻？算了，不切合实际的想法一晃而过就不提了，毕竟我们成长在这样一个伟大的时代，一个无与伦比的、令全世界都为之骄傲和自豪的时代！这也是当初这篇定位在二十万字左右的报告文学时，考虑到其所存在的意义和价值。

做这个美丽时代的见证者，是我们这一代人的幸运；做这个美丽时代的书写者，是令我无法拒绝的乐事！当然，这也是在认识我的这位受人尊敬的马处长前就意识到的，只不过他的出现让我始料未及，既对所从事工作有着绝对的权威，又因业余爱好获得了更多的赞誉，实在让人想不明白为什么命运为何会如此垂青一个还是半生不熟的自己人。其实有时候，也确实让人挺不明白的，原先在师范学院上学搞艺术的同学竟然光着脚丫在农田里卖力地干起了农活，尚在农业部门任职的熟识利用一切可利用的时间对亲子教育情有独钟，这可能是一种别无选择的选择，也可能是冥冥之中的造物弄人。不管怎样，我都快乐着前行！

当把朋友圈里跑着拉塑料薄膜和农民唱着黄土高坡耕种的视频同时发过去时，微信那头的他同样无语，可能这个话题过于沉重，也可能是无力改变一切所致，与其这样，不如主动做些实际的事情才对。也好，去卫家峪看看贫困户在干什么，或者到峪里村密植园转转，谁说不能啊？我们知道，人类在面对世间万物时，会有着无以数计的难题。这些难题可以说上至神舟号飞船上天，下到老百姓操作手机，简直是五花八门，但科技的进步又让一切变得可能，指不定未来的某一天什么拉地膜刨地全都可以用机器人来代替，抑或是城市供暖系统管网铺送到山圪梁梁的果园里呢？不过，还是让我们重新回到开始，和这个有点难说话的马处说上几句吧！不说科技推广，也不说书画创作，得先做好挨批评的准备。这里得插上几句，主要是之前他和长治的一个兄弟有机会喝酒便煽动找上个美女，可惜这当大哥的没赴宴去，后来又无端搞突袭使得他茫然失措来了岂不又是很尴尬啊？不过，他工作他的，我自欢天喜地！不让开口，就发图片，走一处发一处的，反正有事没事冒个泡，谁还不知道你平安无事啊？这不，话刚落地，又摊上大事了！不要发生活照，不要发工作照，大家有空去了自然会看你的，这还真是没想到，怪让人不好意思的呢！

其实，最担心的不是一请示三汇报的，而是有一天我突然学会了沉默，那意味着我已经获得应该知道的信息，也或者是这项在自己看来超越一切的工作完全结束。有时候，也悄悄地在想，如果不是为了创作，那我的手机里还会储存着什么样的短信，我的微信还会去为谁点赞？我确信自己非常害怕这一天早来，因为那样的话，我怕是变成了一艘航船，在夜深人静的时候早已悄悄地踏上了崭新的航程；抑或是，会像一只温柔的小猫，静静地躲在一个无人看到的院落里舔养疗伤……

只是，事情好像并没有那么简单。关注梨、关注现实题材本身就是个烫手的山芋。这样的理解不只是一句闲话，而是好几次客观提起关注现实者处理不好会陷入囹圄，或穷于应付。有句话：子非鱼，焉知鱼的苦。鱼自有鱼的苦，鱼亦有鱼的乐。好比在写下这句话的早上，看到一位在广播电视系统工作的荀妹妹手机上留下"不让看书的日子，简直如走到了生命尽头"的随心之话。本来从内心来讲也有认同的地方，即读书乃人间乐事。只是，每个人似乎都可以有自己的爱好，喜好别的也无可厚非。这是每个人应有的权利，也是必然的选择。

从农科院书画院书画群里退出来后，先后有人私发信息关心和询问消息。他们都是生活中的热心人，也是书画领域的行路人。他们中，有人会告知果树所的人员变动情况，有人会时不时地发些作品进行交流，这是当初点击进入时没有想到的，同时也是令人感到欣慰的事情。看到他们的私信，有时候会忍不住地感动和流泪，有时也会善意地提醒业内大腕通常都是干一行爱一行的友情提示。当然，更多就不便多说了，留一些空间是必要的。那么，忙碌的他还会不会记起曾经给予的鼓励，这对于他本人来说肯定是无足轻重的。没有人会留在

　　　　　　　　　　　　　　　邂逅大美梨

原地一直在意左右，而远方却需要我们全身心地予以应对。

明天是什么样的？太阳照常升起还是白雾迷雾，大雨滂沱或是雪落无痕都是一种自然界的变化，而对此了然于心又无惧前行的人类需要的不仅仅是信心，还有智慧和力量、鼓励和支持结伴同行。远方有高山大海，还有湖泊草原；远方有落日星空，还有绿野繁花。只要拥有一颗纯澈的心灵，你我一定可以看见。当新的旅途已经确定，那就一定要记得再次出发。回想过去，很多生活的场景有时会突然袭上心头。那夏日里未曾邀约意外的举杯，那下乡途中或是间歇响起的汇报，还有正月里排除干扰参会的记忆就都成了过去，而且几乎都干净得不再想起。是啊，该记的记着该忘的忘记，然后轻装向前，去拥抱每一个新的希望！

三

"萌领导，在么？"

"嗯。"

"周在，还是史在？"

"都不在，大酒店开会。"

"啥会？"

"脱贫摘帽。"

"谢谢！"怎么能不谢呢？往往就是这几句短短的回复，可以省了让人像个无头苍蝇一样地四处乱撞。然而这一次，偏偏弄了个来回转。本来，已经快到县委大院了才想起掏出兜里的手机，便发现刚才没动静的留言有了提醒。再一问，随即调转方向朝着隰州大酒店的方向去了。去的时候，已是将近11∶30分了，但又怕散会走不同的路线错过先打了电话。接电话的，是前面所提到的一位戴着眼镜的领导。说是领导，就真是一位分管文化的领导。所以，这才有必要询问他的行踪再决定何时造访。通常这时候，秘书比常人更了解这些副县长的日常行踪。也就是说，联络员会依据不同的情况处理案头事务及来访相关。

　　与前面提到的联络员相识，就是一次没有想到的遇见。但，也是必然可以遇见的。就好比，在遇见他之前，是接了省农科院果树所李所长告知来隰的电话。所以，李所长来隰莅临指导工作自己可以不去看，可作为政府办工作人员同分管农业的副县长一起出席各种各样的会议却是不可避免的。这一来，会场上的嘉宾分析玉露香梨电商的营销状况，下班后才赶到会场就被联络员先发现了。当然，作为秘书的他先是认错了人，后又留在电商大楼七层一起共进晚餐。因此，肯定还少不了更多的机会可以撞脸。

　　才说撞，就撞上了呢！在隰州大酒店的大厅里，在午城镇二楼的会场上，还有县委大楼的过道等等，可以说彼此非常熟识了。然而，对于他提出县委县政府应该出具玉露香梨特派员证书这么个建议时，委婉地告知没必要的。毕竟，一直都是临汾日报的通讯员，还有三晋传媒的上传端，再说自己还有本职工作不能够随时听任调拨的。只是，在业余时间关注一下我们所处的伟大时代和我们正在进行的重要事项，也就是院县共建玉露香梨实验站的这么一个事情。

　　于是，隔三差五地免不了发些微信过去，主要就是不想跑冤枉路。但，即便是去了河南，农科院技术推广处马处长来隰也还是被知道了，主要的原因就是有了最好的联络员。会告知有人南下有人来访，所以特别感谢这样的联络员。最贴心的是，有次吃饭怕没饱端了碗汤面，就记住了这是个够细心的小伙子。然而，想给予更多的帮助却常常帮不上他。不想说，他的父亲前几年经历了生死劫难；不想说，他的母亲工作不好举步维艰。可，谁没有在社会上生存赤裸裸的无力现状，谁又没有点光鲜背后的痛苦辛酸？

　　这个话题我们从来没有交流过，能做的只能是默默地看他面对一切不可控制的状况微笑着面对，也相信有着良好心态的他定能从容走过。不仅仅是因为好的心态，还有与他一起笑看花开的侣伴。微信中的图片，是他和妻子穿着一样的八路服装在碾盘上同心用力的情景。不知道他们是什么时候拍的，但至少知道彼此是同窗。可惜，这么一想当时咋就上了个幼师，全班没男生就少了同窗。不过，既是事实也是笑谈。

　　联络员除了联络，实际上还有更多的事情要办。不信请看，送到县长手里的文稿轻松可看，需要上报扶贫典型的事情尽在掌握。也就是不断处理这些事务的过程中，联络员的能力与日增长成为了建设祖国家乡的中坚力量。接下来又有了新的联络员，秘书或是女秘书走上了这个岗位进行锻炼。说到这里，不知您是不是觉得这最好的联络员该提升了呢？参加演讲比赛可轻松夺冠，打理事务可谓稳中不乱，但提拔有提拔的理由，任命有任命的过程，不是想到就是事实。

　　再说开头提到的联络，后来职业漫画家刘然受邀来隰考察采风出书已成为过往的事实；又说之后的遇见，农科院玉露香梨实验站和土壤分析室相继落地；还有来年的民生大计，测土测叶及果树营养随后安排；都少不了联络员才能一一获知。然而，有时候去了办公室并不是每次都在，别的工作人员也替代完成了相关工作。只是，还是少不了跟汇报不汇报无关。不多说了，反正在心目中这就是一个合格的联络员，也是玉露香梨发展中最好的联络员。

四

　　这副在山西太原君宸大酒店即兴发起的征联，韩翼科长是没有机会洞悉整个过程的。那是因为一直开会的他刚好单位有事提前离开了，歪打正着的是写下横批时被他逮了个正着。于是，"梨乡欢迎你"就成了他的珍藏。说是珍藏，其实不难想象拿上字的他是无暇欣赏的。一方面，从书法的水平上还不足以成为大师佳品的境地；另一方面，由于工作的缘故适逢全国电商在隰召开有很多事情还需要出面去协调和安排。然而，这并不影响顺手就可以将出现在面前的书法拿上，并且在闲暇之余吟诵出："看中国第一梨乡村美乡美美轮美奂美滋味；赏隰州玉露香景盼春念春春来春去春宜人"。

　　可能很少有人知道，写出这样的楹联是需要勇气的。因为，之前一直不愿意给玉露香梨打出"中国第一梨"的大旗，尽管明明知道束院士的一句随心之言被商家贴上标签充分利用了一年又一年，一季又一季。若站在广为宣传的角度上讲，这样的利用是有价值的；若站在实事求是的角度上讲，没有永远的常胜将军。说白了，就玉露香梨目前来说一直拥有着极好的品质没有被更好的品种替代，可谁又敢保证千百年后不会悄然无声地退出历史？从这个意义上说的话，不如保守一点就叫它中国大美梨。这样的称谓，也不是随心所欲，而是被中外百年品牌对话暨中国品牌文化管理年会组委会授予了山西隰县玉露香梨，自然就名正言顺了。事实上，无论是哪一种称谓，都离不开玉露香梨在成功育种后所表现出来的优异品质。

是的，玉露香梨不仅以皮薄肉细核小味佳的优势吸引了国内甚至是全世界国际友人的眼光，而且赢得了文人墨客的竞相抒怀表达与之邂逅的喜悦。他们中，有长年旅居在外的学者，有从事梨果研究的教授，还有的是尚在求学的妙龄学生，都忍不住用自己内心的细腻和入微的描述写就了篇篇华章。这里，特别推荐的是从全国征文作品集中选出河北乐亭王建东先生荣获一等奖的《中国梨乡赋》。如下：

"西眺黄河，东倚吕梁。高天厚土，源远流长。钟灵毓秀，百世隆昌。此地者何？此乃'河东重镇、三晋雄邦'——山西隰县，中国梨乡。

叩问苍茫，述说原野之广袤；追根溯源，彰显历史之绵长。公元前十七世纪，即燃人文之薪火，基方部落属殷商；春秋时期，晋文公分封此地，更展蒲邑之荣光。至隋开皇五年，'南有龙泉下隰，因以为名'，隰州名成矣。

曲曲折折，人脉绵延数万载相继；浩浩荡荡，汗青叙写几千年沧桑。算而今，三晋旭日东升迎盛世，隰地山水回春铸辉煌。探幽览胜，岂不奏醒世之清音；赋诗为文，怎不发化俗之绝响。

青山秀水，必生不俗之禾稼；高天厚土，必蕴佳果之异香。足光照，大温差，养育三百年梨树之根深叶茂；有机质，无污染，造就全世界交赞之中国梨王。

至若春和景明，惠风和畅。隰县大地，竞吐芬芳。三川七塬，层层叠叠着娇雪；八大沟中，丝丝缕缕送暗香。彩蝶探蕊，驻足枝头振翅；黄莺入雪，探头花间一唱。春风暗度，团团花束似嫔嫱款款起舞；曙光初照，皎皎嫩肌渗香汗；西施正打扮，润润娇肤荡雅芳。有作歌曰：'农院皑皑似破晓，沟壑花开白雪香，若引一枝轻带雨，世上何堪贵妃装。'不张不扬，不卑不亢；气息繁盛，催人自强。如是之炫目美景，怎不使游人嘉宾流连忘返；似这般袭人芬芳，怎不使文士雅客浅吟低唱。

农人植梨，如伺婴孩老母；精心管理，能识水土温凉。整其树形，堪使身姿摄魂魄；养其精神，敢教老树沐朝阳。巧耕细作，粗手织得大地锦绣；科学谋划，慧心造就人间天堂。苦心经营，苍天不负，转瞬间蓓蕾变硕果，引得无数枝头孕希望。

时序嬗递，金风送爽。华夏瓜甜果熟又一季，唯我隰县娇梨分外香。含玉露之精华，乐为世间呈绿色；摄天地之灵气，愿与苍生送健康。看沟边塬上，累累秋实暗馈辛劳之农人；观十里八乡，盈盈喜气尽收满筐之金黄。孩童在果林嬉戏，翁媪于村头沐阳。村姑为丰收展笑颜；村夫因欢喜作低唱。如织之游人，留倩影，争附多实之枝；成群之商贾，购好梨，先品玉露之香。薄皮酥脆足令齿颊生嘉气；多汁味甘恰似仙人酿琼浆。兹此，车拉舟载，空中海上，播玉露香于神州寰宇，布隰县梨于四海三江。

噫嘻，把酒临风，躬逢百年之盛世；蘸墨走笔，长抒梨乡之华章。惟愿隰县：一片素心不染尘，乾坤播撒娇梨香。老树着新花，如期达小康。

呜呼斯赋，句拙情长。聊以为文，惶对盛邦。"

如此美文，堪称不可多得。只是写下这盛赞的人并没有来过美丽的山区小城，单是大略的了解就成就了一定的高度不能不令人叹为观止。时至今日，仍有大量的亲朋好友吟唱出心中所想，但最值得记忆的始终少不了那些梨果界的从业人员。他们的随口之出，最能道出别人无法体会到的语言。当看到"满树玉露香何来"的联语时，立马就会有质疑的声音指出拒绝应对，可在熟知玉露香梨的人看来这样这又有什么呢？你方唱罢我登场，无非都是你知我知才有憋不住的跟帖啊。

　　能拿得出手的，有陕西师范大学一位惠教授发在朋友圈里的妙语。即"满树玉露香何来，半生心血浇灌成"，又配上"苦尽甘来"被贴到农村的果窖门前。这，既是应果农所邀而作的一个命题，也是应时应景的一种描述。当然，篆隶行楷抑或者别的字体就成了另外一个属于书法艺术的范畴。

　　　　　　　　　　　　　　　　　　　　　　　　　邂逅大美梨

产业引领真英雄

一

你永远无法预测，周围的亲人朋友会在什么时候需要和想到你；你也永远不会忘记，在你最需要的时候他们也曾帮你解难排忧。不管是你帮到了别人，还是别人帮到了你，都是人之常情。是感恩，是遗忘，取决于不同的人选择了长久惦记还是下意识地记了记。其实，写下前面这段话确实是为了记住一个名字，一个看起来有些风趣又有些务实的果树人。总有些事情不会一帆风顺，总有些相见一波三折。就像明知道与王文辉老师不会错过，但还是对于眼前的变化有些无济于事。先是和一位背靠在酒店大厅前台的梨专家聊到爱运动的他刚出门融入了夜色中，又在另择佳日专程拜访时遇到了一位年轻的帅哥来参加梨擂台赛的见证。不过，这并不影响尚未谋面的王文辉老师正坐在房间朝南落地窗前的竹椅上，用心将梨籽在圆圆的玻璃桌上摆了个大大的"隰"字。

听到楼道外面传来的敲门声，王老师赶紧起身去开，一番客套后又返身落座在刚才的位置。那一刻，晨光从外面射进来透出道道光影，自然也打在了那不为人知的"隰"字上。也许在别的地方，人们会认真地去识记这个字的读音和字意。但这样的交流显然没有更切实的目标和方向，便一起谈到了摆成这个"隰"字的梨籽还不是很成熟，有的颜色已经黑了，有的还只是泛着黑。实际上我们都知道，这样的访问往往不能尽兴，可能只有短短的十来分钟。因为，半个小时后即将有一场盛大的比赛需要和王老师一样的专家出任评委。为了不影响接下来的赛事安排，便匆匆地添加微信别过了。有时候想想，如果大家不是生活在二十一世纪，如何去穿越万水千山寻找那海内或存的知己，又如何去与那些从未听说过的前贤不期而遇。对于我们来说，信息时代的来临让一切足不出户成为了可能，更为那些读万卷书且行万里路的智者所看到的无限风光深深感喟。没有一片树叶和另一片是完全相同的，诚如没有一个人和另一个人走过的路是完全相同的一样，然而人生总是在不断地前行，就像那首《赢在中国》里的主题曲唱的那样，在路上，是我生命的远行；在路上，只为伴着我的人……

记不清那是什么时候了，好久不曾联系的他用手机传过来一张图片。大概以为但凡是做了教书先生的都应该博学，和家人一起去临汾观光旅游碰到个特殊的字便发了过来。怎么讲呢？比如前面提到的"隰"，或是在某种情况下好多人都会因了一个字而挡住了去路，可面对这样的询问还真是无地自容，一点儿也想不出来。估计连小孩都会说，这有什么用百度呗！只是，手机图片上的这个字非比寻常，不是普通的新华字典或者五笔拼音输入就能搞得定的。尽管，之前将古老的文字临写过无数，也无数次地对着不好识辨的汉隶篆书，直觉说明一切都是徒劳的。当下，想了想又将图片转出去请高人指教，甚至空口许诺发个红包呢。时间就这样悄悄地走着走着，都过去快要一天了还是没有任何进展，要搁往常这种事情几乎就是小菜一碟，可无论发到哪个书画群的信息都没有应答，总不会根本就没这个字吧。考虑到这里，只好把难题又抛了回去询问图片的来源，这一来根本就不是什么事！究其原因，无非是一次在霍山采风活动中揭开了谜底，在尧庙拍的"尧"字，必定要掌门人才是解铃人嘛。

说了大半天，好像有点云里雾里的味道，不过唠唠叨叨无非是为了多交代一些基本的情况。这里得特别说明一下，就是在辽宁海城举办的梨产后研讨会。本来也邀约了自称为梨王的同乡，买了往返的机票计划探访一下，只是临行前由于省里的一个活动搁置了。还有一次，大约是金秋时节王老师在太原开讲后经西安去新疆的路上，笔者刚好又在三晋国际饭店参加《名家名刊》对话会。可以说，始终没有合适的机会再碰上一面，连个遗憾的心情都无法表达。好在，都不是斤斤计较的人，便也心下释然啦。

对了，还得继续说说梨研讨群里的事情。总觉得只要一开口说不准在哪里就会闯个小祸的，所以即便是很小心也免不了有面壁思过的机会。当然，这绝对不是危言耸听，而是有点羞于提起。因为在群里，自己仿佛就是那个无法无天的天真孩子，会用孩子无奇不有的思维方式去加入讨论。比如：在交流果树虫害难防治时，中国农大的刘小侠老师讲到不可能彻底消灭一个生物，便不由自主地道出了"看来，想彻底消灭也不成！大概这就是自然界的生存法则"的叹语，另外在看到顾耘老师发了"一位院士搞了绿盲蝽的迷向丝，但该虫仅仅是在果园内越冬，仅仅越冬孵化后造成伤害，羽化成虫后迁出果园，不再为害。弄个啥引诱剂，将迁出果园的虫子再诱回来，不是有病吧"，脱口而出就问"什么时候是最佳时机？"明白虫害会在6月份前后，并且进一步学习了"除枣和葡萄是在树上孵化外，均落地再上树为害，只要地面有正在生长的阔叶杂草，一定不上树为害"，又发出"也就是说，树下草是必备了"的疑问，只是这种树下留草的做法并不是初次所见，便转移了话题告诉大家"若有，明年找人捉虫子去！"

话音刚落，不套袋玉露香梨被蝽象为害很常见的消息弹了出来，看来这关于梨产业发展中虫害是一个极其重要的话题。于是，有人把青芒蝽象为害，甚至间作豆科植物明显多发的经验无偿提供，有人指出了梨上的猴头果多数是蝽科为害，还有人干脆直接建议那就套袋，使果面整洁何乐不为呢？可是，顾耘老师的越冬代在套袋为害的权威断语，又让人想起了一句当前非常流行的"神仙不服就服你"的网络用语，当即点了点发送出去。就在这时，一组蝽和造成蝽害果面的照片适时地呈现了，先是被顾老师指出有误，又听到来年刘小侠老师将重点关注蝽象在梨园的发生情况，之后考虑到时间已是入夜便温馨提示大家都早点休息了。

这样的交流学习，在梨产后技术加工与营销群里隔三差五有！每每少则数字数句，多则一两个小时甚至更长时间大家还不愿离去。用褒义的话来讲，是气氛热烈各取所需，当然用个成语，争得面红耳赤也不是言过其实。只是，有讨论就会有异议，有思想就会有争鸣，就会撞出不一样的火花！太多时候，不见得身为群主的他每次都在，也不是看到每个链接和留言都一一回复，但在元旦即将来临之际，有个略带挑衅的美女视频发送给群主时，一向沉得住气的他只是随口而言的字句，昭告了人世间有事业爱生活的人一定是最美！不管是他低头认真摆弄的一个"隰"字，还是为他询问时图片中字所做出尽心尽力的努力，以及因了这位梨哥所看到梨产业的一些真相和实质，都流逝在岁月静好的日子里！

<h2 style="text-align:center">二</h2>

　　有一条留言，是在零点之后才发出的。这让第二天早上起来后看到信息的我内心有些意外，又有些感动。意外的是，作为一个国家梨岗位体系的负责人，竟然半夜三更还需要守着青灯做些琐碎的工作；感动的是，留言中提到了我，说谢谢＊老师和各位老师的支持！那么，这是一个什么样的情况呢？原来，在江苏南京农业大学的网页链接上弹出了这么一条消息，题目是《张绍铃教授团队最新成果揭示植物多样性奥秘》，末尾还附上了英文版的链接地址入口。消息一出，很快引来了大量的人员点击围观。当然，获知此消息后不由得顺手一转发就被更多的人熟知了。大家或用唯美图片传送钦佩，或用祝贺之词表达心意，总之沉浸在一片无比的喜悦当中。是呀，能有什么比听到这样的好消息更让人振奋？都说科技是第一生产力，而由此科研所获得的每一个进步都值得关注，每一个取得的成果都是需要点赞祝福的！

　　在这之前，记不清是在什么情况下添加了微信的。但确信的是一看到名字就赶快发出添加邀请的，好在没有什么波折便顺理成章地变成了微信好友。这在今天来看，添加好友本是件容易之至的事，可也不尽然。实际上，早在去年春天或者更早就在互联网上看到了联系方式却不敢贸然打扰，甚至于添加好友后也没有频繁地互动。这其中的缘故说来非常简单，无非是面对一个国家级的梨首席慎言慎行。这样的内省也跟他提起过，轻易不敢惊动但又一直默默地关注着。

得知梨育种会议在河南举办的通知，最初是计划去的。也因此和会务组取得了联系，告知暑期的原因会带孩子一起前往。孰料出发前的那个下午，走路时一不留神被地上的一根细绳绊倒在地，不想一瘸一拐出现在大家面前因此错失了认识不少育种专家的机会。另外，中国农业科学院郑州果树研究所在业内具有特殊的意义，去看一看是很有必要的。实际上，这些零散的事情张老师据说当时去了日本都不知，只是偶尔见到才露面问候问候而已。有时候，他会留个三言两语；一般情况下无暇每见必回。这其实也很正常，想来一个领航者会有更多我们看不到的问题得面对和解决，才能保障我们梨产业持续健康地发展。

有人曾建议，对果农、合作社和企业要进行不间断的跟踪了解，并说绍铃老师无暇关心这样的小事。实际上，张老师对于我们玉露香梨发展的情况还是略知的，当然，这和整个玉露香梨在岗位体系中的发展是两个范畴的事情。这是因为，曾在阳头升乡刘福海和午城镇申章明的观察点调研时把树的生长和管理情况发了过去，而在看到过年时还在城南乡梨园的照片和诗，也收到了绍铃老师的赞语。与其说是赞语，不如说更多的是鼓励。就诗来说，不管是古体诗还是现代诗都写得很少，并且和大多数人一样随见随吟并无多大造诣；就照片来说，无高超的技艺润色，只能反映客观的事实。然而，对于永远也不可能达到专业人员高度的我们这些外行来说，收到回复既是默默的鼓励，又是沉甸甸的嘱托。

生活中的你我，不是每一个人都有机会执掌帅印，也不是每一个都有成为人中翘楚的机会。但是，才在朋友圈听到农业不好有学术成就的观点，就再次看到张老师经中国园艺学会向中国科协推荐为中国工程院院士的公示通知。通知中，全面地简述了绍铃老师从事梨科学研究、产业技术开发及人才培育工作，在梨自花不结实机理和种质创新方面取得原创性成果。特别是：首次育成的自花结实两个新品种在江苏、河南等省推广应用，改变了梨园必须配置授粉品种的传统栽培模式；牵头完成首个梨的基因组图谱，占领了国际梨基因组研究前沿；筛选出优异种质54份，研发了糖、色泽、石细胞等相关分子标记5个，创立了梨早熟性和品质性状分子标记辅助选择高效育种技术，育成了4个早、中熟梨新品种，在梨产区推广应用，优化梨品种结构；创建的梨新树形级液体授粉等技术，推动梨轻简化栽培，实现节本增效。

这么一来，又想起个牛头不对马嘴似乎又有些联系的事情。其实，确切的应该是称呼其为张教授的。包括体系内的其他老师，一般都是博士、博士生导师或者教授，也是称教授才是最准确的称谓。不过，叫绍铃老师透着些亲切，而且人家也没有因为这个刻意地提出来。这可能，和他内向拘谨的性格有关，也或者是一心治学不太在意。毕竟，尽管没有被这个问题困扰过，但有时想想还是需要注意的。

人生的幸运，往往深藏着天意，而这个机遇是上帝赠送给有准备者的奇妙礼物。可能，有的人穷其一生太在意别人的眼光如何看待，也有的人一生太在意别人给了怎样的位置。他们不知，重要的人在哪里，哪里就是重要的位置。不用说，绍铃老师正是这样的人。有目标有方向，有付出有所成，你我又何尝不是呢？

是的，在更早的时候（2018年6月15日），南京农业大学新闻网的网页上弹出了一则前沿动态页面展示。内容是南京农业大学园艺学院张绍铃教授团队今日在期刊 *Genome Biology* 在线发表了研究论文 *"Diversification and independent donestication of Asian and European pear"*（IF5year=13.554）。该研究成果以南京大学为第一完成单位，南京农业大学梨工程技术研究中心张绍铃教授为通讯作者，吴俊教授为第一作者，陶书田副教授为共同第一作者。文章不仅揭示了梨的起源与传播路径，同时发现了亚洲梨与西洋梨的独立驯化事件。这在今天来看，依然是一件振奋人心的大事快事。只是，当时往浏览数量上一看才有很少的两三千人。看来，科研不仅是一项枯燥的事业，也是一项大众不太关注的事业。尽管如此，还是容我把下面的成果继续分享。

"梨是世界性栽培的重要果树，其栽培历史可以追溯到3000多年前。中国、日本、韩国都以亚洲梨为主，果实以圆形为主，口感甜脆，在树上成熟后即可采食。目前的栽培种主要包括白梨、砂梨、秋子梨和新疆梨；而欧美国家以西洋梨为主，果实以葫芦形为主，采收后通常需要经过一段时间的'后熟'（类似猕猴桃）才能食用，口感软绵，酸甜，具有浓郁芳香味。栽培种只有一个，统称西洋梨。"南京农业大学梨工程技术研究中心主任张绍铃教授介绍，由于梨为典型的自交不亲和性物种，也就是说，同一品种授粉后通常不能正常结实，这一生殖特点使得梨的杂合度非常高，品种资源间存在广泛的基因交流和遗传重组。因此，梨的遗传背景及关系的研究一直是难题，对不同种的分化和遗传关系也一直未有清楚的认知。该团队在已完成的梨全基因组图谱基础上，收集了来自26个国家的113份代表性梨种质资源，并进行了重序列和群体遗传研究，将梨的繁衍和变迁历史一直追溯到了数百万年前，就像是为梨这个大家庭描绘了一个完整又详细的"族谱"。

据论文第一作者吴俊教授介绍，该研究揭示了梨的起源、传播、分化与驯化历程，明确了梨家族内的"亲属关系"。证实梨最早起源于第三纪中国的西南部，经过亚欧大陆传播到中亚地区，最后到达亚洲西部和欧洲，并经过独立驯化而形成了现在的亚洲梨和西洋梨两大种群，两者的分化时间大约发生在6.6—3.3百万年以前，也就是说，在成为栽培种之前，野生的亚洲梨与西洋梨就分化了，由于东西方人的不同驯化方向，而形成了差异较大的栽培种群。研究发现，在亚洲梨和西洋梨基因组的选择驯化区间，存在于生长发育、抗性等重要性状相关的候选基因。例如，果实大小、糖酸、石细胞、香味形成等。其中，糖合成代谢相关的基因最多，表明梨果实的甜度提高是人工驯化的重要方向。有趣的是，研究还发现，在2000多年前，亚洲梨和西洋梨曾经发生过"通婚"，从而形成了一个新的种间杂交——新疆梨（以"库尔勒香梨"为代表），从发生年代来看，该种间杂交事件的发生很可能与丝绸之路的文化物资交流有关。同时，研究还指出梨通过花柱 S-Rnase 基因快速进化和平衡选择，来保持自交不亲和性，从而促进了梨的异交和高度遗传多样性。

该论文系统研究了全球范围分布的梨野生和栽培资源，丰富了基因组遗传变异信息，进一步结合驯化选择区域以及数量性状遗传定位，将推动梨的遗传研究和分子育种进程。本研究的主要合作单位包括河北省农科院石家庄果树研究所、华大基因以及美国的伊利诺伊大学香槟分校和康奈尔大学。以张绍铃教授为首的南京农业大学梨工程技术研究中心主要从事梨种质资源与遗传育种，梨自交不亲和性机理，基因组与功能基因，品质形成机制与调控等方面的研究。已在 *Genome Research*、*plant cell*、*plant joumal* 和 *New Phytolgist* 等杂志上发表了多篇高水平研究论文，其中一篇论文入选 ESI 高被引论文，得到了国内外同行的高度关注和认可。

实际上，这样的成果令全世界为之自豪。不是吗？梨的"族谱"研究过程中用到了砀山酥梨和西洋梨，研究表明库尔勒梨有东西方梨的基因受到广泛赞誉，这才有了国家梨产业体系多年前的重磅推荐发展玉露香梨的事情。倘若不是国力的增强，我们何以有机会看到各地梨花竞相开放？倘若不是科技的进步，我们何以昭告天下拥有世界上最强的硬实力和最好吃的梨？更重要的，这意味着我国在全世界梨的创新发展过程中的卓越贡献不容忽视，无论是遥远的过去，还是不久的将来。

三

从乾坤湾看黄河回来没多久，就在梨产后研讨与微信营销群里遇到添加了滕老师，并且把孩子用手机调了焦距所拍的个人照片顺手发了过去，便立刻见到了对方握手的符号闪了出来。很多时候，之所以

　　　　　　　　　　　　　邂逅大美梨

这样做可能更多的是一种礼貌，无关乎性别或是美貌。大概又过了半个月，滕老师在微信群中很谦虚地提到《梨学》只写了梨的起源和梨的分类一点点内容而已时，也就自然而然地接了话谈到在看《梨学》的过程中学到了不少知识，甚至一直保留着不成熟的看法。如梨的起源，也许就是在中华民族的文明发祥地……

不得不承认，面对这样的质疑，对面的滕老师确实是有着不同凡响的过人之处。听了自己多看多记说不定就会成为梨专家的戏语，又被告知群主也是知道自己不懂才允许进群学习的补充说明，滕老师竟然回答大家都知道的事都很少，毕竟世界那么大。这种虚怀若谷的态度，不能不让人下意识地在心中竖起了大拇指；这样至低谦和的回复，也使得自己不断梳理翻飞的思绪想要一直探讨下去。

笔　　者：之前觉得，四大文明古国历史文化最久！所以，在查看资料的过程中发现他们没有梨。

滕老师：中国的文明和埃及两河文明比，晚了几千年，甚至比波斯文明和印度文明都要晚一点。《梨学》中梨的起源指的是梨属植物的起源，不是现在栽培梨的起源。栽培梨东亚和欧洲分别起源。而所有梨的祖先起源于中国的西南部……

笔　　者：不愧是专家，除中国外仅在埃及法老的手杖上有梨的记载。书里（指《梨学》）也是这么说的。中国文明的起源在哪里了？炎黄子孙，还是尧舜禹？

滕老师：欧洲栽培的西洋梨和中国的东方梨大约同一个时期起源的。有人类定居，才会想到栽培果树。

笔　　者：有点糊。

滕老师：也就 3000 年左右。

笔　　者：创世记说，还是中国的神话源头？

滕老师：我不是学文科的，但中国的文明起源一般认为是黄河流域。

笔　者：比这个早！个人认为，不是一般，都认可的。其实，我这里有篇稿子，但打印得不清楚。

滕老师：《圣经》里的创世记说等很多事，根据两河流域（幼发拉底河和底格里斯河）的神话整理的。

笔　者：山西省农科院果树所李所长看过的。

滕老师：比中国的肯定早。

笔　者：《从梨开始说起》

滕老师：中国的文明只有3000—4000年历史。

笔　者：文中有些值得商榷。

滕老师：比中国早多了。

笔　者：从夏朝开始，众所周知。

滕老师：现在大家公认的是人类起源非洲，然后迁徙到世界各地。

笔　者：我将带头学习。

滕老师：到中国的一支，肯定晚于到两河流域和埃及的。

笔　者：行，不争议。史前当然是不能算的！

滕老师：很多历史学家并不承认夏朝的存在，认为它只是一个传说，要有文字，宗教，城市。

笔　者：呵呵。

滕老师：有了分工，才会有文明。

笔　者：落后，并不意味着不存在啊？

滕老师：而两河流域河埃及的文明，比中国至少早2000年。

笔　者：那大家凭什么说夏朝最早？炎黄呢？

滕老师：哈哈。

笔　者：岂不是更不存在了？

滕老师：那凭什么说存在呢？是啊，很多都是传说。

笔　者：谁说炎黄子孙，跟他急！就是这样的，支持您。

滕老师：所以我说了，我们都知道的很少。

笔　者：又不知有没有炎黄，尧舜禹……大家还是像您说的，都别称炎黄子孙啦！是不是？

滕老师：那样称呼也没什么问题。一个民族的图腾，就像以
　　　　色列人，说他们是上帝的选民。

笔　者：您咋一会儿一变的？不说以色列……

滕老师：称呼是可以的。但有没有是可以考察研究的，我就
　　　　是打个比方！我们也不能说，以色列不能那样说是
　　　　不是？

笔　者：只能说渊源，只能是前面提过的……东西方的……

滕老师：上帝是他们的信仰。

笔　者：我一直在研究，梨，梨人梨事，梨的一切。

滕老师：就像中国人喜欢说是龙的传人。

笔　者：包括梨文化，认识您是迟早的。

滕老师：可我觉得龙张牙舞爪的，不喜欢。

笔　者：哈哈哈！虚的。关键是，但无所不能，其他动物
　　　　做图腾就没有这个功能了，呵呵！希望以后有所见
　　　　教，先谢谢您……

滕老师：客气了！

笔　者：又年轻没资料还缺少实力，只能不断地学习！好
　　　　了，得忙会儿别的！再聊，期待再次见您……

　　还别说，和滕老师说过这话没多久就又见到了呢！不过，不是在
群里，而是在微信的朋友圈里。从朋友的微信朋友圈中，得知滕元文
老师、张玉星老师和杜艳民老师等一起受邀去了乌拉圭蒙得维的亚参
加第十三届国际梨研讨会。于是，当即用手指点了点，把这个岁末的
好消息发了出去。大洋彼岸的人，听到来自祖国的问候也适时地发回
了相关的图片和视频。大会分5个主题报告，3位老师来自美国，中
国浙大滕元文老师和南非 Prof. karen Theron。顷刻间，有点冷清的
群里顿时沸腾了。你一句我一句地畅所欲言和梨有关的话题。

　　也许有人会纳闷，就没人提点别的，这乌拉圭的紫水晶，可在

全世界是鼎鼎有名！不瞒您说，笔者也是得益于一位熟识的大姐热心介绍，才有机会在她的店里驻足停留学了不少。不过，道不同不相为谋是路人皆知的道理，却也顺便获知我国至今还没有举办过相当规格级别的研讨会。作为目前世界上梨生产和梨贸易最大的国家，相信这一天的到来是迟早的事，不会只是梦想。当然，这也意味着我们的梨产业取得了更长足的发展和进步，足以引领着世界前行的脚步。也坚信：这不会仅是一个人的梦想，一定是更多在梨产业发展中做出不尽贡献有识之士的共同心声。

其实在这之前，滕老师还做过很多次讲座，当然都离不开梨。这些大梨小梨是脆的还是绵的，甜的还是酸的，汁多的还是入口即化的，经他一讲立刻变成了浅显易懂饶有趣味的科普公开课。要不你听："全世界的梨如果坐在一起开个国际会议，那么坐在当中辈分最高的应当来自于我国的西南部——云南、贵州或四川。这位'老祖宗'出现于大约3000万年前，这是全世界公认的，但究竟什么模样还没有人能说清楚。此后，梨的'祖宗'就借着自然之力（鸟兽传播）向四面八方繁衍生息。向东和向北传播的一拨慢慢成了今天的东方梨。另一拨则一路向西，经过印度、尼泊尔或者新疆、哈萨克斯坦，然后到达中亚，再到达欧洲与北非，成为了今天的西方梨。梨西行的过程中穿越了沙漠，进化出了抗干旱的形状，叶子变小了，上面长出了很多绒毛，都是为了适应缺水的环境。"怎么样，这样的介绍让你搞清楚梨的爷爷的爷爷的爷爷是谁了吗？

"西洋梨和亚洲梨（Asian pears），它们口感完全不同。西方梨绵软香甜，成熟的梨子甚至入口即化。而亚洲梨是脆的，吃到嘴巴里会觉得有沙子，中国南方种植很广的砂梨因此得名。为什么呢？西洋梨几乎没有石细胞。而亚洲梨相对皮厚肉糙一些。现在我们吃到的砂梨已经经过很多代的改良，让石细胞变少了很多，所以你会觉得梨越来越好吃了。有没有东西方'混血'品种呢？有！著名的库尔勒香梨，我们经过研究，发现它就是西洋梨和秋子梨的杂交。对，它很好地继承了老一辈细腻又脆甜多汁的特点。"如此说来，玉露香梨既有库尔勒梨的血统，又兼顾了雪花梨个大的遗传，立足本土表现优异杀出江湖就不足为奇了。针对目前梨颜值不够，他提出："南非有一项研究表明同样口感的梨，颜色是红色能让销量翻倍。另外，大自然给了我们一个机会——陕西的梨农在自己的梨园发现一个早酥梨的红色芽变，花朵、枝头、叶子、果实全是红色的，我们把它引过来研究它的变异机制。它是我的镇园之宝，全园仅此一株。但是，物种在进化过程中会发生一定几率的基因突变，有一小部分被我们逮到了，把它们进行培育，会结出红彤彤的果实。"瞧瞧，行家一出手就知道有没有吧！

"可随着气候的变迁和威胁，也许有一天我们吃不上梨了！在我的梨园里，就看到了某些迹象；冬天'休眠'不足，春天寒潮一波一波，梨树因此不产花粉，就无法受精，形不成种子，结不了果。再这样下去，人类有一天会不会吃不到梨了？"不想，即便是专家的他也发出了不得已的疑问和叹息之词。看来，梨树的单性技术路径，依然是全世界的梨科学家关心的一个问题。

四

给周应恒教授发信息时，正在离家稍有点距离的郊区门房坐着。那时候，已是"夕阳无限好，只是近黄昏"的傍晚时分，旁边的亚涛妹妹正美美地发着视频，故趁离开前的间隙使劲在想该发些什么，最终三言两语表示问候。之前因为梨的缘故，得知他或将担任山西农科院果树所隰县玉露香梨试验站"院县共建"院士工作室的负责人，然后在某个中午饭后获知即将离开时有了近三五分钟的简单对话，添加联系方式后发现和官宣中说的一样，已经加盟了江西财大。

再想起关注几乎是两个月后的事情，尚出差在外的他及时回复信息，并且上传了日本田九町、真如堂和法然小院的美景。那一刻，特别想将手机里储存的美图也发过去，告诉他中国的门窗连接着中国的文化，是不同的美。或许，人们提到日本总会下意识地回想过去那段有组织、有计划、有预谋的大屠杀和奸淫、放火、抢劫等血腥暴行。在南京大屠杀中，大量平民及战俘被日军杀害，无数家庭支离破碎。在这之后，大量文化珍品也遭到掠夺，甚至超过当时日本最大的图书馆东京上野帝国图书馆的藏书量。回顾民族惨痛历史，我们不能忘也不敢忘。时至今日，以国家之名祭奠同胞，共同守望和平之余，有着生当固国安邦，死亦魂佑中华信念的我们还能做点什么呢？

客观地讲，日本的果树种植大规模发展到现在还不到 200 年的时间，可"精致农业"的做法在全世界范围都是受到认可的。也就是说，日本是亚洲第一个实现农业现代化的国家，其由农业发展成为工业国进而成为世界经济强国的历程，对我国正在推进的农业现代化、工业化、城镇化具有很强的借鉴作用。因此，不少人以学习之名踏上了开满樱花的国度。在日本京都大学留学 8 年的时光里，周教授先后获得硕士和博士学位，回国后受聘为南京农业大学经济管理学院教授、副院长、院长。在踏上异乡的那些日子里，有谁能不断瞻前顾后又有谁敢任由无所适从，恐怕只有风雨无阻地前行才是唯一的选择。每一个优秀的人都会有一段沉默时光，那段时光是付出了很多努力却得不到回报。而现在，我们不妨直接把目光对准学成归来长期从事产业经济与国际贸易科研工作的他。于是，在一个时近初冬的日子听他讲到了三产融合。

什么是三产融合？按照《国民经济行业分类划分》范围如下：第一产业是指农、林、牧、渔业。第二产业是指采矿业、制造业、电力、燃气及水的生产和供应业、建筑业。第三产业是指除第一、二产业以外的其他行业。包括：交通运输、仓储和邮政业，信息传输、计算机服务和软件业，批发和零售业，住宿和餐饮业，金融业，房地产业，租赁和商务服务业，科学研究、技术服务和地质勘察业，水利、环境和公共设施管理业，居民服务和其他服务业，教育、卫生、社会保障和社会福利业，文化体育和娱乐业，公共管理和社会组织。

也是在写下这段文字后将安徽砀山的一张梨园戏曲的图片与大家分享，就有人感叹添加文化元素多好。看来，社会发展到一定阶段产业融合是必然的，合作共赢也是符合规律的。只是，凡事道理简单说起来容易做起来难，大多数人都是精于某种工作，而非行行皆通。那么，这就得考虑从视野心胸学识能力等方面兼容并进，才能不断突破实现飞跃发展。还有，发展一定不是盲目的，而是有着一定的轨迹可循。好的发展，一定会让大家看到希望光明；反之，坏的发展只会令人暗自神伤。

"一个家或国的发展，说到底是经济和文化的发展！当然，在政治相对安稳的前提下……"在看到手机里周教授的点赞时，又顺势说出自己的观点并告知大学经济管理专业毕业后未能在这个行业继续向前，故在敬畏之余仍继续学习。另外，还转发了几张山西省作协小院的缩影，顺祝新的一年里有适宜人生，幸福吉祥！不想，自号"神游老农"的他很快简短回复："谢谢，山西底蕴深厚，很漂亮！也恭祝您新年愉快，健康如意。"看来，看最好的景过最好的人生他倒是遥遥领先的那个！

算起来，周教授应中国证券学会邀请讲学是在春天花开的季节，刚好在太原开会无缘相见。后来，从俄罗斯辗转至日本京都考察研学的行程中身处异域，仍然在接到短信时表述需要我做的直接说就行，我会尽力。这非常难能可贵，也是一种态度和襟怀。可惜，就目前玉露香梨的发展来说虽如日中天，但因不好复制可能会制约上市等看似水到渠成的重要走向。不过，有忧患意识并不能代替乐观的现实，倒不如静观其变也是一种生活的乐趣。

亦农亦商促繁荣

一

　　在吕梁南麓的山区小城隰县，有一位远近闻名的电商达人王平。说起来，这个电商达人在乡亲们眼里曾经还是个贪玩爱耍的大懒汉，但时任县长的一句话，让他有了彻底的改变。那么，究竟是一句什么样的话使他这个身居大山深处的八〇后幡然醒悟，又是如何完成化茧成蝶般的蜕变呢？

　　王平，隰县阳头升乡青宿村人。在他的记忆里，5岁时母亲开始生病，一直到12岁家里再无力供他而辍学，再到外出西安、太原及北京等地打工，可以说吃了不少苦，也受了不少委屈，但最终还是因为不能适应大城市的生活而返乡务农。为了母亲的病，他们一家人付出了应有的辛苦和劳作，然而兜里的人民币总是来了又走，始终不够用。更不幸的是，由于过分劳作导致他自己也患上了腰椎间盘突出、腰肌劳损等病，因此心里有时候不免灰心失望，没事的时候就去网吧打发时间。为此，亲戚朋友不知告诫过多少次，他始终当成了耳旁风。

　　与其打游戏，不如做电商。本是一句随机的话语，可听在王平心里却泛起了一阵阵涟漪，本以为活着就像人们说的该做的做遍，想干活的时候干上一会儿，不想干就打打游戏。所以，在乡亲们看来他似乎有些懒。这两年，随着母亲的过世他似乎有些长大了，想让自己的庄稼地能有更多的收成，也懂得了肩上承担的责任。

　　俗话说：人有多大胆，地有多大产。这是大跃进时期风靡一时的口号，到今天已完全不再适应。稍有点常识的人都知道，如今的农民早已脱离了完全依靠黄土背朝天的耕作情形，而是转变为融入互联网时代懂科技的新型农民。在这样的前提下，王平陷入了深深的思索。是啊，如果继续沉迷于游戏当中，不用说大家都不看好，就是自己也不想这样浪费生命。好在，王县长的话一语点醒了梦中人，不仅让他有了悬崖勒马的决心，更重要的是善于动脑筋的他竟然把在电脑上学到仅有的一点知识用到了正道上。

这下子，不要说是自家人，但凡认识的都说他变了样，就连他自己也觉得有几分不可思议！别的不提，就说国家梨体系岗位科学家来隰培训每次都有他学习的身影，电商的活动也几乎从不缺席。更让人惊奇的，就连那些大大小小的观摩活动还到他的王平水果店进行调研哩！这里，我们仅以一组销售数字来说明一下他的王平水果店在起步之初线上线下三年的销售：2000 元、20000 元、100000 元……

"请问，我这个贫困户能不能按照国家的政策规定享受相关的优惠？"

"姐，有什么关系在银行贷点款吧？"

"媳妇，多动点脑子，不要这家进那家出管人家的闲事管好孩儿！"

"张大夫，谢谢您在我母亲住院期间帮忙。"

"井教授，您来我们这里调研了，去我的店里指导指导。"

……

也许，在外人看来这样的行为和数字微不足道，可这样一位因母病致穷的农民兄弟经历了从懒汉到电商达人的转变，难道不值得我们为他喝彩？是啊，就像一位陌生的友人说的那样，电商如果只是圈地发展，那就会是穷途末路，而这位八〇后的王平，由一位普通的农民依靠学习和努力成功地成为一名电商达人后，又在相关领域迅速发展，不正是农村脱贫致富路上的榜样吗？

二

1987 年出生的帅君看上去年轻帅气，根本不像个做农业的，却堪称是农业圈里的明星。别看他年纪不大，却有着非常独到的见解。在他看来，能够凭借一己之力为社会乃至为老百姓贡献力量，是一件非常幸福的事情。也就是这样的想法，让他在不断往前摸索的过程中实现了随时随地与人分享，将直播进行得有声有色，同时又为宣传家乡的农特产品中国大美梨玉露香以及带动群众共同富裕做出了应有的贡献。

　　说起来那是好几年前的事了，出差在外的他在一次与朋友的聚会中听到了"直播"两个字，却对于这个新生事物显得不那么热心。据朋友讲，自从云直播面世之后，百度云直播、网易云直播等一些平台如雨后春笋之势，迅速在全国范围得到了巨大的发展，特别是一些年轻人的热衷参与，使得这种实时、高清、快捷、流畅的社交媒体不仅得到了大家的喜爱，更成为一种与社会同步发展的必然。听着这些随心道出的话语，刘帅君内心感到了深深的震撼，但还是下意识地拒绝了。在他看来，自己刚刚从部队退伍回家，成家立业都还八字没一撇，该干的事实在太多了。然而，"有心栽花花不开，无心插柳柳成荫"，就连他自己也没有想到有朝一日不仅跟直播结下了不解之缘，而且在这条先行的道路上玩出了前所未有的精彩。

　　熟识的人都知道，帅君打小就是个聪明淘气的好孩子，高中毕业后参军入伍成了一名名副其实的"兵哥哥"。短短几年的军营生活，既磨炼了他的意志，又锻炼了他的才干。在晋中服役期间，因抢救一名摔伤的老人被评为了"优秀共产党员"。退役后，又因多次不顾个人安危抢救群众生命财产和热心公益事业先后被授予"山西省乡村道德好青年""全国乡村好青年""全国榜样人物"和"全国农村致富带头人""临汾市十大道德模范"等光荣称号。尽管身上有着各种各样的光环，但是只要一有时间，他都会去主动慰问贫困户、资助失学儿童、为生病的穷人联系医院等等，力所能及地去帮助别人。在和乡亲们交流的过程中，刘帅君得知玉露香梨是山西省农科院以库尔勒香梨为母本、雪花梨为父本培育出来的一种梨中优品，汁多、酥脆、甜度高，但由于老百姓对市场不了解、知名度还有待于继续提高等种种因素根本卖不上好价钱。想到这里，刘帅君觉得与其给贫困户一些资助解决暂时的困难，不如换一种方式帮他们把梨子卖出去。

主意一定，自命为"玉露香王子"的他学着建立了网店和微店，然后通过微信、微博开始宣传销售，可总有各种各样的难题摆在面前，甚至还一度险些受骗，但他从不气馁，反而更加激发了澎湃的热情。这以后，每一次的出行访友，他都随身携带着玉露香梨的资料，谈的都是玉露香梨，简直就是玉露香梨不折不扣的代言人。为了把玉露香梨推广出去，刘帅君经常自掏腰包从农户手里购买梨带到全国各地给经销商和客户品尝，在遇到一些客户迟迟没有打款的情况下，刘帅君也屡次垫付给农户。他总是说："再紧不能紧农户，我一个人资金紧张一点还可以，贫困农户可是就巴望着这点钱过日子的。"在他的努力下，他每年都能帮助贫困户销售10万斤玉露香梨，成为了乡亲们信得过的朋友至交。后来，他又联合明月泉的农户孙朗柱等人一起成立了隰县帅君玉露香生态合作社。谈及成立合作社的初衷时，帅气的他娓娓道出了一段不为人知的缘由。原来，随着刘帅君把玉露香梨不断地推向各国各地后每年都有很多外地客户前来考察，可一家一家地去农户考察非常不方便，看起来也没有规模不够有说服力。于是，刘帅君就又想，如果建立种植基地不仅可以作为对外宣传的窗口接待外地客商，而且可以在推广新的种植技术和管理模式的时候为广大农户提供一个学习的机会。与此同时，何时打药、何时施肥、何时剪枝，每一个环节都在实时的掌控之中，这样才能种出真正的符合消费者要求的好梨，从而把更多的人引进致富之门。

经过一番认真思考后，刘帅君觉得朋友关于直播的建议还是非常中肯的，便又玩上了直播。这不，刚试手不久就接到了由山西好网货发来的比赛通知。这一来，从前期准备资料到参加路演，从战略策划到现场比拼，整整三个月的时间他几乎天天都在做直播。先是在自己家里，后来走到哪里就播到哪里，粉丝也从最初的几个人增加到二十多万再到变成了二百多万人同时在一直播的平台上围观叫好，就连一些明星、企业家和电商大咖也纷纷参与助阵，其中包括央视知名主持人何军、知名相声演员刘际、知名青年歌手阿正、星光大道人气歌手尚胜利、央视著名女导演潇月、青年创业导师中国电商联盟副主席傅志建、云南省电商协会会长贺靖、电商大咖微博营销专家杜子建、微商专家王重等等。最终，刘帅君所代言的玉露香梨在全省近千种土特产品中一举脱颖而出，成功地入选为"山西十佳好网货"，为家乡赢得了一定的荣誉。然而鲜为人知的是，到了总结大会时他每天只能睡上四个小时，使得不少亲友知道后都忍不住发出批评。

如今，刘帅君利用直播所代言的玉露香梨已经走出了国门，甚至远销到了美国以及东南亚等地区，而他和他的乡亲们也仍然在为实现共同富裕的目标不遗余力地奔波着。他相信，在未来的每一个日子里都会有人认识并且记住家乡隰县，也一定会为中国大美梨玉露香这样无比自豪的中国制造连连点赞。

<h1 style="text-align:center">三</h1>

不否认，和每个人的相遇都是一次对自己的重新认识。当微信中看到这样的话语时，毫不犹豫地把它截屏留在了手机里。其实，手机里还保存着和这位远在山东的兄弟类似的太多经典，只不过往往是看到时看了，截屏后却一次也没有想起。于是，在一个天色暗淡下来的时分，轻轻滑动手机屏幕开始回顾因这样或是那样原因得以驻足停留的若干图片。真是不看不知道，一看吓一跳！不过小小的方寸之间，半年来竟然添加了四千多张内容迥异的图片。有的是滚动播报的天气预报，有的是横幅悬挂的书法作品，还有的是读来上口的唯美之诗，总之不敢说无奇不有，但也算得上五花八门。本来，想起一位曾打算前来参加首届文化秧歌节最终因高血压未能成行的诗人在短信中的善意提醒，大意是说转发截屏略有不妥，便在尴尬之余决定不讲条件地戒了。毕竟，能有人不时指正应该不是什么坏事，这份善意也就坦然接受了。

好了，开始说正事！就从开篇的经典之语说起，和每个人的相遇………这么一想，先被自己给问住了呢？不用说，不管是男性还是女性，总会不可避免地在人生旅途中有着各种各样的相遇。这相遇中，同事、亲人、朋友占了绝大部分，而除此之外的也就成了不可预知。是的，就是这样，包括这位名为李连平的微信和电话，早想不起来是如何添加上的。在他看来，微信这头的人儿有些神秘，对他个人情况了如指掌而他竟然一无所知。其实，这也不是什么太难的事，有些资讯似乎信手可得，有些得来却十分不易。就好似，得知玉露香梨将会经山东出口国外，只在群里留了个言便收到了他半个小时的详尽介绍。那时候，刚好在离家不远的地方对着墙上装裱过的字仔细研读，当然还顺手拍了照片告知主人显摆了一下。不过，见到电话的第一反应自然是这哥们儿还算够意思，便将不解一并道出。如今时过境迁，玉露香梨的出口早已一次次地成为现实，也在其他场合一次次地听到了它的出口，甚至是有人代表我们的祖国去进行梨贸易的谈判，对世界梨的发展和交流做出积极的贡献。可不是这样的讲述，没准儿他永远不会知道这些底细。事实上，这种类似的做法不太高明。可，又能怎么样呢？世界有很多的未知，人类有很多的事情，是根本没法细追究的。好在，除了爱情和艺术，讨论的内容一般人都能随便插上两句。就这样了，继续说梨和相关的话题。

这位远在山东的兄弟，是一位地地道道的果商。用老百姓的话来讲，就是卖梨的。可同是卖梨的，区别也是很大。比如，摆地摊小打小闹的，人称做买卖的；租了店铺一心经营的，人称商人；能融合不同人一起来做事的，人称企业家。显然，李连平属于这其中的一种或者三种都是，称谓上也就会出现小李、李老板、李总等不同的转换。身为八〇后的他，平常按时上班下班回家，只有每年梨子快要成熟的季节才会回老家看看。那里，有他的亲人和梨。对他来说，家乡的梨和亲人都是令他牵肠挂肚和日思夜想的事情。然而，不是每个到过山东的人都能写得下"独在异乡为异客"的旷古诗句，也不是每个搞梨果销售的人都熟知西洋梨经山东和大连才逐渐销售到了全国内地。当然，这也不是空穴来风或空口杜撰的，而是怕遗忘了言论特意截屏记了记。事实上，截屏中的所有图片都终将会消失，就好似我们曾一度为之感到神奇的小灵通、BP 机等等。或许，每个人只能干自己擅长的，才是生存和发展的最好铭记。

李连平如此，你我也是如此。在自家的梨园里，他会拉上条幅直播实况告诉大家，就是这样的地方产出了最好吃的梨。不怕大家笑话，为了使大家对玉露香梨皮薄汁多加深印象，李连平在朋友圈还发过一个捏梨的视频。视频中的他，对着一个新鲜的梨子狠狠地捏了下去，只见没几秒钟拿在手里的梨几乎就没了。在他握紧拳头的地方，梨的汁液直往下流。可能，没有一种梨能让全世界不同的国家和人民都适应满意，也没有一种梨可以在岁月更迭的过程中美了整个世纪。但李连平用他独有的思维做成了一件事，那就是果断地注册了"流一手"玉露香梨。这以后，但凡有人询问玉露香梨，就都知道了"吃一口，流一手"的故事。至于包装上的精美设计，还是等着再遇到时听这位远在山东的兄弟详细讲解，毕竟数次碰面竟没有坐下来说话的机会。虽然，他曾把公司的确切定位发送过来，也诚挚地邀请随时可去，只是不能成行的观光计划，一定没人知。

后来，在外的他回来过一次恰好出差。免不了说说情况，又各赴前程。有时候，他会关心书画方面的状况；有时候，他会像领导一样督查写假条的事情。总之，算是没事不聊有事也不多打扰的那种。那是一个忽明忽暗的下午，接到了他的电话问要不要一起看看果园时爽快地答应了。从单位锁门离开后，又折回去拿了把超大的彩虹雨伞，还别说真就用上了。当他的兄弟把车停在地头时，雨好像还若有若无的。只是，联系过主人进入梨园便有了零星的雨点噼噼啪啪砸了下来。这一来，光顾着看梨的我们领教了老天爷说变脸就变脸的坏脾气。站在树下，穿着短袖的他当即指出梨要成熟至少还得十来天或是一个星期，全然不顾衣服马上就会被湿透，好在得到了一线准确的信息可以辗转至别处。

"梨花开，春带雨，梨花落，春入泥，此生只为一人去，道他君王情也痴。天生丽质难自弃，天生丽质难自弃，长恨一曲千古谜，长恨一曲千古思。"趁着弟兄俩测糖分的空隙，闲暇的我随意哼了几句却被偷偷录下来上传到了他的朋友圈。早知道，还不得完全学会精心准备才是！算了，就此也找找成熟的梨子试试运气？往前，再往前，左看看右看看就是它了。待到把颜色看起来发黄的梨子从树上摘下来，糖分竟然高达到15。按说这已经非常不错，但经验告诉我吃起来的口感还有些不细，再说了更多的梨还在成熟的过程当中。不如，继续去看看更多的地方吧。

在一棵上百年的核桃树下，当地的群众见到停车后不一会儿里里外外围了三五十个人。你询问今年行情行不行，他关心市场价格定了没定，反正是极其欢迎空前热烈的气氛。一番信息交换后，这才最终会形成互利互惠的商业行为。大约是在早上醒来的时候，看到以前在临汾师院的霍州同学留了个言，然后又补发了语音想让寻找某个群里十天前的一段文章，还指明了截屏。这让人多多少少有点不知道该如何用言语表达一下此刻的心情，但朋友的信任肯定会支持着一直翻找下去，找得到找不到得看天意，尽力却是必不可少的。至于截屏和找截屏的事情还是暂且不作说明，而由此相遇引发让人重新认识自己，方能更好地前行才是最重要的。那么，认识自己不忘初心，于每个人都是。

四

两年前的一个下午，经熟人推荐认识了张利州。那时的他，刚从学校毕业不久就去了北京，直到遇见了一位年龄相仿的美女教师，这才把根牢牢地扎在家乡的土地上。显然，稍有点常识的人都会知道自己的处所在我们居住地球村的位置，也会在经纬纵横的东西两半球具体方位上悉心确认。然而，学过电子商务的他不仅准确找到了这样的方位，并且让从不认识的人都熟知到了这样的定位。这就是，北纬36°电子商务公司的由来。

和所有年轻有梦想的人一样，这个浓眉大眼的后生一看就是个真诚的小伙子，也是个靠谱的小伙子。因此，学过电子商务的他常常在回乡过节以及假日的空闲稍稍出手就可以解决不少在外行来说无法破解的难题。不敢说每叫必到，但也给大家留下了深刻的印象。因此，机会就这样悄悄地来临了。如果没有记错的话，听到上面的这些话语是细雨霏霏的一个雨天。经人介绍认识并在赴省市参加比赛前受邀提提意见，便知道了更多公司的相关。大家可能不会注意，在北纬36°电子商务公司印有隰县玉露香梨的宣传单上，赫然写有国家黄金梨果带的字样。这是利州的厉害之处，也是别家不可比拟的优势。不是黄金梨果带，咋会有吃了就不能忘，吃了就不能再吃别的梨的肺腑之言？这些都没有坐下来和他谈，经常是才匆匆遇见就又各奔西东陷入繁忙。

梨花节的时候，台上的他坐着侃侃而言，台下的座位早就被抢了个光。不是别人，恰恰是自认为敢抢的、借机听专家之言、顺带办些小事的摩登女郎。摩登女郎也不是太摩登，但敢用这个词却是发现在山西隰县农科实验站门口的一张照片。照片上的女郎是白色上衣牛仔裤很随意的装束，但竟然感觉很时尚就清洗出来放进了影集里。更重要的是，它可以代表着一年四季都在关注玉露香梨实验站进展的情况。而销售玉露香梨，就成了利州的亮点。不等发问，公司的销售相关及重大事项往往可以通过微信查看，这不是吹牛而是实话。尽管很多时候，自己也吹吹牛说说大话，只是往往刚猛劲地吹就想好了要平安着地的。事实上，利州的父母是小时候就听过的，因为就住在离城不远的留城村。当然，这也是自己出生和成长的起点。所以在隰县人看来，如今成功易身为张总的他就是留城村的外甥，也就心安理得地以长辈或是姐姐自居。然而，不知是谁说过帮助和伤害你的，往往是最亲近的人。反正，我们俩一起出了次笑话。

记不清是啥情况了，反正他去城南乡李城村助力土豆节和正好拜望第一书记的我遇见了。之后便将红包发至第一书记支持贫困户委托他顺便带回，到后来两三天了土豆竟然没了影踪。本来这事儿可以不必计较，只是哑巴亏要有哑巴亏的吃法，索性让这样的情况透明开来。这一来，哑巴亏是没吃上，却被随行的孩子晓之以理地批评了半天权当是教训了。可能别人不会看懂，但他若看了，必是无言。接下来，谈点电子商务的话题。不敢说是自己的本行，但有一点肯定最终会落实到数字。这是一种理解，也是一种看待问题的方法。不是吗？从公司的年度报表来看，月销售苹果、梨等的数字不会相同，而年销售苹果和梨的数字也不会相同。通过数字，可以反映出传统销售和电子商务的巨大差距。也可以看到，电子商务在这个时代的发展潜力和空间无比巨大。

借用一位果农的话，自个儿都没怎么上心连年销售数字持续上涨，于是衍生出了建恒温库的想法。建没建成是果农的事儿，销售数字上涨不上涨却是利州该关心的问题。每天一睁开眼，想的就是赶快奔赴战场，孩子自有媳妇和老妈领着不用操心，再干不出个模样有损男子汉的尊严。但，这世上谁又不想干好或者干出一番模样呢？就好比我们认识的一位兄弟，一位参加阿里集训的东北小伙儿远在杭州就先是定制领养后改为美容产品并且做得如火如荼。利州有利州的想法，也自有利州的做法。当然他的思考和决策，最终都会落实到互联网销售的终端。

每一个产品，都会殚精竭虑地进行设计开发；每一份方案，都会仔细推敲细节；每一份订单，都会认真关心对待；这是他的生活，也是合理的存在。只有客户知道，山里山货是他的心血，也是他为之奋斗的目标和方向。

携手同是痴爱人

一

古梨园产啥梨，咋宣传报道都没提？当有人在微信群里发出这样的疑问后，马上就有了隰县产金梨，魏县产鸭梨，皋兰什川产软儿梨和冬果梨的语音回复。不过，这只是个开始，《兰州晚报》的魏记者和什川的魏总等都将会在晚上如期落座，讲到古梨园古梨树的保护等话题。那么，身为媒体人的他，又在这些可以称得上"梨仙"的古树保护上经历了什么呢？

刚放下了饭碗，就见参与讨论的几位专家先后款款而来。于是，便赶紧像个孩子般找了个凳子静静地开始倾听。这才发现，无论是早有邀约的在编者，还是意外露面的座上客，都有其隐藏于内不轻易外露的过人之处。从他们多维的思想和表达中，每一个路过的人都会各取所需，反省和扪心自问……

自称为什川老果农的他先是接了群主布置过作业的话音说出了振兴乡村，保护梨园需要全社会努力的观点，接下来继续讲到什川古梨园是中国梨园的代表，出现了所有梨园都面临的问题。那么，如何解决问题？只有与乡村振兴结合起来。青年返乡创业，企业下乡流转梨园，用法制化管理梨园。这也是国家振兴战略，从大方向奠定了基础的体现。再有，青年创业魏永波就是例子。成立农业合作社，开拓产业化生产经销模式，之后复制。让有为青年在城乡之间搭起桥梁，青年兴，家乡兴，梨园兴。只不多的几句话，就收到了连连赞许。看得出来，他对家乡的感情很深很深。对于有人询问近年有无死树毁树的现象发生，熟悉情况的他完全没有回避现实，坦然答到6年见死树上千。也就是说，近乎一半的老梨树已经消声匿迹了。看来，古梨园的滥建滥伐实在让人惋惜。好在，通过媒体呼吁，引起政府重视，人大调研，立法，提高古梨树补贴由100元至430元，现在情况好多了。这，也让人想起了原隰县县委书记王天郎在任时特别重视梨果业的发展，可即便是这样那么多老梨树都被悄悄砍掉了。

什川出台了相关的文件，立法保住了那些年迈的老梨树。可这些年迈的老梨树到底有多少年的历史，又长得什么模样呢？不用担心，魏著新老师搜集的资料足够全面，也足以展示这些"梨仙"的风采。春天，老梨树露出它迷人的一面，任花枝颤动，远远望去如云彩般缥缈轻盈；夏季，绿色的果实从茂密的叶片中使劲挤出来在雨后的阳光下闪闪发亮；秋天，泛红的梨叶子如织锦般绚烂了乡野，惊得人亮了眼；冬季，雪色中映照出了老梨仙安静慈祥的模样……

看着这一张张可以称得上国宝的"梨仙四季图"，敬畏喜爱之感油然而生，于是按捺不住地写了下来。这一来牢牢地记住了什川的软儿梨，记住了上千棵被称为"梨仙"的老梨树。当然，更重要的原因是先知道了从事新闻采访的魏记者，才看到了精美的图片和相关的链接。从这些链接中，著新老师对保护古梨树的呼吁建议以及情感都历历在目，也不禁让人思考干一行爱一行的巨大力量。不是爱，怎会化成字句篇章？不是爱，怎会尽力呼喊？不是爱，怎能竭尽全力？不是爱，怎能想方设法？缘于对家乡的热爱，什川的老梨树保护工作以及相关的补贴政策最终落地了。

那么，在看了著新老师发送的梨仙四季图后，再想自己家乡情况的您肯定思维略有不同！那是因为，各省各地的情况不一样，因地制宜始终是结合实际的最佳方案、最可行的办法。也就是说，山西隰县老金梨树的保护和玉露香梨的发展可不可以同时兼顾那得大家说了算，而一个好的品种通常是大众专家都认可的，也能够接受历史最严厉的检验。前者，金梨已经是专家和百姓认可的标杆；后者，因冻花果柄变短及果味变淡等一系列问题接连出现，能否在新的一年接受新一轮的考验，仍然是一个不可预知的变数。

当然这与魏老师无关，玉露香梨能不能最终经受住历史和时间最严厉的检验不是专家就能够完全预测和获知的，也不是所有的问题出现就能够利用现有的科研手段全部解决的，可还未出现的难题又怎能一一化解，谁又敢保证若干年后玉露香梨不是中国梨产业的知名品牌呢？换句话说，即便玉露香梨当下在梨产业中没有形成百年老字号，但有谁能保证将来就一定不会是梨中贵族的典范……

不是梨产业的专家可以狂言，也不是梨相关的从业者可以放胆发问，只是第三只眼看世界能不能看得更远、更准、更客观权且不说，却在什川古梨树保护文件出台后引发了一个个看似简单，实则深奥的思考。这样的思考是否有益于我们当地的梨发展和保护工作，只能拭目以待静观其变了。

二

可能是正月的缘故，不知怎么大家的话题一下子就跑到了春联上。最有意思的是，都情不自禁地以梨为题开始了。不用说，先开头的免不了摸着石头过河，有一句算一句的。到后来，就完全可以称得上是有模有样啦。这不，一句"千年禅韵隰城美，一品梨王玉露香"率先作为成熟的楹联刷出了存在感，美美地抢了个头条。紧接着，河北魏县林业局局长郭延凯迅速跟帖"千年古县梨乡水城，孔融让梨梨出魏县"，引得山西曲沃的二位远客一前一后发出了"孔融让的是古代梨，大家管的是现代梨"和"孔融是个大酒鬼"的感叹。待到有人不紧不慢打出了"孔融是孔子的后裔，东汉人……"，山东聊城的一位老者闪出"条子是个宝"时，又一条"寻芳尚忆酥梨脆，看花犹怜玉露香"适时地插了进来。说话间，细皮梨栽培王国彬也亮出了自己的佳作"天赐桃园三结义，地生玉露润万家"和"玉露醉卧春来早，梨园翠鸟满枝头"，引得群主也发出了记录一下的最高指示。

不过，翠鸟好像是水鸟被人指认出来，恐怕得替换才好。当然，

　　　　　　　　　　　　邂逅大美梨

条子是成花的基础，容易形成长辫结果枝，下垂结果提高质量的梨技术科研的核心还是没有跑。就好比，沿着孔融让梨的思路去思考东汉梨技术管理的情况会发现尚未有梨品种的记录。直到三世纪末，也就是一个很有心的前辈郭义恭在《广志》中才提到了"河南洛阳北邙山有张公夏梨，味甚甜，海内唯有一株"等等，才算是有了名正言顺的梨品种记载。与此同时，在一个名为韵漪诗社的空间里楹联的应对也在悄然进行着。不敢说提炼出了思想的火花，但有些话儿刚一冒头就引来静默无语或会心大笑。然而，等到群里跃跃欲试编写出更多的妙语佳句时，名为正夏的人儿早已进入梦乡了。

毕竟，不是每个人都有迟睡晚起的习惯，也不是每个人都有半夜机叫的经历。对于一般人来说，可能按部就班地正常作息时间是无可置疑的。然而，偏偏就有人属于那三更半夜开始工作的第四类人。他们当中，大多是画家或者作家等自由职业者。因此，喜欢在夜深人静无人打扰的情况下肆无忌惮地进入创作或是别的。但是，这也不是唯一的选择！也有很多优秀的作家画家，在正常的作息时间内既完成了手头的工作，又兼顾了文学或者书画的领悟并取得了杰出的成绩。只不过，相对来说还是本职付出的更多，兼顾的爱好总被弃舍。

不敢试想前面写出佳联"天赐桃园三结义，地生玉露润万家"的国彬老师若是从事了文学的行当一定会取得相当的造诣，但就出口成章写成几乎无可挑剔的楹联水平来说抵达这样的能力也得有一个漫长的过程。若不是钟爱梨果事业，谁又敢保证他不会写出更多后世广为传诵的美文佳句呢？反正我信，相信国彬老师、惠伟老师，还有更多深谙梨果技术管理的专家教授都会有所成，甚至是大有作为的。可惜，他们大量的时间都用在了无止境的科研和实践当中。而我，幸好在工作之余还有周末假期可以支配学习和感悟，也就有了靠近和了解他们的机会。

来隰的时候，恰恰是草木萧瑟、寒气逼人的严冬。于多数人来说可能已经不太出差了，可国彬老师他们应邀而来却是为了给村里的农民传经送宝。与其说是无奈之举，倒不如说是责任担当使得他们不畏严寒迈上了从辽宁辗转山西再到临汾隰县的路途。来的那天，隰县飘了几朵雪花跟没一个样，也就少了举步维艰的痕迹。但是，还是忍不住像心疼自家兄弟一样地想着他们会不会饿着冻着，却最终因为他们来自遥远的东北且邀请人驱车亲自去接这才放下心来。待到去见时，也是利用第二天中午特地挤出了时间才得以短短地会晤，又在彼此的遗憾中各自面对生活的忙碌。

实际上，没有和国彬老师一起吃个饭在内心是有歉意的。毕竟，来之前就打了招呼也计划共进晚餐的，没有一直等在情理上说不过去。可对于一个女同志来说，在等待的时间内做做家务饭后继续工作也是别无选择的事情。也许有人会问，八小时之外看看电视聊聊微信何来工作呢？想来这样发问的人是幸福的，不用为五斗米折腰，不用为生计东奔西跑。然而，利用业余时间去记录和写下我们这个伟大的时代所创造的奇迹和经历的辉煌难道不是正确的？而若真是正确的话，那就得合理利用安排时间，推掉不必要的应酬和每天必须安排出写作的时间。这样一来，就有了别人难以理解的生活方式和作息规律。或者，不会及时回短信接电话；或者，不能随叫随到马上出现，等等。但是，还是愿意和国彬老师随时唠唠嗑的，听听他和同行的伙伴用东北人特有的豪爽来讲讲来隰的各种见闻和梨的话题。

要不，就下次吧！下次来隰的时候，希望可以盘着腿坐在热炕上畅所欲言地聊冬天吃冰棍，吃糖葫芦和烤花盖梨酸中带甜的滋味。还别说，会盘腿坐炕的人儿已经很少了，但影视作品中还有大量的场景说明都是生活中的事儿。生活中的事儿，总是不以我们的意志为转移的。这不，没几天就看到了他发来的信息反馈。

"我们去的那里，怎么看也不像专家做出来的果园？"

"哪个园……"

"全部。"

"啊？"

"没一个像样的。"

"今天的那个园不错，可惜手机没拍，也就是说，果园的管理还差得很啊！"

"怎么会这样？领导是懂行的。"

"好与否，需要用尺子量。"

"用尺子咋量？"

"懂，为啥视而不见？8个乡镇，明年还得大干我看。角度、长度、密度……"

"您厉害！可光培训就太多了，猜有多少？"

"误导比不导更可怕。"

"各类培训 76 次，培训果农 11683 人，这是官方的数字。"

"不负责的培训，百不如一。"

"官方请的培训有张玉星老师、王国平老师、刘奇志老师、王文辉老师、郭黄萍老师、贾晓辉老师……您说哪个不行？"

"哪个专业学栽培的？"

"不知，王国平教授负责产中。"

"根本看不到栽培基本功。这里没有土壤专家？地面全是土块，还旋耕。"

"没有好的土壤结构，生草养地也是看不到的，着色品种都需要生草保色，这点也没有做的，树上满树站立条子，营养不被约束，竟然没人看在眼里。"

"汗。"

"树形与栽培密度不相配，连最基本的原则都不懂，这也算专家？"

"老百姓就这样，专家没辙。"

"其实也不怪，我去辽宁义县讲课，参加人有 130 多人，同日专家团在另一处也讲同样的课，人数 28 人，还是强制留下的。"

"看不出来啊您，有一手！"

"今年赔死了。南果梨只能春节前卖光，春节后就全扔了，我们管理的梨早就卖光了。"

"会好的，一切都会好的。也觉得南果梨最佳食用时间是在采后 15—20 天。接下来，年前还有一段时间可以一搏。尽管可能也难，冬天到了春天一定不远。"

"成本太高,一年赔钱,下一年更不好过了。"

"再冷的南极,也一定会有春天您说是吗?"

"玉露香梨情况咋样,不说价格说品质,觉得您管理在行,东北的应该不差吧?"

"我们这的玉露香梨,质量好、果形正、果面光滑、甜度高。"

"猜也是,再聊。"

三

不管你相不相信,和这位优秀的第一书记米玲是在上卫生间的时候认识的。就那么简单地聊了几句,然后陷入了各自的忙碌当中。在这之前,曾有人向我提起这位从山西转型综改示范区工商局下到隰县城南乡李城村的挂职书记,介绍言精意简满是溢美之词。实际上,也知道她的到来对于位于凤凰山背面的村庄来说一定有着积极的意义,但之前更多的是把视线放在了和梨相关的人和事上,或者说支撑梨产业发展必不可少的一些力量。因此,交往中没有工作牵连也就变得相对轻松了。就像刚到村里有人怀疑和不信任,暗自嘀咕这是谁家的婆姨不好好在家待着,而是来到穷山沟找罪受那样,身体单薄的她确实吃了很多苦。当然,和太多下到基层一线的干部一样,起早贪黑不辞劳苦想方设法等等,可以说太多太多的辛劳和付出只能接下来慢慢地讲述。

有了最初的印象,便开始互相关注并且以一种新的方式交往起来。从忙里偷闲中的字句问候到漫漫长夜微信弹出早点休息的善意提醒,从遇到问题时的无力求助到豁然开朗的无比欢欣,不敢说我们之间一下子成了至交,但与她一起来的同事可以作证我们都有相同的粉色长裙美了一个夏季。这里得插播一句,是县里找她做节目的一位朋友在看到我手机里的图片后说米书记也要送没要,不知别人听了心里什么滋味反正咱不在意,毕竟收到裙子时就知道是她挤时间用缝纫机

　　　　　　　　　　　　　　　　　　邂逅大美梨

一针一线做成的，也就开心地接受了礼物。只是，朋友的无心言说没有缩短了应有的距离，反而加深了彼此的理解和信任。毕竟，这年头能对人都掏心窝子的人太少了。这样的想法，想来也有更多的人能够可以直接感受。

　　既然下来扶贫，那就得和老百姓真正融在一起。米玲书记曾说："老百姓最朴实，最善良，也最容易满足，越是贫穷的山村百姓越是这样。只要把他们当成自己的亲人对待，他们就会把你当成自家人。"她是这么说的，也是这么做的。记得那是去一位老党员家里，无意中发现老人穿着露着脚指头布鞋的米玲一时间鼻子酸酸的，被眼前活生生的事实震惊了。她没有想到，贫困确实是摆在面前最大的难题。如何破解这样的难题，可能对于每一个下来挂职的干部来说都是不一样的，而自己既然来了就要干出点模样来，带领这些老区的人民尽快脱离当前的窘况。

　　她心里知道，只有对李城村的情况做到有足够的把握，才能制定出更切合实际的发展规划；她心里知道，只有倾尽全力，才能让李城村发生彻头彻尾的全新变化。这一来，连自己做手术也一直拖着。有位村民介绍，米书记每天早早就起来了。是啊，迟睡早起不仅是家常便饭，而且走村串户去家访也成了工作中最重要的部分。在与他们倾心交流的过程中，米玲了解到李城村居住的大多是以前因战乱、天灾陆续逃难而来的7个省18个县的穷苦百姓，流浪到这里后落了户，主要靠种植苹果梨玉米土豆萝卜等农产品勉强为生。鉴于这种情况，她认为必须因地制宜，把精准扶贫的工作做足做细，确保每一户都不能在脱贫致富的小康路上落下步子。可是，说起来容易做起来难，该从哪里下手呢？和大多数村庄一样，这里外出的外出、病老的病老，要调动大家的积极性太难了。不敢说农村中普遍存在着文化落后等客观事实，可面对这样的穷摊子，若想尽快在这千丝万缕中理出个清晰的头绪来，还确实不是一件容易的事情。不过，逢山开路遇水架桥是最好的选择。

　　在朝阳服装城经营的陈大姐，看到米玲第一眼时有点纳闷这个年轻妹子买个鞋咋问来问去的，后来才知道是给包扶的村里进行选购，便直接按照进价结算。没想到，拿回去一试顿时傻眼了。当老党员马天旺接过新鞋用略有颤抖的手套在脚上的时候，鞋子前面空出大大的一截子。米玲一边责怪自己办事不小心，一边试着把电话轻轻地拨了出去。尽管老人一再强调垫个鞋垫可以穿，但指不定一辈子买的也就是这一回。一声，两声，电话很快就接通了，陈大姐爽快地答应正好店里还有一双 39 码的鞋可以更换，米玲悬着的心这才算是放了下来。不过，等到去拿鞋的时候，陈大姐还把自家的两大包衣服拿出来表示愿意捐给贫困户。更令人意外的是，整个服装城仿佛被发酵沸腾了般捐得实在是多得没法用手往回拿。有书本，有衣物，还有无以数计的物资和生活用品。再后来，成熟后的玉露香梨子被拉到了省城，连冰雹打过的都被抢购一空。

米玲女士的一个善意引得省城人民的竞相效仿，这是时代的荣耀；陈大姐等人的慷慨解囊换来了李城人民的感谢，这是百姓的自豪；而千千万万个你我，就是我们中华民族历史的书写者，更是我们伟大民族复兴的创造者。心存善念，懂得感恩，群策群力，齐心向前，哪会有什么泰山把路给挡，说不定直教日月换新颜？

四

给富强教授发短信时，电话那头的他正和太太一起在新西兰的某个泳池游泳。之前，据他的介绍和太太是志同道合的同路人，所以无论是在遥远的大洋彼岸还是国内的滨海城市，和太太在一起是最正常的事情。这，既是一个成功闯荡江湖男人应有的基本条件，也是对于一个陌生人添加后能不能留在自己微信里一个很重要的原因。没有人知道，这个在国外生活了二十多年的中年男人究竟是一无是处的纨绔子弟，还是孤傲自负的隐世高人。但，就在元旦即将来临的前一天，收到了从远方发来的问候祝福。这并不能说明我们的交往有多深，可不断认识和梨相关的人却是必须要面对的事情。

说起来，在国外生活的他身上沾染了些西方人直率的表达方式，故坦言目前专业论文几乎都不是中文。这在一般人来说，不是很容易做到。可，天天生活在国外除了和家人讲中国话，生存和发展光靠中国话肯定是行不通的。因此，几乎不写中文论文的他一时间成了刚愎自用，还被冠之以说一些莫名其妙的话被移除出了梨的微信群。不难理解，生活环境的不同导致表达和思维方式都会不同，可谁又敢保证生活环境相同所说的话和所做的事就会完全一样呢？基于此，在他被移除出群后，由于受到了直言不讳的赞美多少内心有点忐忑、一向人气还算不错的笔者主动面壁思过，毕竟和一个被删除的人有粘连总是令人难以理解的。然而，在他发到群里的图片里，有过一张梨的幼树的。不用说，这就成为了互相可以交流的原因之一。当然，交流肯定不是一厢情愿就可以的，还得双方愿意又都正好有时间才可以达成。

　　《送别》是一首由李叔同作词有着淡淡忧伤的歌曲，也是自己在家里肿着眼睛发送过去的链接。说来很随意的一个举动，收到回复也有些意外。毕竟，和孩子爹吵了几句只能老实待在家里，但又托词想起去世的老父亲都是同一天的事情。只不过，被移除的富强教授是无法获知的。能做的却是在新西兰的那头说到明年三月份会回国，会带冰凌果的叶子。再说叶子，是之前灵机一动的产物。不知怎么就开玩笑地，连着问三个人提出想要叶子的。其实不是生日什么的，更没有其他别的借口，只是突然想了一下就下意识地说了。然后，就真的有来自香港、澳门和华东一带的叶子进了家。至于富强教授能不能从国外带回叶子，像小时候那样又被夹到了厚厚的字典当中，还是留待以后知晓吧！反正，得之坦然失之淡然才是最正常不过的心态。

　　另外，可赠送洋酒！不知聊微信时的他是真心付出，还是虚假客套而已，但宁愿相信他是个言出必果的人，便诚实地回答会引发腰疼。不承想，又引出了可来理疗的话题。新西兰是发达国家这在以前就能知道的，只是没有必要交代每年大年初二几乎都会和临汾师范学院毕业后到了那里的同学聊天。虽然，这一男一女都在新西兰又都是人中翘楚，可富强教授从事的工作和这位经北京舞蹈学院进修后出国的女同学听上去完全没有相识的必要啊！尽管，房教授在繁忙之余会弹弹钢琴，女同学的两个优秀的孩子也会在万圣节前夕或是圣诞节的时候弹弹钢琴，甚至是引吭高歌的。富强教授的钢琴水平或许处于一般的水平，女同学的两个孩子或许还有向上的发展空间，可他们都不知道房教授也提醒买架钢琴，亦吟亦唱呢！

为了澳新市场，换言之玉露香梨的出口富强教授可能会全力以赴。但，出口东南亚、美国以及加拿大不是每个人都有这个实力和能力。即便有，还得天时地利人和三个条件全都具备。而这样的话说来应该都会，要落实到具体的行动上必是难事。不过，来年的话指不定就是最好的契机！得出这样的结论，其实也需要一定的胆量。好在不是梨专家不怕错，即便错了还有退路。只不过由于心态不一样，富强教授或是分管县长就会把出口的目标达成而留了退路的永远没有机会。留了机会的，是笔者这样见证时代的记录者；走在前面的，是超越梦想的领航者。

就在去年，富强教授还在说梨太贵不好操作，但对于敢在国外说着洋文让白人打工的他来说出口玉露香梨可能不是梦想。关键是，每一个环节都得理顺且发达国家能吃得起。倘若和冻花后的果实一样，从地头就是 9 元或是 10 元起一个的话天下吃得起的还真是没有几个。不信，懂行的您试着算算？在一般人看来，被群移除是一件不好的事。然而，不悲伤不沮丧是富强教授的做法，也是每个有梦想的人可以借鉴学习的地方。有目标，方可抵达；有梦想，才不会迷失方向。

第四部分

逐梦千里

有些变动 ▌

一

刚过年不久，就有人发来了领导职位变动的信息。原来，原省园艺所所长和果树所所长进行了调换。也就是说，新的掌门人将重启工作新模式带来新的变化。3月12日，山河里黄梨公社开业暨梨谷项目开种仪式在晋城寺庄镇西曲村隆重召开。新任所长付宝春受到了邀请，出席参加了剪彩和栽树活动。在开种现场，他手执树苗栽下了希望和全部。也就是这张图片的出现，提醒了自己应该抽空去拜见一下。显然，一切还不是时候。山河里黄梨公社由泫氏集团、华澍资本、红旗商贸、铁炉贡梨四家企业强强联合，将对该地种植达1.5万亩以上，现存百年以上的6万余株老黄梨树进行整合发展，并立足高起点规划、高标准建设、高水平管理，努力打造黄梨项目新基地、产园集聚示范区、农林文旅康融全发展的新样板，从而使高平的黄梨产业走出太行、叫响三晋、亮相全国。这样的新闻一经发布，便让人直感到资本入驻的雄厚实力和新农业的运作走上了不可同日而语的道路。

这几家注资的公司是不了解的，如何运营也完全是个外行，但就融合来看一定是共赢的事情。网上查了一下，泫氏是一家金属制造企业，华澍资本、红旗商贸、铁炉贡梨都是占据市场不同份额的机构。想必，此番携手定能带来行业的一些变动。那个时候，悄悄退出了省农科院的书画群。毕竟，人的精力是有限的。尽管在这之前的作品参加过好几次全国书画大赛，也暗自感喟水平达不到原先的高度。然而，那种喜欢又是发自骨子里的，只好先搁置一边吧！

最先发现群里溜走的是长治的会计师，后来又有原平的书法家过问。他们大多都是有着本职工作，又是痴迷艺术的同行者。有时，他们会品着小酒享受快意；有时，他们会哼着小曲自得其乐。当然，即便是回乡或是出差在外也会把行程晒出来，让所有路过的人一起从他们的全世界路过。而路过的每一处，都会融进艺术作品中启迪着世上的人。至于另一个在前两年建成的省农科院玉露香实验站的群，还是先悄悄地留着吧。群里的人本就不多，也有的调离有的退休有的另谋高就，但核心的人员还是保存着的。大多时候，大家并不发声只有这个体制外的人会偶尔说上几句无关痛痒的话语证明群还存在着，玉露香梨试验站的工作还在以一种大家似乎看不见的方式开展着。

新的领导上任必然有些变动，会不会重新建群是不需要猜测的。可以肯定的是，新的工作会在原有的基础上继续进行，像接力棒一样地传承下去。表面上，还是太原和太谷两个果树所办公所在地，然而由于时代的不同、形势的不同、工作方法的不同，使得全省的果树事业发展也将会变得和以往不同。当然，人事的重新洗牌及建立新秩序尚需一个过程，那么相对的调整也在情理当中的。也好，就这样任由顺其自然吧！

二

大概是在三四月底的时候，山西又有一批拟退出贫困县的消息公示中。经县级申请、市级初审、省级核查三道程序，符合脱贫标准的有：娄烦、云州、阳高、灵丘、繁峙、神池、岢岚、五寨、河曲、保德、岚县、方山、左权、和顺、武乡、隰县、平陆等17个国家扶贫开发工作重点县均达到贫困县退出的相关指标，符合贫困县退出标准。拟退出贫困县意味着什么，简单地讲就是：农村贫困人口全部脱贫，消除绝对贫困，城市建设得到公认，人民的生活变得更好。

对山西来说，脱贫摘帽不是终点，让更多的人走向富裕才是目

　　　　　　　　　　　　　　　　　邂逅大美梨

的。因此，全国上下都在讲述精准脱贫的经验故事，山西也一定不会缺席。产业帮扶、健康救助、生态建设、教育倾斜、旅游带动、易地搬迁、电商扶贫、整村提升等等，无不展现出了许许多多的感人故事和事迹。从寒冬腊月到炎热夏日，只要有脱贫工作进行的地方就会有反映农村巨大变化的关注进行中。也几乎在这个时期，身处吕梁南麓的隰县在依托梨果产业，决胜脱贫攻坚的过程中筹建的省级现代农业产区正在紧锣密鼓地进行中。该处百分之八十的耕地种植果树，百分之八十的农民从事果业生产，百分之八十的农业收入来源于果树，其经验能否起到典型的示范作用不好说，但以经济快速运行的切入来提升整个人民群众生活水平的做法，收到了掷地有声的非凡效果。

没有什么比人，更会珍惜自己的土地，没有什么比土，更能养育自己的子民。在十三届全国人大二次会议上，山西代表团有6名人大代表来自农村。他们分别是平顺县西沟村党总支副书记申纪兰、昔阳县大寨村党总支书记郭凤莲、汾阳市贾家庄村党委书记邢利民、原平市子干村党支部书记栗翠田、临汾尧都区东下庄村党支部书记兼村委会主任张建国、右玉县张千户岭村村委会主任张宏祥，他们手里拿着沉甸甸的多份建议为乡村振兴建言献策。

代表张建国这样说：吉县海拔高，温差大，光照足，无污染，无霜期长，加之土层深厚，节令分明，非常适宜苹果生长和果品糖分、营养物质积累，吉县苹果远近闻名；隰县"玉露香梨"梨果大、皮薄、肉细、核小、汁多、酥脆、味香，且含糖量高，绿色无公害，被誉为"中国梨王"。党的十九大明确提出，要大力实施乡村振兴战略。乡村振兴，产业兴旺是重点。他建议国务院相关部门将吉县苹果、隰县"玉露香"梨两个省级现代农业产业园建设成为两个国家级现代农业产业园。并在规划指导、政策扶持、项目安排、人才交流等方面给予支持，做精做强吉县苹果、隰县"玉露香"梨区域公用品牌，通过区域化布局、集群化推进、园区化承载、标准化生产，做强做大水果主导产业，促进产业集聚要素集聚和资源集聚，推进一二三产业融合，使水果产业成为农业产业新的增长极（点），真正成为脱贫攻坚的主渠道。

这样的一份提案是否起到了至关重要的作用不得而知，但这位从军官到村官华丽转身的烈士后代建言的事情很快就在百姓当中传开了。复员后的他，先是南下到了改革开放的最前沿闯出了一番新天地，却念念不忘故乡的泥土。于是，心怀执念的他毅然决定返乡带领广大乡亲一起过上好日子。经过十多年的努力，村里有了豆腐厂，有了养殖厂，更成了远近闻名的省级生态文明村。自担任全国人大代表后，他又积极参与涉及农业、教育、医疗、信访、扶贫等领域的调研活动，主动了解民生，提出各类建议40多份。这些建议，大多基于实事求是的考虑，也切实代表了百姓的心声。想必，民心所向是社会发展的必然动力，也是社会发展的前进方向。

就实来说，之前也曾参与写过不少议题，但被重视认可的鲜为人知。究其原因，可能是不具备天时地利人和的原因，也可能是没有站在足够高的站位上建言建议。比如：关于建议永久恢复使用汉字"檆"、建议我省发行以玉露香为主题的水果邮票及首日封、建议在我省举办第15届国际梨大会等等。这些提案中有的涉及了农业领域，有的和农业没有任何联系，不过有了思考再化诸文字必是真实的理解，也真心希望符合客观实际的想法终将得到实现。

三

在外开会的情况不是很多，也间或有。起先是一个人或一群人，慢慢地就都不记了。大多时候，把该办的事办了回家便成了固定的路线，也习惯于用简单的心态面对一切未知。这一次，和以往有所不同。先是上报信息核查，然后坐等通知足足差不多半年才定了时间。临出门前，分别跟单位家里打了招呼又在街上吃了东西这才上路了。同去的还有一位男同志，人品才气性情都是极好的。当然，也在别的县市一起参加过不少相关的活动。因此，算得上是又一次欣然结伴出行。

邂逅大美梨

早春的景色，总是令人感到无限生机。一路上，道路两旁的景致以最新鲜的面孔不时呈现出来，然后又飞快倒了过去。留下的，是满眼的一片青翠以不断重组的方式巧妙更新着。旁边的大小各式车辆，争先恐后地疾驰而过。时而有醒目的广告牌，远远地矗立着又在瞬间相遇后擦身一闪而去。

　　快五点时，车在宾馆门口缓缓地停了下来。没走几步，一股奇异的花香扑鼻而来，像是要延伸到路的尽头。那一刻，阳光打在树影上，又投射在了仿佛被雨水冲洗过的洁净地面，一切都是那么美好。往前拐了个弯儿，花似乎比刚才更绚丽更灿烂了，也真是一种难得的境地。

　　到了，就到了。已经有老相识、老朋友不断出现在视野里，客气地打着招呼，相互微笑着致意。说起来，她们好像还都是刚认识的样子，言谈举止也都是本色上镜。入夜了，因同屋的舍友未到便一个人静静地呆着，素来不太会写诗的人也借景配图附上了一些简单的文字。如下：

猜　想

皇家园林的下午
沁着花的气息
曲径通幽处
暗香四溢

汩汩的泉水
竟然打扰不到
春日里的
私语

你是紫红

他是素锦

我却在猜想

有没有一朵是梨……

　　许是表达没有抵达深处的原因，诗发出没多久就收到了好心者的留言，问睡了没有且第二天换了人还是如此。不过，作息相对规律的自己早已进入了梦乡，因此错过了绝好的倾听机会。这里，更想表达一个观点。就现代诗来说什么同题诗、砍诗、口水诗之类的没做过专门的研究不太了解，但好诗肯定由衷而发找到了精妙的表述而绝非别人帮忙改出来的。当然，有的时候可能确实存在高超的点拨之笔，那意味着在习作的路上还有更多领悟得依靠日积月累慢慢完成。

　　这样的沟通交流，还出现在更多的生活场景里。或比较正式一些，或形式相对随意。听上去你一言我一语的，没有多少中心可以围绕，也没有对错需要指正。凭窗而立倚桌半坐都不是重要的，而在这样真实的存在中无意都获得了不同的发展。谈到兴致浓时，可以忘却了时间空间，甚至对面坐的是故友还是新交。不过，有人乘机悄悄拍了对面开讲者的神采飞扬，称得上是绝版。

　　天快亮的时候，醒了掀开窗帘朝外一看竟然没有一盏不亮的灯。看来，都是早起的人也都是勤奋的人，新的一天仍然继续同行。闲暇时分，又到园子里转了转发现猜想的梨毫无悬念地落地生根，用花开的姿态绽放着最真的容颜。赏花的，也纷纷结伴相拥而行。自然，不太熟识的旧友，才刚遇见的新知，碰面了就打打招呼寒暄上几句，指不定不意间就又会在某个场合见到了。

四

　　文学的聚集才刚落幕，科技的力量又上主场。这不，回家后放下东西又折回了大酒店。是因为一大批前来讲学的专家已经来到了这里。这当中既有可敬的前贤，又有博学的后进，都在为产业的发展把

　　　　　　　　　　　　　　　邂逅大美梨

脉送经。由于时间上的冲突，先期的已经离开转战别处，所以只能就此和遇见的声音去碰撞一下。去的时候稍微有点晚了，也想不起当时在场的究竟有几个人。反正，东道主得尽地主之谊是必须的，再迟再晚也得出现啊！

也就是在这次梨花节优质生产研讨会期间，决定下半年走出去看看。去哪里呢？得去一个值得观瞻的地方，要不还是留待以后再作揭晓吧。

这里，先回来把视线对准专程前来的几位专家，张玉星老师、刘奇志老师、林忠平老师、姜淑苓老师、郝国伟老师、张晓伟老师、杨盛老师等等。一到隰县，他们没有坐等天黑便和果业局的负责人去园子里查看果树坐花的状况，这才在充分了解的基础上走上了讲堂。更多的时候，就地随处开讲也是常有的事情。正因为如此，也不止一次地听他们在不同的场合讲科普公开课。对了，省农科院梨课题组还有一个叫白牡丹的老师也一直没有联系到，只是在一次活动中见过侧影而已。想来，指不定又会在某处随时就会遇到了呢。

在这次会上，听到了一个来自国外引种的品种黄金梨。黄金梨自引进算起来也有二十年了，同以往的酥梨晋蜜梨相比来说口感更细、外形颜色也相对漂亮许多。可是，有一段时间人们很纠结要不要发展这个品种为此展开了激烈的讨论。到后来，终因气候及降雨量不够等别的原因不得已放弃，甚至还有令人无法接受又无计可施的事情发生。

五

这里说起了降雨，还偏偏就和它扯上了联系。天气忽晴忽暗的，真让人担心，雨下得老是不停走了又来。只是，"文化梨乡·扶贫扶智扶志公益书法展"的活动半年前就在策划了，来村里的事情也早早就敲定了的。据悉很多省里的老作家、书法家知闻后，都纷纷写下了书法作品积极参与捐赠。看来，注定是一场文化盛宴。去还是不去呢？去，不在官方安排的名单之内；不去，无数次都参与过这样的活动，自然是想去的。好在，总算有人邀请了一下去咱村里，就不当自个儿是外人啦！当下准备了纸张和毛笔，又在院里提前联系了蹭个车明天再说。不就是参加个活动么，怎么还需要整这么多事？不行，这里得先插播一下，得替我们一家子张罗下才行。

　　次日一早，自然吃过饭就在楼下等着。虽然人员临时调整，但可以说无惊无险地平安抵达了目的地。尚在小学的孩子也去了，打小参加过书法培训的他正好借这个机会学习，顺便看一看建设中的社会主义新农村究竟发生了哪些新变化。天还是有些阴的，却似乎已经有了要晴的眉目，又被雨冲洗过了很久，看上去都一切显得格外新鲜。完全是过节的气氛，一下车就见人潮汹涌的样子，隐隐约约地，还是锣鼓喧天的阵势。放眼之处全是十里八乡的乡亲们，还有夹杂着附近省市的各式口音的人们赶来一睹为快的。想必，都在期盼着这场盛会的隆重开幕吧！

　　主席台上，列会者一字排开。只一声开始，人群中顿时鸦雀无声。先是来宾介绍、领导讲话、赠送锦旗，接下来有 12 名身佩红花的领奖者走了上来，分别是在脱贫攻坚振兴农村中涌现出来的勤劳致富、和睦邻里、孝顺善良、和谐家庭的典型。拿到孝善基金奖后，他们的脸上都露出了喜悦的笑容。台下备好的四张桌子边上都是技艺高超的大师，应村民要求而写下励志、祝福、祈愿、展现美好生活的话语。只一动笔开始，立马就围上了水泄不通的人群看几位用不急不躁应有的节奏写下妙语如珠。巧了，竟然有位书者思白直接用浓墨挥毫而就，拿起时却是浑然天成的两幅，这不能不算是技高一筹吧？

　　对了，还得写幅和梨相关的，孩子从一开始就和晋西馆的姐姐守在跟前的。没想到，都快到中午了还压根儿没有轮上，可见这受欢迎的程度不是一般地热烈。要不别管那么多了，反正是带着任务来的，也给瞄准好的书法家表达过了，就直接上前催促催促。当下，一幅饱怀着书法家情怀的"梨泽隰州"经方家落笔一气呵成，而转交盖章就不再操心成仁之美了。

出行与回归 ▎

一

　　青州之行，像一场说走就走的旅行，却也是掰着指头算好了日期才决定的。临行前，就知道要参加了首届吕梁文学季的开幕仪式后于第二天一早换乘高铁专程前往的。于是，即便是周末也得给领导说明情况请主办方负责人崔斌帮忙查看出行车辆并坦言有梨果方面打交道的专家可以顺便会会，便看到了对方回复提到知道一直关注果，尤其是梨。不过，能不能会见很值得怀疑，毕竟这位《青州文学》的副主编曾寄送过自己最新出版的《人间四月》中，没有一个字提到梨。好在，被一场春雨洗刷过的青州以格外清新之态接纳着一切，也包括和我一样走进这片土地的过客。

　　入住的易安假日酒店，是一处相对幽静又不失逸趣的住处。门前有一块空地，路旁有一排冲天的白杨。吸引视线的，却是挂在一楼过道里名为《范公祖荫垂千秋》的四尺整张横幅水墨中国画。画面上，院落、亭台、拱门错落有致；唐楸、劲竹、绿植枝繁叶茂，还有款式不同衣着各异的游客散布在曲折蜿蜒的小径上。只要将目光停留这幅中国画上，马上就可以感觉到一种强烈的视觉震撼力。这是因为，和石碑紧挨着当中而立的唐楸一看就经历了数不清的岁月轮回和时代沧桑，愈发体现出了不屈的生命力。按常理说，艺术创作可以大胆地打破常规，去表达一些画面之外轻易看不到的张力，而这幅水墨画恰恰是通过树木和亭子的错位反差对比表现出了超乎寻常的效果。显然，这来自于绘画者对这一题材创作游刃有余的处理，同时也反映出了其笔墨运用高超的掌控能力。就在这一刻，一种厚厚的、浓浓的文化气息扑面而来……

次日一早天刚亮，窗外的曙光就透过薄纱照在了靠边的茶几上。茶几上是几本全新的《青州文学》，不用说自然精彩地记录了青州一脉相承的乡俗地貌和风土人情，只不过晨练的习惯催促着和往常一样在鸟儿的欢叫声中走出了门。临近的南阳桥公园里已是人来人往，伸臂弯腰跳舞的犹如十八般武艺争先亮相，到处涌动着健康向上的力量。走在南阳桥上，可以看到护栏两旁的玫红色矮牵牛花开得正艳，紧挨着一种不知名的植物叶片绿得动人，还可以遥望到一座造型宏伟的建筑掩映在苍翠的山水间。不过，考虑到司机师傅提起因修路之前的安排会略微进行调整没敢肆意到处去转便原路返回了。

在井塘古村里，随处可以看到很多用石头和泥堆砌成的房子。房子外面，是居住过的将军、员外、约长的简要介绍，无声地诉说着看不见的人民公社等过往的年代记忆。这些房子大多已经被人遗弃，只有一些上了年纪的中老年人还断断续续地居住着，或经营酿制野味山珍，或者依靠编织勉强为生。也几乎是在这个时候盯着一座老房子门上的字仔细辨认时，意外地发现竟然停着一只壁虎。这只壁虎一动不动地趴着，引得我主动凑到跟前想辨个真假。待它扭动灵活的身躯从缝隙中钻了进去，才发现是在分分秒秒的事情。都说壁虎的出现是潮湿的缘故，想来是有着些道理和缘由的。行走在弯弯曲曲的石阶上，似乎石头面都快要磨光了得小心才是，却也挡不住一批批饶有兴致的男女老少前拥后呼地相继出现。时不时地有游人经过，也并不影响路旁那些乘兴而来组团写生的学生。他们根本无意旁人的眼神，也不在乎偶尔飘进耳朵的流言，能做的仅是专心致志地用线条勾勒出村庄最美的容颜。看来，文旅事业的发展掀开了这里神秘的面纱，也让这个古村落焕发出了不一样的生机。

青州博物馆，历来是人们乐于观瞻的地方。换言之，一张考卷、一窖佛像和一枚玉璧这三大镇馆之宝总是令人津津乐道的话题。我们去的时候差不多已近傍晚时分，然而结伴而来的人还很多很多。不过，能站在明代铁鹤前留个影再近距离感触了解青州的历史还是一件令人快乐的事情。据相关介绍，一张考卷是指明代状元赵秉忠殿试卷。古代殿试也称"对策"，就是考生在皇帝面前答题。赵秉忠在殿试中慎重用墨，一气呵成，字迹端正，无一误笔。全文共 2460 字，用馆阁体小楷写成。用中肯的语言，深入浅出地分析了当时的社会矛盾，反映了他治国安邦的雄才大略。这在全国明代科举考试状元卷中是独一无二的，后来由他的第 13 代孙赵焕彬捐献出来，填补了我国明代宫廷档案的空白，成为海内外孤本；一窖佛像是指龙兴寺佛教造像。青州龙兴寺始建于北魏，唐武则天改名龙兴之寺，明初被毁，共存世达 800 余年，是当时全国著名的寺院之一。于二十世纪末在博物馆南平整操场的过程中，被挖掘发现。出土的造像大致按上中下三层掩埋。造像顶部发现有席纹，说明在掩埋之前曾用苇席覆盖；一枚玉璧是指马家冢子村东汉墓出土的"宜子孙"玉璧。这块汉代玉璧是用上等的新疆和田玉制成的，玉质温润雕工精细，是我国国内唯一一件刻有汉字的汉代大型馆藏玉璧，为国家一级文物。

路过李清照祠时，大家三三两两地在谈赵明诚也谈那首"生当作人杰，死亦为鬼雄"的诗。可惜，一位太极爱好者在优美的旋律中手脚并用进退自如让人不禁停下了脚步。其实，见过很多人打拳的。但是，能够将音乐与动作融合得非常完美是很难的。此刻，这位先生听着马头琴演奏出的《鸿雁》不仅能够把太极一张一弛的动作做得准确到位，而且在比画的时候似乎可以从穿行的手指中看到一股凌厉的剑气。不用说，准是个高手！那还在等什么，赶紧录上一段视频吧。

该说范公亭了，也就是前面水墨中国画中的那位以"先天下之忧而忧，后天下之乐而乐"闻名于世的范仲淹姓氏命名之处。来青州就任前，已过花甲之年的他抱病在身，但仍然忧国忧民。适逢当地流行红眼病，便亲自取醴泉水和药制成白丸发放民间，从而使一方百姓获救。为此，青州人们将醴泉称为"范公井"，井上的亭子称为"范公亭"。范公在青州时，为政之余常不免作诗，使得这里的人们也会效仿从容诵出"偷得青州一岁闲，四时终日对潺湲。须知我是爱山者，无以诗中不说山"。是的，无论是故知还是今人，与青州相遇都是一种美丽的缘分。这样的缘分，会随着时间的流逝历久弥新，也犹如佳酿堪得无限回味。想来，于李清照范公是，于我们大家也是。只是，他们的胆魄和诗作代代承传，今天的我们又该如何与后人相遇呢？

二

刚说完相遇，无意中就发现身旁的小伙儿也是专程从国外回来同去下一个目的地汾阳。不过，他有他的途经，我有我的日程。按照上面的安排，凡是参加首届吕梁文学季的同志需在南华门一起集中乘车到达指定地点参加统一的活动结束后方可离开。因此，到达太原第二天一大早起来后就赶紧找了出租往指定的地方赶。虽说是定了 7 点钟准时出发，但有活动略早到的习惯使得每次出行总是没见几个人就在等了。等待的空隙里，不时有人先后露面打着招呼寒暄着直到出行。

去往学院的路上，车一直平稳地疾驰着，不时有汇报具体位置平安信息的铃声响起，话音落后就又寂然了。吕梁文学季由一位电影导演发起创立，也是在乡村举办的为数不多的当代文学活动。围绕着这一主题，包括大家演讲、学术对话、莫言研讨会、校园日、写作工作坊、朗读会、电影放映会及开幕式、荣誉典礼在内，同时策划举办艺术展览和图书市集等等。显然，这是活动的最后一天，但大家还是兴致勃勃地同心前往。根据约定的时间，一场题为《从乡村出发的写作》的演说会在到达后立即进行，然而因为时间调整，有两位老师的临时加入略有延误竟然错过了开场。

学院的会场内，已是人山人海挤得无法挪动。原先留在前排的座位已经有人替补，多亏了工作人员的及时疏导大家才在会场后面摩肩接踵地占有了一席之地。台上的人已在不紧不慢地讲述，讲述当年求学的生活、日常的场景以及离开家乡时那一声声的汽笛。也得益于这样的汽笛声，才开启了这位出生于汾阳的中国新生代导演迈出国门走向世界的第一步。

散场了，大家三五成群地自然结伴在宽敞的路面上走过一段拂面飘过的柳条、跃动飞溅的喷泉和长长的堤岸之后，应主办方之邀简易地用过餐即再次上路了。不用说，除了敬业守责的司机师傅外几乎都在眯着眼睛小憩养神。去汾阳听讲座，仍然是最压轴的节目。在这之前，阿来、格非、苏童等人纷纷以自己的方式和大家见过面了，而留在后面的也继续展示着深邃的思想。如今，没有故乡的人，没有地方认同的人越来越多。特别是改革开放以后，很多很多的人离开了故乡。然而，我们的文明文化深刻地打上了农耕传承和乡村文明的烙印。不管我们是在乡村还是在城市，这种文明都一直伴随着我们。

　　这种城乡共生共荣的中国现状，是我们无法选择和回避的。就像我们的出生和成长，有时候不以个人意志为转移，只要试着遵从就完全可以了。我们曾以为远离了农村会得到更好的，但同时也舍弃了世代承传的耕种传家；我们以为疏远了土地会幸福快乐，而显然没有土地就没有一切。有人认为，是上帝创造了乡村，而人类创造了城市；也有人认为，乡村就是一种生活方式、一种劳动和养育，同时也是一个理念、一个象征和寄寓。不管怎样，我们都终将在城市与农村的变化中继续与时俱进砥砺前行……

　　音乐会的旋律已经飘荡在上空，只待一场视觉的盛宴再次上演。可惜，无数次地选择提前离开，是生活的简单回归。欣喜的是，还有人记起我们的扶贫点，记起那里有着最好的梨。这就够了，还有什么能比这更好呢？

三

　　在我们那里，也就是山西省作协下乡帮扶工作队所在的隰县，有一种被大家认可的"中国大美梨"。不瞒您说，这种美其名曰为"中国第一梨""中国大美梨"的玉露香梨由新疆库尔勒香梨为母本、雪花梨为父本杂交而成，于2001年经山西品种委员会通过命名审查，是目前东方梨中最好的品种之一。

看来，位于吕梁南麓、临汾西北隅的小城隰县定是受了大自然的青睐，恰好就处在了国内外梨果专家认可的黄金梨果带上。因此，无论是明清年间享誉四海的大金梨、铁梨，还是世纪之交的酥梨、晋蜜梨，都获得了世人极高的赞誉。更意想不到的是，来自大洋彼岸的国际友人纷纷前来见证这一奇迹，一时间梨子还未完全成熟就被大量订购，使得当地的老百姓脱离贫困走向了富裕的新生活。

这样的成功，肯定不是一朝一夕就可以促成的，而是凝聚了我国梨产业几代人乃至无数从业人员的勤劳、智慧和汗水。当然，就我国的梨育种来说是建国以后才陆续开始的，并且在全国范围内进行了梨种质资源普查。也就是在这样的背景下，山西省农科院果树所邹乐敏教授以及她的团队潜心研究，培育出了晋蜜梨、硕丰梨等一批批梨种质优良品种（品系）。一般来说，但凡一个好的品种出现都会在全国范围内得到推广，这种大美梨也不例外。从内蒙古到新疆，从湖北到云南，到处都留下了它的影踪。然而，这种被大众认可的玉露香梨，除了在隰县拥有着全国最大的种植面积外，还拥有着别处没有的皮薄肉细核小味佳等良好品质。截至目前，这种梨早已完成了杂交、定植、布控等四十多年的发展历程，同时也正经历着传统营销与网络销售的全面融合时期，更以不可估量的速度在小康建设的快车道上实现前所未有的可能。

这，还不包括在国家精准扶贫的过程中，无数乡镇扶贫干部、驻村第一书记、帮扶干部以全心全意为人民服务的宗旨各尽所能、群策群力。他们，或不分昼夜随时奔走在城乡崎岖不平坎里拐弯的山路上，或以点为家带着老婆孩子俯下身子走村串户踏实干工作，或用不尽的智慧和创新的做法为百姓探出了一条新路子。不说别的，仅以隰县阳头升乡竹干村为例共有建档立卡贫困户 63 户 152 人，再加上离县城较远农民的信息文化交流非常落后。面对这样的无力状况，隰县教育科技局率先发出"打倒玉菱子，种上玉露香"的号召，带头为老百姓高接换优 148 亩；隰县果业局为村民义务联系发放树苗，制定奖补政策，并连年聘请国家梨产业体系岗位专家提供玉露香梨管理技术

　　　　　　　　　　　　　　邂逅大美梨

支撑，逐步建立现代农业产业示范园区；临汾市气象局和临汾市农业农村局举办科技培训下乡，实施人工降雨助力脱贫攻坚；就连省作协也先后争取项目资金150余万元，向学校捐助图书文具，积极支持村里修建文化广场，兴建果库电商服务站、旱井和村集体光伏电站，一下子就拉近了和老百姓之间的距离。不仅如此，他们还沟通联系当地水利交通等部门硬化乡道，从而让原本"晴天一身尘，雨天两腿泥"的不堪岁月一去不再复返……

在他们的带动下，因母病致贫的贫困户王平从根本上改变了懒惰消极不思进取的状况，一有空就琢磨梨树管理技术，成了《人民日报》上蜕变成才的脱贫典型；"巾帼女杰"王海萍一边照料家里几近瘫痪的女儿，一边不误学习互联网销售，赴北京参加了首届全国电商扶贫案例的发布会；还有"种梨能手"张保平凭借自身过硬本领参加两会，建言整个果业协会的发展，亦农亦商的祁建珍线上线下兼营微商的网红直入网红课堂，"电商黑马"刘帅帅涉足出口业务将对外贸易做到了韩国及沙特阿拉伯等国家，最终上下团结一致实现了"依托梨果产业，决胜精准脱贫"的喜人局面。

走在乡间的小路上，只要愿意抬头能跟白云招手对话，俯首可与彩蝶谈心嬉戏。或是，在高山流水间遇知音，和蓝天碧水共天长。若是刚好有人和你打招呼，那是居住在附近的父老乡亲和兄弟姐妹们一如既往的纯朴和热情。在村里举办的大型公益书法展捐赠现场上，人们不等活动开始便纷至沓来，使得雨色霏霏的天空也泛起了阳光。他们有的携着鼓乐只等一开始便敲出跳动的节奏，有的带着好奇走近写字桌前悄悄抚摸上面的毛毡，还有的找了小册子悉心翻看作家书法家的名字。当一位年轻的男子汉拿着手机炫耀收藏"家和万事兴"的时候，当一位年轻的姑娘遗憾地表达守在旁边却没有得到所喜欢隶书的时候，当一位圆脑袋红脸膛的小伙子诚恳地请求写下"吉祥如意"送给打头领红花获奖老妈妈的时候，想来他们的内心充满了期冀，也收获着无比的幸福。

不可否认，我们的祖国到处都在经历和发生着一场巨变，这当然得益于我们中华民族大国的悄然崛起和兴旺发达。是啊！大国自有大国的实力，大国自有大国的风采。无论是瓜果飘香的北国新疆，还是水天一色的风情海南；无论是大漠孤烟的西域古道，还是璀璨无比的东方明珠，都阔步走在民族复兴的坚实路上。如今，同样是黄皮肤黑眼睛的我们会奉献满腔情赤诚爱给脚下多情的土地，也会义无反顾地去建设我们伟大的祖国和美丽家乡。这样的爱，无需攀比自会散发出魅力；这样的爱，无私付出就会动人；这样的爱，是每一个炎黄子孙血脉里流淌着比黄河还要激荡的声音。诚然，无以数计的华人侨胞浪迹天涯后选择重返祖国，而像知名导演贾樟柯《一个村庄的文学》开机仪式上隆重的介绍，将用镜头向世界展示家乡的做法比比皆是。相信你我，也一定是这样！

您说呢？谁能不爱自己的祖国，谁能不爱自己的家乡……

我的梨树我做主 |

一

　　自看到一条中国农业科学院果树研究所老梨树认养信息后，便按照所提供的二维码进行了识别关注。应该说，从好多年前弄得沸沸扬扬的林权事件到现在的梨树认养是有着几分相似的。表面上，都是由一些人把部分资金用到自己并不熟悉的领域，在其增值的过程中获得一些收益。实际上，无论林还是果都有着特殊的属性，能否理智地进入也必然决定了产生交易的双方最终能否实现双赢。

　　事实上，之前已经了解过这样的尝试，包括更早些年看到南方的一位朋友将其视为产业进行考察，可惜人家事业顺风顺水转而涉猎了更大的经营范围。倒是年初也试过梨树认养的，先是看到链接直接支付未能成功，电话告知后问题一直未能解决，继而采取了微信转账的方式算是达成此事。如今掐指一算，也有近两个月了。这期间，没有过问一句有关于梨的生长、打药、施肥、套袋以及疏果的状况，但面对自然界的狂风骤雨不得不让人联想到一些本该注意的问题。

　　梨树认养是一种契约关系，一种用老百姓的话来讲就是双方一旦签订即生效的合同形式。可以说，此合同尚在初级发展阶段，制定这样的合同从长远来说肯定是一种有益的探索。然而，一旦遭遇因天气原因等无法兑现需要承担什么样的后果或相对担负什么样的责任，应该来讲也是理所当然的。按照最新颁布的《民法典》来看，通常一份合同的订立、效力、履行、保全、变更和合同的权利义务终止都有着相应的解释，只是在这样的法治社会里并不是每个人的法律意识和行为都建立在应有的规范当中。就好比，一个农民晒出田地中树木的视频或图片时，往往对日后的状况是盲目乐观的。压根不会认真去想，倘若出现不可预估的局面究竟要承担什么样的责任和做出什么样的赔偿。这也并不意味着，事情一旦发生会因不知或不懂就能逃避该面对的。

退一步讲，只要双方达成协议返还资金解除合约或者延期履行听上去似乎没有什么不妥，但若是形成模式的话，可能还会有更多意想不到的事情。毕竟，这算是一个共性问题有章可循有法可依是最正常不过的，而依靠合同或口头约定来完成双方的供求意向也无可厚非。往前一步说，无论是依靠平台链接达成，还是选择手机微信转账都是一种彼此信任的交易行为，本质上都是各取所需。也就是说，没有外力的干扰、天气的因素等一切无法预知的情况，一般来说这种交易行为都会得到充分保障。之所以进行深入剖析，不敢说是假想被领养的一方出现无力兑付还是领养的一方遭遇打了水漂，那将是我们谁都不愿意看到的。当然，至今也没有看到由于果树认养所引发的纠纷，也深信能够制约人们行为的不仅仅是合同，更重要的还有人心。

二

"迢迢峻坂逼人上，簌簌荒枝刺面来。意外忽成好风景，野梨黄似蜡梅开。"这是清末一位山东知州崔澄寰赴任山区隰州所作的七言诗。大意是说来隰就任的路上可以看到连绵不断的山峦一直延伸着，路旁横七竖八的荒枝像要迎面刺过来似的。就在这样的地方，长满了密密麻麻的野梨远远地望去像朵朵蜡梅盛开，真是让人意想不到的好风景啊！从这样的描述中，可以读到他对所就任这一地域黄土高原绵延陡峭地理风貌的感知，而且还表达了一种随遇而安的良好心态。

时过多年，从滨海城市初到小城的人依然会有这样的感觉，特别是去过该地的人更会被这样精妙的陈述折服。先不说道如九曲回环艰险丛生是否令人无限担心，倒是有个现代的巾帼英雄故事可以倾耳一听。说实话，陡坡是个文化深厚的地方。单说黑桑那是华夏的始祖炎帝尝谷未粗之处，流传至今耳熟能详；单说解家河那是人类蒙昧时期仰韶文化的遗址，石斧石器石头随处可见；然而若要跟随时代不断向前发展，得不断脱离这尚有些原始落后的生产力。

认识保香的时候，知道她就是远嫁到了这么一处如诗中描写有着陡峭绵延山峦的地方。那时候乡村村口招牌上刚好掉了一块，有人戏谑地称"陡坡"变成了"走坡"，岂不知按照过去步行的方式从城中心到家里可不就得在这个黄土坡上的沟沟壑壑整整走上一天，晴天一身土雨天两腿泥是常事儿。诗写得韵意不通可以推敲重来，过日子定了可不能随意涂改。这一来，从妙龄少女到初为人母的她就与这山路十八弯扯上了说不完的联系。

去她家采访前，知道她早上四点多就到地里了。十亩果园里的果子都是玉露香，一棵一棵都要手把手地弄过去，虽然说几乎没有什么难度和技巧，但每天骑着个男式大摩托风里来雨里去怪不容易的。得知到了村里的消息，她又骑着这大块头的摩托专程来接我。没几分钟，就在弯曲的山路上七拐八拐到了地畔头。地里到处是绿油油的，树和树之间既不拥挤又留有一定的空间。不用说，肯定是采用了传统比较宽敞的间距栽植法，选了其中相隔比较远的一种。以往这些空间里的草丛杂物都会被收拾得干干净净把草锄掉，现在留下以防蚊虫危害果实全都保持着原模原样。

抬头看看天，已是太阳有点火辣辣地晒着。一般来说，她根本不会关心吃早饭的事而是趁着天气凉快能多干一会儿是一会儿，只有快到中午时想起袋子里会钻进去一些空气对梨不好才会停下来。和酥梨不一样，玉露香梨用的是塑料薄膜体积比较小。于是，她拿出一个开始讲解其中的要领，得把薄膜撑开梨子装进去还不许碰到袋子，再将两头的铁丝盘成死扣以防掉落。等到我站在大树旁学着试手时，她又耐心地教了一遍这才麻利地爬到树下放着的高凳上边套梨边继续说话。

去的时候，旁边还有一家园子里机器在响，据说是往树上大量喷药，不过但凡靠近就免不了溅上一身，明智的话还是不要去了。也好，就听她的，怎么说从背着药壶打药到使用机器大范围内喷洒是个进步值得庆贺。刚说不去看，就有人从旁边的地里凑到跟前打起了招呼。也是从村里出来专门打日工干活的，戴了和保香一样防晒的帽子。看上去，帽檐比一般的要长许多是能遮住些光的。这样的装备，在多处都有雷同出现。

老公呢？不问都不行，都说女子本弱为母则刚，即便能干也不能眼瞅着这么一大片地全都依靠一个女同志干完吧！原来，有着3个孩的爹一点儿也不省心，腰肌劳损不是一般地厉害。听人说针灸顶事，去城里看了几次也没起到多大作用。只好睁一只眼闭一只眼自顾不暇了。村里的房子是自个儿修的，可城里的房子是租的，孩子要上学农产品要售卖没个落地处不行。以后的日子，就成了城里村里两头频繁地跑。

有时候，保香会跟着别人做公益，主动捐衣赠物给需要帮助的地区。有时候，会像大家一样穿着红马甲，按照要求排着长长的队。等到一声令下，就提着准备好的衣物上前捐了出去。没人告诉她要去，但她认定了就是要去。举手之劳的事人人可以有，影响不了别人可以遵从内心的自己。这么一想，觉得她就是大山丛中的一朵绚烂的花。是什么花呢？红的粉的蓝的紫的一下子也说不好，但认准了是对的就去做没错儿，好好种上几亩地管好孩子就是最可行的事情。一时间，觉得不像梨花，和向阳花有点相似总在追逐梦想，至于诗和远方相信有一天她一定会有的。

三

就在上半年将要结束的一天，和果业局有关人士提到了暂时不再多关注隰县玉露香梨。不再关注并不是意味着放弃结束，而是会将视线留在更远的地方。应该说，这几年除了正常的上班之外因为梨的缘故，牵扯到了太多的时间和精力。然而，这并非一句兴趣爱好或是别的那么简单就可以说得完的。

刚开始主动去书店买了世界地图、中国地图、山西地图和隰县地图，经常一起拿出来久久地凝视。于是，每一个和梨有着交集的地方都是密切关注的目标。时而大洋彼岸的时事政治，时而欧美地带的动态信息，都顺理成章地落进了倾听的范围。时而拿出笔墨圈圈点点，时而对着疆域望洋兴叹，都无可避免地成为间或的直接存在。

没有任何一个时代，没有任何一个理由，脚下的这片土地比以往更能够吸引着外面世界的注目。这样的聚焦不是一个不可预知的意外，也不是毫无意义的噱头，而是科技力量在中国大地上的一次完美实践。也就是说，我们赶上了最好的时代创造出了最美的梨。若是没有这样的科技转化，生活不是还得继续吗？

那个时候天已经渐渐变热了，比天气更热的是扑面而来的好消息。不信，请看一份来自农业农村部办公厅关于开展国家现代农业产业园创建工作的通知。通知中，对各省报送创建的国家现代产业园进行了备案审查，并将拟备案的产业园名单进行了公布。这其中，就有北京市密云区现代农业产业园、天津市宁河区现代农业产业园、河北省平泉市现代农业产业园，还有山西隰县现代农业产业园……

在这样的岁月更迭中，我们改变着现实也被现实改变着。从平川县调来任职的官员本无视存在却发现只有梨果才能汇集上下一心的凝聚力；从果园地头直接拿箱走人的父亲也不会预知，家里的女儿尝鲜后从此不再吃别的梨了；从淘宝店铺到网上下单的农村电商如火如荼地遍地开花；可以说，就连基本的生活方式也得到巨大的改变。改变，会让生活变得更好。改变，也是世上唯一的不变。

七月上旬的一个下午，意外地接到了孩子爹打来的电话。电话中声称赶快往医院走，受伤痛得厉害。于是，和孩子一起放下手头的东西朝着医院的方向直奔过去。经了解，骑车不慎摔了跟头的他右手砸在了地面上。怎么回事啊？一个成年男子竟然这么不小心，是什么原因导致如此跑神儿，又为什么走道不看路……

再多的抱怨也无法挽回已经造成的结局，再多的担心也不会拯救已经发生的不幸，不如就按照医生的吩咐先拍个 CT 吧！等到结果出来，还确实不看不知道一看吓一跳，真就骨头碎了！去住院部见过值班医生后，先是被问有医保没，又建议消肿后再做手术，交了些押金就算是住院了。说是住院做手术，还得备些行李才是。也好，趁这机会去专卖店选了两块上心的夏被直接送过去，这样一来除了医生病人算是有个可以落座的地方。本来想买一模一样的，可惜店里挑不出来也就不计较了。怎么也是新的，权当是图个吉利吧！

好在，受伤的只是手不影响走动便在楼下的小卖部订了三餐。说是订，其实也是可以协商的。想吃什么能尽管点，不去的话账挂着即可。倒是从摔伤到消肿这一过程只能一个人扛着干疼，谁也帮不上忙使不上劲。手术的当天，是提前定好的日子。为了疗效，也反复沟通过用了进口不锈钢的银针。和国产的相比，应该是价格略高质量略好些。大夫，也是区域内最有实力和资历的。因此，基本上可以是放心地等待结果。

终于出来了，比计划足足延长了将近一个小时。门一打开，主治医生只说了句碎得很厉害，做得比较细，效果也满意就婉拒了感谢之词。之前考虑到手术室和病房还有一段距离，给正上班的外甥和另外一个外甥女婿知会了一声，现在和亲友一起将人转到了病房，这才了却了一件大事。不过，还得打了石膏悬起来以便恢复得更好。当下，根据要求继续配合直至妥当。至于换药等事，自有医生不在操心之列。数日后，出院回家，买了排骨炖了汤，只嘱咐一件事，到年前好生待着直至痊愈。

四

阳光明媚的一天，将目标定在了离县城不远的下李乡。这是因为，从初春开花时就得知全国 7 个省市遭遇了不同程度的冻害，而对于同样遭受冻害的我们能否寻找到幸存的区域就成了件特别有挑战的事情。决心一定，便随身携带了个小包轻装上阵了。显然，来得时间早了点，只有一两个工作人员在电脑前忙碌着。不过，当提出想去太坪村实地看看时，竟然没费周折地就上路了。

原来，太坪村的党委书记张麦生就住在离政府不远的地方，接到果树站站长吕航的电话，两人一交换意见当即安排了行程。在这之前，知道张麦生书记在梨加工方面做了一些有益的尝试，并且在离城往南十里之遥的曹城村还租赁有厂房，并且产出了两种不同度数的梨酒。因此，当一次在君瑞酒店遇到后听他详细地介绍了相关，还顺便提到一年一度的梨产业加工研讨会若是时间定了要不要去看看的话题。此刻，他刚好在搬迁后的作坊里进行分拣粉碎工作，成熟的梨子散发出清幽的香味。

即便如此，脖子上搭着毛巾的他还是把手头的事情做了交接，然后发动汽车朝着塬面向上行走。大约十分钟后，车子在一处户主名为任金虎的果园前停下了。从标准化生产示范园的介绍中，可以得知该果园总面积 10 亩，完全是按照《隰县玉露香梨标准化生产技术规程》要求，通过整形修剪、花果管理、土肥水管理、病虫综合防治等果树生命全过程的科学化管理，形成的引领全县梨果产业的示范园之一。因此，这片果园的生草并没有着意处理，但衍生出来的野菜生长茂密起到了应有的保护作用。再有，从树枝上悬挂的防治梨木虱的黄板不是很多，可以看出没有粘到多少危害梨果的虫子。想来，果实的品质应该能够得到应有的保障。

行走在树和树缝隙的中央，看着一个个鸡蛋大小的绿果果套在塑料薄膜里令人无限惊喜。事实上，梨花的花期几乎就是短短的五天，或早或迟都会错过那场突如其来的冻害。就地形来说，下李乡刚好在县城的北面冻害发生时尚未开放，故在县城最北面的太坪村躲过了一场灾难。接下来，继续沿着果园中间的黄土路往前边走边看，可以发现梨果不是特别多但果个非常均匀，在叶片中间时而显露出稀有的面容。另外，落果现象非常少。于是，发现有两个掉在地上的绿果子赶紧捡了起来拿在手里，算是不虚此行的有力见证。

对了，不妨接着说一说麦生玉露香梨合作社。到了加工梨酒的季节，来帮忙的一般都是附近的家庭妇女，个个都按照要求戴着手套一起完成繁琐的一道道程序。她们干得很起劲，仿佛在享受着劳动的乐趣。完全不像自己既没有干过也基本上是滴酒不沾的，更搞不清原浆和低高度酒的区别。要不，就试着进行了解一下吧！

原浆酒，是指粮食通过酒曲发酵成酒，完全是不勾不兑的原始酒液。相较而言，上世纪六十年代以后由于粮食供应紧张，很多酒厂以食用酒精加入增香调味物质，模拟传统原浆酒的口感，无论是香气、口味和风格，它远远无法达到原浆酒的水平。虽然对身体没有很大的危害性，可是食用酒精勾兑的酒喝完了头很疼，而原浆酒或原浆勾调的酒很少有这样的现象。也就是说，原浆酒从一定程度上可以理解为健康的酒，并且酒中含有氨基酸、低聚糖、有机酸和多种维生素，其营养性特点显著，饮后不上头，对身体刺激小。

至于勾兑的高度酒和低度酒，通常是以 41 度为分水岭的。41 度以下的为低度酒，看上去透明度稍差略有浑浊，这是由白酒中的高级不饱和脂肪酸及其酯类所造成的；41 度以上的，尤其是 47 度以上的较为清澈透明，喝下去在一般人理解来说是相对安全的。然而，据说以谷物和薯类为原料、经过 70 回蒸馏的、世界上度数最高最烈的波兰伏特加，却是没人敢轻易尝试的。由于它比医院等机构一般消毒用乙醇度数还要高，紧急时刻可以作为消毒药用，但着火点很低，喝酒的时候不能吸烟，否则嘴唇会发麻，脱水很严重的。

说了半天，都还只是一鳞半爪的理解根本没有入门。好似有些人为了尝尝梨酒的味道往酒瓶里塞了些梨，不想三个月过去了还没有感受到酿制的芬芳味道。尽管创新无处不在，但往往基于科学实干的创新来得更稳更有效。若是麦生合作社也这么效仿的话，肯定是长久不了的，也得益于一直苦苦地钻研技术才得到不断提高。于是，人们的餐桌上才有了一种区别于米酒高粱酒的梨酒成为了一种餐饮新时尚。

五

去县上开会，是炎热的午后时分。来不及想更多，就抓着提包出

　　　　　　　　　　　　　邂逅大美梨

门了。不承想，刚出门就在东街离政府大约二三十米处遇到了不常见面的老县长。想来他也应该是刚刚休息起来出去转转的，碍于时间关系只好简短地说明了情况。说起来，从工作一线退下来对梨果事业无限钟情的，唯有刚才的这位了。因此，种了很多梨编了不少书，都和梨存在着不可分割的联系。

宣传部三楼的会议室里，早已是高朋满座了。抬头处，电子屏上飘着大红色的"隰县《梨原》创刊座谈会"。偌大的会场内，宣传、文联、广电、文化等部门负责人和受邀而来的部分新老作家均有列席，只等着人员齐了共同见证这一重要时刻。说来话长了，几乎每一位列席者都知道《万山丛中》曾是一本本土且爆红一时的文学期刊。它既承载了一代人创业和生活的梦想，又始终记录着时代蓬勃的气息。可惜，却由于种种原因无疾而终了。不过，今天的文学以另一种新的形式开始落地再现了。

和过去所处的传统时代相比，能写会说反应快已经不再是放之四海皆准的准则了。今天的宣传也不再是单纯新鲜新奇的新闻报道，而是以不同载体更大信息量的接连涌现，兼容了更多不同的声音充斥在世界的各个角落里。因此，在文运与国运相牵、文脉与国脉相连的时代，得有一种讴歌新时代、弘扬正能量、传播主旋律的声音用超于生活的表达立起来，引发引领人们对真善美进行深刻的思考，对我们所正进行的事业进行多维的考量。

可能，文学恰恰就是这样的一种形式。它看上去百无一用，又可以触及各个行业和人们的内心。自然，与会的代表都道出了自己的理解。有人坦言写文章好比生孩子得有还要把事办成；有人汇报了近期征稿的一些情况，还有人提出了力争汲取作品精华搬到舞台上。一时间，大家对当下创作接地气的作品和微刊充满了信心，你一句我一句谈得热火朝天很久都不愿离去。感谢文学，让我们有了诗和远方；感谢文学，让我们生命绽放光彩；感谢文学，让我们还未离开就期盼着下一次相见……

穷则思变变则通

一

"穷则思变",这是赴中国农业科学院郑州果树所时所乘坐的客车司机随口道出的。本来,一路上专心驾驶的他是无心闲说的,但因半路接了电话,有位姓平的年轻乘客信息需要核对,故扯着嗓子喊了半天的汾西老乡坐在了前面,便随着兴致聊起了过往。顺便说一句,这师傅的技术应该没问题,是看到路上车祸造成堵塞后做出变道、与交警沟通和下车察看路况才发出定论的。毕竟,光是拥有理论知识和会实际操作远远不够,在人似乎越来越多道路越来越拥挤的情况下如何尽快地做出应对规避风险看似极不起眼,却也与生活的本质有着极其相近的哲理。

诚然,当今社会判断穷富并没有一定的标准,往往不能从表面上看有无吃穿做出判断。因为,有的人衣着光鲜却常年领着低保,有的人生活困顿却无法获得支持,当然这样的说法可能并不存在,都是泛泛之谈。只是,世上能有几人敢和《西虹市首富》中继承遗产的那位挥金如土的公子哥相比,又能有几人敢说从来与缺少钱财遭遇窘迫无缘?这并不是说大家就该安于这种现状,而这位司机师傅的无心之言,是回想起建国前后很多大工程都是人们齐力兴建而成。然而,就在我们经过的地方工程奠基的前一天遭遇坍塌,让人一时间扼腕叹息。也就是在听完这段话后经地铁辗转至金岱路至终点下车成功抵达了目的地。只是,发了微信知道提前预约的专家因出差尚未赶回便就近住宿先安顿下来。

　　　　　　　　　　　　　　　　　　　　邂逅大美梨

次日到新乡一起实地调研前，意外遇到之前有过联系的华柏。听他讲小时候家里养着几只鸡下了蛋舍不得卖，就猜想很多优秀的人都经历了别人无法替代的艰难才会有破茧重生的华丽蜕变。不是吗？当他和王龙博士在果园里被汗水打湿衣裳；当他陪着同行讲解额头冒着大汗；当别人休息他却还得开着车穿行在路上，谁又敢说如折枝之易般地辛勤忙碌，不是一种历经艰难而又必须迎难而上的付出，谁又敢说这样的付出不会令光会喊穷的人汗颜？作为梨课题协作组组长的他，肯定不是最具有学识的，也不是最具有资历的，更不是有着强大背景的年轻一代，然而通过自己的认真敬业谦和实干，获得了应有的认可，走向了更为广阔的天地。

当然，刚从荷兰改签回国、退休后返聘的秀根老师也是极好的表率，说起梨也是旁征博引头头是道。想来但凡他开了口，必定有着大家倾听的理由。这是一个深爱自己脚下这片土地耕耘者的荣耀，也是一辈子只和梨打交道的科研工作者所应得到的奖赏。没有人会把富裕悬在口上，却屡有人把穷困挂在嘴尖，其实二者的区别只在说和不说上。光说不干，干了不说，不说不干，干了再说都是人们的不同做法，但穷则思变肯定是每个追梦路上同行者所遇到的状况。反正，这样短暂的旅行已经结束，在倾城之雨中选择离开却感受到了郑州果树所蓬勃向上的气象。

不想这样的离开，刚好躲过了台风"利奇马"对高铁带来的巨大影响。然而，只是十分钟的晚点却延误了两趟车次，继而在到达之后去不了最终的目的地。于是，在无所事事之态中在太谷白塔附近逛了逛，这才经山西太谷果树所再次辗转临汾西站搭了白色夏利回家。稍作歇息后，于晚上九点左右发信息报了平安。本来，去之前就有人提醒在外多加小心不要和陌生人说话，不要半夜开门，不要把钱带在身上，等等，总之无非是安全至上的嘱托，这让人倍感温暖也更加留意出行安全。只是，出发前因为《梨原》创刊座谈会离风扇较近造成身体略有不爽，但在确定行程后即便收到朋友母亲离世的消息仍然义无反顾地踏上了南下的列车驱车前往。一般来说，人们会将自己的行踪告诉家人以及需要对接的人员。可是，傻傻地告诉您这次携孩子外出完全没有向家里请假是一点意外。主要是，咱孩子爹的左手意外骨折手术后拆线不久，怕挨批评，当然旁敲侧击提了一下还是有的。尽管如此，这样的私自前往也做好了回家道歉的准备，另一个原因是考虑到离事发已有一个月了不会影响到什么，再说了下旬的档期差不多已满无法安排。

除了梨博士，还有很多未知出现也多多少少有一点意外的。这意外是出发前随口相问得知的惊喜，是同坐在三楼办公室云南农林科学院的专家相遇时道出的随心所感。因此，就连自己也完全没想到事情的发生往往富有戏剧化色彩的一面，还了解到以前命名和现在尚未命名好几个表现良好的品种果实就悬挂在树上。至于，引自新西兰的满天星和玉露香杂交而成的新品，说出来太早权且不提它罢。这样的意外，还体现在生活中更多的方方面面。比如：去了很多次仍不知太谷饼是何时兴起的，也不知古城的古色古香，更不知孔子后裔的老院子对外开放供游人观赏。好在，赶在假期适逢周末随意转转便发现了遗落的文明。同行的孩子是根本无意于这些的，却也不影响用手机导航定位附近的宾馆。不料，随手而接的一个电话既暴露了久居的籍贯，又让一个异地打拼的小伙儿道出了自己的方言。他热情地介绍了一家宾馆，也正好应了孩子心中所想。当然，闲聊中知道他故乡的老屋新房，可惜没来得及拜访多年前的老同事成为了小小的遗憾。

意外总是有的，遗憾也无处不在。而我们能做的，除了防范和面对更多的该是管好自己，不给家庭和社会添麻烦。就像此刻的我，虽然已经坐在家里看窗外阳光普照音乐四起，但是远行没有请假的事情可不想再次出现。毕竟，人生如常，哪能总是意外呢？不过，回到家后老朋友意外的联系，总是令人欣喜的。

二

这一来，和《凤凰诗社》华北社长李爱华在凤凰山生态园小坐片刻后至农行，随口而说的还是少不了梨。当然，先提到凤凰、诗刊的发展以及别后各自的状况。这期间，虽然能通过手机看到诗社精美的微刊，也知道她在团队中的尽心尽力，但真要面对面地坐着聊文学、聊诗，还是很不容易的。对于诗，通常大家都能吟上几句。或是对仗工整的五言七律，或是朗朗上口的现代诗，然而要想写下脍炙人口的作品并不是轻而易举的小事，也必然和多看多学习多领悟有关。据说，爱诗的她一直保留着买书的习惯。从书中，能够阅读到一些经典名篇，还有写诗的技巧。这是成为一位优秀诗人需要具备的条件，也是所有有志于诗歌写作者需要借鉴学习的地方。

梨，却不是这样。也许是梨太普通了，所以人们不够重视；也许梨又太重要了，所以大家现在还知道梨的名字。这一句读来稍有些拗口的话，反映的是客观事实。不过，品质好的梨肯定是大家一致认可的。那么，有没有这么一种梨久经考验又备受青睐呢？在刚刚过去的两天里，山西省的一位领导到临汾市蒲县、隰县和汾西进行调研。他对隰县打造果业产业带动脱贫致富的做法给予肯定，勉励他们走好"有机"路子，把玉露香品牌做大做优，为山西发展有机旱作农业提供示范。事实上，地处吕梁南麓的隰县确实在发展的过程中不断摸索，从全国各地引进了 126 个品种，经过反复对比得出甘梨早 6、绿宝石、晋蜜梨和 74-7-8 表现良好，又在此基础上一致认为玉露香梨更加适应隰州梨乡的地理条件，这才有了大干快干的局面，再加上历任市县各级领导班子高度重视，出台了一系列奖补措施，进行人工气象干预等等，使得老百姓欣然接受，最终依托梨果产业，决胜精准脱贫。

在这之前，由华中农业大学王国平教授公布的国家梨产业技术体系建设自南京启动后对我国梨产业的发展做出统筹安排，包括现代农业产业技术体系由产业技术研发中心和综合试验站二个层级构成。在经过详细分工后，提出了强化品牌名果建设、大力发展有机梨果或无公害梨果生产和尽力满足生产上对实用性和操作性强的省力化技术需要的三点建议。建议中指出玉露香梨是山西省农科院果树所以库尔勒香梨为母本、雪花梨为父本杂交育成的优质中熟梨新品种。适宜山西省忻州地区以南及我国广大酥梨适栽区栽培，将发展成为我国最有影响的梨品种之一。可以说，山区小城隰县只是走在前面领先一小步而已，并没有什么值得自豪和炫耀的。然而，就像一位平遥给老板打工的小伙儿私信所言，不是所有的梨都叫隰县玉露香，也顺便发出了祁县寿阳等地的梨子图片指出品质有待加强。

因为走在了前面，就有了别人看不到的困难和风光；因为领先一小步，就有了侵权事件的不断发生。既然如此，未来依然任重道远。相形之下，但凡是有意愿的都通过正当的途径从山西省农科院果树所做了引种，而湖北陕西河北河南等省份发展玉露香梨也是名正言顺的事情。不过，爱华社长关心的不是这个，就连过些天采摘节再来也表示没有时间。她只是因检查的原因顺便联系，然后又在傍晚离开，安全返回后告知平安抵达。谈诗话梨，都是生活中的一种状态。诗有诗友，梨有梨农，但不同的行业却有着相同的生存法则，付出会有回报，努力不会辜负。

三

怎么说呢？虽然说要把关注隰县聚焦山西的事情放一放，但再次抓住机会去村里的事是两天前临时起意的。当时，正要到县政协去开上半年的社情民意座谈会，因出门前有客来访便发短信告知情况迟去，又在快要到达时遇到了山西省农科院隰县玉露香梨实验站驻阳头升乡西故乡村第一书记。于是，几句话下来就敲定了行程。差不多有一段时间了，可以说几乎没有参加任何的社会活动。那是因为，总觉得暑假是应该停下来修整充电、进行反思调理状况，以期在工作事业和生活中找到平衡和快乐的一个阶段。然而，这对于别的行业来说无异于痴人说梦，可是每一位老师都有着这样的假期。

没有人知道，今年的假期和往年不同。主要是孩子爹意外骨折需要悉心护理，也就让自己变得穷于应付。先不说别的，单就在医院挂号、住院、拍片、手术等一系列事宜既不能指望父母出手相帮，又不能依靠孩子都得一一安排。也就是说，你可以每天随时到医院进入陪护的状态，也可以任白衣天使自由穿行忙碌，更可以望眼欲穿地等待主治大夫告知手术的通知。好在，假期不用按时签到签退，不用为难地向单位解释，不用担心门房师傅老得面对。就这，也还得接受医疗相关部门的不定期抽查和亲人朋友不定期的探访，可以说生活的重心完全被改变了。

幸好，这一切快要结束了，才又想起了关注梨和扶贫的事情，而有关于梨的信息再次及时地进入了视野里。就好比俄罗斯新闻部刚发布通知，要暂停进口中国的核果和仁果类水果因未通过检疫。联邦动植物检验检疫局的决定是因从中国进口至俄罗斯的水果出现了受感染的情况。不能说对俄罗斯暂停出口对于中国水果来说是个沉重的打击，但暂留下来的这部分货要内销或转到别的国家，一定会让丰产的苹果、梨显得更加过剩。同时，涉及被禁的水果还有油桃、李子、桃、杏、车厘子、樱桃、梨、苹果和木瓜。那么，接下来是政府抓紧谈判找出症结，还是需要严格各个环节管理，以便尽快恢复出口等一切事宜只能拭目以待。因此，踏踏实实做自己该做的事情还是比什么都靠谱。

于是，在清晨太阳爬上山岗前把早饭留在锅里，又搭上最早的公交车一路飞驰而去。显然，新云主任两口子不是睡懒觉的人。大门还敞开着就去了地里，等到在料厂附近见到他和妻子一起往家赶，这才聊起了有意无意的话题。谈话中，他提到两个儿子都已长大长女也办了喜事，还有村民海宁媳妇的户口至今还没有上，可没说多长时间接了个电话便匆匆而去，临走前还不忘切开专门拿了放在桌子上的西瓜。倒是一直在外担任历史老师的次子王飞由于闲着可以天南地北地侃侃河南的交通和河北的梨，可要讲讲自家地里大约四五亩的玉露香梨，估计一时半会儿也讲不清。得知还要去乡政府后，居家的他特意换上运动鞋到村委会找了摩托亲自去送。乡政府不远处的冷库自然还在筹建，政府院里照例有人频进频出。没等晃过神来，就听到有人打上了招呼。原来，是乡里负责后勤工作的老同学。先是告知领导不在，又等我问清所要了解的事后将电话打通，可惜接手果树工作的同仁去太原看病便记了号码，简单地沟通了几句就算作罢。

每次出门前，都会把手机钥匙现金身份证检查一下，但包里不可或缺的始终是笔和本。凑巧就在拿出记录必要信息的同时，有顺风车可以搭着回城。这一来，赶紧告别后继续行进在乡间的柏油路上，眼前和两侧还是一望无际的绿，无边的绿。不过，能在中午赶回家最好不过了。下午的话，一般会宅在家里看书，等到太阳快落山时趁着温度适宜会骑着单车沿途看看风景，和熟识的人挥一挥手算是打招呼。

这样的生活，简单规律一直坚持了很多年。直到教师节的庆典一结束，就坐上到永和的车去听一场讲座。会前，和单位领导在剧院门说了一声。可能因了下午休息的缘故，他没有说不准。其实昨天早就私下里悄悄沟通过了，赶上了伟人诞辰纪念日顺带讲座，大家能够以文学的名义倾听一下心中彼此的声音。只是一进永和的地界，天上就下起了豆大的雨点。都不敢说了，从年初的第一次出行到后来的无数的出行几乎都和雨有点联系。有人曾自诩这种情况为雨神，现在看来自己不是雨神也说不好是雨神的亲戚。当下，从包里拿出了雨伞顶在头上又顺手拨了个电话出去。

老同学一听乐了，直接骑了个摩托往家里领。趁着这下雨的工夫，先少聊会儿彼此的近况。一直都是工作好事业好老婆也挺好，日子全都在掌控当中。对了，等雨小了再领你到别的地方看看去。出门没几步，就是图书馆的地盘，还是熟悉得再熟悉不过的老校友，已经泡了清茶在等。视线所及之处，几幅上好的书法作品悬挂在墙壁。几案上，留着淡淡的墨香和笔痕。外面的雨似乎下得更大了，完全无法出行。即便要走到大街上，穿过小巷时就会把衣服弄湿。也罢，先不急着去会面，做一下下雨天留客天里的听雨人。还别说，这雨直到入夜了也没有停下的意思。

第二天一早开讲了，嘉宾朋友们轮番上阵发表感言。先是东道主致欢迎词，而后有人喊出了把贫困的帽子扔到黄河去，还有人讲述要

　　　　　　　　　　　　邂逅大美梨

不断深入生活耐得住寂寞。最能活跃气氛的，莫过于现场提问了。一位诗人以多年创作的经历和经验对不同的古体诗现代诗分类解析，道出了最朴实的一句莫过于让诗自己说话；另一位也毫无争议地告诉大家回到群众中去，才能找到真、善、美的家园；更有嘉宾发言认同写作是无技巧的，只要用心写下一些好句子完全就可以。

四

回的时候是有顺风车的，偏偏还是没坐因为到不了最终的目的地。看来，交通不是问题也是个大问题。进城的时候天还阴沉沉的，然后回了趟家又到了单位。快下班时，接了陈老师的电话，需要尽快创作上交有关国庆和地方人大成立创作方面的书画作品。通常，单位都会大面积地下达任务，可往往接到通知时都很迟，几乎来不及上交就很快成为了历史。这么一说也得挤时间进行的，毕竟只有短短的不到两三个星期时间，凡事都不可延误。当然，从确定内容到着手都需要循序渐进的过程，心急吃不了热豆腐，慢工才打得出细活计。

上交之前，抽空去听了一场由省农科院组织的"院县共建"产业扶贫交流现场会。刚过两点，会场内几乎已经座无虚席了。来自全省各个县市的与会者，一起共同倾听了隰县打造有机旱作业示范工作和隰县近些年来发展玉露香梨产业的情况，主要表现在品质管理、品牌推广、市场拓展、完善供应链四个方面。当然，这些情况有的感同身受，有的不大了解，因此学无止境总是恰当的。

会上，共有8位同志就扶贫状况作了发言。其中有隰县的《深化院县共建、高质量发展玉露香产业》、静乐的《突出产业需求导向、拓宽院县合作领域》、浮山的《加快农业科技转换、提升产业扶贫支撑》、寿阳的《院县共建搭起合作平台、科技进步助推农业发展》、长子的《深化院县合作、助推科技强农》、农科院畜牧兽医所的《和顺肉牛强劲发展》、农科院食用菌研究所的《以实际行动践行"院县共建"协议》、农科院小麦研究所的《时刻牢记农业科技工作者的历史使命》。不难看出，这些县域在扶贫方面都做出了有益的探索，他们的经验和教训能够为后来者提供一定的思路继而转变为新的方法去指导新的工作，从而在提升科技创新、产学研深度融合和组建技术辅导团队等方面上下功夫，在希望的田野上建功立业。

会议结束之后，跟人聊到写不动了，偏偏对方也是沉着地接招直接调侃往前走不就动了嘛！说得也是，一点一点往前走连乌龟都可以夺魁的。跑得快固然好，慢也无可指责，只要有目标不停步，任何微小的力量都不容忽视。

<h1 style="text-align:center">五</h1>

临挂上电话时，对着电话那头的人儿说了一句"该出手时就出手"。然后，这一句用来形容梁山好汉的词儿，瞬间就成了时髦的话语。能听到这时髦话的，有河北天波果业的边总，有益春果业的陈总，还有青岛大华的姜总以及群里潜水和隐身的梨界从业者。这，主要源于有人发出亚洲果蔬展在香港即将开展，来自远方一张张精美的照片鱼贯而出，因此便获得了"该出手时就出手"的点赞行为。

草原夜色美，香港夜色更美。只是，没有人顾得上去回味这两种不同的景观，却不由得翻看相关的资讯。红到极致的苹果、青翠欲滴的葡萄和切开剖面的奇异果，在相继亮相时都具有超乎寻常的唯美视觉效果。据悉，此次参展的约有国内上百个企业，可谓群英荟萃。但是，国外的行情是随国内行情的。诚如边总所言，今年价低，估计出口能实现比正常年份数量的增长，能够缓解国内难销的压力，不过产量太大了，很难有差价。像深州农业农村局冯书记所期望的一样，都希望行情好，现实是黄冠净树 0.1 元到 0.3 元，带袋了，不挑。当然，边总去时还带了一些无人问津的玉露香和秋月梨。秋月梨属砂梨，黄冠也是各方面不错的品种。然而，就他所带的玉露香来说因很少有人收购愁坏了果农。这并不是说玉露香这个品种不好，而是河北的玉露香没有受到重视或者不适应。那么，是高品质才能带动经济发展还是数量多了神仙也没办法？是大亨赚钱果业才会大发展还是难销的年景高品质的水果输得会好看一些？一时间，众高手云集会聚一堂，纷纷展开了激烈的讨论。

不想在人多的时候发表意见，并不意味着不可以开无伤大雅的玩笑，声称"早说给您发点过去，但我们还在等……"这是由于不能早采，是品质好很重要的一部分。在这点上，山西的玉露香梨基本上做到了全链条无缝管理。就在一个阴天的下午，和山东来的梨商一起在果园转了转。尽管试过的个别梨果糖度都已经很高了，但都认为离采摘还是欠缺一些时间的。那时候，间歇性的雨点时而从高空洒落，时而短暂停息，却无拘无束没有一点压力。不必担心路况，不用刻意联系，全部注意力聚焦在了梨的上面。因《当前中国梨业的一些思考》中的个别问题，和庆刚老总谈起黄冠梨的育种人王迎涛老师，也就顺势提到了红香酥育种人李秀根老师和玉露香梨的育种人邹乐敏老师。他认为，中国梨生产过剩的局面还会长期存在，当然中国苹果和橘子的种植量目前也是非常过剩的，中国人吃不完，出口也卖不清。只是，光杞人忧天不解决任何问题，不如重新理清思绪积极应对。

河北梨如此，河北的玉露香梨也是如此。若一味停住不前，必将覆没无疑；若积极应对，势必多方借力。只是，河北素来以产梨大省自居，并且在中国乃至世界上占有重要的席位。无论是雪花梨，还是鸭梨，都一度以规模产量和出口处于领先地位。就河北农业大学来说，设有栽培与耕作研究室不仅担当着整个梨产业未来发展的模式，更意味智能农业的率先开启。显然，玉露香梨在河北至今没有找到解决制约发展瓶颈问题的方法，也才会有人千里迢迢询问即将上市的果品状况。当我把官方的采摘时间和基本价格私发过去时，又告知仅供参考以市场为主便欣然了。同时，也希望全国各地的果农朋友们该出手时就出手，早日把银子收进钱包，一起过上个吉祥平安的丰收年。

回想就在去年（2018 年），保平毫无争议地出现在了首届农民丰收节的《新闻联播》上。他的高产高效玉露香果园不过 1.1 亩，东西邻沟，属劣质土地。在竹干村大栽新世纪梨之际，共栽有 53 棵梨树。

又经高接换优后，将品种改为玉露香梨49棵，龙宝和绿宝石各2棵。每年春秋，他该追肥时追肥，该浇水时浇水，及时打药防病治虫从不遗漏。由于认识、技术、管理、投入四到位，每走一步都毫不含糊地跟着学、照着干，遇到问题及时请教，最终获得了高产量高收入。

按照这个标准的话，大凡种了玉露香的都可以达到这种水平。若再用心一点，多承包些土地多栽些授粉树多上点营养液，还可以勇敢超越的。

带雨梨花暗夜开 |

一

去龙泉镇冬冬果园前，刚好脚下穿着一双浅色的高跟鞋。考虑到出入田间会有不便，因此电话联系问清时间后，当即推开了临街一家鞋店的门。不用多想，在营业员热情地询问下几番小试，然后将一双黑色绒面的平底鞋毫不犹豫地换在了脚上。至于原先的，不如先在店里寄放着吧！负责该镇的技术人员杨智祥很准时，也几乎没费什么周折就一起朝着西坡底的果园驶去。路还算不错，起初是柏油路后来上了个坡快到地头时才有那么一点点没铺上沥青，故趁着停车的空当自行先进了果园。不承想，果园的主人比我们更早待在这里。不等介绍，出乎意料的是冬冬的父母竟然还能辨认出我。这多多少少让人有点无所适从，毕竟当对方能够识别你却没任何印象总是尴尬的事情。

从实来讲，这几年听了不少果树管理技术的讲座。有的是幼树管理，有的是病虫防治，还有的是树形修剪，但不可否认改良土壤是果树提高果实品质最有效的手段之一。因此，当得知山西现代农业中心牛自勉教授来授课的消息，只一会儿现场就被围观的农民挤个水泄不通。当然，还有像我一样平时并不从事而专程赶来取经的。此刻，他们就在我的身边一起聆听土壤的奥秘。驻足停留的，还有省作协的鲁老师和陈老师。他们都是《山西文学》的工作人员，不用问也必定是正在完成由省扶贫办发起《掷地有声》的采访任务。他们的到来虽然事先不知，但关注玉露香梨绝不会是一个人的事。况且，因梨接受采访的一男一女两位电商达人，早就暗地里知会了一下。其实，他们之中有人还提过好好写写我的父亲，却不知父亲已是另一个世界的人了。

容不得多想，牛自勉教授已经在梨树下面刨开了一道小沟，然后半蹲在地上抓起一把肥料边说边讲。从这样的讲述中，果农明白了以往上肥上粪的情况和误区，继而得出动物粪需要发酵才能被树体吸收。另外，上粪得挖多深和离树有多远，都是有着一定的科学根据，而不是随心所欲的。这么一说，抬眼四望发现周围的树木距离远近得当，修剪有致。

也就是在这个果园里，我们的新闻工作者花了差不多15个小时拍下了带雨梨花暗夜开的秘密。画面中，展露出无限生机的花骨朵在不到十秒的时间内争先恐后快速地膨胀起来，绽放出了最美的容颜。它们在雨露的滋润下舒展着筋骨，如淋浴后的仙子般雅洁美丽。雨一刻也不停息地落在叶片，落在了花瓣上，再顺着垂直的方向融进了深厚的土地。远远看过去，满树、满沟、满山都在轻风的摇曳中传递着春的信息。

到了秋天，中国国际电视台新闻频道的记者胡女士再次莅临梨园。园子里的果实已经颗粒归仓，只留下被秋霜冻过的叶子红黄相间亮得耀眼。这个时候，牛自勉教授照例像往年一样及时对施秋肥予以指导，也会不顾辛劳爬上高高的梨树剪去不必要的枝条。一开始，人们只是象征性地观望还充满了诸多的不信任，时间长了才发现应有的科技实力不应忽略。这样的场景出现了不是一次两次，而是每年都有很多次。

大多时候，牛教授还会带着学生和一些资料现场免费发放，而很多和冬冬一样以梨为业的果农就依靠这些积少成多的科普知识不断提高管理水平。当然，仅有听和学是不够的，还得在久而久之的重复中摸索出其中的一些门道。有了这些口授心传久经检验的门道，学和干才能有机地结合在一起获得看得见的实绩。

二

十月的一天，看到一条史无前例的消息。消息中，就山西省农科院与山西农业大学合署改革一事做出细致的报道。合署后单位名称为"山西农业大学"。保留山西省农业科学院的牌子、一个党委、一套班子。也就是说，从事农业科学研究的机构和大专院校某种意义上讲从此成为了一家人。不知道对于别人来说意味着什么，但就近年来与省农科院所分管的农业有所碰触，还是不可避免地和人聊起这个话题。站在更高的层面上，合署是历史的必然选择，是实事求是的历史产物。因此，没有什么可以争议的。毕竟，从大的方向上看对提升高等教育水平和农业学科实力大有裨益。同时，有助于在国家层面和获取资源时形成合力。这样的理解是否失之偏颇先不追究，因为现实的浪潮已经不可阻挡地朝着我们袭了过来。

面对浪潮，大多数人是束手无策，有所躲避有所叹息的。只有勇敢的弄潮儿才能敢立潮头唱大风。这种搏击海浪的做法原本轻易可见，但是人生的浪潮到来时不积极应对完全说不过去。不敢说于业内人士来说不亚于一场地震，也不敢武断地认为改变无足轻重，是因为对于农业始终存在着一种陌生感。纵观历史上的重大变革，似乎都和农业存在着一定的联系。

从最初的井田制到农民起义的爆发，从耕者有其田到振兴农村经济，应该说农业关乎着社会的稳定和人民的安居乐业。然而，农民总是占有最少的资源。无论他们做出何等巨大的努力，他们的路走得很难，难于登天。再看世界上的发达国家，以农业为支撑的并不多见。而是在近代历史上工业等诸多方面得到了长足发展，经济跃入前列，搭建贸易联盟，将第三世界国家远远地抛在了后面。更不堪回首的是，侵略的野心和扩张的做法使得好多发展中国家永无宁日，直到人民真正地崛起去捍卫尊严。

有时候，历史就在我们的身边时刻提醒着我们弱肉强食的社会发展规律，也警示着我们只有健康有序发展才能看到前面的曙光和希望。或者，改变会让生活更美好；或者，改变会为科技注入力量。那么，就让我们期待整合后的新山西农业大学在岁月的进程中迈出崭新的步伐，做出更大的贡献吧！

三

按以前的理解，企业若出现问题一定是输在企业文化上！不过，现在有了不同的思路。这是和湖北一位杨总提到的旧话，也是基于客观了解后认定决策才是本质的问题。对面的他随即回复上了一个罐头厂，给拖垮了。当时政府引导做大做强，结果大部分农产品加工企业都没了，从企业浓缩为公司又变成了合作社。难道是年龄大了跟不上时代，还是对政策把握不够的原因，反正已是一落千丈。曾几何时，作为果农致富领头雁的他凭着一股闯劲和执着，在昔日荒芜的汉江滩上带动农民开发滩涂近10万亩，形成了以林果为主导产业的生产基地。他还一度租赁飞机货仓，将品牌优质水果空运到北京、广州、香港等地，受到了国家领导人的亲自接见。

欣赏一切干事的人，知道成功是必然，也存在侥幸。然而，只有生产过剩或极度过剩才走加工深加工的路线并非高深不可理解，却被忽略了。每个干农业的人真的都很不容易，稍有不慎便陷入不复之地。错过了昨天固然叹息，重塑信心愈发弥足珍贵。这些年，在自家果园里的他有事没事都会摆弄果树，什么葡萄、黄桃、油蟠、秋月梨等等。生活目标清晰的他，除去听课观摩就是继续做优质水果，塑产业品牌。至今，仍然是该省最具实力的乡村振兴明星产业之一。

奋斗过，精彩过，无憾。就像他园中的一些风信子，是不是来自欧洲南部地中海沿岸及小亚细亚一带都无关紧要，重要的是一经接手满园芬芳。风信子其实蛮好种的，只要充足的光照即可，再加上凉爽湿润的环境和疏松的砂质土就很完美了。到了三月下旬的时候，不同颜色的花连成一片竞相开放比美。红的绚烂、紫的典雅，还有玫红色的娇艳无比……

他的孩子对田园式的生活不感兴趣，他也就不加勉强任他们各自去从事销售领域。这，其实也挺好的！不敢说是决策不当付出的巨大代价，也或是凤凰涅槃的新生起始，但经历风雨又见彩虹，就是他的生活也是全部。

四

从辛集回来后，一直没顾得上发个消息。这不，快都深夜了看到微信运动里的点赞，才赶紧在路过的唯美照片下面也点了点。不过，微信那头的少波处长对于留言可没这么认为，只是谦虚地说瞎拍而已。同时，却也言不由衷地对发生在岗底的模范事迹露出了应有的认可。据介绍李保国是他的老师，有一部电影曾反映了这位将毕生献给果树事业的全国优秀共产党员、河北农业大学教授，便顺其自然地提到河北的农业和梨。河北的黄冠梨首次突破赵县的雪花梨和魏县鸭梨的销售状况是在年初就得知的，故下半年或会看看也是早早计划了的。于是，身为管理者的他客套又不乏诚挚地邀请有机会前来指导，就有了由中国农业科学院果树研究所、辛集人民政府、河北省农林科学院遗传与生理研究所和南京农业大学联合在河北辛集举办的第四届全国梨储运加工与品牌营销培训会上巧然相遇的一幕。

当然，指导是谈不上的，亲自品尝这里的玉露香梨算是办了一件实际的事。安静的会场内，来自全国二十多个省的400多名梨从业者静心聆听不同专家的精彩解读。有受邀而来体系内权威的学术演讲，有河北梨界精英的担忧和思考，还有电商深度发展的话题等等。可以说既兼顾了目前梨产业存在的各种问题，又为政企研商在操作层面上无法应对的疑难提供了新的思路。这样的研讨会想来对于任何一个参会的人员都有着积极的意义，因此气氛良好座无虚席。会场的后面，陈列着一些可以进行果树品质检测的仪器以及一些当地梨加工深加工的产品，客观地将实力适时展示。

间歇的时候，接过放有梨醋的杯子下意识地浅尝了一小口。怎么说呢？味道还是不错的，下一口再下一口便换成了享受美妙的滋味。几乎就在同时，边聊边浏览了展区内的大部分梨及梨产品。梨，是摆在盘中的晋蜜梨、硕丰梨、宝珠梨、红梨、鸭梨、秋月、黄冠等名优产品，而梨膏、梨脯、梨汁、梨酒、梨茶也尽有不同滋味。只是，陈列在礼盒上面的4颗果个偏大、貌似玉露香的梨偏偏冷不丁地出现了。看上去，它们一点儿也没有果中佳品应有的外形和容貌，就好比是丫头刚睁开眼睡意朦胧披头散发的样子。这样的猝不及防，令人差点没了主意无法面对；这样的横空出世，也令人羞于见识无法正视。没有更多的话语，说不清是失落还是无语反正接下来的动作是捂着嘴巴悄悄回到了座位上。

邻桌敲着电脑的山东姑娘姓亓，听了比喻一时间笑得合不拢嘴。她可能不知，为了确认摆放的宣传单一直就在我们的桌上，而实际上也和姓李的果商通了个电话再无从提起。梨的主人因个中原因没有见到，顺便交流的事情以此作罢。尽管如此，还是原路返回拿起手机拍了照片，也理解了之前一度滞销的消息。玉露香梨在河北无法畅行，不意味着黄冠梨无人问津，甚至是更多的品牌成为市场上抢手的特色产品，包括成就了一大批像孙春秋一样在改革开放中贮藏保鲜和贸易方面做出贡献的企业家。

这样的状况，在少波处长来说肯定是了如指掌的，因此也就有了培训会上的亮相发言。侃侃而谈中，也许有些观点没有深入剖析；侃侃而谈中，也许有些问题不便遣词继续。毕竟，应邀而来的个个都是精通业务的行家里手，而不是腹内空空的绣花枕头。可能有人会说，专家也就是那一两下子，在别的领域恐怕连普通人都比不上。从某种意义上来说，这样的观点似乎是正确的，但专家触类旁通的理解力往往是令人惊奇的。

记得在朋友圈看过转过的一句话"越是难熬的时候，越要自己撑过去！"也相信没人在乎你是怎样穿过暴风雨，但有些挫折和磨难一定是需要自己去面对。勇者无畏才会坚持，行者无疆才会坚强。那么，在反复质疑和检验的过程中会不会有所收获，于每个人来说是不一样的。

育种专家能解决优良品种的问题，却会对地域适应性不强没有良策；病虫害专家术有专攻，却会对储藏问题不太在行。这是客观实际，也是必须面对的事实。那么，面对专家敬畏而不迷信，尊重而不崇拜，才能一步一个脚印实事求是地前行。再有，我们都在前人的基础上前行，应该是有了更多更好的可能。专家不易，才有了今天旁人无法获得的精彩；专家不易，才造就了梨业群雄争霸的气象。这，既是我们中国梨果业的自豪，也是中国创造的不屈力量。

五

正接着电话，就听到有人走进了办公室，看到旁边手包上印有的《诗经·甘棠》，便打开手机搜索正确的读音视频。这，让人想起了和一位梨产后专家沟通过晦涩难懂的古字释义。问：

"《诗经》里的常棣和康棣是梨树吗？"

"应该不是，查查，再准确地回复您！"看到留言后，下意识地这么一说。

"常棣之华，鄂不韡韡。注：常棣，花草名，又名唐棣，数朵花为一簇，如樱桃状。"没过多久，一张书籍的截图弹出这样的文字后又有"注释很清楚，只有一个音棣 dì，后来又有了多音字棣 dài 和 tì，花黄色，果黑色，花一簇簇而生。为了确保无误，同时将问题转到了把《诗经》掰碎了解读的女作家李继红那里。李继红既是一位优秀的女作家，又是一个公司的副总。她对《诗经》做了详细的解读，分为《奔走诗经》《飞翔诗经》《芳香诗经》《草木诗经》等系列，因此对《诗经》里的动物植物了解得比一般人多。她研究《诗经》顺便研究梨，而您因梨研究文化领域的东西，碰撞就会争议，有争议不怕，离揭开真面目就不远了"。

一番解答作罢，也顺手将该作家的作品链接发送过去。大概是第二天中午收到了颇为详细的回复，还附上常棣盛开的图片说："妹妹答得好！甘棠就是山梨，咱们一起去过的霍山老爷顶上就是。"原来，路过的风景从来不曾留意，总有有心人善于发现和记住生活中的美。接下来，我们一起读读那首流传千古的《诗经·甘棠》吧！"蔽芾甘棠，勿翦勿伐，召伯所茇。蔽芾甘棠，勿翦勿败，召伯所憩。蔽芾甘棠，勿翦勿拜，召伯所说。"这首诗大致反映了一位名叫召伯的人，在政治理得当，人民和睦。等到他去世了，人们怀念他，连他种的树都不忍破坏。这，其实是对为官一任造福一方行政长官的最高褒奖，也是干群关系血浓于水的另类见证。

今天的中国，各种升级版的"甘棠遗爱"在不同的时空不同的地点发生和正在发生着，也让我们相信祖国会更加强盛，民族必将复兴。到那一天，人类命运共同体的强大联盟不是一句空想，而是人类战胜自然的最高智慧。

六

还记得跟一位老师讲过，有时间去看看梨体系建立后的年终大会。这事儿比较大，得提前说然后再说直到事情真的到了跟前包袱一打出门就成了。不想，竟然被忘了个一干二净。你说，该怨谁啊？

人常言：好事传扬坏事瞒。可在看到体系内的各个熟面孔相继出现在贵州才明白，确确实实忘了个一干二净。贵州离得挺远的，长这么大也没去过。贵州离得也不远，坐个飞机当日可达。然而，终归因为没有提前沟通好，错过了自体系成立后十年一次的年终总结大会。现在回想时，能记起的只有上班后在办公室的愕然和无意中发现另外一位画画的友人也晒出了贵州标志性的建筑物甲秀楼。

印象中，南方有一些风物是和北方完全不同的。金碧辉煌的甲秀楼、别具人文的文昌阁、还有飞流直下的黄果树瀑布都是当地富有特色的景点值得好好观瞻，就这样因大意错过得一塌糊涂。这倒也没什么，只是错过年终大会上对玉露香的汇报才是值得遗憾的。毕竟在十年前，华中农业大学的国平老师长达六十多页的PPT中建议在全国发展玉露香梨的言论尚未风干，而这十年内玉露香梨在全国各地大面积发展的资讯陆续可见。然而，由于一直只处于远观的视角上见证这个伟大的时代和梨产业的发展，个人的学识能力视野以及参与度都不能够更好地从总体上掌握把控，故希望一直在这样正式的场合里倾听更加全面系统的讲座。

　　按照常识，由玉露香梨的育种单位来总结该品种十年来的发展是必然的，而山西之外的情况均有发展也基本上是清晰可见的。有，不是目的，根本目的是能够生产出国人认可信赖的品质一流的水果。在粮食作物能够达到生存保障后，再添加到菜篮子里满足人们日益增长的生活需求。没去，就不知道有没有省份超越了山西的玉露香梨；没去，就不知道有没有比玉露香梨更具发展潜力的梨。

　　这事儿，本来不该讲的，讲出来显得自己没把事儿办漂亮。实际上，也只有很少的人知晓之前有过一次交集的机会因为车延时以致错过了对接的最好时间。既然如此，也就坦然面对吧！

非常时期非常语

一

　　大年初二的上午，天空中似乎飘起了若隐若现的雪雨。远远望去，空气中到处弥漫着阴冷潮湿的气息。和往年不同的是，熙熙攘攘的人群如蚂蚁般穿行不再出现在视线之内，只有很少的人儿夹着文件袋或是戴着口罩忘我地前行。这恐怕得归结于，由于湖北武汉新型冠状病毒引发全国感染肺炎的情况，使得大家都自发减少出行进行防控。这个时候，隔壁的邻居肯定是悄然上路了。尽管没有听到他们发动车辆的马达音，也没有听到他们离开的动静，可忐忑不安的内心祈愿这两口子能够平安到达；尽管已经从朋友圈看到断断续续的封路消息，也不断获知陆续出现了更多的病毒感染者，但想来换了任何人也都会义无反顾地向着远方迈进出发的。

　　远方不是虚拟的，也不是文学意义上的诗和远方，却是他们真实存在的故乡。那里，有他们至爱的父母、孩子和亲人。平时，他们远在天涯又彼此牵挂；平时，他们各自忙碌又彼此分离。年年，月月，时时。只有很少的时候聚在一起。不像我，此刻可以坐在温暖的家里吃饱喝足了，还可以靠在家里的沙发上顺手翻翻《隰县玉露香梨绿色标准化生产技术简要》的挂历。挂历是从隰县果业局带回来的，上面赫然印着要做一个新时期爱农业懂技术善经营的农民。这，是中央领导视察山东时的寄语，也是当下新型农民的必然选择。闲来居家的我随手可以换上书籍《在雨水下行走》或《奔跑的路上》，而以经营超市立身的邻居只有在大年三十送走最后一批顾客才能拖着疲惫的身体微作歇息。甚至是，只有新年的鞭炮声才能提醒他们该回到父母的身旁去拜年啦。

赶上了非常时期，疫情发展和防控工作的信息铺天盖地。但凡听到微信设置的铃声一响，不是钟南山院士坐着动车前往武汉就是河南防疫的工作扎实，不是古药方的截图就是居家勿出的调侃，中间还夹杂着有人出差国外，有人逃离疫区，还有人寻找坐过 G586 及 G686 高铁的人员等等。这期间，各地对从武汉回家的人员均进行严格的排查登记体检，结果也及时反馈。一时间，各级部门高度重视积极做好宣传和应对事项。包括所有的景区、活动因故取消关闭。更主要的是，国务院新闻发布会的首次直播向天下昭告了疫情的起因发展控制和重点防控一系列状况，令人无法忽视。

按以往的惯例，行进在路上的他们即便顺利也得十多个小时才能到达目的地。他们的老家不在湖北，而是比湖北还远的浙江。如果不出意外的话，从天刚微亮到夜深人静还得经过一段相当漫长的距离。临走前，邻居太太没敢说具体时间只告诉备好了口罩，想来是做好了千山万水也要迎上去的准备。此刻还下着雨，在雨下行走的他们想来定是一刻也不停息。套用春节联欢晚会上的一句话，父母惦记着啥时候到家啥时候就是过年。因此，华灯初上时看到飘忽的雪雨停了，也相信他们一定到家了。

也几乎就在这两天，微信公众号发出了阳头升乡苛岚金农民李书林《不能宅家等，时节不等人》的剪树新闻。看到吉县小阎的拜年信息后，转了过去。微信那头的他，马上回了钟南山院士说了算的图片。就不成熟的看法来讲，疫情的发生是个有始有终的过程，仅凭个人是无法预料和把控的。这也是为什么官方一直宣传做好自身防疫、少去人口密集地方的根本原因。但是，疫情的发展和人为不可控的事情令人气愤，故在初发阶段专家一而再再而三地提醒。不过，先不说疫情，说和疫情无关的剪树的事情。这样在大年之初剪树的情景并不少见，很多年之前就知道农村有人甚至连过大年都不歇着的。当时，并不知道这样的做法是否符合常理，也不理解为什么要这样，只是顺便知道而已。

是啊，在举国上下普天同庆的日子，如此做法是有悖常理还是另有苦衷年少的我当时并没有深追细究，但若干年后这户人家的孩子中有人从事航天科技领域，有人入职中国科学院研究所，还有人继续留在农业领域创造了一方神奇，让我彻头彻尾地看到了劳动人民遗留给子孙后辈的勤劳总是最好的馈送。给小阎发过去也没多考虑，本就是几张图片一条信息而已。这是因为刚认识添加时，知道了居于黄河河畔的他认定并在山上种植了一些玉露香梨。这些玉露香梨种植面积大约 10 亩，2000 来棵，梨树龄只有 5 年，但因为不是省农科院的帮扶单位因此农业信息比较闭塞，故时常在周边的果树圈里寻找帮助。该上药了用什么不知，该采摘了什么时候摘不知，于是，给他推荐果树管理公众号，提醒他注意学习果树管理。然而，在全国梨果大丰收的大背景下怎么换成票票还是个比较重要的问题。

在他看来梨甜口感好，可对如何定价如何走向市场都很盲目。于是，提醒他汾西、吉县和隰县的地理位置、气候土壤差不多，销售应该不是问题，而且尽量不要打隰县的牌子会让你陷入尴尬等等。微信那头，小阎会时不时地发来情况反馈"我们这里没有存梨的，下雨没法下"。而我往往凭着感觉发出"替你急""注意战略，掌握宏观，大处着手""入库后，依靠市场，开拓市场，把握市场，条件成熟的话，也可以考虑加工深加工的路线。"之后，他将地里梨的图片一并发了过来，还附上"装了五万斤，地里还有两三万斤二级的"。而"十来天就会变色，手机里的梨商每天都是两点休息，也是最好的营销商之一"，便是听到消息后的告知。

当然，梨果入库后又问："梨走完了没？""怎么可能，市场一直都在，价格不行，鲜食一部分，储存一部分，加工一部分，损耗一部分，二级人家不要，开辟自己的渠道很重要，在今年梨果业高开低走的前提下善于变通和抓住机会，学着制定战略运用战术多方面入手，还有注意健康。"此外，还有"看你欲言又止的，肯定又遇到瓶颈了，这段时间也确实很低了，也该反弹了！要千方百计地卖梨，可以试试不如咱们果品的地方，试着和吉县苹果捆绑销售，微信宣传，电信运作，办法都是人想出来的，路也是人走出来的，祝你成功！"

又过了一段时间，他又说："库里的就一直还没销。"可是，好长一段时间一直能听到全国梨果低迷滞销的情况该咋建议了，不如"还有两个月，你得破釜沉舟地往前闯，不要只是圈地发展，走出去试试，主动开辟市场，一切都不会太难，没有谁会随随便便成功，相信自己，每一天都充满力量！""天气原因网络不好，若看到自己记一下。还有一段时间就要过年了，年前好好突破一下，玉露香梨不行，别的更没法干，这是目前的状况，当然，人家成熟的大户这种问题几乎不存在的！只是你，得注意，等天气过了惊蛰一暖，问题就会不断出现！类似于顶腐病和炭疽病的情况，就会陆续发现，这么说，主要是提醒你！年前可以好好策划，现在为时不晚。""是的，年后就不好处理了。发愁哩！"

"年后还有销售的黄金时节，但商场如战场，往往是运筹帷幄之中，决胜千里之外。""嗯，谁也预料不到的。""你没有理解，是先制定战略才去打战，比如是围剿还是地道战。无论传统营销还是电子商务或者是订单促成，都是做人的成功。破釜沉舟，相信你行！俺不是内行，只是关注这个领域多一点，点滴意见仅供参考。既要输得起，也要赢得漂亮，这是每一个成功的企业人，都需要面对的。希望你稳稳当当地一路往前。"其实，上面的对话都是一年来手机里的留存，正好趁着发送果农修剪果树的消息顺便查看又记录了一下。

二

不瞒您说，都初十晚上了我们姐妹俩才在微信里简单地对话了几句。换了往年，没准儿天天宅在一起散步聊天聚餐斗嘴呢！最小的姐姐是一家药材公司的负责人，每天就是和医啊药啊什么的打交道，那么在新型冠状肺炎疫情迅速发展的情况下肯定不会像大家所想的那样在家宅着，不如就此唠叨几句。

当年从山西中药材学校毕业的她，派遣证直接分配到了县里的药材公司。刚到单位就赶上了省里验收检查工作，整理的档案做到了全面有序，并且在调取的过程中堪称"精、准、快"，自然获得了上下一致的赞誉。这一来，介绍对象的排着队。你想想，连周边外地的人也托人打听信息，人不好谁能乐意。那时候，医药公司和所属门市部还没有使用电脑操作，都是手工开票，工作上比较枯燥无味。对数字一向敏感的她，倒也不是什么难题。往往别人还在查价格，熟悉业务的她早已随口报出了正确数字。这一来，小有名气的她受到同班校友的青睐收获了自己的爱情。可惜，走入婚姻没多久便遭遇了前未所有的困境，公司因经营不善倒闭，法人代表迫于压力离开了人世。

　　有句话叫改变不了世界，就得学会改变自己。姐姐一边过着捉襟见肘的艰难日子，一边看书进修学习，之后顺利取得了国家统一颁发的全国职业药师资格证书。这在当时是非常少有的，也引来了不少高薪诚聘的电话。显然，姐姐没有贸然答应，仍踏踏实实地在自己的岗位上尽心尽力。于是，当公司重组时，有人提议这个有资质的年轻姑娘担任副经理，市里竟然一致通过同意了。

　　或许是住在城郊简陋平房的缘故，上班走时有时会将孩子锁在家里，经历了一次意外的入户盗窃事件，让她一直余悸未消。香蕉没了可以不说，录音机坏了可以不讲，甚至现金和首饰丢了也可以不急，但单就吓坏孩子应该是不可估量的损失。于是，两口子便咬着牙决定买楼房。买房一听就不是小事，得挤出时间东西南北看房无数次，然后再东凑西借克服人民币不足等诸多问题。当然，不得已还要把原先的房子卖掉在外租住一段时间，最终才挪到了鼓楼边上。也就是一般人所认同的离上班、超市、医院、学校都不远的地方。可搬进新居没多久，就又赶上了非典。

　　经历过非典的人都知道，山西是重灾区。在清徐打过工的小李曾说，他们的同事意外感染后遭受全厂人员的驱赶无奈之下只好离开了。忘了跟您说，姐夫是手术室的医生，也是当时区域内唯一取得西山五县麻醉副主任医师资格的那个。作为医生，医院是阵地是战场；

作为分管业务的副经理，为县城十多万百姓协调物资是职责是使命。姐夫是个好姐夫，为了避免传染给所有家人配了疫苗，可看到注射疫苗后一次次不断往返于省市之间的姐姐，也忍不住厉声大喊："不要命了，就这你还要出去？"是啊，这世上离了谁不行呢？听到这样的质疑声，姐姐当时什么表现忘了，但她一定在想多一支针、多一片药、多一份物资，就多了一份生命的保障。

时隔多年，新冠肺炎肆虐发展的情况不是当年胜似当年。不用说，姐姐和姐夫一个年三十在单位值班，一个从大年初一开始每天依旧在一线工作。和你在电视里看到的医生和护士一个样，他们穿着白大褂戴着口罩认真负责地面对主动就诊和被动问药的病人，从早到晚甚至半夜接了电话也会加班加点。有道是：不要在人口密集的地方出现，但姐夫所在的医院每天都有高危病人出现，姐姐所在的单位也是医生和病人家属频繁出现的地方。难道他们该足不出户，那我们这些芸芸大众还能看到什么希望？

好在，姐姐的孩子已经长大一些，不用老担心饿着肚子，也不用担心无人看管。按照卫生部门提供的名单，从武汉返回排查的老少幼儿都是重点隔离防控对象。换言之，无一不是潜在的感染者和疑似病患，也随时可能使任何不可预测和不可控制的局面恶化、失控。不怕是不可能的，但怕也得勇往直前。在这样的情况下，已经成为一把手的姐姐和公司同仁勇往直前全力以赴，姐夫所在医院每天同步报道抗疫工作的进展，更有返回太原的同事直接飞赴到了武汉。

这期间，各种各样的言论充斥在朋友圈内。有疫情延时上报蔓延的不解埋怨，有钟南山院士火车上休息打盹的图片，还有医护人员累了并排躺在过道上的劳累身影。其实，这么大的疫情谁又不是受害者呢？一直静静存在于朋友圈并不熟悉的武汉诗人隔三差五将感悟上传，星光派出所女警花那双忧郁疲惫的大眼睛老是在闪，还有一位国家卫健委的旧交把做好的防疫知识链接发到了微信里。他们都在以并不常见的方式应对疫情的发生。与此同时，返乡回家的邻居在微雨中悄悄地离开了。这恐怕也是他们回家路上最漫长最艰难的一次。也就是这一次，他们才得以把脚步慢下来，和平时并不常见的亲人有了难得的居家时光。

　　然而，生活本身就是不可预测的。大年初七的中午，正把饺子端上桌的我们一家人听到了轻微的敲门声。打开门一看，竟然是外地一位同学的母亲戴着口罩站在门口。一问，原来是物业刚好不在就直接进来了。当下，赶紧加了碗筷嘱咐老人别饿着。不料怎么劝说老人就是不愿意摘下口罩，还一再推说刚吃过没有消化的，也好听听老人有什么事吧！老人的体质一直不太好，但年前就打过电话提到一些情况。这不，才出正月就像她说的出来少转一下，问问自己的地和儿子的工程款拖欠的问题。嗨！这可真不是自个儿能解决的，不过即便如此，我们还是在大略了解后说出了一些建议，又告知她非常时期千万好好地待着。听到这里，老人才好生离开了。

　　说实在的，只要睁开眼睛就会有疫情报告冲进耳眼，更何况政府官方的发布会天天直播上线。看到祖国大好河山红了大半个天，相信每个人的心都提到了嗓子眼；看到白衣天使逆行的劳累，相信每个人都会泪光闪闪。欣慰的是：一批批紧缺的物资分批分次抵达疫区，一件件捐赠的用品紧急上路运到了武汉。日子就这样一天天地向前迈进着，尚在初中的孩子也收到了学校网上开课的通知。这以后，每天天刚亮他就自己拉开灯戴着耳机开始听讲，时不时地记下一些笔记，也及时地完成老师布置的各项作业。

　　当看到姐姐在微信链接下面的只字片语后，手机这头的我发了短信问道："要不，派个人采访去？"没想到她竟然实打实地回了句"不爱搞那虚的"，又发过来两张领导视察和晚上加班的照片，照片下附着一行文字：没有感染者就是最好的安慰。疫情再大，都希望居住的那一方区域能够幸免；疫情报告再少，都不希望大家是其中的任何一个。这是我发单位群里提醒大家做好自身和家人防护工作的几句话，同时也深刻地感受到千千万万个同姐姐姐夫奋战在一线工作岗位上人员的坚守和付出，一定是我们这个时代里面对疫情时最好的安慰。

三

　　"抱书可读千十卷，行路能视百余天，晨观窗外雪雨飘，暮闻门内日月照。品茶论道说诗经，雅性怡情听韵音，静卧竹斋知天下，从容应对心神宁。"这是看到冯老《无题》一诗后跟的小帖子。说实在的，昨天还有一位爱好书法的老者把写好的诗用楷书发在了老年书画群里。同时，一并私信请我指正。而我，能看到他时常赋诗非常难得，也认为我们年轻人若有这样的坚持和创新就好了。只是，就本人也是外行，在古体诗方面往往不能自如地用韵，但当下写春节写疫情都是极为常见的行为。

　　确实是这样，在添加的多个诗社当中比较常去的有韵漪诗社。究其原因，应该是气氛不错。只是，大多时候是不轻易出手的。而且就在不久前才大略地了解词林正韵或新韵，故在写古体诗方面可以说是菜鸟一个。这不，诗社中又有了同题征稿任务，要求步韵白居易的《钱塘江春行》，内容以春天为背景，积极健康有正能量的都可以。当下，也略加思考发出去《春日有感》，请老师们指正。如下："寓居钟楼侧畔西，放眼云外高山低，何日艳阳润新色，春暖花开燕衔泥。河边悠然观红鲤，黄牛迈步自奋蹄，少需耕读惜时光，从容不老过柳堤。"

　　若换了别的地方，一出手估计是喝彩一片，然而发到诗社当即有人回复并且细致地道出"平仄问题多。平水韵，多用在古典格律诗取韵；词林正韵用来填词取韵；新韵，就是用现代声韵，解决古典格律取韵"。其实，往出贴的本意也恰恰在此，于是继续听从未谋面的云中雁影老师继续讲解"关键是先定好韵，再按平仄要求，把首句定下来，接着依次往后推！"这不，以后再写不就有了头绪。可能有的人觉得古体太过繁琐，故现代诗是大多数文学爱好者的表达，但无论怎样，想来这都是一种收获。

　　迷迷糊糊中，梦见了逝世多年的父亲将一个储物室内的东西搬走，跟在后面的我发现了两个漂亮的簪子也想带走。一个是黑色，另一个是黄色。又在依稀中，有远方的堂哥来家里探视父亲，最小的姐姐守在不远处等候时我拿了切开的西瓜先到，紧跟着姐姐和堂哥竟然也拿半个西瓜进了门。这是早上醒来时的梦境，有什么含义不想探讨却想起了生活中另外一件真事。

那就是，和小学同学在吃饭时闲聊的部分内容。闲聊中，说起在隰县玉露香梨研讨群中见一位下崖底农民发出自己家桃树叶片发黄的照片征询出了什么问题。在那样的情形下，有人缄默无语有人勇作匹夫一试，可没想到把同样的问题转给国家梨体系岗位专家王国平老师后收到的回复，让自己成了那个不幸的牺牲品。换言之，被隰县玉露香梨研讨群的群主无情地踢出去了。

漂亮的小学同学是个女同志，爱人是本地梨果从业方面的专家，也是和国平老师意见稍微不太统一的老师。尽管，王老师虽然出差在国外委婉地告知大略情况，也顺便说明无法细致地解读照片中问题的解决办法。但几乎就在大家都说出不同意见的同时，敢于发言敢于学习敢于应对的我瞬间成为了群成员的历史。这一刻，不是轻轻地我走了正如我轻轻地来，而是没有一点浪漫也没有一点不舍事情就那样无可更改无可避免无情地发生了。说实话，当时是没有太多感想的，忙着赶路的人在乎过身边的流云吗？而在看到小学前后桌的漂亮的女同学时，记忆再次涌上心头一不留神便说出了口。

一起吃饭的，差不多彼此熟识又不多见面，只是由于有事便顺便闲谈。当小学同学惊奇地说你咋一见面就提到这个事情时，于是赶紧说从此打住绝不再提。那么，或者写下来以后真不用提不用想了！因关注梨接触种梨卖梨研梨管梨的人，在工作和生活之余都是最正常的事。然而，究竟在这个事情上谁对谁错呢？群主的监管有力，会有利于群的发展；成员一呼百应，很多问题迎刃而解。那么，本着寻找最准确答案的前提勇敢发问反馈答案却被踢出了群，可能是自己一时的心病也或者早已随风远去。爱默生说过：一个朝着自己目标永远前进的人，整个世界都会为他让路。也罢，让路不让路都无所谓。只要活着，就要在路上这就够了……

花开时节就是春 |

一

　　就在四川第一朵梨花开放之际，一张看上去娇柔的花朵被人传到了手机页面上。仿佛一瞬间，人们被这朵长在粗犷枝干上的花朵带来的气息所感染，感受到了春的力量。春天有什么力量呢？春天是万物复苏、充满生机、携着希望的季节，也是天南地北广大农民播种的季节。于是，一朵花的出现让人们真真切切地想去做点什么。去耕去种，时间不等人啊！然而，疫情时好时坏的消息每天都在发生，前往武汉参加抗疫的医生日夜工作不息，暂时分离的一对小青年从此阴阳两隔后会无期，天天牵动着人们极其脆弱的心和影响着正常的生活。

　　那段时间，一有空就会查看官方的数字，看着它们上升下降直到不得不谨慎地出行。更多的人还是蜗居在家，偶尔戴着口罩在小区附近买个菜就算是出行了。封锁前，家住重庆大学的晓红姐在家门口拍了几张照片传了过来。画面上，富于内心生活的她在绿地花丛间凝思注目回望，每一个瞬间都带着几分自然美。她的服饰很富有民族特点，刺绣、盘扣、挂坠等中国元素的搭配，都会成为极其恰当的点缀，完全就是出色的中国风代言人嘛。之所以充满了中国味道，也许和她所从事的文学工作有关，她的微信链接中经常有研讨采风的报道，更有文学作品的不断闪现。得益于文学的滋养，言行举止里总是透着一种知书达理和温雅淡然之风。

　　道不同不相为谋。同在南方的张老师可不是这样，大棚里晒出了科研实验的种子已露出新芽。统一的种子、统一的盆栽、统一的管理，犹如排着队的千军万马罗列在一起，只等着一声令下就伸着胳膊四处扩张。它们都不会说话，无边蔓延和枝节向上就是疯狂生长的力量。对于北方人来说还有点早的，完全感受不到春意。尽管少了漫天遍野的寒冷和寸步难行的状况，但回暖的周期略微有点长。不过，这丝毫不影响省市的专家已经上岗，他们在这种情况下更要合理地指导科学的修剪。熟悉的地头，熟悉的工具，熟悉的场景，这样的工作不停地出现在各个基地试点。

没有耕耘，就没有收获；没有付出，就没有得到。文学创作、科研创新等都是同样的道理。不同的人在不同的领域在春光里用自己的频率书写着使命，不同的人在不同的岗位上用自己的坚守捍卫职责。这就是花开时节的遇见，也是本真的呈现，更是春日里的私语。

二

由于疫情的原因，原先一年一度的玉露香梨花节改为了首届网络梨花节。地处城东黄土镇的无鲁村作为首届网络梨花节的现场，也不例外地和新浪中国、新农堂等合作单位一起承办了这次活动。自然，会前由主办方和承办方一起定会场、布展台，发布会、招商会等又在如火如荼地进行着，周围的村民也翘首企盼着这一天的早日到来。

临近活动前，姐姐邀请从市里专程赶来的客商一起前往，人家没怎么考虑便同意了。大概有两三年了，是没有去现场的。这主要是因为平时还有工作，没有把看花赏景当作首要大事。也归结于原先参与梨花节的对接相关事项慢慢放下了。抱着这样的想法，在第二天早饭后三步并作两步到了约定的地方只待人齐了即刻动身。这中间，还有人询问是否可以同去，无奈眼下情况这样只能各自相安了。

一路上没有太多的车辆蜂拥而来，故行车秩序良好只要向着设置的导航目的地前行就可以了。山色朗润，草色青青，黄蔷薇不时地摇曳着浮现自然之美，使人不禁能哼出一支小曲来。还好，虽然只是比预定的时间迟到了一点点，但因活动稍加延时竟然没有错过开场。也

　　　　　　　　　　　　　邂逅大美梨

远远地就可以望见，在一片遮挡着防雹网的区域隐约铺着红毯。待走到近处，空中的无人机不断地发出轰鸣在适合的高度穿梭着拍摄，穿着湛蓝色衣裙的主持人手拿新浪标识的话筒惊艳亮相，就见梨县长用惯有的稳重和得体向人们介绍脚下这片土地"蓝天净土好人美梨"的概况。蓝天，是指自然环境好，没有工业污染；净土，无污染，农业污染和农药污染是不存在的，所产出的梨出口美国时30多项指标包括重金属、污染物、农药残留是检不出的；好人，从中宣部名下品牌推广中心授予"中国好人县"起，涌现出了国家、省、地、县级大量的英模先进人物；美梨，指皮薄肉细的玉露香梨在中外品牌暨中国品牌文化管理年会上获得"中国大美梨"的称号。在现场，还意外遇到了秦晋中原网的负责人，说起来我们是老朋友了可联系得很少，听闻他从一大早开了两三个小时的车才赶上了活动开场并且刚刚落地就又进入了紧张的工作状态，不禁暗暗称赞。他下意识地拿了相机拍梨花，也顺便把对面的老朋友留在了镜头里。然后，我们也聊起了关于抗疫期间报道的一些情况，直到有人旁敲侧击地说声音似乎可以小点才止住了话题。

快结束时，有人提出幼树花少看得不过瘾不如再去往年举办的地方串个场。这有什么不可以的，只要油门一踩认准了道路就可以尽快到达的。可能也真是温度略有不同的缘故，快到阳德塬时道路两旁就能看到满树雅洁的花朵开得无比绚烂，于是大家或歌或吟直到尽兴方才返回。在我们走后不久，新农堂堂主钟文彬的直播即刻隆重上演。当然，坐在家里就可以把全程观看的。

对了，得把拍好的几张照片传朋友圈嘚瑟一下啊！没想到，刚发出就引来了大量的围观和猜测。那幢果园里红顶的小房子，有人猜是存放梨的地窖入口，有人说是装农药的，有人提出是放农具的，有人道出是圈狗的。总之，江西、河北、山东、湖北等各方人士都群策群力，可压根儿和答案没有沾上边。倒是有个冰雪聪明的姑娘大胆说自己知道偏偏不告诉，真是难为大家了。这里既然说出来，索性干脆把谜底揭穿。其实，正是农民伯伯无穷智慧的绝佳体现。黄土高原上以水为贵，趁着下雨天将水储存或者利用闲时蓄水可以一解无水之旱，路过此处的你想到了吗？想到没想到都不要紧，还是继续倾听花期尚未结束的另一件事情为好。

三

县长带货已有四年时间，这四年给老百姓带来了什么？以玉露香梨产业为主的产业兴旺又旺在了哪里？贫困地区在直播时代有啥机遇？且听县长王晓斌和农村电商大咖莫问剑、王军龙一一解读！精彩内容尽在直播间。这样的宣传一经发出，很快得到了大量群众的积极转发。对于直播这种形式，实际上大家都无可避免地接触着。最常见的莫过于每晚7点的《新闻联播》，一男一女帅哥靓女端坐在镜头前把从国内国外各个战线汇总回来的信息及时呈现在观看者面前。只要打开电视机，就会有各种各样海量的新闻资讯涌进大脑里。由于观看者本身就处在社会的多面角色里，那么观看之余言为心声的话语也有所不同。那么，大咖助力的直播会有什么全新的感觉和大手笔的驾驭呢？

不用多想，就在晨起后搭上早班车直驱梨博园。梨博园所在之处不算太远，大约半个小时可到。这样一来，离正式开播差不多早了整整两个小时。两个小时可以干很多事情，可若是闲得无聊只剩打发时间也怪没意思的。幸好，这如诗如画之地不是来了一两次，刚开始建构时数次采风直到一部汇集了众人汗水和辛劳的《印象梨博园》付梓出版，后来外地的朋友慕名而来少不了实地拜访，再后来同拟定出书的朋友现场勘察直至顺利上市。尽管每次来的理由都不一样，但没有一次不是开心前往。就像现在，等待活动开场前还可以借机回访一下，不想当时接待我们的人已经因病辞世，更没有想到他年迈的父母尚且蒙在鼓里已好多年。

等到军龙一扭头看到打了声招呼，下意识地告诉来得更早呢！一直知道他们几个在这里租了几间窑洞作为办公和居住的地方，甚至于在之前的活动中还策划邀请了国内大量的电商专家举办过百万人观看的直播访谈。那时候虽说在外地出差开会，但关注的视线一直没有离开过。当然偶尔闲暇也会随心发上几条不疼不痒的微信交流一下，看他们在电商的蓝海里如鲲鹏展翅直上云霄。

不等细想，现场的工作人员已经做好准备即将开场。这就有了三个人在几米开外的地方你一句、我一句地切入正题开讲"直播带货＋定制认养"。直播带货很好理解的，就是在直播的同时将一些本地的名优特产品以折扣的方式推荐给大家；定制认养也不难揣度，就是预付一些资金，相当于签订一种合同最终使认养落地成型。换句话，就是在信息时代花钱买卖东西的一种新形式。直播结束后，大家调侃猜测会是谁的下单多些，怎么可能让他们一再风光再现啊？不如就此凑个热闹说还是自己厉害反正没有人会深究的。更没有人追究的是，也暗地里肯定这些走南闯北的浙商确实有过人之处。他们的视野、心胸，以及实力不同凡响，立于天地间代表着敢拼敢干的中国力量。

四

庚子初春有疫情，
冠状肺炎四处横，
中华大地始蒙难，
神州百姓不出行。
青山不老春常在，
共担风雨花自开，
科学防护战病魔，
万众一心向未来。

这是按照中国文联关于"要用文艺的方式加强疫情防控的正面宣传，鼓舞群众斗志，凝聚强大正能量"的要求，山西省老年书画家协会举办"众志成城　再显中华神威"——山西老年书画协会在行动网络书画展中展出的一首诗。诚实地讲，自己的诗写得不够满意，字也不够理想，然而山西老年书画协会落实党中央坚决打赢这场特殊战役的指示精神，号召全省会员都拿起自己手中的笔，为抗击"新型冠状病毒"坚守，担当，为大爱无疆奋战在一线的英雄们加油鼓劲。消息一经传出，天天在家习字练画的各位方家们便拿出了十八般武艺悉心进行创作。

短短的一段时间内，可以说众人纷纷以书法、绘画的艺术形式，鼓舞广大人民群众战胜疫情的信心，传播正能量，讴歌真英雄。都说巾帼不让须眉这话可一点儿也不假，仅老年书画学会的姐妹们就上传了百余幅作品。不信，请看苗君的《青峰》、杨玉翠的《红荷紧相依》、刘阮英的《梅花图》、吴玉兰的《竹韵》、梅香的《繁花玉羽映春辉》、樊文玲的《铁骨铮铮抗疫情》、刘焕玉的《祖国春暖花开》、刘要萍的《携手同心抗疫情》、杜翠萍的《送瘟神二首》和贾亚琴的《众志成城夺春天》等等，可谓是百家争鸣百花齐放。

细究其详，主要有两类作品呈现出来。其一是书法。书法历来是我们传统文化艺术的瑰宝，也是我们华夏民族一脉传承的经典。纵观古今，在不同的历史阶段均有大量的文学家、政治家、艺术家将历史融进现实写下了动人千古的精美绝唱。然而，随着科技的进步越来越多的人们进入了快节奏的生活，就连电脑手机也成为信息传播的一种载体。因此，在当下能够用篆隶行楷等结合自己的想法，将我们的文化传统捡拾并发扬光大实在算得上是件有意义的事情。二是绘画。绘画大多以国画为主，也就是以工笔写意为主的水墨中国画。有一句话是民族的也是世界的，那么作为一个省究竟有多少人痴迷又达到了什么样的水平呢？

在观看展览时，这些作品以其扎实的基本功和特有的表现总是令人耳目一新。如：有一位名为董其高的长者写道：在抗击疫情和经济发展中"筑起我们新的长城"，这样的提法没有就事说事，却高屋建瓴表明了在面对疫情时应该有坚不可摧的力量；有一位名为张翠梅的女士在基于中华民族是历经磨难百折不挠的民族的理解上坚信"中华必胜"；还有一位老者录《周易》中的"安之若素，否极泰来"不只看到了抗击疫情的局部缩影，而是能够洞悉人类终将战胜疫情的必然进程，令人不禁折服。中国画方面，和以往一样有相当一部分具备实力水准的山水花鸟人物，还有一部分将视线对准医务工作者进行描摹创作。钟院士的肖像、武汉的城池、天使的样子以及共克时艰的缩影都得到了最大的诠释，这在之前是完全没有预料到的。

可以说，来自大同、朔州、吕梁、晋城等 11 个地市的精品佳作，不仅呈现出了一种文艺工作者的风貌，而且展示了山西书画艺术界的实力。更为欣喜的是，从这样一大批抗疫网络作品的展示中，我们也从中捕捉到一种文艺工作者创新的思路和方向，看到传统文化和现实生活的有机融合。唯如此，艺术之路方可走得更远。

写到这里，想起了一段发生在东晋时期的佳话故事。这段故事非常短小，和书法家王羲之父子俩有关。王献之精习书法，与其父王羲之并称为"二王"，拥有"小圣"之称。有人问："你的书法和令尊相比，怎样？""当然不同，各有所长。"又问："评价不是这样？""旁人哪里知道？"如此机敏的回答，不难揣度出潜藏的气度和实力。

王羲之行书《奉橘帖》，与《何如帖》《平安帖》连为一纸，内容是"奉橘三百枚，霜未降，未可多得"两行文字，但字势行气变化丰富。有的方折，峨棱毕现，有的圆转，圭角不露，视若轻盈，实则厚实，墨色湛润，神闲态浓，中锋侧锋并用，令人回味无穷。无独有偶，其子王献之草书《送梨帖》，内容与《奉橘帖》相似。为"今（送）梨三百。晚雪，殊不能佳"。不像《中秋帖》《鹅群帖》那样字与字之间多有连笔，仅"殊不"二字连绵，其余字字独立，但又笔意贯通，从"今"字连笔一贯到底，折、搭随承接有序，形断意连。看来，这父子俩还真有点"不是一家人，不进一家门"的味道。两幅字帖行文简练，父子做事也颇有相同之处。从意思上来说，都是赠人以物并对早送做出说明；从表达上来讲，奉和送都是恭敬之态。难怪，人家的书法造诣和为人做事兼具典范，自然可以流传千古。

对二人字帖做出点评的，后世中不乏李嗣真、苏轼、杨守敬等名人。唐朝李嗣真《书后品》评价王献之的书法道："子敬草书，逸气过父。"苏轼评《送梨帖》有"家鸡野鹜同登俎，春蚓秋蛇总入奁。君家两行十二字，气压邺侯三万签"。杨守敬评《送梨帖》："大令此帖，与篆隶出入，高古绝伦，自谓与乃父当不同，赖有此耳。"最有意思的莫过于唐代柳公权写有"因太宗书卷首见此两行十字，遂连此卷末。若珠还合浦，剑入延平。大和二年三月十日。司封员外郎柳公权记"，为柳公权51岁时在《送梨帖》后题的跋。此跋没有碑版的拘谨，而自然映带；没有怒张之筋骨，而笔致含蓄，没有平正均匀之苛求，而自有真趣。被后人誉为"神品"。

不过，后人所见《送梨帖》多为《三希堂法帖》等的临写本。米芾《书史》记载，认为是王献之的字，而《宣和书谱》却收在王羲之名下，墨迹卷中并无政、宣玺印。由此可知例外仍是很多的。宣和藏品，在靖康之乱以后，流散出来多被割去玺印，以泯灭官府旧物的证据，这在前代人记载中提到的非常之多。不管怎样，这样的《送梨帖》都跨越了时间的长河成为了不可多得的笔墨珍品，又在千年之后令后人有机会一睹神采，不能不说是一件非常玄妙的事情。

能称得上玄妙的，还有图帖结合的《梨花图》。在美国纽约第五大道的82号大街，与著名的美国自然历史博物馆和海登天文馆遥遥相对的大都会艺术博物馆内收藏有我国一位元代画家钱选的《梨花图》。该作品纸本，设色，纵31.7厘米，横95厘米。以平涂法设色，用细线双钩写梨花一枝，轮廓清晰，不着任何背景而清幽淡雅，具有极强的抒情性，不同于一般的院体画。整个画面设色清丽，风格雅秀。段后自题诗"寂寞栏干泪满枝，洗妆犹带旧风姿，闭门夜雨空愁思，不似金波欲暗时"。后有元明名家题跋十八则，愈显珍贵。

看到这里，您也许会有疑问这幅作品的主人公是一个什么样的人，这样的作品又是如何漂洋过海流落他乡的？钱选（1239—1299），字舜举，号玉潭、雪川翁，别号清癯老人、川翁、习懒翁等，湖州（今浙江吴兴）人。宋末元初著名画家，与赵孟頫等合称为"吴兴八俊"。南宋景定三年（1262）乡贡进士，入元不仕。工诗，善书画。

画学极杂：山水师从赵令穰；人物师从李公麟；花鸟师从赵昌；青绿山水师从赵伯驹。人品及画品皆称誉当时。钱选善画花鸟、山水、人物等，皆开一代新风。其中，以花鸟画成就最为突出。他的花鸟画，在院画基础上吸取扬无咎一派水墨花卉技法，创造了新的体格。他的山水画以青绿设色见长，取法董源的变体山水而有所推动，开启了元代水墨山水画的先声。钱选还善画人物，风格亦较古朴。他还进一步发展了文人画题写诗文的传统，这一格式后来被大家广泛采用，逐渐形成诗、书、画紧密结合的鲜明特色。此外，他还提倡士气说，倡导戾家画，这些主张对后世文人画影响颇大。

从某种程度上讲，钱选的绘画是钱选内心世界的真实写照。赵孟頫早年向钱选请教画学，问他："何为士气？"钱选答曰："隶体耳，画史能辨之，即可无翼而飞。不尔，便落邪道，愈工愈远。"简短的一句话，道出了钱选的绘画思想，其一为以书入画，以存古意；其二是强调逸气。钱选认为，融书法于画法，即如写古隶一样，运笔稳重沉朴。"愈工愈远"是当时绘画的弊病之一，唯有不计工拙，书写胸中逸气，这才是绘画的最高妙处。赵孟頫在《四慕诗和钱舜举》一诗中，开头写道："子晰有高志，悠然舞雩春。接舆谅非狂，行歌归隐沦。"在《题钱舜举着色梨花》一诗中，题曰："东风吹日花冥冥，繁枝压雪凌风尘。素罗衣裳照青春，眼中若有梨园人。"结尾时补充道："前无古人，自成一家。"

如此评语非一般常人所能得，难怪在中国长期居住的传教士福开森（John Calvin Ferguson）在清朝刚刚灭亡后就受当时大都会艺术博物馆的委托，购买了第一批中国古画。这些作品大多画轴很长，隔着玻璃安放在中国书画展厅内供游人观瞻。但是，由于福开森与中国士大夫如出一辙的重文献和"望气"鉴定法无法说服大都会的董事会和观众，双方短暂的合作很快中止。但这些大胆的收购行为仍然为另一位收藏先驱所认同，就是后来以自己名字命名弗利尔美术馆的弗利尔。弗利尔拾漏，最终买下了《洛神赋图》以及被大都会博物馆质疑的福开森其他藏品，后来成为了弗利尔美术馆的镇馆之宝。该馆后来和大都会艺术博物馆、波士顿美术馆并列为全美中国藏画的前三甲。

除《梨花图》外，大都会艺术博物馆展出的均是宋元明清四个不同时期的书画作品，共计二十多幅。其中有反映我国古代百姓耕作的《诗经小雅鸿雁之什六篇图》《耕稼图》《豳风七月图》，有反映帝王生活的《晋文公复国图》《明皇幸蜀图》，有神话传说故事的《芦叶达摩图》《钟馗嫁妹图》《刘晨阮肇入天台山图》《搜山图》《十王图》，还有中国文人所向往田园风光的《兰亭人物》《兰亭修禊图》等等。从这些作品中，我们不仅可以读取中国历史文化的一些源头出处，而且能感受到绘画艺术表现的精妙之处，因此就连鲜于枢仿钱选的《归去来辞》也一并收录在内。画面上，既继承了青绿山水的高雅格调，又表现了闲适的生活逸趣。当然，这并不意味着鲜于枢的作品略逊一筹，相反他的另一幅行书《石鼓歌》笔法圆劲雍容，挥洒自如，同样被收藏成为了传世之作。

细心品评时，将《梨花图》发在了一个名为巾帼艺社的书画群内。可以说，群内都是有一定功力的方家，也是出手即可惊艳的高人。因此，这样素雅高洁的《梨花图》包括局部和赋诗，一经出手马上就获得了赞誉。不过，竟然有人开玩笑以为在兜售了，不妨也顺水推舟告诉那你免费收藏吧！

新的开始新希望

一

直到 5 月上旬，才接到了上级部门的复学通知。这期间，可以说老师们线上线下的教学工作一直就没有停止过，几乎每天都有太多的信息在单位的工作群相继发出和得到落实。对于有的人来说可能有点不太相信，但太多的学校都是这样的。尽管对错综复杂的形势一时无法准确判断，然而敬业守职的惯性使得他们各司其职付出辛劳。在外人来看，一定不是这样的。他们会认为还没有开学会有什么事情，也理所当然地认为老实待着就是全部，完全忽略了这是个因疫情导致一切延误的特殊时期。没有人愿意在春光里虚度韶华，更没有人愿意在新年伊始就等待再次过年。于是，人们都在用各自的方式应对难关，也不可避免地把特殊时期的工作拿在了手上。刚开始，工作群内每天都有需要沟通落实的重要事宜。也得益于这种方式和手段，孩子们的学习学业才会在足不出户的情况下免受影响。

每一位园丁都是辛勤的，为了祖国的幼苗茁壮成长起早贪黑不忘耕耘；每一位教师都是无私的，为了祖国的花朵芳香馥郁夜以继日倾尽心血。这，不仅是广大公民可以听到的客观评述，而且是整个教师队伍素质的良好体现。每一天，每一节课，都会认真地备课，课后进行批改检测。甚至，还会细致跟踪到督促检查，以保证常规工作的有序进行。在这段时间里，将原有的办公室挪出来用作隔离室搬到了三楼。本来有两间可以二选一的，但一想靠北的较为安静便毫不犹豫地认定了。再一看，到达办公室门前有着十多米长的一个过道，可以置放一些绿植，想来定是件非常惬意的事情。待将桌椅等物一并妥当安放时，没想到就先迎来几个陌生的中年男子询问，便简要地说明情况才记起是市委督查组的。好在，人家只是惯例巡查没有任何问题。

之后的日子里，基本上早起晚归签到打卡过着极其规律的生活。有时候，会在教学区看看学生上课下课的情况；有时候，会和老师们讨论一些教学的问题。大多时候，这些琐碎年复一日地重复就构成了生活。到了周末或是假日，仍然会挤些时间力争去农村转转。这些乡镇实际上已经去过很多次，也经常会看到不同的真实模样。在路上，往往会随心顺手拍了照片发在朋友圈却根本没有时间去考虑写下更多。能做的，顶多是在笔记本上稍作记录画些简短的符号而已。即便这样，也是一个开始。这样的开始，能够让人或多或少地心安；这样的开始，能够让人心无旁骛地振奋。毕竟，一切将恢复如常。

几乎每天上班，都要比原先早到大约一个小时。因此，多年来早起出门锻炼的习惯也被迫改了又改。本来一睁眼走上一圈或者跑上一段回家吃饭再去单位时间挺合适的，但每个学生和值班老师都要在门口进行测体温和记录等一系列例行检查，因此按照安排大家都提早了差不多一个小时。这样一来，很多原来锻炼的同事也都是吃过早饭直接奔着单位的方向去了。无数次地和别人讲过，教育是最不能乱的一个机构。倘若教育乱了，那一定是社会出了问题。而现在即便是在疫情之下，孩子们能够正常地接受教育一定是这个时代最好的事情。于是，刚一到校门口他们就露出了快乐的容颜，也个个轻快地蹦跳着走向了久违的课堂。校园内班班配了额温枪，办公室间间皆有杀毒液，就连放学后所有的男老师都得轮流消毒指定的区域。

搬迁之前和领导谈过话，大意是说办公室好搬，但搬了之后是否出现职责调整的问题。要知道，在这之前一直是以宣传和心理健康为工作范畴的。宣传方面，从学校的整体工作思路出发，协调各个科室尽心尽力尽职尽责，受到了上级部门的表扬；心理健康方面，建立健全相关档案制度，完成通过了国家教育部的全面检查。这么一想，当即便又心生一念。要不，报个心理咨询师的考证吧！以前，担任通讯宣传员时无数次地参加过省地市的学习培训，而心理健康也是兼职好多年，只要用心提高点层次尚在情理之中。当下，想了两三天便拨了电话，沟通之后填表、申报、提供证件和个人照片，又在一次性付款后总算敲定了下来。书寄到单位了，拆开一看只有两本。也就是说，考试的范围锁定在这两本书内。然而，比书更大的困难似乎是出行的安全。回想正月过后的那段时间，武汉一度处在水深火热当中。好在，有了逆行者负重前行的身影，有了白衣天使不计报酬的辛劳，疫情终于得到控制。

听运城的一位朋友讲，各种各样的培训和考试都推迟了，各种各样的大型集会都取消了。想必这也是极为合理的，不这样又能怎么办呢？只是，完全不出行又不太可能，倒是开车出行的屡见不鲜，想来这也是人们今后较为跟从的形式。先不管那么多了，车到山前必有路。好好看看书，多增加一些知识还是有必要的。也认识一位入职从业的作家朋友，他说从来不劝人干心理健康师这一行，只做心中有数的咨询服务。他的话很好理解，顺便道出了从事这一行业的言不由衷。有很多人就是因为不想成为别人乱七八糟情绪的倾听者从而放弃，也有很多人不想知道别人奇形怪状的心理纠结而离开。放弃或者离开都是个人的事，于自己来说也是。当然，很多有卓越贡献的杰出人物都是精通于很多领域却最终只选择某一种领域投入，如何取舍也必定是一门大学问。其实，每个人每天又何尝不是在取舍中生活。当你背着沉重的行囊无法迈进时，换了任何人都会轻装上阵的。就这样了，认真学习静等考试……

二

回家后无意中把牙膏当洗面奶抹到了脸上，这才意识到刚才跑了个神儿。那么，是什么样的事情导致一时间连东西都无法分辨，脸上出现火辣辣的感觉呢？恐怕就说来话长了，抑或令人黯然神伤。显然，这绝不是个人可以左右的小事情，而是很多人长久思考后的最终选择。既是选择，就会有人欢喜有人忧；既是选择，就会有人支持有人反对。只是，这样的反对是没有意义的。不如换个思维来看待问题，说不定会有意外的收获。

得知省农科院隰县试验站和玉露香梨试验站撤销的消息是下班后在暮色中行走时，和遇到的一位熟识少聊了几句便明白已无法更改成了定局。对于一直从事这一行的他来说，肯定是无法接受的。你想，一个有着六十七年历史的老单位瞬间化成了泡影搁谁身上能受得了，是管理出了问题还是无法运营的追问都不太重要了。因为，还要上路还有未来要全力去面对的。

遇见他的时候天上正下着毛毛细雨，而此刻外面也一直下着浸润大地的细雨。雨润大地万物生本是自然之事，但祈雨无雨的状况也不是不存在。人啊，总是要在风雨兼程中行进，总得有所舍弃。这让人也想起了以前钟爱的一个水杯，不大不小刚刚好，泡些茶叶只见叶子不见水。可惜，在一次出差时不小心掉在地上落了个粉身碎骨，也刚好急着打车从此忘得一干二净。

他的上级领导接手工作没多长时间，就也得面对这样的境况。不难是不可能的，难也得迎难而上。这以后，年底摘牌和来年工作得用另一种方式面对。这些事情其实都离得很远，也不可能和自己的生活发生直接的关系。然而，一个产生稀有好梨的地方经历了拆并整合被市里接管，应该是一件大事。从某种意义上讲，市里的决策会使全市隶属的大部分地区大面积发展，而发展后的产业会在未来有着怎样的分量是不敢妄加猜测的。倒是《狮子王》里有句经典之语可以与之同行，若世界与你背道而驰，你无须亦步亦趋，欣然走好接下来的每一步吧！

三

在漫漫长夜里，手捧着电脑继续敲打着键盘时，便想起了花果同期的命题。当花果同期的图片出现时，是令人诧异的。然而，这并不是什么秘密，很多业内人士都知道河南东升站长的园子里，就有这样的一种梨。据说，这种梨是从日本引进到国内的。最初叫爱宕，后来叫晚秋黄梨，也有人叫晚秀、金果等等。这种梨，品质好不好先不说，仅就到了收获季节不落果一直能够保留至次年花开时节确实属于梨中奇葩。虽然在技术上肯定还要采用一些外人不太知晓的做法，但能够实现花果同期在梨种植史上必是实现了之前无法抵达的飞跃。

你想啊？春风拂面时，踏青的人们三三两两地走出户外奔向了大自然广阔的天地。田野里，地头上，无不露出无限生机；果园里，枝头上，散发出沁人心脾的花香。抬头远望时，还可以看到身着唐风汉韵服装的姑娘用纤纤玉指将梨花掐在手上，左顾右盼如天使般悄然降临。那一瞬间，天上人间似乎连在了一起。待你小心靠近时，有人变魔术一样地拿出了黄澄澄的梨。这一切，让你为之赞叹；这一切，让你措手不及。因为，它不是发生在梦里，而是真真切切地发生在生活中。世上的事情有时就是这样，如果还没有人发明电灯那大家一起生活在黑暗中就没有什么可以讨论的，可既然有了这样的一种梨与众不同，那么为何不换别的梨品种都试试，试过之后又有什么样的结局？或者不如说有了这样核心的技术，未来各种各样的梨园都会有花果同期的现象一并发生。这样的话，无论是天山脚下，还是长江两岸，大家都能聚集在一起既能品香看花赏佳景，又可以吟诗作对诵华音啊！

这样的景象，终究还是离我们远了些，如雾里看花水中望月呈现出了朦胧美。待烟消云散时，还得回到本来的面目。花的事业是尊贵的，果实的事业是甜美的，不能俘获众生的品质必然不会长久。当然，由于自然的原因、气候的变化、环境的因素和自身的喜好等品评也会不尽相同，这是不容置疑的。重要的是，即便这梨子咬一口就算是能把牙齿磕下来，仅实现了花果同期这一点来说就是令人自豪的。

要不，再多聊几句日本的梨吧。除了爱宕之外，比较有名的还有丰水、幸水、南水、新高、二十世纪、新世纪、若光等品种。这些梨品种，尽管不是像爱宕一样是用二十世纪和今村秋杂交而成的，属于日韩梨系统中优良的晚熟品种，但相对来说大多兼具了日韩梨的共同属性。比如：果实圆形或扁圆形，单果相对较大，储藏后变为黄褐色，外观极其漂亮。不过，爱宕梨大果和弱树结的果实不正，贮藏后有酒糟味也一度被人们吐槽。至于命名时的爱宕，后被冠以应县黄梨等更多的称谓多是局外人的炒作罢了，会惹上学术不端之类的事还须慎之啊！

还有一种秋月梨，是目前引种后有口皆碑的。可惜，还没有尝过。也悄悄在想，秋月梨在南方哪个地方适应性更好，抗病性更强呢？不管是安徽还是四川或是山东，能够获得较高的商业利润是其不竭生命力存在的核心。包括前面提到花果同期的爱宕梨，若拥有极高的商业价值便可以鼎立一方。反之，终归是昙花一现。

四

一位立志当演员的小姑娘在荧屏前动情地讲，尽管付出了沉痛的代价还坚持着最初的梦想初心不变。讲述时，她的眼睛里闪烁着点点泪光，同事和朋友都静静地倾听和见证了她的成长。看得出来，拥有着青春韶华的她不仅一直勇敢地追逐梦想，而且在追梦的路上经历了千难万险。想来，这样无悔的人生是我们应该所认同的吧？是雄鹰就要搏击长空，是鱼儿就要腾跃碧海，这是世界上任何生命都无法逾越的规律，也是我们每个人都会自然遇到的现实。说起来，主动选择和被动选择都是一种做法。既然如此，为何不主动一些而非要事事被动选择呢？

大多数人年轻的时候，心比天高志存海内外，连多愁善感都要渲染得惊天动地，而长大后看清了生活的本质却变得不动声色，越难越苦越保持了沉默。这并不是说选择和被选择出现了偏差，而是意味着坚持也得有乘风破浪的魄力和决心。一旦决定，矢志不渝。君不见古往今来有着家国情怀的先驱者哪个不是拼尽全力捍卫着祖国和人民的尊严，又有哪个后辈不是在前人的基础上勇敢前行才做出了卓越的贡献？他们以自身的毅力和坚持，为我们做出了最好的榜样。

试想航海者踏上环游世界的路线不坚持怎么返港，试想攀登者步步向上不坚持何以到达顶点？其实，坚持也好，努力也罢，都是为了我们可以过上想要的生活。在路上，都会经历风雨也会遇见彩虹；在路上，都会享受快乐也会面对艰辛。那些山重水复疑无路的苦楚、柳暗花明又一村的豁然，连同行进路上的千回百转都会铭记在尘封的时光里。

坚持，不是撞了南墙不回头还不识时务；坚持，也不是一帆风顺便可以得意扬扬。任何初心在萌动生发时都是忐忑不安的，带着几分迟疑不决的小心慎重慢慢地往前走。目标和方向不一样，行进的速度也不一样。是长跑、短跑还是马拉松，也取决于目标的大小。然而，能获得成功，在任何行业一定都是做人的成功。

初心不变，于每个人来说都是追求成功的逐梦法则。或许，有的人转了个弯继续，有的人永远只是直来直往。这也并不是不可以，都有权利做出选择的。写到这里，忽然记起了暗夜中悬挂在藤条上的果实，令人遐想联翩。是啊，守得初心，终得正果；守得初心，方得始终。

五

差不多整整一个月，名为"园艺研究"的公众号上都在连续推出第七届国际园艺大会的报道文章。会前有免费的注册入口，收到会议注册确认邮件后还可以参与"网站观看""云合影""评论海报"等相关活动。

此次大会，由西北农林科技大学和南京农业大学 Horticulture Research 期刊主办，西北农林科技大学园艺学院和旱区作物逆境生物学国家重点实验室承办，大会主席由西北农林科技大学马锋旺教授和 Horticulture Research 期刊主编程宗明教授共同担任。会议主旨展示国际园艺领域的最新研究进展和成果，促进国内外园艺相关领域科研人员之间的深度交流与实质性合作。

在这之前，中国南京大学（两届）、美国加州戴维斯分校、英国东茂林研究中心、中国农业大学、意大利 CREA 已经举行过六届这样规格的会议。从最初的 5 天时间到时间不断增加再到以往的盛会改为在线会议，来自美国、英国、意大利等 59 个国家和地区的知名院校和科研机构，7500 余名专家学者注册参会。应该是说这样的国际园艺大会已经成为世界园艺领域专家学者交流的一个极具影响力的重要平台。同时，也意味着我们国家的园艺事业走在了世界的前列。

然而，这并不是说在梨科研园艺方面我们所有的发展都高于别的国家。别的不说，单说英国东茂林研究中心经过三代人一百多年才得以成功实现改良的盆栽苹果，在河北等地率先蹚出了一条产业发展新路子的矮化景观。不能不让人感叹，科技创新如此艰难啊！既要大胆前行敢想敢说敢干，又要实事求是持续发力，才能打破和实现新的整合，继而获得世界的赞誉。只是，由主办方面向世界发出的参会通知，可以连通全世界园艺爱好者的兴趣，可以线上参与，也可以直到活动彻底结束看到新的主题发起继续跟随。

六

写到这里时，刚好策划了开年以后仅有一次的出行。连走带回，不过一个星期。不怕您不信，趁假期专程去了趟省城是最为消闲的一次。以往，都是掐着点排好了日程，这回却因摸不准的疫情不敢随意安排。尽管这样，还是老有外来的朋友一起碰面坐谈；不怕您不信，出发之前甚至做好了可能出现的任何情况的准备，包括必要的话当日往返。只是上车时没人佩戴口罩，到达时没有测量体温，就到搬迁后的作协新址转了转；不怕您不信，待了两三天就近去了个图书馆。前一天预约第二天出行，边翻边看几个小时转眼过去。这些看着不起眼的字符里，却没有道出所生活的小城是个极为适合居住的安全区。

平日里，出门不到十分钟就可看到青山绿水小桥人家，坐车半个小时也可以把乡镇风景名胜大致一览。可这疫情一发生，与之前关注

　　　　　　　　　　　邂逅大美梨

的梨相关的活动必定会受到影响。最直接的问题体现在，省内省外的出行会减少或者根本无法出行。无法出行，就会少了很多去现场的观摩；无法出行，就会少了很多去现场的体验。只是话又说回来了，不正好有时间沉淀一下嘛！

很多时候，现场观摩和体验都是挤时间去的。包括，在工作之余察看资料和了解必要的资讯。可能有的人会纳闷一日三餐还有八小时的工作怎么可能还有时间，其实时间就像海绵里的水，挤一挤总会有的，只要愿意去学习没有什么是不可理解的。

任何事情都是利弊兼有的。别人去玩牌，不爱；别人去美容，不喜；别人去应酬，不干；别人去聚餐，不吃。哪有那么多时间可以挥霍，掐着指头算一算能熬到百年的都不简单。没事了不扎堆听听音乐看看书，没事了不扎堆码码文字练练笔，不也是一种生活吗？然而索性就把手头的事情抛在一边肯定也是不妥当的，尽管无数次地想要把前面写下来的文字全面推翻换个笔法重来。这样的交流一经出口，便有人建议不敢放弃，并且鼓励一定要坚持下来。

回来的路上，随口问坐在旁边的售票员这段时间运营情况，却被对方无懈可击的思维雷到了。本以为抗疫期间会有不可预知的人事，根本不会想到恢复交通后人家只认准一条——政府允许通行是有了通行的条件，从来就没把疫情放在心上。或许这样的心态是值得我们学习的，前怕狼后怕虎的思忖不可效仿，无所畏惧才能看到难得的气象。

拒绝平庸出智慧

一

去拜望一位长者，是携了孩子一起去的。也在放暑假之前，就分别和他们说了拜望的想法。长者是一位退休的公安局长，孩子则从敬仰科学家转变为了侦探小说的发烧友。书里的描述和现实的版本能有什么不同，想来碰撞会生出意想不到的火花。就在那个阳光明媚的上午，我们一起出发了。临出大门时，遇到久不常见的邻居在小区门口卖西瓜，随手挑了一个。可联系了几次均无人应答。怎么办？去还是不去，去只有几步之遥，不去再选时间就不知道猴年马月了。要不，试试运气吧……还好，真是功夫不负有心人。虽然没有联系上，但家门是敞开着的。于是，小心翼翼地轻轻敲了敲又小心翼翼地等人出现。

啊，快让我找找手机在哪里，这大半天没顾上看。去老友家喝茶去了，这一段时间就干这个事。你家一天，他家一天，才在这里聚过的。来，试试拨一个不知道接不接，好久不见连儿子都这么高了，长大了。有手机就是方便，话刚落地没几分钟人立马就回来了。果然，还是那个精神矍铄的模样。印象中，退休后的他稳重如山，条理清晰，字斟句酌，不温不火。之前，由于一部电视纪录片的创作采访了解过他百年寿辰的母亲，也知晓他能干通理的妻子，于是时不时地还能碰到个面说上几句。好像有两三年不见了，据说是往复地进了两三次医院，然后现在恢复得又和没事人一样。健康就好，谁说不是呢？

平时说起来有条有理的孩子坐在旁边并没多讲话，边吃东西边听着大人相互之间随意的聊天。说起来，老公安也是个苦命的人。他

邂逅大美梨

的父母在好多年前一起逃难来到临近的交口，没生活几年父亲就去世了。那时候，他还只有十多岁，后来当上通讯员一步一个台阶在公安系统干了一辈子。同他一起的个个条件都不错，关键时候只有他经受住了各种考验。家里的琐碎自然顾不上多管，现在孩子都已成家他只是颐养天年。要说遗憾，没多念书是当时情况不允许，但做事一定要拒绝平庸。拒绝平庸，是从平凡中脱颖而出的强大支撑，也是向上迈进的不屈力量。

如今，他把经典之语留给了坐在对面的我们，而我们则愿意送给一切有着理想并不懈追求的行者。

二

其实，每个人都是人生路上的行者，理想方式不一样罢了。就像同是骑行，也完全不一样的。听上去都是运动健身，却有着本质的不同。健身房骑车，离不开器材场地。说白了，得有人当作商业项目来投资或者自行购买健身器材，然后在固定的地方才可以根据计划拓展练习。户外骑行则不然，只要有一辆半新不旧的赛车、自行车、电动车，都可以加入到骑行的队伍当中。

户外骑行，有专业和非专业之分。专业骑行，是以此为职业作为生存的手段，依靠强壮的体能和顽强的毅力走竞技化的道路；非专业骑行，或作为一种交通工具存在于正常的生活当中，或当作一种闲暇时的兴趣爱好来做支撑。短短一段话，关键的几个词，其实涉及了不同的行业。

健身有时候注入了商业运作的范畴，得用商业的眼光来考虑问题。既要有敢于决断的魄力，又要有驾驭市场的实力，二者具备又遇了天时地利人和，万事皆可成。至于开了头，依靠会员加盟还是教练带动，都是专业化的管理运作不做多谈。如果定位出现偏差，即使运营也注定是一场伤痕累累的结局。

户外骑行相对就简单多了，不管是专业的还是非专业的都和手里的车辆有着密不可分的联系。专业的将这一运动形式上升到梦想，是有着很多必然和偶然的因素。选择骑行相伴为业，不是大部分人都能做到的。非专业的出门办事或休闲离不开脚踏板，也是顺理成章的习惯。和健身房不同的是拥有了可移动的健身器材，还随叫随到随用随在熟悉得跟自家人一样。共享单车、电动车又何尝不是呢？

不管是哪种车，赛车、自行车、共享单车、电动车或是别的叫不上名字的车，除了玩具车都属于交通部门分管的领域。这些车都不是机动车，也各自都有研发兴起的历史背景，也存在着一定的递进关系。更有一个共同点，就是好学好用快捷方便。于是，全国各地都有大量的人群在使用。然而，健身房的车虽不能移动风险依然客观存在，但和户外自由骑行的风险相比相对较小的多。户外骑行的问题不在于器械本身，而在于人们的侥幸心理，如不戴头盔、趿拉着拖鞋、接着手机等等，并且车速还不是一般地快。等到不该发生的事情发生时，悔之晚矣。说来说去，还只是说了个安全，倒是简单明白不见新意。

三

梨花落后，就陆续有人把梨锈病的情况反馈了过来。先是叶片上有几个不太明显的斑点，后来面积不断增大，再后来叶片斑点背面像虫子一样长着密密麻麻的绒线看上去都有点吓人，这才意识到问题越来越严重了。很多时候，我们太过于依赖别人的经验。只要一张嘴，任凭全国各地的难题都不是事。专家会很快地做出诊断：该梨园紧挨着柏树。既然如此，那为什么不从根本上彻底解决问题呢？原来，这里面还有一些外人并不明了的缘由。

若在风调雨顺的年份里，老百姓会将园子里的大小树木如同子女般精细照料，隔上一段时间就会主动去看要不要打药上肥、疏花疏果，可往往天有不测风云冻害雹灾冷不丁砸了过来，才见露出笑靥的花朵没等变成金蛋蛋就完全败坏了。没了希望，谁还会再去梨园里折腾呢？反正，怎么折腾也是白干一场。这一来，有人摇了摇头不再瞅上一眼；有人离开家园外出打工维持生计，为了生活谁也不敢轻易坐享其成啊。

和柏树林相伴的梨园，也有着不同的状况。或者依地而建刚好是边缘的防护墙，或者可观可赏栽植落户在宽阔的道路两旁，只是叶还是叶干还是干却完全没有了该有的模样。像极了大病一场，没有一棵不是耷拉着脑袋无精打采的，枝干有些干枯，叶子也被焦灼，还有开头所言密密麻麻的深赭色之物，几乎占领了叶面上所有能侵占的领地。要说这也不是多大的问题，只消一些被称为石硫合剂的东西就能解决的。既可以去出售农药的店铺直接购买，又可以按照要求的比例自行熬制，但没准儿这么干的话还会有人笑话的。于是，从最初的气候灾害变成了管理跟不上的问题愈演愈烈，最终演变成连看上一眼都不忍心继续再看。

说出来，有谁愿意面对这种状况，又有谁不想收获满满的。要不，在树下种上油菜、马铃薯或者油莎豆吧！不管是什么，多多少少能有些收成的。关键是避免了虫害，又会使树更为健壮。当然，并不是说所有的园子都要这样，看自身情况是最需要注意的。值得注意的，一定还有更多。无非是干一行爱一行，不想当将军的士兵不是好士兵，不热爱土地的农民也一定不是好农民。

勤劳、善良和正直一直就是农民身上潜存的特质，可他们似乎拼尽力气也总是很难很难。生存难，发展难，办事难，无一不是隔着千山万水。这不，旁边的美女拿出了一片得梨锈病的叶子凑到了前面想弄个明白，可以闲来当个故事讲讲。

四

有人提到引见一位在职的领导，是由于对方愿意出资 3 个亿来做点事情。这事情不是别的，就是发展玉露香。听到这样的话题，也顺便道出开春时分也遇到类似的请求却是以另一种形式给予帮助。这两个事情的异曲同工之处，都是建立在信任之上。只是这样的信任，能否经得起时间的考验呢？

不好讲，真的不好讲。有位老友说过一件事，说邻居需要保姆倾力相帮，不想介绍去的人偷了主人的钱使自己不胜尴尬；有位同事说过一件事，说友人开口孩子上学报名勇于承担，不想对方隐藏了智障；还有一位前辈也说过一件事，面对别人的询问热心指引，不想转眼之间成为暴力相残的牵线人。其实，还有很多这样的状况确实让人进也难退也难的。问题不在于事情本身，而在于面对别人的信任，我们往往因为没有原则导致迷失了方向。

按常理说，助人为乐是我们祖辈承传的优秀品质。只是，太多的意想不到让人们不敢掉以轻心不敢随意善良。反观一下，被动的事情不是不可以改变，需要多一分警醒和细心就可以完全避免。是的，事后诸葛亮好做事前军师难当，没有谁一个人可以做到圆满。也许，没有我们的参与事情仍旧会以该有的方式前行，有了我们却可以让事情更加有序。说来说去，多一分敏锐，少一分冲动，于人于事都不会有害处。

回到刚才的话题，出资发展玉露香梨是投资者的眼光。不试，谁知道能不能有更大的发展？就目前来看，该品种仍然是最具市场价值和百姓认可的梨。否则，怎会在业内赞颂连声？怎会在电商的平台上热销不断？只是，在全国大部分地区基本都试过了，还没有找到比山西更适合的发展区域。那么，要不要在山西范围内拓展实际上也不是个小问题。不是个人凭着一腔冲动就可以敲定和左右的。即便可以大面积发展，还得有政府介入、土地流转使用、科技注入、签订合同等一系列问题需要平安落地的。

山西梨在全国的种植面积和收获列居第八位，并不名列前茅，也不一定需要走硬拼硬闯当第一的道路。面对梨产业基本上饱和的状况，注入或者发展都需要慎之又慎。可喜的是，以隰县、蒲县、永和、汾西等12县在推进产业规模上，促进农民持续增收上形成合力。其中古县、大宁、翼城分别对新发展的农户给予苗木和资金不同形式的补助，从而实现高标准建果园。但这还远远不够，与走在我们前面的省份还存在着很大的差距。下一步怎么走，完全不在掌控当中。不如以平淡之心，做力所能及之事。

五

倒是有位自诩为宋公的果农越冬前后在自家地里种了一些梨苗，到次年入伏后部分叶片呈黄色、边缘焦黑，便听人介绍买了"根施佳"按要求连用三次觉得收效甚微。在这种情况下，便用手机拍下梨幼树的图片来虚心请教。不如一起来看这个问题。

很快，韩路科技协会的高会长便应声而答"应该是根系出了问题"。话音刚落，便有人跟着附和肯定。难道高会长所言属实，没有不同意见吗？

这不，有人道出了"一定是管理不到位，果树营养的范畴。可以进行测土测叶看看，到底是根系还是缺……"

"冲施不对，要灌根。"高会长继续讲。

"你这根系不对。高会长说得对。"微信签名为段菜庄红苹果采摘园的跟帖在后。

"咱交流，把真正问题弄明白。"

"支持灌根，树的成长水肥管理要跟得上。尽管各地略有不同，但因地制宜是必要的。"

"小树最怕缺水，不是施足肥。"

"难怪老看到幼树缺乏管理的状况，估计大家都这么想的。高会长好，其实近年做过一些其他方面的调研！我们国内的幼儿教育基本上从孩子上幼儿园就开始了，西方发达国家则从降生开始，当然这个说法不完全对！据说之前武汉大学冯德全教授就提出了0岁方案。也是认为，如果一个孩子在入园前先接受不科学的知识引导再由老师纠正的话是不是走了弯路呢？换树来说，树早期管理和盛果期管理好像都可以，何时管怎么管都相当好操作调整，孩子的话，早期不管理可能后患无穷啊！有点跑题了，若扰见谅，大家顺早安。"

一番对话后，提问者以谢作罢忙活去了。那么，梨幼树究竟该如何管理呢？高会长的经验是否可行，想来也不是随便可以驾驭的话题。从实而讲，高会长所在的山东是梨产业相对长足发展的省份，也是发展西洋梨的重点区域。因此，梨树的种植管理是建立在该地区发展的立足点上，依照多年的从业经验水平得出的结论。

就一般人来讲，是根系出了问题还是缺水根本看不出来，但不同的梨在管理上一定是有诸多不同的，但也一定有某些相似之处。就灌根来说树木的成长离不开空气、阳光和水分，然而新鲜的空气、充足的阳光和适量的水分等自然因素在内，这个客观没有任何人可以左右。于是，雨量较多的地方不用刻意去浇灌，阳光充足的地方果子的口感会佳，空气污染相对少的地方品相上佳。其实，树木的管理本就和人的管理有着异曲同工之处，得悉心才是。像前面提到的宋公那样，多看多听多学习，多思多干多领悟，敢想敢干，方可渐入佳境。

六

接下来，几乎整整听了一天还顺便把孩子爹买回家的西红柿灌了酱封了口。就在8月8日，河北召开中国梨产业年会并且将业界新宠黄冠梨推向全世界的当天，有位八〇后在会上回忆跟辛集农业农村局吕局张局才讲过两三年，年会召开的事竟然就实现了。这让他很振奋，也和大家一样对梨产业的明天充满信心。上午的发布会定在9点，应邀而来的嘉宾和朋友从四面八方赶来见证这一重要的历史时刻。不过，从大家的先后到场以及部分展示来看，黄冠梨的品牌设计取"皇冠"之谐音进行了加工再造，有出其不意眼前一亮的效果。至于详情，还是等一会儿再做介绍吧！

这里，不妨先介绍一下会场之外的情况，家里摆着满满一大筐熟透了的西红柿。根据判断不用再放到家里养上几天，还是赶紧解决才是上策。于是，一大早就忙开了，熬制西红柿酱的方法并不复杂，只消清洗去皮分解加热后装进洗好的瓶子里蒸半个小时即可。然而，每一道程序都要做到卫生干净，才能保证圆满完成。先数数，一大筐西红柿即便不到100颗也差不了多少，得在热锅中浸泡之后再取出来。这时候，你还得拿个勺子为的是把上部的硬结削掉，把去了皮的西红柿分解开来放到提前备好的盆子里。盆子当然是洗过的，所有去过皮的西红柿从这里面放进锅里煮熟了再装进消毒过的玻璃瓶，是大家惯例的做法。没有不同意见，也就陷入了循规蹈矩的忙碌当中分分秒秒地全都不见。

时间不紧不慢地向前着，趁休息的空当拿起手机点开一看竟然没错过什么，甚至还只是刚开场。从链接的信息数字显示，大约有上万人同时在线观看。先是市长讲话，然后是专家发言，再后来农本咨询首席专家以专业的角度进行解读，大家一起重温了河北梨在中国不同时期的发展也见证了皇冠梨在市场上的独当一面。当身披绶带、衣着旗袍、头戴金色皇冠的模特踩着节奏出现时，富于现代时尚气息的展示将活动推向了高潮。

发布会结束时，与会的人员纷纷到指定地点合影留念。与此同时，家人孩子也加入了家庭的事务当中出手相帮。有了分工和合作，一切都变得简单，最终全部装好高温加热直到放入纸箱。装箱后的西红柿不会马上食用而是到了来年开春才会拿出来的，新鲜的蔬菜配上通红的西红柿马上就会变成餐桌上的美味受到青睐。这里得补充一句，所有的灌装没有开口很完美，就像上午的发布会一样很成功。

下午的讲座依旧进行，除了现场外只有很少的人选择观看。不过，有了信息化的注入还是能够实现无缝对接的。从这样的观看中，我们有机会了解到全球视角下河北梨产业升级的方方面面，海关应对技术贸易的措施情况，还有占据国外北美、巴西、澳大利亚、孟加拉国，以及马来西亚市场的一代代梨商至今仍在苦苦探索。他们各自用实干和担当开辟了繁荣之路，也在中国同世界搭建人类命运共同体的道路上上下求索。这是河北的自豪，也是中国的自豪！祝福河北，祝福祖国……

风雨无常且如常

一

　　就在昨天，雨后地面落下了一些大小不一的梨。朋友圈所发信息和实地路过的人都是一声叹息，花开时冻了少许，雨落下又砸了少许，该是都被土地公公收容了吧？不知道为什么，每次听到这样的叹息都会倍感沉重，因为这种现实并不是人类从来不曾遇到的难题而是几乎每年都可以见到的一种常态，和突发而至的龙卷风、火山、地震、雪崩等自然灾害现象相比，只是九牛一毛的存在。当然，数量的多少决定了人们所应秉承的态度。倘若是少许伤害，轻描淡写就会过去；倘若是巨大损失，无语也是必然的情绪。

　　就在两年前的那个夏天，临近收获季晋中某地就遭遇了这样的袭击。园子里的梨越长越大，果皮也开始挂红，就等着开始倒计时采摘入筐一起享受丰收的喜悦。然而，天有不测风云可真是一点也不假，一夜之间全都变了模样。果子还是果子，但全都跟恶作剧的小孩做了手脚一样，非伤即疤惨不忍睹。真是叫天天不应，叫地地不灵啊！遇到这样的情况，前期投入、耕地的使用、人工以及管理成本全部付之一炬，根本无法收回。那么，谁又能承受这一切呢？花冻了，可以另辟蹊径谋他业；树坏了，还可以另做打算重栽植。只是到了收获期，却眼睁睁地看着到手的糖饽饽被无端抢走了能甘心吗？不是当事人无法体会灾害所带来的沮丧，不是当事人不必感受灾害来临时所需要的坚强，可面对直接损失近百万的情况是不是得哭天抹泪，痛不欲生才可以。

哭泣从来只是人们的一种情绪，而非解决问题的根本核心。不管怎样，伤心总是难免的。伤心过后，不是有路可走才向前，而是必须向前走就有了路。农业种植如此，商业运作也如此。成功的企业家，从来不是一帆风顺做大做强的，而是在风雨无常的人生中披荆斩棘，杀出了一条血路。农业种植也应该是这样，遇风得风遇雨得雨遇到倒霉天气就咬着牙熬过去，终将迎来灿烂的明天。

就像每年夏季，都会在《新闻联播》里看到南方汛情告急的情况。从航拍的视角看过去，到处是一片汪洋只留下很少的绿色浸泡在洪流当中。一时间，通信阻隔、交通中断、到处陷入无比的混乱当中。没有亲身经历过的人无法想象天灾人祸是不是就是这样，侥幸离开半生流浪的人也不忍回望，还有没有比这更糟糕更难的。这种混乱所波及的地域，往往是有规律的。只是，防汛抗汛也是一言难尽。

防汛，指在汛期出现前对客观情况进行预估做出必要的方案、措施和手段，以避免突然而至的意外和灾害来临时手足无措无法应对。一切尚未发生，旨在防范。于是，江西、安徽等地的人们似乎把问题扛了起来，在上保河南下保江浙的前提下分头干了起来。过不了多久，随着水位的上升就会有一系列问题需要面对的，不如就此健全机制抽调人员、配备物资，加固城墙做好应急准备；抗汛，则是对已经造成的不可扼制的灾情危害，做出必要的解决和回应。房屋被淹、道路被阻、泥流俱下、车辆冲走，都是汛期里极为常见的场景。那些被洪水围困的老人孩子，在抗洪英雄的帮助下安然落地，还有迎难而上的勇士，在舍己为人的征程中成为了永远的榜样。他们是远去的记忆，也是时代的栋梁。

那么，我们的生活平时不在汛区，又何尝不需要防和抗呢？防，是为了更好地接受未来；抗，是为了在现实面前消除消极和负面情绪，用更加阳光和乐观的心态面对生活。防是预防，抗是应对。有了好的预防和应对，所有的难题都会像汛期一样成为过去。

二

发完防和抗的话题不久，就在中午和远在异地的朋友开起了不疼不痒的玩笑。她笑着说都怪送的扇子扇得感冒了，而自己则回复扇子会负责的，跟旁人没有关系。她邀请明天请人吃饭你来吧，不想一句"凑什么热闹不去，攒点路费钱，回头等你在首都请！"之后，还顺手把正在观看的《马云谈商录》截图了过去。

"不去北京，没钱。学马云……"

"家，也是江湖！他是大江湖，你是小江湖。对了，今天早上不舒服，快6点时。白天无恙，一切安！还去开了个会，不聊了你歇吧。只要还有江湖，就证明我们来过！"

"咱俩同病相怜。我估计是你传染了，感冒了。"

"没准儿，是幸福呢！那还请客，我不是感冒，但应该是服药的提醒，还没吃药，不知道要不要看医生。"

"什么情况？"

"先看书，再定看不看医生。"

"干吗了？"

"没干啥。"

"早上醒来，觉得异样没动。心脏或是血管说不好的那种不适感，以前没有。"

"赶紧去看看，十多分钟躺着没动。"

"没有意识了？十分钟？"

"有，可能心脏跳动或血管的问题。没意识还能缓得过来？或者，真的该注意了。入秋，所有的人都该注意。"

"你一定要注意身体，我不想失去你。"

"不会的。"

"这几天开窗户睡觉，可能天气热我开窗户睡觉感冒了。"

"有的人，岂是感冒听过口歪眼斜的，庆幸吧下不为例……我们都要好好的。"

"唉！老了。"

"心态得年轻。年轻了才可以嘚瑟。"

"对了，弄个测量血压仪，注意血压问题。太高就吃药，不要出事了后悔。"

"低压高，前些日子测过的！"

"不要有个什么问题了，不认识我就麻烦了。"

"有你说的时而瞌睡的感觉，回来天天喝茶写稿就忽略了。哪能忘呢？特别是遇到这么温柔漂亮的美眉。"

"有空了去做个心电图，看看心脏。我睡会儿了。"

"谢谢提醒。"放下手机后，顺便就把放在书桌旁的测量仪找了出来。其实她忘了，测量仪还是她从网上买了寄过来的。因为当时见她测也测了一下，就发现有一点点问题。又根据她的经验，连着检测了半个月后去见了一位省里的年轻大夫。大夫听了情况切了脉自然建议开始服药，开了药方后带了一些药片回家，但还是把这件事情给搁置了。再后来，一直平安无事也就没有放在心上。这下子，似乎又成了个应该重视的问题。尽管，还在考虑回忆表述准不准确，是有两三下心脏跳动异常或血管堵塞的感觉。算了，不纠结啦！回头趁早上咨询问个医生去，实在不行听专家的呗。

三

关上电脑后看了看时间，还有十分钟就有一趟去往东川的公交。南合、紫峪和染界，只要有一趟路过门口就可以搭上去乡村转转，那就闲话少说等待视野中的目标吧。也就在短短的几分钟内，刚刚还阴云满天的空中下起了若有若无的雨。反正，车也正常运营不如跟着去好了。应该说有一段时间没有下去了，十天还是半个月想不起来。索性，不去想。本来计划是每周去一两个地方的，但实际上肯定没有做到。至于现在的出行虽说计划过了，但直到临出门才记起也不是什么意外，总得把手头的干完才有闲安排的。

当写着紫峪公交字样的汽车出现时，携着各式行李的人们在固定的候车点一下子上去不少。等到最后上车的我们坐在了前边，依着固定路线行驶的车辆慢慢启动了。那个熟识的年轻司机边行车边检查人们买票的情况，时不时地听刷卡机报账和查看二维码的页面，完全是一副得心应手的样子。

站在过道上的小姑娘只有十来岁，看她娇弱的样子便挪开些空间以便互相挤挤。她的头靠在黄色的栏杆上，随着道路的颠簸摇晃着一直低了下去，只三五分钟竟然睡得一塌糊涂还流出了口水。两个同伴比她大一点，拉着手环轻声说话。对面的两个中年男子开始谈论起了梨，不久前的雨将塬里不多的梨再次敲落在地，根本不用发问就能听到最真的信息。这也是近年来听得最多的事了，好多乡镇都不能幸免，令人叹息。

离城中心越来越远，远山绿树也越来越多了。向前延伸的柏油路上，分层设色的景致在迷雾的笼罩下显示出自然静谧之美。很多时候觉得就是在这样的情景下，才可以听那首旷日持久的乐曲《知音》。必是没有阳光没有闹市，唯有空灵寂静环绕周遭。或清茶相伴，或老友对酌，都是人世间最曼妙的风景。

也曾将这样古香古色的韵律推荐给一位远在南方的文友，她的言辞文风如山谷中清新的风拂面就能动人，也似路旁绽放的花朵暗香自在犹存。或者，异处的她无法领略这方含情山水的表达，能做的只是欣喜地将音乐收藏并在雨后闲适的时候用心品味。待到快回城的时候，地面全湿透了。

四

晚饭后还是开着电脑，任思维天马行空时想起临走前看到一张发错的图片上似乎有红旭站长和人谈话的身影。于是，便转过去试探着问了句：

"有人吗？想来，这是你们两个在谈事儿吧？刚好记起得告诉一下，那个甘梨早6没法看表现。"

"今天你们那边冻了？段老师哪里来的照片？"

"前几天，园子的主人电话过来说了情况，和您所言一样一样……"

"什么情况？"

"受冻呗！上次我们聊是4月上旬，中旬花冻了！虽然是局部，但有甘梨早6恰恰在那个区域。"

"让园主照个树的照片，或枝条的照片我能认出来。"

"您要问的是表现，果实是不是更能表明品质什么的？"

"如果品种不错，果农就能评价。"

"还以为得提醒您明年秋季互通电话，否则怕忘啊！人家倒好，还主动联系告知，您愿意自己试试还是听他说……"

"继续关注，明年再看表现。"

"怕明年关注结束忘掉了，不过好像不会。"

"谢谢！您怎么有我和滕老师的照片，他前几天到我们试验站来了。"

"也是这么想的，那就继续关注呗！你们有合作？"

"看来是互相信任了，点个赞！每年都有，持续的应该是……"

"我和滕老师合作多年，一直有业务来往。"

"敢不敢说出来听听？科研产品、育种产品……"

"不是，基础研究方面的。看我这个优系怎么样？"

"果面光滑、颗粒饱满。很好啊。对了，问问你的这些研发为啥挂色不怎么样？"

"啥意思？"

"要知道，专家认可的黄金梨果带在我们和我们以北的地方。在我的理解，就应该是果子更甜！挂色，自然红是不是……明白了，和你选的母本父本有关，可能适应性更强。"

"不是的，分为红皮梨和绿皮梨。我育的这个绿皮梨，是甘梨早6的后代。"

"黄冠、翠冠有了，看来回头还得弄个红冠。你感觉翠冠和这个的话怎么讲？”

"这个成熟期早，甜。"

"翠冠更软，这个更脆？怎么觉得甜就得红啊，红的不甜也正常？"

"没有关系的。红的不一定甜，有的红梨还酸涩。"

"不过这么一听，应该是可固比翠冠高。面积怎么样，在甘肃？你们是科研单位，但大面积种植得政府参与。"

"现在还不是品种，只是优系，还在区试。"

"也是，还早。滕老师的科技，好像不只在育种在生物科技？"

"是的。关键是品种要好，包括品质和商品性状及抗性都要过硬，果农能挣钱。"

"他园里原来有红叶子红干的一棵，从陕西移过去怎么样了？知道这个不……"

"滕老师吗？我不清楚。"

"是不是问错人了？瞧你还真不知道。官宣过的，地球人都知道的。也是，把甘梨系列做漂亮就最好！"

"那个品种叫红早酥，是早酥梨的红色芽变。"

"尝过的。敢不敢再瞎说几句？其实，中国就是啥都太多了！人，梨……这几天，偷偷想人家就那几个西方品种引过来一发展就是几百年。"

"巴梨、红安久、康佛伦斯、盘克汉姆什么的，这才成了百年品牌，甚至更长，这多好！"

"那是西洋梨，我们的白梨、河北鸭梨、砀山酥梨，还有库尔勒香梨都上千年了。"

"我是你们行外的人，说错了请见谅！"

"呵呵，没关系。意思我们的历史更悠久，品质也不错。"

"对的，从东汉人工栽植起就陆续有各种各样的梨了！对了，玉露香现在怎样？"

"品质挺好。抗性不好，容易发生腐烂病。花期易受冻。"

"要全国就一个地方有玉露香，那肯定世界级的。不过，不可能

　　　　　　　　　　　　　　邂逅大美梨

啊……所以，稀有好梨不可能全国都适宜。在我们这边基本上都不是事儿。出口美国时，农业污染都检测不出来。"

"这个可以做到的，你们那边果形怎么样？"

"很多年前，山西北部南部区试失败。给你发个图片，红晕不是很多。"

"比我们这边好，估计是挑选的。"

"若可固达到 15% 的话，红晕应该比这多的。说个大胆的话，甘梨的适种区一定在我们和我们的北面！不要急。"

"我这里有去年的一个玉露香梨，现在吃起来口感很好。挺耐贮藏的。"

"30 年和 40 年的发展很不一样。对了，是以玉露香看待问题的，别笑我视野小。专家说，30 年不落伍，我希望 300 年。甘梨早系列，同理！"

"不容易，我们国家果农无须发展，市场效益说了算。"

"都是搞经济的弄的，不知道该说什么才好！能干的一出手就是垄断，早采什么的都是利益链条上派生出来的瘤。"

"隰县现在玉露香有多大面积？"

"不敢讲了，也不太在行。官方的话不知道，我不是官宣……大抵 23 万亩以上，也有说过最高 35 万亩的。"

"这有啥不敢说的。"

"现在全临汾都种，政策扶持。还有，资本运作的还在路上。"

"面积不小了，希望有序发展。"

"玉露香的后代很快就有了。"

"没错。再透露一点……"

"就透露一点，知道就行。"

"你的专利？再说一点点。"

"玉露香的后代啊。"

"平时都不怎么聊天的，也是想起了人家打过电话才赶紧告诉了！电脑还开，聊得没顾上看。"

"我也很少聊天，不过话说回来，要育个真正好的品种太难了。"

"以前和孩子在一个果园，就有人介绍过玉露香梨的后代！所以我说中国人太多了，梨也太多了。"

"郭老师那边也在做，希望能有更好的。"

"她的长项不在育种，是个好的课题负责人。一旦认定，无比坚持。"

"他们育种做了不少，我去过她的选种圃。"

"已经很好了，不变也是正确的选择。引用农科院一位领导的话，比如我们现在改玉露香的话简直没法想象。所以，希望玉露香300年不落伍而不是30年。你的优系也一样。一旦认定大规模发展，就发展个祖祖辈辈的很多年。"

"这是去年的玉露香，糖度在14.1。"

"那也不一定，毕竟玉露香还是有很多缺陷。要不（上世纪）七十年代育成的，现在才大面积发展。"

"人家育种人就说得三四十年，我当时省了个4。结果大面积发展，离40年不远。"

"如果有个品种能保持玉露香的口感，果形和栽培性状改良了，肯定就有替代玉露香的可能。"

"甘梨可能快点，快也得政府认可、百姓认可、市场认可的！关键是，认可了还不能说变就变……选择太多了，尽管育种很难。"

"但目前说，玉露香绝对是个好品种，可以在适宜区域适量发展。"

"适宜就没有您说的那么多问题。所以说，得力争百年品牌。一厢情愿，见笑了。"

"嗯，的确是这样。比如腐烂病的问题、僵芽的问题、花期冻害的问题等等。"

"科技这么进步，有您和滕老师等这么多厉害的梨专家不发展是不可能的！"

"我这边的玉露香，除了去年正常以外，2016年到现在，明年都要冻害。"

　　　　　　　　　　　　　　　　　　邂逅大美梨

"为什么明年？"

"是每年。您过奖了，我只是喜欢，仅此而已。"

"僵芽在育种出来区试时，就是失败的。"

"山西忻州以北。一直都是。解决僵芽可不敢说是用错了劲。"

"有个问题您一直没有回答我，就是我和滕老师的照片？"

"让滕老师告诉你，这又不是秘密！晚安。"

"再见，下次再聊！"

"对了，不是梨专家谈话不在你们的思维上，说错请指正！要不滕老师指不定也不告诉你，开个玩笑。"

"没有的，交流很受益，谢谢您一直关注我们的甘梨早6品种。"

恰似一种隐喻

一

去办公室拿东西，刚好电视台送来了我们的宣传片。宣传片的拍摄是临近七一时才定的，等于学生一考完评卷结束就进入了紧张的录制当中。不得不说，我们的宣传工作在新领导上任后一直处于低调的状态，这次刚好借党日到来之际推出宣传片是个富于胆识和智慧的决定。

不管是临时起意还是久有规划，也该是时候来宣传一下了。早在刚接手工作之初，年富力强的他基于当时状况重新布局了逐年规划，现在看来并不是一句空话。无论是教学工作，还是团队管理，都出现了一种群策群力的良好局面。这当然不是一句套话，而是方方面面落到了实处。仅就疫情工作期间的教学来说，我们一位叫燕子的年轻教师授课有方得到了全省通报表扬，这在全省也是极为少见的。不仅如此，其他科目积极探索不断有富于内涵的作品上传共享。团队管理方面，实际上作为团队的一分子应该是忌讳不谈的。但是就像军队一样没有好的领导和战略不可能带出来能打胜仗的队伍。好的领导能兼容沟通引领人事朝健康积极的方向发展，最终形成众人拾柴火焰高的共赢局面。退一步讲，团队中的步调不齐牢骚随处可见，必定是领导的工作能力尚需进一步提高。

在我们行政办公楼前面有一棵桃树，还有一棵李子树，都到了盛果期。每年快成熟时差不多就放假了，学生和老师们是不太注意的，通常只有假期值班的中层领导和办事人员路过了才会发现李子结得很稠很密很大，红得发紫。桃子也是这样，品种上乘口感也佳。种过桃子的人都知道桃树是很容易招蚊子的，尤其愈到成熟期愈是这样。于是，有次加班被蚊子叮得惨不忍睹时私下里说了一句要不砍了，不想竟然听到看到桃李就像看到老师和孩子们的笑脸。

是啊，之前一直在交流办学理念的话题，也是想获知我们的教育可以抵达的方向。现在，不想在这里得到了启示。难得有这么倾情于教育事业的领航者，难得有这么多爱岗敬业的同路人，少年和国家才会有了希望。因此，宣传片的录制一经提到案头，从方案的制定到具体实施，可以说是团队凝聚力得到迅速再现。新来的小同事主动搜索引擎找资料、党员发挥表率作用、广大教师各尽所能，就连电视台为了考虑音效都请专业人士进行配音，这才最终有了可以对外展示的鸿篇巨制。

其实，校园的宣传通过报纸媒介或者电台影音，都只是一种极为常见的形式。无论哪种形式，都不如自身工作做得扎实。就比如我们一直想建立校史馆，通过了解历史的过程让学生得到德才兼备的熏染，然而碍于准备不足和资金欠缺等诸多因素迟迟不能启动，或者终将有一天兑现，一切为时不晚。

和梨产业协作组的一位年轻人说过，到来年年底或冬天可能会结束关注的。于是在一年后的这段时间以来已经不断地在告别，尽量地不去打扰和联系任何一位相关的人士。因为即便是继续前往，还是免不了会离开的。我知道，此刻还没有达到理想的目标，就算是在这个领域里继续潜水或是学习，都不见得能够获取足够的能力和准确的经验成为名副其实的专家。当然，这也不是初衷而只希望在梨的方面有所学习和写作。

有时候我们所期望的，并不是我们真正得到的。我们所失去的，也并不是我们真正拥有的。当告别、离开、失去、遗忘等字眼儿在头脑中接连闪现时，一时间难以名状的情感浮上心头，最终却是推开门轻轻地走了出去。去哪里呢？往东还往西，总之应该是一个更为开阔的天地。

二

主意一定，便越人流过僻径直上小城的最高峰。就城区来说，最高峰是在东面的森林公园。这个公园建起来不过是十来年的事情，却有着超越城池往事的履历。拨开历史的层层云烟，那个携部迁入的帝王已消失在风起云涌的历史长河当中，唯有峰顶的青砖旧瓦提醒着人们昔日的历史变迁。至于蒲邑故城刀光剑影的奔走悲欢都已走远，还是让它随风而逝吧！

向上不是技术活，不难走，坚持就行。走着走着就气喘吁吁了，通常人们会停下来缓缓或者稍微歇息一下再突破局限。这也没什么可质疑的，去哪里不都是有计划还得有健康的体魄啊。歇息的时候，都情愿不上了。只是等稍微平复了心绪，踩着冗长的台阶一直向上就是公园的广场。广场上没有人，偌大的空旷不声不响地存在着。坐在老早就安放的健身器材上，倚靠着绿色的屏障，远望青峰矗立竟然有了丝丝联想。

和前面桃李的类比，这多像梨产业气象的一种隐喻啊！从谷底到高峰要经历千锤百炼的磨砺，不勇敢向前就无法战胜困难最终赢得梦想。在这条漫长无边的路上，有人从未出发上阵，有人路过会被淘汰，有人付出全部所能，有人终将遗憾永生。没有抱负注定不会相伴，有了学识也得虚怀若谷。倘若存在着侥幸的心理，绝对不会取得卓越的成功。都是脚踏实地步步稳健才能跟从，都是实事求是开拓创新才能进取。你以为节节向上拦路虎早已经守候，你以为陷入困境柳暗花明在不远处悄然等待。不行了，不走了，再走又是新的愿景。你忘却来路上的艰辛苦楚，明天云霞生薜帷依旧。能看得非常气象的，永远不会是大众。

诱惑、歧途都难免存在，掉队、离开也是正常的。历史的车轮滚滚向前，只有英雄才会被永远铭记。此刻，仰望蓝天、青山、白云，思绪不断地在涌动，也相信只有到达山顶，才能更深地去理解攀登的意义。就在这时，一个小男孩的影子闯进了眼里。听他说，是和村里的妈妈一起来的。这是他第二次来，得和大人相跟着才行。从村里到城里差不多得半个小时来一次并不容易，要不是姐姐报名还没有这样的机会。再从城里往上走，就又得半个小时以上，难怪只见孩子不见大人的影踪了。孩子还小只有三年级，没听过首都不知道北京却有着好听的名字国保，想来保家卫国建功立业是所有父母的愿望。而我刚才的沮丧伤感，也伴着这一番谈话随之而去。

三

照例看了会儿书，然后等下午刚出门就滴起了雨点，这已经不是第一次了。不过既然出来了也就不往回返了，主要还是接了电话才早些出来的。去散步已是不可能，雨点越来越大得待会儿再看。不如，就此蹭个网回个信息。临走时是看到两条留言的。一是收到原创新歌的曲谱和演唱，三言两语点评即可；二是久不发声的网友计划注册一个公司，希望帮忙起个公司名字。当下，告知注册公司是大事，得慎重考虑。然后把手机放入小包便出门了，现在既然是下雨天干脆坐下再看看对方的信息比在雨里晃悠舒服。

"我们几个小伙伴都想做玉露香，每个人分工都不同。现在就是这个公司名字想不到合适的。"

"你们考虑了没？"

"考虑什么？"

"名字啊？股份制的话，你们更得慎重的！会不会吓到你？"

"这个股份制没谈，就是谈了下利润分配。就是麻烦你给我们想一个公司名字。"

"个人的话，无论是名字还是运营，有想法有实干就可以上路了。股份的话，得懂一些基本的常识！有专业起名的……"

"您这边方便起个名吗？还有这个基本常识，都是关于哪方面的常识！"

"起名的事说小就小，说大就大！看你怎么理解了，比如你的名字后两个字寓意就很好啊！专业起名的，可能会考虑更多！比如什么行业用什么字，什么人用什么名……"

"那就用名字？"

"您定，是见您的名字确实很好！"

"感谢！"

"不客气，再听听别人的意见！顺好。"

"好。运营的话我们有一个天猫店还不错，关键还得对接两个渠道，这样注册后对接起来容易一些。当然我们几个也具体沟通了一下，参加展会时就可以打印名片发给需要的人！"

"哦！一定要把工作做细，于己于人都好！"

"是的。目前我们对接的一个渠道实力还可以，有自己的仓库。另外两个城市正在建立。所以要注册公司，因为要公对公。现在做本身就迟了一步，所以赶紧注册一个，完了做自己的品牌 logo。"

"这三个地方似乎都有人做，不过青出于蓝胜于蓝！有时需要大胆，有时需要谨慎。无论如何，祝福你！祝福你们！"

"据我了解确实有别人在做市场，只不过对接的渠道不同！感谢您给我指点，智者劳心能者劳力，辛苦您！好了，也祝您事业蒸蒸日上！"

信息发完了，祝福送到了，还得在细雨中走过泥泞回到起点，才有时间慢慢录入。这里大致收录了对话的全部内容，却没有打出对方的真实姓名。打出来很容易，但希望他不要被这些无端的情况所累。即便这样，希望有一天看到了不要介意发出并且能够走得更好更稳，这样才好！

四

晨练回来，翻看了下学习强国的内容又将积分调整的链接转到了单位工作群。正要放下时，发现汾西一位姓郭的同志发出了求助的信号。他的梨园里，有这么一棵树，果灰黑，粗糙、易裂果。去年就这样。病？变异？还是啥现象？求教老师们……

　　　　　　　　　　　　邂逅大美梨

"怎么会这样啊？不太懂，也静等专家来讲。"

"煤污病。"

"可能袋内湿度大。"

"不是湿度的问题，是整个树，而且去年也是这棵树。"

"有的品种易裂果。"

"裂果只一个，这第一个主枝完全是玉露香表现，甜度还行，第一主枝以上都是黑果。"

"外观和别的树一样吗？"

"一样，第一主枝结果与其他玉露香梨也一样，但之前就黑了。我看是病态。工人反映枝干颜色也不同，有点深。从照片看，叶面要小。"

"根部有问题，或者树皮有病。"

"一般是根部有问题。"

"这两天下雨，天晴了我亲自看看。"

"树干是黑色。"

"有点像虫害（蚜虫、梨木虱或介壳虫）危害后引起的黑点病。"

"虫害不大。"其实，专家总是有各种各样的意见。对于求助者来说，重要的是得到了哪些有用的信息，又如何正确应对防范。煤污或者虫害看来都是极个别的征兆，只是小洞不补大洞吃苦的老话从来一针见血。只有及时处理将不必要的隐患扼杀在萌芽当中，那些亡羊补牢的故事就不会重现。

重现问题最好永远不要，然而文学的重现再现是不可避免的，也就是基于生活高于生活的表达。很多从事文学创作的人都在这一条探索之路上苦苦地追寻着，寻找适宜自己的语言。拿到手头的《人物》中就记录了这样一位文学先辈，他的本名人们并不太关注，但吞下命运的他以《江南三部曲》问鼎茅盾奖是众所周知的。先不说获奖，仅就几个创作的情况共享一下。

在写《望春风》时，为了能够顺利完成隐藏心脏病真实情况的他经常把自己反锁在工作室，甚至连最厉害的一次也是初稿完成后电脑录入时发生的。据医生讲当时97%的血管已经堵塞。他瘫在地上，扶着墙，一种濒临绝境的感觉但大脑仍然清醒。在去往医院的后座上，忍受着剧痛的他坐不住身子直往下掉，他问了自己一个问题是跟这个世界告别还有遗憾吗？想了想没有，这才安心地靠在了后座上。

　　看到这里，这才想起那本浅绿色封面的书竟然付出了如此之大的心血代价！用心用生命做事情，不是每个人都会。怕是，有时候尽力都很难。因为这个社会充满了功利和浮躁，充满了攀比和短浅。然而，谁又可以潇洒地置身事外呢？就在前几天，还因为心脏或是血管异常地跳动了两三下惶恐不安，看来一切都是庸人自扰。又拿出来血压仪检查，连着两天都显示正常。不过有点医学常识还是需要的，定期做做测量也好。这样的话，才不至于边说着亡羊补牢的事，边犯着知行不一的错误。说和干从来就是一对亲兄弟，却有着手和嘴的距离。看来，还是谨言慎行默然前行吧！

梨落之语有谁听

一

雨，不停地下着，好几天。有点打乱了生活的节奏，却又似乎没有什么会被改变。看书、听音乐还是必备，开电脑、出外散步也是每天的日常。一日三餐，比以前更能遵守时间，只有晚上临睡前才去想有没有必要的事情没办。但凡来得及，必然回头先办。有人邀请进入当地梨研讨群，想了想手机只有很少的空间便拒绝了。这样的理由已经成了习惯，也是实际生活的反映。当然，确实是添加的视频文档资料图片太多了，有的备份有的已删，甚至很长时间满足于欣赏走过的路不能回到思考当中。

想起也是这样的天气，添加过一位黎姓的美女作家兼美术评论家。当时的详情已无从记起，好像快中午的样子少说了几句就闪离了。能记得清的，是发了埙乐的演奏并且留言最好不要在丽日之下欣赏。未曾谋面的她随即点了链接速览，之后留言音乐很美。刚好又是这样雨雾相连的天气，竟然就想起来这难得的相遇。

不看不知道，一看还真就有些纳闷了。在为数不多的博客里，她的文章用笔犀利不凡且唯美至上。同是信手拈来的散文，或思想独到切入准确包罗万象，或心细如发敢于剖析直抵云间，既有一语中的的惊艳，又有脱俗骇世的淡然。那么，是什么样的生活赋予了她写就传奇的力量，又是什么的经历给予足够的冥想不得而知，而那些触及灵魂深处的字眼直冲出来散落在从容的叙述里，竟然可以有几分观点相像。

她的《梨落集》于早些年出版发行，也有着意想不到的。仅从字面上，就如同敲在心间的鼓点。有的人可以因一朵花被后世铭记，有的人可以因一个稻穗被世人传扬，偏偏就还有人以梨为题抒写心中的惆怅。这段时间，由于越关注越看到自身的不足，越学习越看到人类的渺小。于是，大多时候有意无意地疏离着，有时候也窃想就此停止。没敢索要书是担心已无存留，窗外的梨落无言也平添感叹。在这样的氛围之下，所有的语言终是过多。那就斟上一壶清茶，与远隔对酌任旋律回荡萦绕无限绵长……

如前所言，斥巨资助力发展玉露香在山西或以农产品梨为依托办公司而言都是雄心万丈的手笔，不是充满了拳拳斗志不会轻易出手上路的。若还停留在不思进取的思维上，是根本无法理解的。说到底，是育种是科技的力量在人类社会发展中做出了贡献。这种贡献，最直接地体现在了生活上。

从粮食作物的充分保障到经济作物的不断丰富再到菜篮子的满足需求，从科教兴国战略的制定到大国工匠的应运而生再到人类命运共同体的逐步形成，中国人民的智慧和成果在世界上得到越来越多的认可重视。这种贡献绝不是闭门造车的存在，而是综合国力不断提升的结果。时代的气息扑面而来，而我们能做的唯有接纳。当离开成为一种定势，我们也会选择跟从。这种变化时而卷着风暴，时而悄无声息。就像我们每天都在日月轮回往复中朝出晚归，能做的始终有限。

二

不是经济学家，就不会从经济的层面考虑问题；不是商界新手，就不会在电子商务的蓝海里挥汗。此刻，外面还是雾气弥漫雨声阵阵，不如于窗前独守寂寞静看繁华吧。许是无心的絮语惊扰了细碎的日常，许是简单的话音传递了远方的惦念，入夜还在收拾家用的她一定感受到了。一张古琴、几卷宣纸，还有着裸露着肩带的照相机都成了无边的思忖。不想去碰，不想去画，不想去远方，这又何尝不是观照自己觉知当下的真实存在呢？真实之外，还有着寥寥无几的笔墨勾

　　　　　　　　　　　　　　　　　　　邂逅大美梨

勒出了松下抚琴时的逸趣幽远。

起床后看到了本想发句心安天地宽，又担心睡得太晚还在酣梦之中。索性，对黎姓开始了追问寻访。原来，九黎、黎城、长治竟是这般地亲近又近乎遥远。黄帝战九黎的那一幕，恍然如隔世又犹如拨开迷雾可以洞见。黎人南下广东广西等地，繁荣于东南沿海。这是无奈的离开，也是艰辛的发展。难道，一个姓氏和族群的发展注定是浸透着血汗的记忆，又必然用屈辱渡过才会竹节向上。不用宽容之心，无以理解今天人们的融合共进；不用宽怀之心，无以面对祖宗先辈的负重前行。

太沉重了，这么一想放下了电脑去看可能感兴趣的书。不受打扰的情况下，通常二百个页码的基本上一天可以完成。找了又找，一时间搜出了两本同样名称的《自控力》。一本上面写着"[美]凯利·麦格尼格尔著"，一本上面写着"××编著"。不用说，前面的原创版权所有，后面的是纯属加工合成。这还有什么商量的余地就挑前面的，选前面的呗。

快中午的时候，边考虑午餐边将简短的信息传了过去。只用了一两分钟，便看到了及时回复和问候。碍于时间上的情况，也就言明午安没有再继续对话了。很多时候，就像文中所阐述的那样尽量克制一些不当的行为。不在乎别人的夸奖赏识，不在乎别人轻视无礼，只想稳稳地走下去。工作创作如此，生活亦是如此。

不去轻易惊动，并不一定代表不可以看别人发来的信息。这不，老友远道而来就在家的不远处将定位发了过来。若是早上三五年，一个电话过去或者推门直接就去了。可一想，还是将会面安排在了平日出门散步的时候再联系。你有你的情况，他有他的习惯，没有合理的安排，谁也不想扰乱作息。反正，都熟得跟左右手似的没人见怪，有重要事宜还可以随时商量。

咳，真见到才知少了细致沟通还真就错过了一个去处。原来，趁着天气还不错要去所属下李的现代农业产业园区，便试着发短信过来了。由于园区尚在建设当中，之前也问过相关人士进展的情况再无更多了解也就淡忘了。现在看来，这邀请不够诚挚就不遗憾了。终有一天会有很多人争相前往，到那时将是一番人潮人往的热闹景象。

没有发生的事情不去猜测就此打住，已经发生的注定都会过去随风而逝。好比和老友在一家公司碰面后，一起看着对方的变化聊聊最近的行程。当然，回家时还和旁边的一个孩子无所忌惮地说起他国外求学的姐姐，说起了中国的苹果只需干掉红富士，梨的话只能是玉露香了。孩子手里拿着一个异形魔方，边走边鼓励在到达目的地前将打乱的程序回位。不想，费了半天劲就差一个还是单面都有点困难。

不显摆愚蠢不见得就真聪明，不显示聪明也不见得就真愚蠢。这是辩证的统一，也是客观的构成。这么想想，没有不厌其烦地尝试过魔方的组合，就无法完成简单的重组。倒不如，坐下来翻翻地图看看视线本能注目的地方哪些还没有停留，又还有哪些停留过的地方没有久久思忖。索性，就先这样了吧！

三

对了，就在这几天身旁多出了不少神神秘秘的声音，都在纷纷传扬着明星要来了。于少男少女来说，正值青涩年华仰慕明星歌手可以理解。不过，会是谁呢？不等去探个小道消息，由东方卫视携手烈儿宝贝、王迅、陈蓉、祖艾玛于晚上8：00在直播间等候，还有摩登兄弟刘宇宁在太原机场的行踪也被曝了出来，更有因一首《心太软》风靡一时的小齐也出现在了茂密的梨园里……

没错，确实有不少新生力量相继露面八方云集。看来，我们在关注世界的同时世界也以我们意想不到的方式呈现在人们面前。我们在壮大自身走出去的同时，民族的融合也将我们更加紧密地包围在了一起。难怪，出门办事路过大酒店时发现了很多人，不乏都戴着口罩专程驱车抵达一睹为快。

明星有明星的行程，百姓有百姓的节奏。这，是生活的本质。可是，就像孩子的好奇心一样很多人都对明星有着猎奇的心理，都想知

　　　　　　　　　　　　　邂逅大美梨

道光环之下的明星和生活之中的有几分差异。于是，很多人抱着半信半疑的想法追到南唐户的基地试图一睹芳容，也有的人似乎不敢相信自己的眼睛。

"是真的吗？"

"哪里都有你的身影。"

"怎么有他？"

"他们呢？他们去你们那里了？"

"是的。来早了，梨还不熟。颜色不太好，还早！这个时代没秘密，连穿拖鞋的图片都有，就不晒了！"

朋友圈里，不断地刷出各种各样的影像和视频，周围的亲人同事朋友都想获知哪怕是仅有的一点消息。说起来，明星也挺不容易的。对于凡人来说，可以按照自己的方式安排日常生活，可明星不能不听从经纪人的管理。甚至有时候该露面的时候要露面，不想出行的时候还得出行。若是略有小疾什么的登不上大雅之堂，无端地就会生出摆价子耍大牌等不良人气之说。不过，不好的捧不起来，好的终归差不到哪儿去。有人边看边下单给明星捧场，有人追星追网红紧跟直播形势。这可能是当下的电子商务走向，也或是一种信息时代发展的必然。反正用不了多长时间，全国各地的网红直播就会成为一种趋势。

先不谈这些了，说一说具体的情况。《我们在行动》是一档公益助农的节目，这已经是第三站了。如果没有记错的话，上一站是在西北的甘肃一带。这一站的话，应该也是策划很久了。不巧的是，离玉露香梨成熟差不多还得一个来月时间，最要命的是由于四月份的冻灾导致大部分果园根本无梨。

这次到来，他们分为两个组探班。一队由陈蓉和小齐组成，要去竹干村海萍大姐的园子和果筐厂；一队由王迅和李烈组成，到北庄村一户叫香爱的人家。说起香爱他们家，令王迅和烈儿宝贝大为痛惜。原来，这户人家的两个孩子一个在出生 3 个月后患上了癫痫，一个因用木炭取暖释放出来的一氧化碳中毒惨然离世，又遇到地里受灾只能是雪上加霜。好在，有民政局的帮扶能缓解一些难言。说完了他们再看海萍大姐，虽然也有女儿患上血管瘤属于不能自理的情况，但都妥善安排就有了全新的面貌。闲时居家照顾孩子，忙时在外早出晚归。忙不过来的时候，就找附近的农民一起帮忙干。她的果筐厂常年雇用一些劳力进行加工，偶尔临时聘用包揽解决了大量对外承运的难题。果园的话基本上是由丈夫打理，只有快到了收获的时节自己才去做些必要的事情。

这不连佩戴着新村民标识的小齐他们都远路风尘仆仆地来了，就一起去自己果园看看劫后余生的果子长得怎么样吧。还别说来得真是时候，见地上有果子被风吹落不少陈蓉赶紧捡起来放进黑色的筐子。海萍大姐灵机一动问道猜猜这一筐有多少，可瞎蒙上去多少会有点跑偏的。至于小齐的话，早拿着割草机效仿着操作起来，没用上几分钟便横扫面前一片长短不一繁茂丛生的杂草，完全管不了强烈的震动和轰鸣在耳边回响。当然，他也得到了劳动的奖赏就是往年硕果累累枝头挂，今年七十亩地都不好找一颗的"金蛋蛋"。吃到嘴里，自然是别样的感觉喽！回到住的地方，舞台上声震一方的宇宁兄弟燃起了柴火准备餐饮，一个人干得有滋有味既接地气又颇露一手吧！

哎哟，差点忘了讲直播。要说海萍大姐也是蛮厉害的角色，就自己参与电商的情况写过简介并成功入选了全国首届电商扶贫案例，可在祖艾玛和烈儿宝贝的直播间内不能用震慑来表达感叹，简直是开眼了。怎么说呢？直播间的设备自然是先进的，关键是见识了什么叫秒杀。换句话来说，无论是三百人的下单还是一千人的优惠活动，就在宣布开始的那一刻高效完成也意味着同步结束了。

这就是明星来了，和没有明星出现的不同感触。而整个活动录制结束后，看到主动要求小齐唱《心太软》的后生不紧不慢地在对面行走时，互相打了个招呼就又各自回到如常的生活当中了。

四

实际上，这个夏秋之际最长于规划出行的是新疆库尔勒香梨协会会长盛振明了。香梨成熟之前，他一个人单枪匹马走了十多个省市进行考察。这里不说协会，仅从战略的层面上考虑问题的话是有着一定的先见之明的。因此，行程一结束在哈拉玉宫乡中道杆村果园里就有了一场别开生面的基地考察和渠道对接签约会。

继前几年因早采事件之后，由于水果过剩，几乎所有的梨都受到了市场饱和的影响。有市无价、以次充好、质量低下等现象层出不穷，使得整个产业出现不少混乱。面对这种混乱，受损的除了消费者外更是波及整个链条的从业人士。那么，走出去介绍和请进来指导绝对是最有效的做法。

第一站阿瓦提乡青年队果园，由吾斯曼江·依不拉音乡长进行果园介绍。他介绍库尔勒全市香梨种植面积 45.5 万亩。今年预计总产量 50 万吨以上，预计商品果率 75%，商品果产量预计 40 万吨。库尔勒香梨特别是今年的香梨有"四个好"：品质好、口感好、果形好、功效好。品质优：落地即碎，天然果香，清甜诱人，是一个"不用削皮就能吃的香梨"。一袭黄绿外衣不暗沉，果肉娇嫩白如玉。功效好：能降血压、能保护肝脏、能润肺止咳、能生津止渴、能润燥清热。今年的库尔勒香梨预定的采摘日期是 9 月 6 日。指导价格分为三级：A级果 5.7 元每公斤；B 级果 4.6 元每公斤；C 级果 3.5 元每公斤。

接下来，盛会长接受了现场采访，介绍孔雀河流域、塔里木流域的香梨种植情况。一开口，就知道堪称了如指掌。采购及签约会在上午 11 时—12 时举行，地点是哈拉玉宫乡中道杆村一级果园。这不，简单的开场之后，果园出现了合作双方隆重的签约画面。有阿里巴巴数字农业采购经理王永飞与新疆天边小宛科技股份有限公司盛飞签约，有辰颐物语采购经理成俊豹与巴州库尔勒香梨协会执行会长冯美森签约，有河南恩农果业总经理陈广鑫与哈拉玉宫乡果农刘士军签约，有京东物流农特项目总经理李凌峰与巴州库尔勒香梨协会会长盛振明签约，有佳农食品（上海）有限公司采购经理李兆弟与新疆众力农产品有限公司总经理陈诚签约，有山东圣豪超市采购经理郭洪亮与哈拉玉宫乡乡长热依木·热合曼乡长签约，等等，不能不说是主动的出击之后换来的崭新开始。如此的有心之为，该受到应有的推崇点赞。

大道至简亦从容

一

"终于见到玉露香梨的真容，也感受到了自然灾害对于农业生产的巨大影响。农业人就是这么不容易！……"这是国家农业农村部管理干部学院副研究员邵科莅隰讲学后发出的一条视频信息，也是一大早就特地挤出时间专程去了一趟张伟果园得出的结论。其实，只要是和他一样从别处来的远客，都会想去实地考察见证梨果业的这一奇迹。不同的是，很多观光的人士只停留在观赏和品尝的层面上，而他和一起受邀前来的半汤乡学院副院长宋磊以及原豆复兴创始人王鹭原都是在涉农产业的相关方面有些自己的独到见解。只是，侧重点不同罢了。

不敢对他们的讲学指手画脚，仅从倾听的理解上还是可以谈一些感悟的。应该说，王鹭原的原豆复兴将新疆大量种植的鹰嘴豆成功转化为商品走向市场有着一定的借鉴性，而宋磊所倡导的多样化营销手段有着可强的实操性，至于邵科基于对合作社的深度调研和玉露香梨虽然是第一次亲密接触，但对于这个行业发展的整体把握和先觉意识还是比较到位的。当然，尽管有些方面观点上还需要商榷，大体上情况是这样的。

课上，他们毫无保留地将自己的从业经验倾心分享，以带给学员不同层面的思考转化到各自的实践当中。比如王鹭原鹰嘴豆的出炉不是传统意义上的油炸，是吸取了欧洲及澳大利亚等地的一些工艺烤制继而不断开发出了系列产品；再如宋磊提出了商业运行的本质是赢利，可以在小包装方面深入思考；又如邵科建议网红打卡点的设立、龙头企业的带动尚需加强等等，无不在为当地的产业发展凝心聚力。

午后，大家利用仅有的一点时间边吃边聊着彼此的状况、各自的思考、之后的行程等等，然后彼此添加了微信便各赴战场。车已经停在外面了，随后这个由中国证券业协会、中国扶贫基金会、中信建投证券举办得"梨想行动"培训参加人员在李爱军的带领下经乡宁县昌宁镇供销合作社参观后直接抵达运城盐湖区观摩学习。可惜，由于开学的缘故必须留在原地着手相关的准备，即便是看到群里的动态质疑吐槽还是一起观光拍照留影都只是淡然一笑了。

<h1 style="text-align:center">二</h1>

他说梨收购价格高得离谱，在上班途中经过早点店门口遇到时。而她，刚把编辑好的"大道至简"发了出去。他和她只有一种关系，就是在芸芸众生相遇仅仅认识而已。他的生活模式是在小区对面开了家生活超市，一般由媳妇看店自己再倒腾点别的用以养家。比如梨，他最近忙碌多是在梨上市前去看梨，塬里有川里无价格高得离谱。她反其道而行说不担心价格，担心各自有了成熟的运营体系。价再高也就是一个数字，成熟的运营体系在无梨面市时会有很多看不见的隐患和问题悄然存在。

就好比，从去年陆续开始的机构整改在不断进行中。这当然是有着详细的分解方案的，只要按照上面的条款执行即可。即便是这样，也得有大量的客观需要面对。于是，她所在的部门聘用人员比例不当处理意见就显得很重要。会有上级等着索要相关，会有同事分门别类，会有工作需要落实，总的来说压力很大。只是，任何人员都不会有着一把手的焦虑需要吐上几个烟圈来排除缓解一下。因此，越是在大事面前越要沉得住气，懂得大道至简是有效的方法之一。

很多人陷入了困境当中，也许恰恰是忽略了这个道理。这么一想，也突然之间对梨的采收时间有了新的理解。这短信才发出去不久，就看到了本地果园里实地采收的情景。按照科学的采摘时间来讲，玉露香梨从花落到采摘 150 天为最佳期。那么，现在离最佳采摘期几乎还有 10 天左右是不是早了点还是不影响大局呢？谁说了算，政府或者果农还是市场？实在有点令人头疼。

怎么说呢，其实想多了有时候不是明智的做法，会导致瞻前顾后一事无成。反之，根据自己的实际情况做出最合理的行动才是上策之举。从小的方面讲，就口感 5 个月确实是给力的品质，少量种植的肯定能够卡得好这样的节点；从大的方面讲，就商业运作来看种植面积和收获是最实际的现状，能够把果品及时采摘入库和通过批发零售等经营方式送到消费者手中是没有任何问题需要质疑的。

梨的采摘期长短不一，因此根据情况拉长线或速战速决都得看自身的客观实际。小马过河的寓言故事就很贴切的，同样的一条河老牛觉得很浅松鼠认为很深，小马的参考和借鉴都不如亲自试水才明白别人的道理放在自己身上完全不起任何作用。故鞋子合不合适脚知道，梨什么时候下才好也得依据自身情况确定，早或者迟都是外界的一说，得按照自己稳健的节奏前行才好。

他才去上肥，他已去摘梨；他才去配药，他已经撤离。都没有什么好数落的，关键是有职责有担当，干好每个人该干的事情就好！如同我们每天回家吃饭，最简单的日子何尝不是最好的日子。若连这稳定也被剥夺了去，就该是和美好背离需要调整的。这样的调整其实经常在悄无声息地进行着，才能使我们的生活更加趋于和谐。

三

吃过午饭，她看到有人在问煤污病就回复了一下，是因为还是停留在之前的老问题。她知道对方是个国家级的现代农业产区，便把解决问题的机会留给了省里的权威人士。一般说来省里的专家更了解情况，也可以得到最优化的解决方案。然后，顺便告知见了他的下属就把手机放到一边不再多语。

　　　　　　　　　　　　　　　邂逅大美梨

再去看时，也还是快到采摘节前。沿着长长的栽植区一路直奔过去，家家户户都在忙活着。尽管是清一色的梨园，但在管理上却有着天壤之别。就说吧，脚下的这一大块标准化梨园应该说有十来家都离得不远，也陆续已经在开始下梨。然而，每个梨园由于管理者的不同给人的感觉是不一样的。

这个时候，总有一些残次果经受不住风雨的侵蚀先掉落下来。于是，人们就先后纷纷开始传播梨熟蒂落的消息。然而，有的人会及时清理落地的果子把园子里打理得非常干净，有的人见了置若罔闻任由好的坏的混在一起散发出异样的味道，有的人摊开平地把果子摘了置放在果园以免受到损失，有的人直接放进果筐套上果袋入库进行安放。不管是哪一种，总之把成熟的果实及时收回来再卖个好价钱是最本质的。

阳面的梨子多了阳光的照耀往往着色很好，条纹面纹都较易见到；阴面的果子就不敢这样要求了，果面从翠绿变青绿就算是好的表现。按说，梨子是需要后熟的。只是，消费者的喜好口味也在行走中不断变化，跟从是自然不过的事情。于是，直到离开了还在暗暗地祈祷大家千万要心里有数，使得更好的品质更好的价格最终出现。

四

期盼之中，想起有人发来亲戚涉嫌诈骗一事，还附上了二审辩护词。他问，可不可以帮忙找个做媒体的帮忙呼吁一下。当即表态说，帮人忙要帮到刀刃上否则适得其反的。其实，换谁能不急呢？原来，他的表妹融资 2000 多万元尚未到期被人起诉，而自己也搭进去超过十分之一的数额。换任何一个人都会认为这事够倒霉的，没准儿也会像其他人联合起来诉诸法律。偏偏，我这儿时伙伴的丈夫就遇到了这样的官司。在他看来，其他人可以把自己的表妹上告，一审判决后锒铛入狱。作为表兄妹，是不能这么无情无意地做人做事的。是啊，本来都是极好的关系，为什么突然会变得无法面对呢？

沉思当中，把问题抛给了单位里对面的一位年轻小伙子。年轻人不愧头脑清晰反应快，几乎不用考虑就回答捍卫应有的权益。这根本没错，明知这么大额的数目白白扔掉难道不可惜，又有谁会觉得不该去捍卫？既然如此，那就效仿别人按常规办事吧！不行，对于旁人轻而易举的事情咬着牙也无法下手。这一来。自个儿先彻底无眠了。远在千里之外的伙伴当然是不会说什么的，能做的只是朝夕相伴地陪着一起携手的人。他们的相遇，本来就是一个传奇，只为人海中多看了一眼便互相认定。从此，为了生活辗转多处直至落户东北一隅。刚到那里，她足足一个多月受不了海水的腥味都在呕吐，慢慢地就连乡音也找不到痕迹，同化了。

　　生活，常常以意想不到的方式回馈着善待它的人。如今，获知小两口已经从低谷恢复士气后，特意选了时间把关心问候传递了过去。儿时伙伴还是当年那个热情的丫头，简单透明，没有一句抱怨之词。从头再来不难，难的是记住教训永不迷失。好了伤疤忘了疼固然可以，但怎么可能趋利避害呢？这样的话一经出口，马上发现雷同之事层出不穷。好比，我们的农民被冻灾摧残过了懂得防冻的必要性，被雹灾侵袭过了不懂防护网的重要性，甚至遇大风鸟害完全视而不见。可能有的人会说见别人安了没顾上，事实上坐等别人赈助捐资只能是暂时的，唯有改变思路才有出路。其实，更多的梨纠纷和官司也一直存在的。这说明了人们法治意识的提升，也能够依靠法律来解决一些不可调和的矛盾。

五

　　想上门去讨口水喝，得看主人是否在家；想要带走主人的水杯，得看主人是否允许。那么，主人不在能不能拿上水杯又喝上喝不上水呢？把这个问题放到小学生的课堂中，答案无疑是肯定的。没人，进不去；主人不在，当然拿不上水杯喝不上水啦。在孩子们来说，生活就是这么简单。有着简单的道理可以遵循，有着社会的规则需要遵守。不过，发生在河南平顶山的一件果树侵权案例可能会引发大家一些不一样的思考。

事情发生在一年前，据悉该市卫东区某种植专业合作社私自嫁接建园种植了"丹霞红"梨树和培植了大约 4 万余株"丹霞红"梨苗。对于研发者来说，意味着该品种有一定的推广价值，嫁接梨树和大量培植梨苗是对他们工作的最大认可。可是，这消息来得有点突然，好比姑娘在人家落户自家人不明就里，难道装聋作哑是唯一的选择？平心而论，农民从事农业依靠勤劳致富没有任何可以置疑的。尽管，农业这碗饭并不好端。除了顺应四时之变，还得经受各种看不见的苦难。没有人愿意承受本不必要的艰辛，没有人愿意接受横空而至的灾患，可吃得了苦忍得了难的，始终少不了农民的整个群像。

说千道万，终归事是事理是理。倘若自家淘气的孩子往家里抱了个大件儿，总得问问是借的买的偷的抢的，还是通过自身劳动所得吧？总不能糊涂一时忽略存在视而不见吧？搞清楚这一点是监护人的责任，事情就好办多了。不管是大件儿或是水杯还是别的，总不能因失职导致变身为成长路上的阻挡。水杯丢了可以不必理会，大件儿遗失也可以忘却，难道有一天我们的拥有和失去可以如此简单，那肯定也不是最初想要的模样。

树苗也是这样，丹霞红想来同样如此。得知有人在未经授权的前提下，擅自培植梨树苗不闻不问似乎也不是个态度。于是，郑州果树所便委托一知农业咨询（北京）有限公司在国内对未经授权生产、销售、繁育、种植以及侵犯"丹霞红""早红蜜""早红玉""红酥宝"植物学品种权和其他侵权行为进行维权。结果，通过从合作社果园采集的叶片与该所送检的"丹霞红"叶片，采用 SSR 标记法进行品种鉴定，结果显示两者在所有检测点均无差异，确认为极近似或相同品种。

也就是说，从某种意义上来讲侵权事件客观存在。基于这种客观，双方当事人不会当作无事人。毕竟，出现这种情况不是不可避免，而是理解偏差出现了错位。也许，有人会认为果树所属国家科研部门有科研资金，成果应该免费投入社会使用。不可否认，科研的最终目的是造福于社会的。然而，对科研工作和科研成果没有足够的敬畏和理解也是不可取的。没有人会轻易成功，科研同样付出了常人看不到的精力和心血才能有所成就。有时候，不仅仅是努力，还需要有足够的条件，包括几代科学工作者的累积和奉献精神，甚至于付出了生命的代价。因此，每一项科研的落地，应该受到社会足够的尊重；每一项科研的对接，也应该有合理的方法达成。

之后，该所委托河南博夏律师事务所将该合作社起诉至郑州市中级人民法院知识产权法庭并投诉至农业管理部门。按照官方的解释，这是梨树知识产权保护领域开展执法的首个案子，也是为数不多的果树维权案例之一。实际上，这样的诉讼是不是完全可以避免在事情未发生之前不好揣测，然而倘若世人的心都像孩子一样清澈，凡事就化繁为简容易多了。不用说上门讨口水喝会经过对方允许，又怎能发展到了将水杯无端擅自据为己有的难堪？

经过法院调解，双方最终达成《调解协议》。该《调解协议》明确，合作社于 2020 年 9 月 10 日之前，在原告派人监督下，将涉案被诉的"丹霞红"梨树，在嫁接口以下适当位置剪切灭活，同时在 2020 年 9 月 18 日之前，赔偿该所 3 万元并承担减半收取的案件受理费 525 元。这起侵权之争，算是暂时告一段落。会不会有节外生枝不去考虑，但愿这样的情景不再重现，不再各执一词对簿公堂。

群起争霸谁为王

一

不用说，这"谁是梨王"的提法必定会让人争红了眼。然而，能够称得上梨王的梨得具备什么条件呢？带着这样的疑问，不妨来一次小小的考察吧。王，其释义有七。一为君主；二为封建社会的最高爵位；三为首领；四为同类中居首位或特别大的；五为辈分高；六为最强的；七为姓。按照这样的理解，取其相近之义大抵有了一定的标准。或辈分高，或个头大足矣。

论辈分，梨素来有"百果之宗"之称。只是，野生和栽培成了很重要的分界线。言外之意，在我们懂得人工栽培之前，那漫山遍野看上去毫不起眼、赛不过玻璃球大小的、有着酸涩之感、近乎于不能称为梨的小果子，都有竞聘竞选的资格。至于能不能夺魁，得看参评者是否具有慧眼和敢于认同的能力。

论个头，这个是硬指标。有则有，无中生有也是没有。古往今来，总有一些特殊的风物留在了人们的记忆里。无论是奇花异草，还是飞禽走兽，但凡有点不输于同类的亮点均得到了点滴记述。那么，有没有关于梨个头和重量独占鳌头的记载，晋时广都梨重六斤。乍一听，是不是弄错了？不急，在没有弄明白之前，还是先不要急着做出判断，任这样的事实暂且束之高阁不予理会为好。

其实，梨王争霸赛此起彼伏，愈演愈烈。在山东阳信、河北威县、河南宁陵、安徽砀山、北京大兴、广东阳山等地，不断有鸭梨、秋月、丰水、黄冠、雪青、红香酥、新梨7号等超过五十多个品种竞相角逐，也相继涌现出各个品种的梨王。这样说来，辈分高或者个头大居首位已不再是梨王桂冠的必然选择，外观、口感、品种特性、酸甜度都成为了参照指标。接下来，我们不妨一起回望一下那些曾经获得桂冠的梨中骄子吧。

洞冠梨。在阳山县黎埠镇界滩村郭李新的园子里，一种形如南瓜、堪称广东梨王的洞冠梨重达 7.2 斤，一摘下马上就被人抢购了。洞冠梨又名大沙梨。汉朝时，南越王赵佗曾将此梨送给名将樊哙，故称"将军梨"，后樊哙进贡给皇帝又称"皇帝梨"。（2009 年）

玉露香梨。在北京大兴举行的第十一届全国梨王擂台赛上，由宁志红种植的玉露香梨以 1.655 公斤夺得中国梨王称号。（2013 年）

黄冠梨。在河北省博野县沙窝村，果农程盼安凭借一颗重 1000 克的黄冠梨摘得梨王称号，并获 5000 元的奖励。（2014 年）

苹果梨。在吉林省吉林市丰满区小白山乡段吉村青山村，宋国民拿出了重达 1.05 公斤的苹果梨王，他说可能是施农家肥的关系，土地有劲，种出的梨个头都不小。（2015 年）

黄花梨。在四川长宁县风景宜人的佛来山，抱着试试看心态的孙崇容带来了重达 425 克的黄花梨技压群雄，获得了"佛来山梨王"的称号。（2015 年）

沙澧特冬梨。在贵州天柱县邦洞镇赖洞村张辉坤的基地里，有单果重达 3.8 斤。张坤辉说，自己的沙澧特果树还小，再长高大些有望夺取"中国梨王"桂冠。（2015 年）

水晶梨。在山东省济南市章丘区黄塘岭昊霖生态园里，张庆荣、石慧芸种植出 5.2 斤的水晶梨，让这对八〇后小夫妻借着"里约奥运、梨约章丘"的消息被纷纷关注转发，着实火了一把。（2016 年）

黄梨。在山西高平寺庄镇李家河村杨国庆的梨园里，群众纷纷前来围观，个个惊叹不已。原来，他的梨园梨香扑鼻黄梨满树，同时也结出了 2220 克重的黄梨王。（2016 年）

长冲梨。在云南文山壮族苗族自治州广南县珠街镇黑达洞村，张国荣拿出了自己家最好的一枚长冲梨参赛，以 2.6 斤同时夺得"梨王"

与"最美长冲梨"两项殊荣。（2020 年）

雪梨。浙江云和县梨庄村外苏杭的种植户蓝健云，10 号雪梨以 2.4 公斤的重量夺得"梨王"称号。（2020 年）

翠冠梨。在浙江富阳新登镇元村，果农陈元松选送的一个"翠冠"梨以 1260 克净重而荣膺"梨王"称号，获得奖金 2800 元和有机肥 2 吨。在随后举办的"梨王"拍卖会上，从 2800 元起拍经过 10 多轮竞价后，在外办厂的陈先生以 1 万元的最高价竞得，拍卖所得款项将用于蜜梨基地建设。（2020 年）

酥梨。在安徽砀山县优质酥梨评选暨梨王大赛区，来自科信水果种植合作社王亚军生产的酥梨以 4.32 斤的重量荣获酥梨梨王奖。他激动地说："今天的梨王大赛高手如云。能获得第一名挺惊喜的。回去以后，我们要再接再厉，生产出更优质的酥梨。"（2020 年）

天桂梨。在江西上饶市广丰区吴村镇塘边村，66 岁的汤仕忠脸上笑成了一朵花。原来，他种植的天桂梨以 825 克的重量在梨王打擂中一举夺魁。对老汤来说，可提了一口气。（2020 年）

……

以上仅是一些不完备的统计，大致反映了在人类战胜自然的过程中近年来梨产业各地名品的情况。看来，无论是南北栽植还是东西发展的梨品，能荣膺"梨王"称号都得在种植上下功夫。功夫下到了，个头重量就上去了，质量自然得到全面提升。当然，论辈分的话豆梨川梨之类的原生种都可以记特等功的，只是从变化中来看众多品种经历了岁月蹉跎上演群英会，虽然你方唱罢我登场年年势头不减，但本质上拼的是科研实力和技术管理。

二

想起初春的时候将油莎豆的种子分成 3 份交给了不同的人。一是城南乡的驻村干部，一是阳头升的贫困户，还有一份留给自家亲戚不待细说。油莎豆又名油莎草，是草本油料作物。原产北非及地中海沿岸一带，广泛栽培在西班牙、意大利、南非、南美、苏联等地。由中国科学院植物研究所北京植物园从保加利亚引入试种成功，后在内蒙古、辽宁、广东、广西、福建、新疆、甘肃等地区试种成功。属阳性植物，喜光。耐旱、耐涝、耐瘠、耐盐碱。油莎豆有"地下核桃"和"地下板栗"之美称，和油菜的出油率相似，而油的品质却优于菜油，油清亮透明，食味醇香可口，久放不易变质。该油对降低血脂，防治心血管等病症具有独特的功效。

看到这里，大家心里肯定有了个大概认知。这油莎豆见没见过，应该是个好东西。也是在一次外出调研中，得知玉露香梨树下生草可以用油莎草时特意记了一下。之后，在网上淘宝并从河北的店铺中购得很少的数量。快递发过来的时候，是直接寄到家里的。细心的经营者很有想法，在包装好的袋子内附上可以食用的样品。别说，尝了后味道还是很香的。不过，油莎豆可以分为圆粒形和长粒形两种。究竟哪一种更好，连商家也说不下个所以然只能介绍品种不同价格就不同了。也好，都种上一些任其发展吧！

说是种，只知道露出地面的得称为草，和花生一样的果实是长在地下的。当然，种植前浸泡一下更利于萌芽的。再有，距离的话视情况而定掌握在一步之内方可。就这样，油莎豆的主场悄然来临了。这里透露一下，油莎草是没有虫害的，几乎不需要管理就可以在油莎豆成熟以后直接收获。听上去，绝对是件够爽的事。然而更重要的是，由于油莎草在树下的存在，本来会危害树上果实的虫子也不再为害。

不得不说，油莎豆的繁殖能力是惊人的。往往只有很少的一点儿，就会收获大量的果实。可惜，被分为3份后的油莎豆都没有得到应有的发展。先是驻村干部反映没有出苗，这就很奇怪了。再是路过贫困户的住处时打了电话要去帮忙，结果人没去得知没顾上种。至于单留着的，也就索性不提。

给驻村干部的那份儿，是装在嘉士利饼干的空盒子里的；给贫困户的那份儿，也装在差不多大小的盒子里。若按市场价格购买的话，每一份都是不太便宜的。大略地估算一下，不足一千也得八百。只是，在看到远在省城的存善书记在春耕之际带头捐赠的消息后也跟从了一下。当然，不在乎上不上光荣簿有没有人记，只要发过光发过热就满足了。这里一说，如纸里包火不再可能。也好，等到明年春天再看看没有下种的油莎草能够郁郁葱葱就是极好的事情了。

三

赤罗，亦作赤萝。这是一个在现代汉语中极其少见的名词，应该只有很少的人听说过。大多数和中医沾边的医学从业者，也仅仅是知道是一种中药名称而已。对于芸芸大众更是太陌生了，但它的存在却一直遍布在全国各地，应该是最原始的梨属植物之一。

怎么说呢？有人认为，赤罗一词语出《诗经·秦风·黄鸟》，只要略微查询便可以看出是没有多少联系的。那么，这个词是在什么时候出现的，又何以像草木一样不停地生长和荒芜，这恐怕和文字的繁荣发展，是存在一定吻合的。

认准和记住这个名称，是从"杜"字开始查起的。那是一天上午，在办公室临写甲骨文的时候突然就出现了"杜"，于是在汉典中进行查询看到赫然写有杜梨的意思。在这之前，一直觉得樲（suì）和杜梨有着千丝万缕的联系。不过，还是看典籍的公开部分最具说服力。"樲，罗也。释木。樲，罗。《秦风》毛传曰。樲，赤罗也。陆机、郭璞皆云。今之杨樲也。实似梨而小。酢，可食。按萝者罗之误。从木。枀声。徐醉切。十五部，诗曰：隰有树樲。今诗、尔雅作樲。"也就是说樲是罗，是赤罗。从某种意义上讲，是和杜梨属于同义不同音，同义不同形存在的一个家族。

再从"罗"来看，虽然在甲骨文金文就有出现，但似乎和梨及梨属植物没有半毛钱关系。为什么会有这样的情况发生，真是令人百思不得其解。遐想之余，随手列出了另外几种水果的字源演变。如下：

苹果。苹，浮水而生为萍。甲骨文无说文有。

橘。甲骨文无说文有。

李。甲骨文无金文有。

枣。甲骨文金文都有。

杏。甲骨文有说文有。

柚。说文有。

桃。楚系简帛有。说文有。

栗。甲骨文有。楚系简帛有。说文有。

桑。甲骨文有。

从这样的列举中可以得出，枣、杏、栗、桑在商朝已经有了明确的栽植，柚、桃、橘和苹果等较之相对迟些。尽管梨是大家一致公认的水果界的祖宗，但在甲骨文中是没有的。这可能是因为梨是比较难以驯化的水果之一，也可能"杜"所代表的杜梨就是梨的原种之一。中药材赤罗又作鹿梨；也有地区称作鼠梨、阳檖、野梨、酸梨、赤萝、罗、糖梨、檖、树梨、杜梨、山梨，为蔷薇科植物豆梨的果实，8—9 月份果实成熟时采摘，晒干。赤梨的功效与作用有健脾消食、涩肠止痢。主治饮食积滞、泻痢。

这样看来，梨属植物在实现人工栽培前有着太多的名字，赤罗只是其中的一种。因其在全国各地有着广泛的存在，很有必要进行相关的统一。这一来，极具代表性的冠以原种之名，不适应的风干在岁月的风尘里。直至今天，西方一些国家仍然遵从着这样的界定，始终以药用果品的定位任由它枝叶葱茏四时轮回，不再进入人们的关注，之后取"罗"文理、纹理之意留下来完成着其特殊的使命。

为了进一步弄清楚梨和梨属植物之间可能存在着的某种联系，又利用晚间时分进行了更加详细的追踪，也就是把视野中所能看到的野生梨在百度中作出搜索。如下：

杜梨，（学名：Pyrus betulifolia Bunge）是蔷薇科属落叶乔木，分布于中国辽宁、河北、河南、山东、山西、陕西、甘肃等地。别称棠梨、土梨、海棠梨、野梨子、灰梨。杜梨适应性强，喜光，耐寒，耐旱，耐涝，耐瘠薄。它枝常有刺，株高 10 米，枝具刺；叶片菱状卵形至长圆卵形，幼叶上下两面均密被灰白色茸毛，叶柄被灰白色茸毛;伞形总状花序,有花 10—15 朵,花梗被灰白色茸毛,苞片膜质,线形,花瓣白色,雄蕊花药紫色;果实近球形,褐色,有淡色斑点,花期 4 月,果期 8—9 月。《本草纲目》:"赤者杜,白者棠;或云牝曰杜,牡曰棠;或云涩者杜,甘者棠。杜者涩也,棠者糖也,三说俱通,末说近是。棠梨,野梨。霜后可食,其树接梨甚嘉,有甘酢、赤白二种。"杜梨的树皮及枝叶也可入药。枝叶适用于霍乱,吐泻不止,转筋腹痛,反胃吐食。树皮煎水洗,适用于皮肤溃疡。

鹿梨,即山梨。

鼠梨,果实名。即杨檖。又名山梨。

阳檖,即山梨。

糖梨,一种栽培的梨,以其甜味著称。

树梨,无。

棠梨,中药名。别名杜、甘棠、白棠、赤棠、野梨。为蔷薇科植物棠梨(Pyrus betulaefolia bunge)的果实,具有敛肺、涩肠的功效。主要治咳嗽、泻痢。俗称野梨。落叶乔木,叶长圆形或菱形,花白色,果实小,略呈球形,有褐色斑点。可用作嫁接各种梨树的砧木。

麻梨,乔木,高达 8—10 米;小枝圆柱形,微带棱角。叶片卵形至长卵形。伞形总状花序,有花 6—11 朵,苞片膜质,线状披针形,萼片三角卵形,花瓣宽卵形,白色;果实近球形或倒卵形,深褐色,有浅褐色果点,花期 4 月,果期 6—8 月。生灌木丛中或林边,海拔100—1500 米。主要分布于中国湖北、湖南、江西、浙江、四川、广东和广西。由 Rehder 命名。

褐梨,乔木,高达 5—8 米;小枝幼时具白色绒毛,二年生枝条紫褐色,无毛,冬芽长卵形,先端圆钝,鳞片边缘具茸毛。叶片椭圆形至长卵形,长 6—10 厘米,宽 3.5—5 厘米,先端具长尖头,基部宽楔形,边缘有尖锐锯齿,齿尖向外,幼时有稀疏茸毛,不久全部脱落;叶柄长 2—6 厘米,微被柔毛或近于无毛。托叶膜质,线状披针形,边缘有稀疏腺齿,内面有稀疏茸毛,早落。伞形总状花序,有花5—8 朵,总花梗和花梗嫩时具茸毛,逐渐脱落,花梗长 2—2.5 厘米;

苞片膜质，线状披针形，长约 2—3 毫米，内面密被茸毛；花瓣卵形，长 1—1.5 厘米，宽 0.8—1.2 厘米，基部具有短爪，白色；雄蕊 20，长约花瓣之半；花柱 3—4，稀 2，基部无毛。果实球形或卵形，直径 2—2.5 厘米，褐色，有斑点，萼片脱落；果梗 2—4 厘米。花期 4 月，果期 8—9 月。生山坡或黄土丘陵地杂木林中，海拔 100—1200 米。产河北、山东、山西、陕西、甘肃。

鸟梨，又名糖梨。是广东潮汕地区独特的稀有果品。腌制后，清热解暑，消食化滞，是市场畅销佳品。它颗实很小，略似枇杷，大的像个乒乓球。鸟梨味酸涩，不能生吃，但这种梨却为鸟类所喜欢啄食，也许就是这个原因，故称为鸟梨。也有把它串成一串串浸糖浆贩卖，或制成凉果出口，远销南洋各地的。

豆梨，多年生落叶果树，乔木。蔷薇科梨属落叶乔木，别名鹿梨（本草）、棠梨、野梨、鸟梨等，浙江兰溪叫酱梨。原产我国华东、华南各地至越南，有若干变种。常野生于温暖潮湿的山坡、沼地、杂木林中，可用作嫁接西洋梨等的砧木。根、叶有药用价值，可润肺止咳，清热解毒，治疗急性眼结膜炎；果实可健胃，止痢。株高可达 3—5 米，树形倒卵形，树冠较大，冠辐 4—9 米。小枝幼时有茸毛，后脱落。本种与杜梨 P. betulaefolia Bge 的异点，在于后者小枝密被灰白色茸毛，叶缘具有粗锐锯齿，叶柄、果梗均被茸毛。又本种可与川梨 P. pashia D. Don 比较，后者叶片较窄，花柱 3—5，雄蕊 25—30，易于区别。豆梨的果实极小，到了成熟时果径也仅有 1 厘米左右，形似小豆子，故名豆梨。

山梨，野生的梨。多生于山中，实大如杏，可食。

野梨，无。

综上所述，个人以为野梨统指人工种植前的野生梨，也就是古人所言："在山曰樆，人植曰梨。"这样的话，就又生出了一个新的汉字"樆"。这个樆，从首次在《汉书·艺文志》上出现到后来使用率是非常低的。同时一并作出解释的还有：杜，甘棠；樶，萝；梨，山樆。如此看来，无论个头大小，只要是野生梨都有一定相近的特性。这些特性之间区别或大或小，在人类完成人工种植的现在，罗、檖、樆都正在逐渐消失当中，唯有"杜"还始终地留在人们的印记里，继续向着未知走去。

四

你知不知道，它就在那里；你唱不唱，它也就在那里。

它是一首来自日本的旋律，本是由音乐人因晃幡作词谱写并演唱的。在人们的印象中，因幡晃走到哪里都留着一头长发戴着一副黑墨镜，因此有人开玩笑说他长什么样子估计只有他的母亲才会知道。他的母亲当然知道他的面目和长相，也知道他的出生地和名字的由来。而我们，通常只晓得在日本鸟取县的东部有个因幡国，大抵名字中有了这些字样便是和这个地方沾染了不少联系。可惜，事实上并不是。

据说，留着长发的他出生在离和鸟取县尚有些距离的秋田县大馆市花冈町，高中毕业后成了一名矿山工程师。尽管如此，有着良好的音乐理解和创作能力的他经常能让一些新作品及时地走向市场，受到了专业人士和音乐爱好者的极大肯定。

这些作品，有的一经露面即灌制唱片销售爆棚，有的获得官方大奖顿时粉丝成群，还有的经过一番艺术处理后有了新的感觉。比如：张国荣的《早安，忧伤》、谭咏麟的《迟来的春天》都是这样的手笔，包括周峰的《向夏天致敬》，或者《感谢夏天》也是同一首音乐旋律下的倾力再造。当然，这样说可能没有太多的人能够找到共鸣。要不，把中文填词的版本拿出来欣赏一下说不定跟唱声可以四下涌起。

不错，就是那首"忘不了故乡，年年梨花放。染白了山冈，我的小村庄。妈妈坐在梨树下，纺车嗡嗡响，我爬上梨树枝闻那梨花香……"可以说，经过词作曲丁小齐的巧妙添加和职业歌手周峰的深情演绎，每个人都似乎回到了记忆中的童年，回想在那个天真的年纪和家人相处的温馨画面，幸福感瞬间油然而起。

一首歌可以打动一代人，甚至于几代人的心扉一定不是一件简单的事情。这样的传承创新，也能以各种各样的方式继续历久弥新。这不，以此音乐为题创编好的舞蹈不仅可以迎接盛装出席的嘉宾，而且也可以走出国门向世界展示梨乡之美。在请进来和走出去的过程中，不同的文化融合有了新的展示，新的精彩。

荒山变成花果山 |

一

　　听人说，阜平的玉露香梨快要上市了。可惜，在门口遇到时没多问几句。也罢，又不是什么绝密之事，总会有获知渠道的。这就是现代人生活的便利之处，即便是足不出户也可以得到想要了解的信息。这不，才这么想就看到了来自阜平的两组照片。一组是梨专家在基地调研幼树的情景；一组是河北建设集团董事长李宝忠走进抖音直播间直播带货的消息。这两组照片看上去内容不一，本质上都是反映阜平县助力脱贫攻坚，荒山变成花果山，花果山就是金山银山的情况。

　　从所拍的照片和信息中，可以了解到河北保定阜平县大道村原本没有大道，仅有一条季节性的河道穿村而过。没有大道，却叫为大道，可见村民对大道有多向往。于是，河北建设集团派出办公室副主任朱国发任总经理，对阜平县城东南七公里处的大道村荒山开始进行了综合治理，开发了占地规模超过万亩的乾元农业公司大道农业生态园。这一来，不到十年的时间内该公司跨界发展在传统果树种植的基础上积极探索新的农业发展模式，实施绿化荒山项目、水电路配套、土地流转等等，为推动阜平的扶贫开发带动百姓增收致富做出了积极的贡献。

　　边看边想时，脑海里不由得闪出了"僵芽"两个字。僵芽，从字面上的意思是在树上形成却不能生长的花芽。一直以来，认为玉露香梨僵芽在山西忻州及忻州以北的地区比较严重，河北保定的大部分地区就处在这样的位置上。那么，有关僵芽的研究有什么重大进展和突破呢？按照一般人的理解，任其发展是天经地义的事情。然而，在搞科研的人来说往往不是这样，得有想要揭开谜底的好奇，还要有付诸科学研究的信心和实力。

最初，人们把僵芽的发生定位在天气冷、温度低的原因上。后来，通过监测发现僵芽在河北 7 月上旬陆续就开始有发现了，并且在 7 月下旬至 8 月中上旬、8 旬中旬至 9 月占比分别高达 88.5% 和 97.6% 左右。虽然此数据为个例只作为参考数据，但探索僵芽发生的生理机制，为预防梨僵芽的发生提供依旧是个实实在在的大问题。

在这样的前提下，河北农大、山西农大以及南京农大均对此进行了深入的研究并撰文刊发。主要有《玉露香梨僵芽发生特性及其防治技术研究》《梨僵芽与正常芽的比较及僵芽技术研究》《玉露香僵芽发生与矿质营养的关系》等等。其中，山西果树研究所杨盛等以山西太谷和河北魏县正常发育的"玉露香梨"短枝花芽及相邻叶片为对照，采用石蜡切片法和火焰原子吸收法，观察并分析河北僵芽发生梨园中僵芽发生时期和花芽形态分化期间内矿质元素在短枝花芽及其相邻叶片中的含量变化与僵芽发生的关系，得出魏县僵芽梨园的停长时间晚于正常梨园，且年梢生长量和新梢直径均极显著大于魏县、太谷正常梨园，说明枝条延迟停止生长以及过旺生长影响了花芽发育。玉露香梨于 6 月初至 6 月中旬直入花芽形态分化期，7 月中旬花蕾分化期后出现褐化死亡现象，由此推断僵芽发生时间为 7 月中旬花萼分化期，易发生僵芽现象的梨园在常规管理的基础上，配合采用控水、控肥、拉枝、环割、喷施生长延缓剂等，可有效抑制梨树营养生长，降低僵芽的发生。

当然，由张虎平、张绍铃、吕佳红、刘雅、陶书田发明设计的一种防治梨树僵芽的方法也逐步走向了市场得到推广，对于北京、河北、山西、江苏等地区出现不同程度的僵芽均得到有效的控制。例如：玉露香、新高、红香酥、雪花梨、黄冠、巴梨、早红考密斯和红安久。这种方法简单易行、见效快、防治效果显著，不妨试试。

说完了僵芽，让我们重新一起回望阜平的荒山变成了花果山。阜平的花果山，主要依托河北农业大学张玉星老师团队的指导，不仅有苹果、樱桃、葡萄，还有新梨7号、红香酥、雪青、秋月等梨，而且申请了"阜平香梨"的绿色认证和地理标志，为阜平的脱贫攻坚写下了浓墨重彩的一笔。正因为如此，才有了前面提到的幼树成行和直播间空前未有的热烈。收获的季节，他们欣喜地向世人发出了邀请，不来尝尝大道的玉露香梨吗？这样的邀请确实挺真挚的，没有去过尝过的朋友有机会都要去试试的。当然，刚刚进入工作状态的我们暂时就不出行了，在其位谋其职是自然而然的事请。

二

天快亮前，梦见把树上熟透了的野梨摘了送给许久未见的一位老教师，又见不相识的小孩子无头苍蝇般找不着北，费尽周折才交给了孩子穿黄皮草背心的姑姑。说起来，这一场忙碌本是无中生有的，毕竟是在梦里而不是现实。说不清冥冥之中有着什么必然的联系，来了单位偏偏就遇到了抠住大门旁边店面哭泣不止的女孩子。按说，开学步入正轨已经有一段时间了，需要调整的一些相关也应该是默定成规了。那么，怎么还会有这样的事情发生呢？于是，在近距离走到跟前后才有所了解。原来，女孩旁边抱着孩子站立的是她的舅母，而非母亲。母亲在几天前，和她刚住了一段时间去了村里。这一来，只好把已经上学的女孩进行托管。没有了家人的监护，女孩寄居在别的住户处交了食宿费管吃管喝，却不会感受到和家一样温暖的氛围。

其实，和这个女孩子类似的情况屡见不鲜。更早的时候，或是有孩子跟着爷爷奶奶突然不能适应，或是由于父母的离异孩子无所适从，指不定什么时候就不能进入正常的学习。通常这时候，家长或是老师都在用一种急功近利的做法要求孩子，却不能深入地思考和对待问题背后的种种凌乱无序。就像这个女孩，她可能和父母在一起吃得好坏都无所谓，但她能够健康快乐地成长。然而，她的父亲出外打工见不了人影，她的母亲还得回家种地收梨，没有了经济收入生活该如何运转。为了孩子的前途，父母节衣省食把孩子送进县里最好的学校是无可厚非的。没有了父母相伴的日子，孩子心无所依的状况也可以理解的。只是，发生了这种情况还是要面对的。

帮人所难道理都懂，可这一家子的生存各奔东西够令人一声叹息的。毕竟，生活中谁可以替代谁，谁也不可能活得和别人一样雷同。你有你的苦衷，他有他的难处，都得自己去正视。唯有正视，才会真正地发现、面对和解决问题。倘若忽略漠视这样的需求，更大的隐患必然悄无声息地潜存着。这样的存在，如同寄放在身边的炸药包一旦碰触到不该接口的地方，便会势不可挡给人们造成不必要的伤害。

大约是在暑期即将到来的前一个周末，趁着节假日去农村下乡，返回即刻到家时选择了下车。这种情况说来不多，主要是觉得时间还早尚可在午饭前再干点别的什么事情。不曾想，就是这一念之间竟然躲过了与一场血腥事件的直面相见。也就在那个时候，小区旁边的一幢楼上有个孩子竟然从顶楼上跳下来了。从旁边电脑的简短视频中，可以看到画面瞬间就切换到了熟悉的小区楼前。那一刻说不清为什么，只是下意识地赶紧往回跑。站到马路边看到一前一后两辆公交车刚驶离不远，又左右顾盼不见出租车出现，就随手挡了个年轻姑娘的自行车指明了地点。

如果没有下车，那将是一场无法想象血淋淋的场面；如果没有下车，那将是一场令人不忍面对的事件。好在，好心的姑娘并没有多问什么就疾驰着把我送到了离小区不远的地方。之所以没有告诉直接目的地，是怕吓到了她和同样忐忑的自己。那一刻，尽管心存不安还是觉得该去看看。当下，脚下三步并作两步刚拐了个弯就看见了小区的保安人员。再往前走，两条警戒线将两幢楼下的空间围了起来。据知情人透露，是个十二三岁的男孩在家被母亲数落了几句不该玩手机的话题，当下推窗落地而亡。

楼前的冬青长得挺绿的，男孩落下来的时候砸了一个大坑，也还有一些斑驳的血迹和零碎的玻璃散落在周围。这在当时路过并没有注意到，因为到了事发地点时已经被转移了。然后，几天内老有年龄

340

不等的孩子去围观劝他们离开时发现的。没有亲眼看到孩子被拉去急救，也没有看到他的母亲惊慌失措的样子，但依然感觉到说不出的沉痛。一个成绩优秀的孩子就这么走了，对于任何一个家庭都无法承受，可又有什么办法呢？事后诸葛亮人人都会，事前没有警惕防备之心一味抱怨不能解决任何问题，一旦事情朝着不可扭转的方向不受控制，迟早都会是说不清的遗憾。

难道，就没有好的办法把这一切抑制在萌芽当中吗？不等找出可以防范预警的好办法，又一件令人伤痛的事情浮了出来。这一次，同样是个未成年的男孩离家出走将生命交给了远方。有人说男孩上网成瘾无法自拔，有人说男孩之前与人撞车没法跟家人张口无法偿还索赔的2万元钱导致轻生。总之，当家人连着几天不见孩子影踪主动报案时，轻生者的尸体浮在了异乡的水面上。这么来看，不管哪一种情况，都存在着本质的共性之处。即：孩子们感受不到社会及家庭带来的温暖。是的，每个人都不可避免地生活在矛盾当中，都有无数的现实需要处理应对。那么，把爱种在孩子的心里，是他们在这个温情的社会里健康成长不可缺失的重要条件。

这么写着，好像突然觉得偏离了题目的方向。其实，无论是阜平还是阜平之外的荒山种上果树都可以变成勤劳致富的花果山，而生活在现实中的我们同样要把爱种在孩子的心里，才能减少不必要的遗憾，收获应有的幸福。

三

"扶贫干部真不容易！昨天不是宣布全部脱贫了吗？！"当有人发出在雪中遇到高速封路开着导航向前进发到不了既定地点时，也有身居温暖斗室刷朋友圈的友人看到后立即作出了回应。是啊，没有过驻村经历的人是无法想象有多少困难需要面对解决的，也不了解脱贫摘帽并不意味着全国脱贫攻坚目标任务已经全面完成，就像当初看到这位微主肩挑着水桶去担生活用水一样也发出了不解之问。难道，农村的生活真就还停留在今天的村庄唱着过去的歌谣当中？不管是不是，从城市里来的小伙儿能够一心融进当地人的生活已经是很不简单的事情了。

这个竹干村，是近年来去得比较多的地方。刚开始不通车，去得找别人帮忙联系车辆靠着两条腿是去不了的。可是，到了约好的时间不见人，还等着去催索性不如路旁拦了个出租车朝西而行。如果没有记错的话，是有一个来自省里的捐赠活动。也是这样的秋冬季节刮着很冷的风，但就受助的贫困学生来说，能收到书和礼物一定具有非凡的意义。

也是在那次前后不久，回访了名单上的一户贫困户。怎么去的完全想不起来，只是清晰地记得到了村里换乘的摩托车突然没油抛锚在了路上。他们家住在临近路旁的一个小院里，打开黑色大门后有高高的玉米架，架上堆着许多金黄色的棒子，还有一辆用来载物的三轮车停在稍远的角落里。来不及细细查看，几只拴住的小狗上蹿下跳地叫得挺欢，主人不在，跟在一旁的妻子重复说着不会乱咬也就很快适应了。

去的时候，他们的母亲已经因病去世了，但做手术欠了一屁股债的他们不能停留在原地裹足不前，于是个性不服输的男主人在还没有恢复元气的情况下又不失实际地计划着下一步的打算。他想多种些玉露香梨的树苗，也想建个可以冷藏的小型果库。为了这些想法和念头，已经无数次沟通碰壁后依然没有找到破解方案便将心中的苦楚倒了出来。得益于这些了解，和一家银行的负责人吃饭时将他唤了过来。显然这不是唯一的方法，可在没有任何办法的时候只有尝试才会有一切可能。

这还不是最贫穷的，贫穷的原因总是千差万别，也有着看似不可克服的种种障碍。好比有一户人家男主人病卧床榻，除了上学的孩子竟然没有人没有时间去领助残物资，又好比还有一户人家妈妈打工才能让患病的孩子生命得到延续。若是没了帮扶可能早已无力支撑；若是没了帮扶可能压根没了故事可讲。也是在这来回往返的路上，从来

　　　　　　　　　　　　　　邂逅大美梨

没有想过安危的我也是无怨无悔一往无前。事实上，和我们别的同志一样近距离感受过危险的气息，我们之前的一位小青年就是在这一段扶贫的路上不小心出了车祸使脸部受伤，而我则是在去近乎于最遥远的一个村庄离开时被驻村干部刚送上公交车之后不久打了个盹儿就被无情地从车座上甩了出去。

那时去乡镇的公交车刚接回来没有多少人会在意绑安全带，也没有固定的售票员跟车服务，因此就在快要进城前拐弯时发生了这不该发生的一幕。人生无常亦有常，虚惊一场是自然的。可是，谁又没经历过大大小小的意外灾难，谁又会在经历之后畏缩不前呢？原先的走了，又换来了新的人手。一个是南方人喝不了米汤，一个被院里的植物划过胳膊后产生过敏，尽管这样生活还得向前，帮扶也得继续。

再去时是一个上午，阳光已经爬上了窗头，可到了跟前却听到屋里传出了一阵此起彼伏分明打着节奏的鼾声。难道是听错了，难道这都可以，难道刚才不是还接了电话么……不等细琢磨，一起工作的同行三言两语就打消了脑海里闪现出来的疑问。原来，昨天晚上加班彻夜未眠，这对于三支队伍在工作中也是司空见惯的事。唉，让人说什么才好呢？偏偏就在这半梦半醒中，还在电话中条理清晰地回复所言及之事，不接不理也在情理当中完全可以理解的嘛。

"把酒体味伤心事，品茗自得悠然情。世事茫然何为重，不争不怒是青云。"这一首七言《扶贫有感》，是用行草写了后悬挂在墙上的书法作品。短短的几句话，从侧面反映出驻村工作的艰辛和脱贫攻坚的不易。然而，不争不怒又表明了其遇事极好的心态。于是，和在一线的扶贫干部聊天时把诗转发了过去，也顺便看到另一种发自肺腑的表述。"提笔直指扶贫路，用心用情贫困户。历经沧桑近五年，愧对家庭与父母。赤胆忠心无人解，满肚委屈谁人顾。敢问苍天负我心，十项清零创新谱。"

不同的地点，不同的讲述，都透露出了扶贫干部舍小家为大家的付出和苦楚。他们大多都是上有老下有小的一分子，却尚在初春就走出家门直到寒冬腊月也无法返回，有的才领着媳妇出外就医走下手术台转眼又出现在帮扶的村里根本无暇打理家长里短；有的为方便工作领着爱人亲人不远千里跟从兼做义务，有的无暇探望老人无从照顾孩子常年奔波在外。试问，这从上到下日复一日地不尽忙碌，究竟是为了谁呢？

村里的事就是大家的事，老百姓的事就是首要的事。为此，曾跟着一位姐姐在夜幕降临后还在逐户调查的行走中，四周黑漆漆的只能用手机来照亮前面的路，除了炉膛里做饭的柴火再也看不到一丝光亮，能不能走错路压根看不清楚，就这有人知道了还开玩笑吓唬小心有鬼；还有一次在扶贫扶智的活动结束之后直到很晚了都无法踏上回家的路干着急又于事无补，想想家里只有孩子一个人不知道会不会害怕又没有打个招呼，真是太多太多的意想不到！一次两次尚可，可天天都有数不清的问题如乱麻等待开解。时间长了，受得了受不了都还得顶着。

经过大家的共同努力，村庄看上去似乎变得越来越美了。农忙时节，都在耕田务农；农闲时节，有了读书和活动的场所。可是，谁又理解这些扶贫干部的苦楚呢？也罢，在这个疫情尚未结束的时候，祈愿安康就是全部。

四

小的时候，是邮票的发烧友，刚好又有父母在邮局上班的同学，便有事没事喜欢留意邮票的信息。这一来，身上的零花钱几乎都变成了赭黄相间的集邮册和大小不一的邮票。邮票分为普通邮票、纪念邮票和特种邮票，是一种供递邮件贴用的邮资凭证。那么，它是如何发明的呢？

早在十八世纪时，一位名叫罗兰·希尔的英格兰人居住在伍斯特郡基德明斯特小镇上。当他有次看到邮递员把信交给一位姑娘时，姑娘接过信匆匆瞟了一眼马上又把信还给了邮递员，不肯收下。希尔非常纳闷，经过了解才知道信是姑娘远方的未婚夫寄来的，但邮资昂贵

　　　　　　　　　　　邂逅大美梨

支付不起只能拒收。实际上，当时英国除了国会议员享受免费邮寄信件的特权外，其他人都是由邮递员根据路远近和信纸页数的多少向收信人收费的，并且一封普通的国内邮件6便士，最高的收到了17便士，相当一个普通工人一个月的工资，于是拒付费用和拒收来信的争执时常发生。鉴于这种情况，罗兰·希尔在调查分析后提出了"降低邮资、统一收费标准、简化邮递手续"的思路，写成一本小册子上交给财政大臣，不料却受到了冷落。事情并没有就这样结束，几年后，他和其他设计师、雕刻家等有关人员一起创造的世界上第一枚——邮票"黑便士"诞生了。这以后，世界各国的邮政翻开了崭新的篇章。

对于大多数人来说，似乎知道邮票只停留在方方正正的概念上，这倒是对的。毕竟，很少人见过圆形、菱形、多边形等形状的邮票，但三角形的邮票还是有的，只是鲜为人知罢了。例如：中国人民邮政在建国后曾发行了以《保卫世界和平》为主题的3套邮票，其中第2套就是三角形的。我国的第一套邮票是从大龙邮票开始的，而和梨沾有联系的邮票自英国发行后的一百多年间也屡有踪迹。

大约有十多个国家和地区，在发行水果邮票时选用了梨。它们分别是：匈牙利、葡萄牙、突尼斯、奥地利、保加利亚、日本、英国、荷兰、美国以及我国的新疆、山东、台湾等。按照时间排序的话，我国的发行并不算太早。这可能意味着两个外人无法效仿跟从的情况，一是我们不存在类似于英国当时的国情，也就是信息交换领先或不存在前面提到的窘况。二是我们只是跟从和受益者，直到这种发行也慢慢地消失为止。

不管是哪一种，都不是自己能掌控的。不妨抛开一切只说梨票，应该说山东、新疆的发行走在了前面，而自己一提再提发行玉露香邮票的提案和建议始终不在议事日程上，希望未来会有那么一天能够夙愿成真。

五

再说梨简。在湖南出土的西汉马王堆竹简对于一般人来说应该就是最早的文字记录之一了。不用费力，动动手指就可以在网络上搜索看到它的模样。只是，用来记录的三个繁体字"梨一筍（sì）"就让人看得云里雾里的。究竟是个什么情况？恐怕问题出在了汉字的演变上。

对于今天的人们来说，把梨装进筐里是极为常见的做法，可即便是出土的竹简，也存在着一些古今理解和运用上的差异。说起来，古人也用筐子装梨的，只是记录方式和现在不太一样。问题就出在第三个字上，关键不是"竹字头"而是"草字头"。因此，在现代汉字中根本找不到上面是"草字头"下面是"司"组合为单字的发音和意思。不过，篆字的"草字头"和现在"竹字头"极为相似，那么在查不到的前提下只好混用了，好在都是装东西的器具也勉强说得过去。

再有，得说说那些捐赠出来的竹简中似乎也有梨的影子。不是清华简，而是上博简。上博简，也就是上海博物馆保存的战国楚竹书。在最初的查询中，隐约看到梨字还是被写作了木字底，大概介绍是有一段文字表述内容为在面部划了痕迹称为梨，可见当时梨和我们的方言有着极其相近的关系。不知道什么缘故，我们的方言在表述中划了一道浅显易懂读起来也不难，但至今说起在某处梨了一下大家都会默认为划了一下，也遵从这样的会话表达方式。可见，梨字在那个刚有文字成型的时代同相同发音的梨字混用的情况是客观存在的。

隔了一段时间再找时，那些具体残存的内容大概因搜索方式的不同已不见影踪，却意外获悉此研究最初的整理者李零教授已经著书《上博楚简三篇校读记》。若看到这里您还有深究的兴趣，不妨进行深入联系去揣度和破解吧！

闲言碎语皆道梨

一

刚给从澳洲回来的锡文老师发了节后采用稿件《梨花雪》的消息，就听人讨论起了一种长得满身疙瘩颇有特色的梨。这梨，不具备像一般的商家喜欢大肆宣扬梨子外表好看的优点，而是反其道而行以丑字立身，倒也赚足了人气。那么，这种梨究竟丑不丑呢？一般来说，但凡是个人都不能逮着人家的缺点和短处往死里整，动植物想来也应该同理。不过，既然业界已墨守成规，个人的力量又无法与之抗衡，也只好以丑梨相称不那么厚道地讨论了。

有人说，澳洲西洋梨盘克汉姆和国产丑梨挺相似的。这，其实也是自己暗中一直百思不得其解的问题。懂行的人都知道，盘克汉姆就是西洋梨中的丑梨，和国产丑梨二者放在一起说事，或者用实力竞争比较丑还真是够让人笑掉大牙的。然而，退而不说也不见得就是明智的做法。不如就此刀枪相见论个长短也好。

在这之前，是有请教过丑梨的产地的，也略知河套地区的丑梨大名鼎鼎值得一说。可是，先得弄清楚中国的丑梨和外国的丑梨是不是一回事，否则被冠之以胡扯乱弹琴不值当。在超市先尝了后买的小平说，这个国产梨的风味可以，软糯甜，肉细腻如油脂，香味一般，价格是十元一斤。十元一斤，不是澳大利亚流通的货币澳元，而是折合成人民币以后的价格。换句话来讲，相当于一个梨大约不到十元钱。这个定价说到底挺高的，只要和市面上的任何一种梨子稍加比较便可以得出结论。还有，对于梨子品质的看法只代表小平本人的见解，并不是所有尝过梨子味道的人的共识。

《晏子春秋·内篇杂下》中有个成语叫南橘北枳，意思是南方的橘移植到淮河之北就会变成枳。有没有这样的一种可能，国产的丑梨因环境条件发生变化仍然保留了原本软糯肉细的性状，而在香味方面会大打折扣呢？又或者说，除了小平尝过的产区之外还可能有保留原本的性状，香气有所提升的地区呢？

不等想出个究竟，就有人接话丑梨就是盘克汉姆。澳洲、南非、阿根廷、智利的主栽品种，产量面积南半球第一。这当然是专家的解答了，也就没有质疑的必要。按这个说法，所有的国产丑梨都是从澳洲或别的国家引种过来的，发展的情况也就无异于关起门来徒有虚名，至于满足了多少人的味蕾就不追究了。

此刻，得再次聚焦把视线对准盘克汉姆。十九世纪末，澳大利亚科学家查尔斯·盘克汉姆用 Williams 和 Bellpear 两个优良的梨品种进行杂交，得到了一个人工选育的新的梨品种。这种梨果面凹凸不平，和河北梨、莱阳梨等对比之下简直就是个丑八怪。因此，从美国引种到我国烟台、威海地区后一直不被看好，轻者卖不出去，重则纷纷砍树不再进行种植了。可上天真的是公平的，这种梨在消费升级后一下子赢得了市场的青睐。于是，丑梨就又浮了出来。

能被人惦记，特别是以姓氏为代号的梨向来不多，应该算是个千古奇迹。这倒是和代号 74-7-8 有些吻合的，74-7-8 在未通过审定时被新疆称为香妃梨，使人未曾谋面就有了拟人化的想象力。不过，盘克汉姆的命名在接触的过程中让人记住了劳苦功高的育种人，而香妃梨的称谓尽管育种人非常喜欢却在玉露香梨命名成功的那一瞬间永远地绝尘而去。

玉露香并不完美，却获得了大美梨的盛誉；西洋梨盘克汉姆肉质细腻，却始终与丑撇不清干系。这些，都不是按照个人意愿可以促成的事，可惜，在澳洲工作过的锡文老师都不知晓，也从来没有留意过这两种梨。毕竟，这不是他在涉身经济领域不可选择的必然，也就不必强加于人。只是，若有机会见到的话，还是特别想开个无关痛痒的玩笑问上一句"丑梨究竟丑不丑"啊？

二

丑或不丑都是一句话的事，再思考时对授粉树有了新的理解。都知道授粉树的选择，应该是花期相近的品种。自然，玉露香梨用库尔勒香梨、雪花梨仅从花期上来讲肯定不成问题，也就和砀山酥梨、鸭梨、晋蜜梨一起被推荐为了授粉品种。可是，为什么还有龙宝、绿宝石上场的机会呢？想来很简单，一定是有人发现这两种梨花期的相近较之更甚。

绿宝石，学名中梨 1 号。原代号 82-1-328，系早酥和幸水杂交而成，因果皮颜色为绿色，果肉白色细脆，故暂定名为绿宝石。绿宝石梨，味极甜，可溶性固形物 16.5%，是日韩梨最甜的一个品种，品质极上，7 月末至 8 月上旬成熟。

龙宝，又称甘梨早 6。原代号称 81-14-59，是甘肃省农业科学院林果花卉研究所以四百目梨做母本，早酥梨做父本杂交选育而成，属极早熟梨品种。树冠圆锥形，树姿较直立。枝干灰褐色，一年生枝红褐色，皮孔较稀。叶芽小、离生，花芽圆锥形，较大。叶片长卵形，长 12.8 厘米、宽 6.7 厘米，叶柄长 4.0 厘米，叶尖渐尖，叶基心脏形，叶缘锯齿粗锐，成熟叶片深绿色，嫩叶黄绿色。花冠白色。果实宽锥形，平均单果重 238 克，果皮细薄、绿黄色、果点小。

简单地介绍，粗浅地描述，都足以说明这两种开花期相近、成熟期极早的梨，更有利于玉露香梨的授粉。通俗一点地讲，有益于多结果子。可是，玉露香梨自花不结实或雄性不育是科研工作者研究的领域范畴，授粉树的栽植却是果农绕不过去的重要环节。

另外，有人摘了些新鲜的梨子让尝鲜告知是龙宝。顺手拍了张图片发出去，没想到根本不是。看来，张冠李戴之事真是挺搞笑的。当然，换作不认识的丑梨的话，也可能出同样的错。幸好，只要一直去学习，弄清楚也不是天大的难事。

三

半道上，有个小伙儿停下车来聊了几句。因之前了解到他的品牌注册申报正在进行中，便有意识地多问了问。问库里的留存，问之前设计的 logo，问用过梨花粉没等等，他倒是诚实地回答说梨还有，但不确定梨花粉用上管事不管事儿。是啊，管事不管事也就是顶事不顶事，起作用吗？

这可说不好，不过想起来之前好像见过一次专家领导在田间地头进行公开课时拿了些分发老百姓的场景。效果究竟如何，这倒是忘了及时去了解。而现在想起来，也已经是中间隔了一个年头了。不过，离花期还有差不多一个月，应该不算太迟。或者说，不迟不早正好可以讨论一下这个热点话题。

那能行？确实领过了，不知道用花粉有用没用。咳，这就是半信半疑的态度。或者说，老百姓难得糊涂的言语，审时度势后不发表言论的高见，总之听上去问了等于没问，完全是一问三不知的情形。

谁知道？刚才不是说了，专家领导都认可才拿到群众当中推广的。难道，就没有敢大胆说出个准话的，行就是行不行就是不行也没什么啊。是的，行得体现在结果上，不行也得从结果中才能看出个端倪。要不，听接触了多年梨花粉的山东人士冯俊喜来讲一讲是不是有了授粉树就可以不考虑梨花粉了。如下：

请教一下，这东西管用？

人工授粉可以提高坐果率，提升果形品质与口感。

你这是鸭梨粉还是别的？

有鸭梨也有雪梨的。

鸭梨和雪梨上用，还是别的也可以？

不是，可以在各种梨果树上使用。

"其实，玉露香梨雄性不育，自花不结实。坐果应该是个问题。"可能，有的人会想到不是有授粉树吗？对，授粉树确实是起坐果的作用。那是用授粉树还是梨花粉作用更明显，不等脑筋转过弯来，对方又弹出了一句："邢台玉露香梨也授粉。"

我们没有这个概念，之前说过的。

可以先试验一下，验证之后才能证明事实。

您来，教大家制花粉，也用啊！

授粉树也可以，主要看当时的天气。正常天气下授粉树才起作用，如果气温忽高忽低授粉期就容易错过。换句话，天气不正常的话，还是人工授粉才管用。

那你从事有多长时间了？

大概七八年。

花期取了不影响花的授粉？

疏花采下的花蕊。

不是花瓣？

不是。

花粉？有人之前提过花瓣，有市场。这花粉，去年对我还是新鲜事物。

摘花就等于疏果。

摘下的花花粉不会破坏，还有堆积在一块儿也不受影响？

是。我们有机械设备，直接把花蕊提取出来再提取花粉。

很成熟了。邢台玉露香僵芽严重。

嗯。

顺便说一句，去年的极寒天气很多果芽受影响！你的梨花粉，应该是受大家欢迎的……

可惜，我们还有太多的人没去碰。

机器投入大吗？对农民来说，应该还是比较重要的。

不算大，主要是技术。

别的行业能加盟，这好像不可以。都是链条上受了益，才会……

没有技术做不了，再说了别人也不会教。

你主要做哪里？

梨花粉主要是本地。

之前，知道山东梨方面做得确实很细。

你可以推荐一些果农试验一下人工授粉，是可以带来效益的。不敢尝试哪有突破？

谢谢科普了一些知识，谢谢！听上去，玉露香梨好像得试试。一棵树，一亩地得多少？

正常种植的果树5—6年的树龄一般用20克纯粉，10年以上的树用30克纯粉。一棵树没法计算。

外行话，见笑了！

种植密度与修剪，都有不同的关系。

玉露香梨只能用玉露香梨粉？不对，理论上应该是都行。

花粉，用的是异个品种提取的花粉。现在市面上最好的花粉就是用鸭梨花和雪梨花提取的花粉。

早先育种人用鸭梨酥梨什么的当授粉树，后来我们发现龙宝绿宝石更好。

嗯。

花粉的花，似乎雪梨鸭梨砂梨甚至西洋梨都说得过去，但品质完全就说不清了。前面这句，不知道梨专家听了会不会笑话。

目前玉露香梨就老好了，但辈分小。

最简单的一句话就是用总比不用好。

这比方打的，听上去完全是。

这样吧，有机会的话再联系您！即便是花粉确实有用，得有一个过程。我们的玉露香梨，是老天眷顾。大家的管理水平，还得不断提高的！

好的。

这大半天，就谈了一个梨花的粉该不该用。主动权在果农手里，果农接受了必要的认知在条件允许的情况下不会用。怕就怕，没把事儿当回事儿。就好比，开头提到的那位因占住车道要让路没有知晓授粉树和梨花粉的异同之处就离开了，不过悉心钻研的他即便不提醒回头也能醒悟的。毕竟，这位兄弟的梨曾经获得过最佳风味奖，一定

　　　　　　　　　　　　　　　邂逅大美梨

还会有更多看不到的优异表现在未来的日子里。

四

授粉树、梨花粉，还有花瓣入市也是极为寻常的。在国内不太常听说，在国外应该是可以烘干食用的。有位在新西兰待过的朋友说过，别人介绍他到河北就职。那里的鸭梨花多，疏下来的花一车一车地倒掉很可惜，这么一想应该是花瓣有食用的价值而不是花粉。既然可以食用，那食用过的人在哪里？

美食素来多，说有还就真有。那些年人们饿得前胸贴后背时草皮树根都是食用的部分，梨花兑些面还真算得上是美食。只要在花期无雨时采摘上一些新鲜的，清洗后按照一定的流程及时处理，便能呈上餐桌成为一道美味。

这一说，想起有个外甥提醒没事包梨花饺子的倡议。当时，下意识地回复就没有无是生非的时候。不过，把包梨花饺子当成事儿响应的应该不太多。至于是用梨花做馅儿还是韭菜鸡蛋、白菜大葱都可以，为什么偏偏用梨花呢？尽管，想来吃不出问题，从食品安全的角度上是不用担心的。然而，由馅儿及皮还真的能做出凡人不太知晓的美食。

葱泼起，蒜调起，一吃一个不言语。这饺子，会倾注着家和爱的味道。而我一直固执地以为，晋文公重耳当年居于此处逢过年就喜欢这样的吃法。因了高寒地区产莜面，只能是莜面皮包了别的馅儿。早上一起来就开始准备上锅，忙忙碌碌到嘴里可得个时候。即便如此，莜面做成的饺子耐饱，可以维持较长的时间。等到家家户户张灯结彩，老老少少归家辞旧迎新之际。贴对联、放鞭炮、年夜饭一应俱全，年节的喜悦会携裹着每个人向着新的开始一同走去。

五

都熬过了疫情反复有加的春天，却抵挡不了如期而至的夏天。就这样，九十多岁的水先生还是带着遗憾走了。临行前，没有听上一曲期盼已久的钢琴曲，更没有等到约好的那一天。那一天说来还有些远，很多人都没有等到那一天。不是不想等，而是能挨到百年寿辰的都是奇迹。

得知与癌症抗争的消息后，便寻思着有空尽快录上一段音乐发过去。说不定，可以缓解疼痛的。想到这里，趁下班时间坐在钢琴前任旋律响起。弹点什么，还真是不好说，不过轻柔的曲子应该能让紧蹙的眉头放松。手机里的内存不多，可容量应该还够的。倒是打开琴盖录制的效果更好，得注意方法才好。至于画面完全不考虑，即便是个黑屏也没关系的。

谁说不是好事多磨呢？尽管可以随时演奏上一曲。怕就怕，一不小心跑个神儿有了明显的错误没有满意的效果。那有什么，多录几遍不就是了。好在，将手机调好轻轻一点开始弹奏也不是不可以。当下，说干就干了起来。妙就妙在不迟不早，从开着的门口闪进来熟悉的身影。口里问着会不会打扰，心里却被琴声所净化着。能打扰什么呢？无非是多弹几遍呗。可惜，一直没有特别满意的，也就把录了的片断随意放着。直到意外的消息传出来，都没来得及拿出去。

在这之前的某一天，对梨字的来源产生了极大的兴趣。显而易见，到春秋时期篆书肯定不是起始，再往前数能查到哪儿呢？甲骨文、金文是什么情况，有没有存在的实证？在自个儿没弄清前，专家的意见是最值得听的。

没，甲骨文和金文都没有。当住在大南门的杨大姐将答案传过来后，不久就看到了水先生的身影。电话中，他感喟女作家很多，会弹钢琴的女作家可不多。其实，从离开学校后就连会弹的曲子都很少弹起了，只是偶尔在有琴的地方蹭上一下。现在，却收到这么个定位心里挺惭愧的。当下，顺水推舟地希望老先生好好地并言谈如若百年寿辰的话定去助兴。可惜，一切都来得太突然了。

朋友跟我说，他家祖辈都是民间陶瓷艺人。和水先生有些渊源，知道洪洞广胜寺琉璃塔五彩烧制配方，其中已经失传的茄紫色釉配方

　　　　　　　　　　　　　　　　　邂逅大美梨

就是他试制成功的。还有，当时的山西籍美术陶瓷艺人曾在晋祠研究过人民大会堂山西厅等陈设方案，所拍的照片及家里的熊猫竹叶笔筒就是最好的存证。可惜，要说到故宫请水先生去做过指导的事情自己知道的就不太清楚了，这和会干粗瓷细瓷一点儿也谈不上有什么联系。不过，有一点倒是绝对理得清，就是水先生的篆刻十分了得。

也有朋友说，水先生已经刻不了了。闲话中，还间歇地晒出了一起在不同时期拍过的合影。是的，人的一生总是有限的，也是在瞎琢磨的情形下写出了"一树繁花过往不既和天地同光，几多硕果篆瓷印书与日月生辉"的楹联，借以为记。

六

有时候悄悄在想，我们梨产业的步子是不是走得太快了，应该放慢些，这样的话看到龟兔赛跑的寓言才不会无端感叹；有时候也悄悄在想，我们梨产业的标准能学习西方的制定和执行却无法取其精华障碍重重。是的，单从种植面积和产量来说没有任何一个国家可以超越我们，这可以从侧面说明了基点和至高点是牢不可破的，也可能和我们的国土面积、人口和大体量有关。同国外相对单调的品种相比较，简直是百家争鸣。然而，红安久、巴梨、康佛伦斯这些大家熟知的国外品种有的甚至经过了一个世纪之久都没有被商家转换成若干个地标产物，是他们不懂商业运作还是压根就没往这方面使劲，或者是把劲使在了科研方面，在生物技术上比我们走得稍微快了一点点。

应该说，这样的想法是不敢轻易出口的。原因有很多方面，一是自己本身的涉世未深，不知道这个行业更多的水深水浅，随意指手画脚不如缄默不言；二是和自己一样有着爱国情怀的人轻易容不下别人比我们在某些方面领先的客观。比如：西方有些国家会因为出口能够获得更高的利润把残次果彻底销毁避免流入市场，可我们仍处在脱贫攻坚以及小康社会的建设当中，真有人效仿得承担海量不予理解的怨言。再比如：酥梨或者玉露香梨不管种在哪个省份注册了多少地理标志本质上是一样的，从保护科研的角度上来讲唯有知行合一的尊重，至于其他的并没有多大意义。这样的话，我们就可以排除不必要的弯曲蛇行直接进入本质的核心而非陷入误区。

按照科学的观点，任何事物都是从无到有经历一个慢慢孕育的过程。人、动物、植物等无不如此。用专家的话来讲，被称为果宗的梨是最难驯化的植物之一，因此梳理其发展的脉络特别是源头就充满了挑战性。从小的方面讲，历史认知一直处于人类发展3000—5000年或是以陕西、山西、河南为中心的6000年以上；从大的方面讲，自新生代起就有梨后冰期遗物果实和叶片的出现。也就是说，更多的可能还会在未来以不可测的方式出现。这标志着人类的文明和进步，也标志着古今思想交汇的结晶。

记不清是在哪一天了，有一男一女两位朋友的朋友圈内晒出了一篇简短的小文，文中讲到了一种并不常见的胡颓子梨就在他们居住的地域，留言跟了一大串回忆小时候购买品尝的味道。要说在关注梨之前的任何时间提起根本无从接话，可这胡颓子梨分明是西亚的原生分布区域怎会在黄河流域中下游周边一带出现？可惜，由于自身的学识学历和梦想都不在科研的兴趣范畴之内或者已经不再适合从头开始悉心挖掘。因此，只能是远远地看着希望未来的某一天获知真相。

其实，也有些遗憾的。为什么当初选择会以纪实文学的方式去碰触这个领域而非小说或者别的，那样的话就有更多的故事可以用另一种方式合理地讲述，也知道面临着明知山有虎偏向虎山行的境况，只是回头来看的话片断式的写作会更适宜这样散漫的表达。学而后知不足存在于每个人，至于始于文学长于经济用于教育的履历能否恰当地言及行业的方方面面，也曾一度反观质疑有没有胜任书写这份时代印记的能力。无论怎样，都终将成为过去。而后人在我们曾经行进的路上，一定比我们走得更加稳健。

有人说，艺术是一场战斗，献身于它是必须倾注心血并且奋力拼搏的。凡是想要保住性命的人，将丧失生命；而为了自己的追求失去生命的人，将得到生命。生活和艺术，有时就是融为一体的根本无从细细分辨，科技又何尝不是呢？一旦认定，那是全力奔跑的必然和方向。对错都无足轻重，重要的是为了探索付出的努力和获知的必然。缘于这些获知，人们的生活从本质上发生质的改变。

此刻，白梨、砂梨、香梨、秋子梨、日韩梨、西洋梨，还有豆梨、麻梨、褐梨、杜梨等仿佛如千军万马般的仪仗队罗列开来，这个盛大的军团无疑是水果界的一大奇观。基于几千年甚至更长久的文化积淀或慢慢地不断重组和形成新的矩阵，密不可破也无法轻易复制。或者有人说这又和我们有什么关系呢？表面上看确实是这样，但这千军万马和任何人一定有着紧密的联系，毕竟谁又敢说我们和我们的祖先不知它为何物呢？

跋

　　该是告别的时候了，尽管内心还存在太多的不舍，可新的工作每天都有条不紊地进行着，直到八小时之外偶尔才能挤出一点时间来想来看。还是在一如既往地上班、回家、一日三餐和固定的路线不变的行程之余，零星地记录下一些片断碎语，却不知这样的存在是否真的有一点意义和价值。走过了就不后悔，做过了就不迟疑，不念过往不惧将来无畏前行。前方一定是充满希望的开始，于任何人都是。即便脚下踩着泥泞和荆棘，也会看到初升的太阳。唐太宗谓侍臣："治国如栽树，本根不摇则枝叶茂盛，君能清净，百姓何得不安乐乎？"对于这样睿智的思想，本是顺便获知而已。除了试着理解外，只能像热爱生活的饮食男女一样尽力烹小鲜做好分内的事情。其实，无论是哪一种，都不是朝朝暮暮的小事，而是随着时间不断地沉淀才能发出微弱的光芒，拧在一起使人类更好地战胜自然并与之和谐相处。

　　所有的邂逅，都会离开；所有的生命，终将告别，正如玉露香款款而来，又终将款款而去。此刻，当我们感叹步履匆匆时，为期不算太长的关注也即将慢慢拉上帷幕。如同潘多拉的盒子被打开，那一刻除了喜悦还有惊异、无奈、失望、热爱等一系列的情感体验都一股脑地冲了出来。你无法阻止其中的任何一个，能做的只是顺应和接纳。它（梨），不是一首歌、一幅画，或是一张精美的图片静静地绽放着永恒的美丽，而是沐浴过春风，经历过夏雨，一到了秋天就会收获果实累累的生命载体。或许，有一天它会以新的形式奇崛再起；或许，有一天它将永远地消失在每个人的视线里，但必定是一段凝固起来可长可短的流走时光。

　　　　　　　　　　　　　　　　　　邂逅大美梨

不想说再见，是在关注的过程中看到无数为了祖国繁荣富强无私付出的中国力量；不想说再见，是在关注的过程中见证了无数志同道合携手并进负重行远的中国精神，这让我无数次地充满了钦佩和敬意，也暗自诘问有没有得当地去表达所思所见，记录见证和融入到这个伟大时代所带来的巨大变迁。再多的不舍也要离开；再多的眷恋也要重启。在这里，请允许我对曾经予以帮助的各位师友真诚地说声"谢谢"，也为可能潜存的失误深感致歉。能够生活在这个波澜壮阔的时代是幸福的，让我们一起融入时代的洪流当中一起前行，去攀登下一座更高的山峰。

　　是的，世界上最高的山峰珠穆朗玛峰一直就在我们的不远处屹立着。而我们，应该和达尔文登上阿尔卑斯山脉那样俯视它。只有俯视，才能看到它的全貌和外人无法获知的景象，也才能用不屈的力量向大自然证明和谐发展是整个社会面临的大命题。至于刚开始着手进行创作时提出的那个先有梨还是先有树的疑问，似乎已经变得不那么重要了。无须多言，就像俄国人民不会忘记米丘林一样，我们每一个有幸品尝到中国大美梨玉露香的食客，都该记住山西农科院果树研究所邹乐敏教授和她的团队以及为此曾经付出四十年之久辛勤努力的各界人士，那将是无上的光荣和幸福。

　　幸福是什么？不同的人心中有着不同的界定，却都在终生寻找和呵护。有首歌曲唱到它不在柳荫下也不在温室里，只要你愿意与之相伴就必定会感受到浓浓的幸福的味道。当音乐缓缓响起时，一种静谧和从容自内心油然而生，同时也希望这样的平淡和美好会一直延续下去，带给正在与文字邂逅的你。邂逅大美梨，邂逅了你，不断地邂逅和离开，不断地告别和迎来新的希望。如果您翻开这本书，就一定会看到一颗梨邂逅了一大批优秀的人。记录和见证他们，是我们共同的荣幸，也是最美的邂逅。

正夏

于一品斋

图书在版编目（CIP）数据

邂逅大美梨 / 正夏著 . -- 北京：作家出版社，2022.3
ISBN 978 - 7 - 5212 - 1614 - 1

Ⅰ.①邂⋯ Ⅱ.①正⋯ Ⅲ.①纪实文学 - 中国 - 当代
Ⅳ.①I25

中国版本图书馆 CIP 数据核字（2021）第 234040 号

邂逅大美梨

作　　者：正　夏
责任编辑：李亚梓
封面摄影：亚　明
装帧设计：百丰艺术
出版发行：作家出版社有限公司
社　　址：北京农展馆南里 10 号　　　邮　　编：100125
电话传真：86 - 10 - 65067186（发行中心及邮购部）
　　　　　86 - 10 - 65004079（总编室）
E - mail: zuojia@zuojia. net. cn
http: // www. zuojiachubanshe. com
印　　刷：唐山玺诚印务有限公司
成品尺寸：152 × 230
字　　数：318 千
印　　张：23.25
版　　次：2022 年 3 月第 1 版
印　　次：2022 年 3 月第 1 次印刷
ISBN 978 - 7 - 5212 - 1614 - 1
定　　价：49.00 元
